EVA ALMSTÄDT

Ostseekreuz

W0287723

Weitere Titel der Autorin:

Kalter Grund
Engelsgrube
Blaues Gift
Grablichter
Tödliche Mitgift
Ostseeblut
Düsterbruch
Ostseefluch
Ostseesühne
Ostseefeuer
Ostseetod
Ostseejagd
Ostseerache
Ostseeangst
Ostseegruft
Ostseefalle

Ostseemorde
Ostseelüge – mit MP3-CD Kalter Grund

Dornteufel

Titel auch als Hörbuch und E-Book erhältlich

Über die Autorin:

Eva Almstädt absolvierte eine Ausbildung in den Fernsehproduktionsanstalten der Studio Hamburg GmbH und studierte Innenarchitektur in Hannover. Ihr erster Roman KALTER GRUND wurde zum Auftakt der erfolgreichen Serie um die Lübecker Kommissarin Pia Korittki. Eva Almstädt lebt in Hamburg.

Eva Almstädt

OSTSEE-KREUZ

Pia Korittkis siebzehnter Fall

lübbe

Dieser Titel ist auch als Hörbuch und E-Book erschienen

Die Bastei Lübbe AG verfolgt eine nachhaltige Buchproduktion. Wir verwenden Papiere aus nachhaltiger Forstwirtschaft und verzichten darauf, Bücher einzeln in Folie zu verpacken. Wir stellen unsere Bücher in Deutschland und Europa (EU) her und arbeiten mit den Druckereien kontinuierlich an einer positiven Ökobilanz.

FSC www.fsc.org MIX Papier aus verantwortungsvollen Quellen FSC® C014496

Originalausgabe

Dieses Werk wurde vermittelt durch die
Thomas Schlück GmbH, 30161 Hannover

Copyright © 2022 by Bastei Lübbe AG, Köln
Titelillustration: © Tom Hogan/plainpicture;
© irisphoto1/shutterstock; © Olha Rohulya/shutterstock;
© kosmos111/shutterstock
Kartenillustration: © Markus Weber, Guter Punkt München
Umschlaggestaltung: Christin Wilhelm, www.grafic4u.de
Satz: hanseatenSatz-bremen, Bremen
Gesetzt aus der Stempel Garamond
Druck und Verarbeitung: GGP Media GmbH, Pößneck
Printed in Germany
ISBN 978-3-404-18573-3

2 4 5 3 1

Sie finden uns im Internet unter
luebbe.de
Bitte beachten Sie auch: lesejury.de

1. Kapitel

»Bist du bereit?« Broders löste den Anschnallgurt. Er klang besorgt, schien aber auch auf der Hut vor ihr zu sein. Zu Recht: Pia Korittki, Kriminalhauptkommissarin bei der Lübecker Bezirkskriminalinspektion, war kurz davor, ihm den Kopf abzureißen. Seit sie nach ihrer Entführung durch einen entflohenen Straftäter wieder im Dienst war, hatten ihre Kollegen nichts Besseres zu tun, als sich fortlaufend nach ihrem Befinden zu erkundigen. Das war nicht hilfreich.

»Klar bin ich das«, antwortete sie. »Los, komm. Nicht, dass der Tote dadrinnen es eilig hätte. Aber alle anderen warten sehnsüchtig auf uns.«

Pia stieg aus und legte den Kopf in den Nacken. Sie blickte an der Fassade des Hochhauses hinauf und zählte vierzehn Stockwerke. An diesem windigen, grauen Novembervormittag waren in der näheren Umgebung kaum Menschen zu sehen. Weder auf den Fußwegen noch auf dem Parkplatz oder in dem eingezäunten Areal des Spielplatzes. Dem Schaukelgerüst fehlten die Schaukeln, dafür parkte ein Einkaufswagen mit zwei leeren Bierflaschen darin neben der Sandkiste.

Auf dem Weg zum Hauseingang passierten Pia und Broders die Zufahrt zur Tiefgarage. Die rauen Betonwände fielen hinter einer Brüstung fast vier Meter in die Tiefe. Sie waren dunkelgrün von Algen, Moos und Flechten. Unkraut klammerte sich in Ritzen, Laub verrottete auf dem Fußweg in ausgedehnten Pfützen. Wie lange es wohl dauern würde, bis sich die Natur so ein Gebäude vollständig zurückerobert hatte? Bei toten Tieren und Menschen ging es schnell. Ein Leichnam begann schon nach wenigen Minuten, sich zu zersetzen.

Pia atmete tief durch. Ihre erste Leichensache nach der »Stunde null«, wie sie ihre Befreiung aus den Händen eines rachsüchtigen Straftäters im Stillen nannte. War sie schon wieder dafür bereit? Sie musste es sein. Das war nun mal ihr Job bei der Polizei.

Sie blickte in das blasse Gesicht eines jungen Uniformierten, der unter dem Vordach des Eingangs auf sie wartete. Das dunkelblonde Haar, das unter seiner Polizeimütze hervorguckte, war trotz der niedrigen Temperaturen nass geschwitzt.

Er führte sie ins Treppenhaus und dann eine Betontreppe hinunter in den Keller. Sie liefen einen Gang entlang. Die Mauern waren weiß getüncht, unterbrochen nur von Brettertüren mit einfachen Beschlägen und Vorhängeschlössern. Auf jeder Tür prangte eine Nummer, die jemand mit Schablone und hellblauer Farbe aufgesprüht hatte. Sparsam positionierte Kellerleuchten spendeten fahles Licht.

Sie folgten dem schwachen, aber ekelhaft süßlichen Geruch, der sich dezent mit dem normalen Kellergeruch mischte. Broders hinter ihr schnaufte.

»Wir sind gleich da.« Der junge Kollege stieß eine Tür auf, die wiederum in einen ähnlichen Gang mündete. Schlagartig wurde der Geruch stärker. »Teilweise sind die Häuser unterirdisch miteinander verbunden«, sagte der Streifenpolizist.

»Das ist ja ein richtiges Labyrinth«, kommentierte Broders. Ein Stück weiter, vor einer geöffneten Brettertür, stand ein etwas älterer Kollege in Uniform. Er winkte sie zu sich, als bestünde die Möglichkeit, dass sie sich in dem Gang verpassten.

Pia nickte dem Beamten zu und betrat entschlossen den Kellerraum. Je eher sie es hinter sich brachte, desto besser. Sie blieb mitten im Raum stehen. Im ersten Moment schien noch alles in Ordnung zu sein. Es war ein normaler Kellerverschlag, beinahe leer bis auf ein paar Umzugskartons … und den leblosen Körper, der hinten in einer Ecke auf einer alten Matratze zusammengekrümmt lag. Der Geruch nach Tod und Verwesung war noch auszuhalten. Der Tote befand sich offenbar noch nicht allzu lange in diesem Verschlag. Seine Kleidung war zusammengewürfelt, zu groß für ihn und schäbig, das graue Haar strähnig. Sein Gesicht sah bereits aufgedunsen und bläulich geädert aus. Die milchigen Augen blickten starr zu der nackten Glühbirne an der Decke.

Der Anblick der Leiche war nicht angenehm, aber damit hatte Pia gerechnet. Das kannte sie. Nicht gerechnet hatte sie mit den Dimensionen, der frappierenden Ähnlichkeit des Kellerraumes mit einem anderen. Es waren die Abmessungen, die kahlen Wände, die dünne Matratze, die sie schlagartig an jenen Raum in dem Container auf dem Schiff erinnerten, in dem sie von Albrecht Lohse gefangen gehalten worden war.

»Wem gehört dieser Verschlag?«, hörte Pia Broders fragen.

Sie zwang sich, ruhig zu atmen.

»Das wissen wir noch nicht.«

»Und wo ist der Hausmeister?« Broders klang ungeduldig. Er stand jetzt direkt hinter ihr.

»Dem ist schlecht geworden, aber er kommt bald wieder

runter. Er sieht gerade nach, welchem Mieter dieses Abteil gehört.«

Die Wände des schmalen Raumes bewegten sich langsam auf Pia zu.

»Und wer hat den Toten gefunden?«, hakte Broders nach.

Pia blickte sich zu ihm um. Auch die Decke schien sich auf sie herabzusenken. Gleichzeitig wichen die beiden Männer wie von unsichtbaren Seilen gezogen vor ihr zurück. Das bildete sie sich doch nur ein, oder? Sie kniff die Augen zusammen.

»Der Hausmeister hat den Raum aufgeschlossen, weil er etwas gerochen hat«, sagte der ältere Uniformierte.

»Besser spät als nie«, antwortete Broders. Die Stimmen der beiden Männer klangen wie aus weiter Ferne.

Neben der Matratze, auf der die Leiche lag, stand eine Mineralwasserflasche. Genau wie … Pia riss sich von dem Anblick los und wandte sich um. Broders schien immer noch vor ihr zurückzuweichen. Pia brach der Schweiß aus.

»Halt!« Sie konnte nicht allein in diesem Raum bleiben! »Warte doch, Broders!« Pia wollte in Richtung Tür gehen, doch es fühlte sich so an, als watete sie durch Schlamm. Das helle Rechteck, der noch offene Ausgang, verkleinerte sich. Die Männer waren schon weit weg. Sie starrten sie verblüfft an. Die niedrige Kellerdecke und der Boden bewegten sich nun wellenartig auf Pia zu. Sie gab sich einen Ruck und stolperte aus dem Verschlag und hinaus in den Gang. Nur raus hier!

Pia stützte sich an der Wand ab. Die Tür eines weiteren Kellerabteils schlug auf. Ein Mann trat heraus und starrte sie an. Er war groß und dünn, mit kantigem Gesicht und dunkelblonden Haaren. Sein Gesicht verzog sich spöttisch. Dann drehte er sich auf dem Absatz um und lief weg.

»Stopp! Bleiben Sie stehen!«

Pia rannte los. Floh sie, oder verfolgte sie ihn? Die Anspannung, die sich in ihr aufgestaut hatte, ließ sie förmlich vorwärtsfliegen. Der Boden bewegte sich unter ihr wie auf einem Schiff bei starkem Seegang.

Nach wenigen Metern hatte sie den Flüchtigen eingeholt. Pia bekam seine Kapuze zu fassen. Er strauchelte und versuchte, sich des Kleidungsstücks zu entledigen. Pia packte erneut zu, riss ihn herum. Er stieß sie von sich, doch sie hielt ihn fest. Er durfte ihr nicht entkommen, nicht ein zweites Mal! Sie kämpfte verbissen. In ihren Ohren rauschte es. Dann verlor sie das Gleichgewicht und riss den Flüchtenden mit sich. Sie landeten hart auf dem Betonboden.

Er war nah, viel zu nah. Sie roch den Atem des Mannes, spürte seine Hände auf ihren Armen, sein Gewicht auf ihrem Körper. Es schüttelte sie. Pia bekam seinen Arm zu fassen und drehte ihn herum.

»Pia! Lass ihn los!«, rief Broders nah an ihrem Ohr. Starke Hände zogen sie weg, zerrten sie hoch und drückten sie gegen die Wand.

Pia schloss kurz die Augen, riss sie wieder auf. Der Mann, den sie überwältigt hatte, hielt sich stöhnend und jammernd den Arm.

Ihre Kollegen standen bei ihr und sahen sie ratlos an. Sie schüttelte irritiert den Kopf.

Der Mann, den sie verfolgt und festgesetzt hatte, war ein ihr vollkommen Unbekannter. Er war um die zwanzig Jahre alt, ein eher schwächlicher Typ, der sicher keine sechzig Kilo wog. Aus seiner Nase flossen Rotz und Blut.

Er wischte beides weg. Dann betrachtete er seinen Handrücken und sah sie anschließend von unten herauf an. »Was sollte das?« Er schien mehr verwundert als empört zu sein. Dann wandte er sich an Broders: »Ist die verrückt, oder was?«

»Du kannst froh sein, dass du keine Anzeige wegen Körperverletzung bekommst.« Pias Vorgesetzter, Manfred Rist, bedachte sie mit einem besorgten Blick. »Was ist denn da bloß in dich gefahren?«

»Ich habe einen Tatverdächtigen verfolgt, der sich in einer Leichensache einer Befragung entziehen wollte.« Sie saßen sich in Rists Büro im K1 der Lübecker Bezirkskriminalinspektion gegenüber. »Er ist vor mir weggelaufen«, ergänzte sie schwach.

»Tatverdächtig? Der Tote, wegen dem ihr dort wart, lag seit mehreren Tagen da unten. Höchstwahrscheinlich hatte er nur dort Unterschlupf gesucht und dann einen Herzinfarkt bekommen. Und als dir im Kellergang ein harmloser Mieter entgegenkommt, rennst du ihm hinterher, wirfst ihn zu Boden und kugelst ihm beinahe den Arm aus?«

»Harmloser Mieter? Er hat sich meinem Zugriff massiv widersetzt. Warum?«

»Mein Gott, Pia! Du bist ihn massiv angegangen.«

»Okay. Ich hatte mich getäuscht. Die Situation ist kurzzeitig außer Kontrolle geraten. Das wird nicht noch einmal vorkommen.« *Shit!* Selbst in ihren eigenen Ohren klang das nicht gut.

»Nein. Das wird es nicht.« Rist betrachtete sie mit schief gelegtem Kopf. Er hielt einen Kugelschreiber in der Rechten. Mit dem Daumen drückte er die Mine rein und raus.

Das war eine nervende Angewohnheit von ihm, die Pia samt dem klickernden Geräusch wohlvertraut war. Heute jedoch kostete es sie beinahe übermenschliche Kraft, ihm den Stift nicht aus der Hand zu reißen. »Mein Gott, was ist denn da bloß in dich gefahren, Pia?«, wiederholte Rist seine Frage.

In dem Kellerverschlag war es ihr so vorgekommen, als wäre sie wieder in dem Container gefangen. Ihr Gehirn hatte ihr einen Streich gespielt. Das vollkommene Déjà-vu. Die Dimensionen des kahlen Raumes, die Matratze in der Ecke, die Flasche Wasser daneben … und dann die Leiche, die *sie* hätte sein können. Das alles war dem Szenario ihrer Entführung zu ähnlich gewesen. Einer Entführung aus Rache.

Pia hatte vor Jahren bei einer ihrer ersten Ermittlungen bei der BKI Lübeck einen Mann namens Mark Albrecht Lohse überführt und zu seiner Festnahme beigetragen. Schon damals wäre sie beinahe dabei umgekommen. Lohse hatte versucht, sie zu erhängen. Die Narben am Hals erinnerten sie heute noch daran. Sie hatte vor Gericht gegen ihn ausgesagt, und er war wegen mehrfachen Mordes verurteilt worden. Doch damit war es nicht vorbei gewesen. Schon aus dem Gefängnis hatte er sie mit seinen Racheplänen verfolgt.

Und vor Kurzem war es ihm dann gelungen, aus der Justizvollzugsanstalt zu entkommen. Er hatte ihre Entführung akribisch vorbereitet, und er hatte einen Helfer gehabt. Albrecht Lohse hatte sie mehrere Tage lang in einem Container auf einem Binnenschiff gefangen gehalten. Ihren Kollegen, allen voran Marten Unruh, war es schließlich gelungen, sie aufzuspüren und zu befreien.

Rein äußerlich betrachtet war ihr nicht viel passiert.

Doch die Bedrohungslage hatte trotzdem Spuren hinterlassen. Lohse hatte Pia angedroht, dass er sie überall finden und seine Rache unter allen Umständen bekommen würde. Er hatte dafür alle Zeit der Welt.

In den Jahren im Gefängnis hatte er einen Plan geschmiedet, der so perfide und monströs war, dass Pia bisher niemandem davon erzählt hatte. Nicht einmal Marten. Jedes Mal, bevor sie sich trafen, nahm sie sich fest vor, ihn einzuweihen. Doch dann kam immer irgendwas dazwischen. Oder aber die Stimmung kippte, schon wegen der enormen Anspannung, unter der sie beide standen, und Pia verschob es wieder. Die Motivation, den flüchtigen Lohse aufzuspüren, die Marten und seine Leute antrieb, ließ sich sowieso nicht weiter steigern, sagte Pia sich. Und sie wollte keinesfalls riskieren, dass außer Marten noch weitere Kollegen von Lohses Plan erfuhren.

Nein, der Gedanke, dass in diesem Zusammenhang in Polizeikreisen über sie gesprochen wurde, war ihr unerträglich. Sie brauchte nur etwas Zeit, um darüber hinwegzukommen. Doch sie durfte deswegen nicht die Beherrschung verlieren und in ihrem Job Fehler machen.

»Ich habe wegen deines ›Aussetzers‹ mit Dr. Ronnemeyer gesprochen«, sagte Rist in ihre Gedanken hinein. Er mied ihren Blick, sah zum Fenster hinaus. Die Kirchtürme der Lübecker Altstadt waren in der Dämmerung kaum noch zu erkennen.

Pia drückte den Rücken gerade. »Wie kommst du dazu, mit dem Polizeipsychologen über mich zu reden?«

»Keine Sorge. Das war alles nur ganz allgemein gehalten. Nach einem Erlebnis, wie du es hattest, ist es vollkommen normal, dass du ein paar Schwierigkeiten hast, wieder in deinen Alltag zurückzufinden, sagt Ronnemeyer.«

»Schwierigkeiten?«

»Eine Entführung ist ein zutiefst traumatisches Erlebnis, Pia. Da steht man nicht auf und geht nach ein paar Tagen wieder zum Dienst, als wäre nichts gewesen.«

»Ich suche mir schon noch Hilfe. Es ist meine Entscheidung, wann und bei wem. Zu diesem Psychologen werde ich jedenfalls nicht wieder gehen. Aber du kannst sicher sein: Ich werde klarkommen.«

»Nein, Pia. So läuft es nicht. Ich trage die Verantwortung für dein Verhalten im Dienst. Lass dich krankschreiben!« Er sah ihren kalten Blick und ruderte ein Stück zurück. »Oder nimm meinethalben sofort deinen restlichen Urlaub. Ansonsten …«, er seufzte leise, »muss ich dich vom Dienst suspendieren.«

»Das tust du nicht«, sagte Pia.

»Wenn du nicht vernünftig wirst, ist das meine letzte Option. Du musst dir verdammt noch mal helfen lassen.«

»Okay.« Pia sackte ein Stück in sich zusammen. Sie fuhr sich mit der Hand über die Stirn. »Du hast wahrscheinlich recht. Ich nehme mir eine Auszeit. Das gestern war nicht in Ordnung von mir. Das sehe ich ein. Und es tut mir auch sehr leid.« Sie sah ihn beinahe flehend an. »Zwei Wochen Ruhe, dann bin ich wieder fit.«

»Das wird sich dann ja zeigen.«

»Aber was soll ich denn …« Sie schüttelte abwehrend den Kopf.

»Eine Ortsveränderung wäre übrigens hilfreich. Und psychologische Beratung in irgendeiner Form. Gespräche …« Er verzog das Gesicht, als hätte er in etwas Saures gebissen. »Das zumindest schlägt Dr. Ronnemeyer vor. Selbstverständlich ganz im Allgemeinen gesprochen«, ergänzte er unbehaglich.

»Ist das ein Vorschlag oder die Bedingung?«

»Ich glaube, du weißt selbst am besten, was jetzt notwendig ist und was dir guttut. Hauptsache, du bist danach wieder voll einsatzfähig.«

Einerseits aufgebracht, andererseits beschämt und ratlos kehrte Pia in ihr Büro zurück. Sie ließ sich auf den Bürostuhl sinken und starrte auf die regennasse Scheibe zu ihrer Rechten.

»So schlimm?«, fragte Broders, der ihr gegenübersaß. Sie waren seit Jahren ein Team. Er konnte ihr den inneren Aufruhr wohl inzwischen vom Gesicht ablesen.

»Schlimmer. Dass Rist stinksauer und enttäuscht ist, hatte ich ja erwartet. Vielleicht droht mir auch eine Anzeige. Aber stell dir vor, er hatte Mitleid mit mir.«

»Das ist allerdings übel«, bestätigte Broders.

»Er hat sogar mit dem Polizeipsychologen über mich gesprochen.«

»Autsch.«

»Rist will, dass ich mich krankschreiben lasse oder Urlaub nehme. Ansonsten suspendiert er mich.« Sie sah ihn an. »Was mache ich denn jetzt?«

»Es kommt darauf an, was du machen willst, Pia.«

Sie stöhnte auf. »Ich will niemanden, der mich analysiert. Niemanden, der mir tausend Fragen stellt und dann, wenn er die Antworten hört, womöglich noch mitleidig guckt. Ich will nicht, dass jemand einen Bericht über mich schreibt. Ich brauche keine guten Ratschläge von Leuten, die keine Ahnung haben, wie es mir geht. Ich brauche nicht mal Ratschläge von Leuten, die glauben zu wissen, wie es mir geht. Das wissen sie nämlich nicht. Und vor allem brauche ich keine Fragen wie: ›Wie fühlst du dich dabei?‹ Oder: ›Wie geht es dir jetzt?‹«

Broders schüttelte sanft den Kopf. »Pia. Du sagst nur, was du *nicht* willst.«

»Ach ja? Und weißt du was? Ich will auch nichts. Ich will nur in Ruhe gelassen werden und die Entführung vergessen. Ich brauche vielleicht noch etwas Zeit für mich. Und dann so etwas wie einen Neustart.«

»Okay. Das ist doch schon mal ein Anfang«, sagte Broders ruhig. »Wie wäre es, wenn du irgendwohin fährst, wo dich niemand kennt? In ein schönes, ruhiges Hotel oder in ein Ferienhaus? Am besten auf einer netten Insel, wo es auch noch schön warm ist.«

»Das ist eine Möglichkeit. Aber ich kann und will nicht zu weit von Felix fort sein. Es ist schlimm genug, dass er zurzeit aus Sicherheitsgründen noch bei seinem Vater wohnt.«

»Das mit deinem Sohn verstehe ich ja. Doch in deinem gewohnten Umfeld kannst du auch nicht bleiben. Dann ändert sich nämlich nichts.«

»Nein, das weiß ich«, sagte Pia düster. »Ich kann zu Hause schon allein deswegen nicht richtig abschalten, weil mir der Personenschutz dort quasi auf dem Schoß sitzt.«

»Du könntest inkognito irgendwohin fahren«, schlug Broders vor. »Es muss ja gar nicht weit weg sein. Ein geschützter, irgendwie in sich abgeschlossener Ort, wo du deine Ruhe hast.«

2. Kapitel

»Nachts allein durch die Stadt zu spazieren ist keine gute Idee, Pia!« Marten stellte sich ihr in den Weg.

Sie wickelte sich den Schal um den Hals. »Dann komm halt mit.«

»Du wirst mich kaum davon abhalten können.«

»Die Jungs, die mich bewachen sollen, freuen sich bestimmt auch über ein bisschen Bewegung«, argumentierte Pia.

»Es ist riskant. Wir haben immer noch keinen Anhaltspunkt, wo Albrecht Lohse sich momentan aufhält. Mein Team gibt wirklich alles, aber …« Er verzog genervt das Gesicht.

Ihr ehemaliger Kollege Marten Unruh, der inzwischen im LKA Kiel arbeitete, hatte sich extra in eine andere Abteilung versetzen lassen, um sich an der Fahndung nach Albrecht Lohse zu beteiligen. Er hatte seitdem noch keinen einzigen Tag freigemacht, und Pia rechnete ihm seinen Einsatz hoch an. Trotzdem musste sie jetzt an die frische Luft.

»Marten, nur eine halbe Stunde. Das ist nicht zu viel verlangt.« Pia zog ein Paar Stiefel aus dem Schuhregal und betrachtete sie.

»Wenn du darauf bestehst … Aber wir laufen unter keinen Umständen hier um die Häuserblocks.«

»Ich dachte an meine übliche Runde, an der Trave entlang, mit Blick auf die Altstadt.« Pia lächelte ironisch, weil sie wusste, dass es illusorisch war. »Wir können auf ein Bier oder ein Glas Wein irgendwo einkehren.«

»Auf gar keinen Fall. Wir fahren aus der Stadt raus. Wenn uns bis dahin niemand folgt, ist alles gut. Was sagst du dazu?«

»Das ist besser als nichts.«

Auf dem Weg zum Auto informierten sie die beiden Beamten, die zu Pias Schutz abgestellt waren, von ihrem Vorhaben.

Sie fuhren schweigend durch die Stadt in Richtung Autobahn. Teilweise sahen sie schon Weihnachtsbeleuchtung an den Häusern und in den Geschäften. Bis zum ersten Advent war es nicht mehr lange hin.

Pia suchte einen annehmbaren Radiosender, fand einen, der leichte Popmusik spielte, und versuchte, sich zu entspannen. Sie hatte keine Ahnung, wo es hingehen sollte, und es war ihr im Grunde auch gleichgültig. Hauptsache, raus. Bewegung und frische Luft. Weg von allem.

Sie nahmen die A 1 in Richtung Norden, dann den Abzweig nach Travemünde. Marten behielt stets den Rückspiegel im Blick. In Travemünde steuerte Marten durch die Stadt direkt zum Hafen. Die kleine Autofähre in Richtung der Halbinsel Priwall war kurz davor abzulegen. Sie fuhren als Letzte auf das Schiff und rollten ein paar Minuten später, nachdem sie die Trave überquert hatten, als Erste wieder von Bord. Die Personenschützer waren mit ihrem Wagen am anderen Ufer stehen geblieben.

»Jetzt verstehe ich, warum du ausgerechnet hier hinfahren wolltest«, sagte Pia mit einem schwachen Lächeln. »Die Jungs passen auf, dass uns niemand über die Trave folgt.«

»So sind wir zumindest für eine Weile sicher und ungestört.« Martens Blick war auf die schmale Fahrbahn gerichtet. »Wenn man von hier aus außen herumfährt, also ohne die Fähre zu benutzen, braucht man mit dem Auto mindestens fünfundvierzig Minuten auf den Priwall. Die Zeit haben wir nun ganz für uns.«

»Gibt es nicht zwei Fähren in Travemünde?«

»Die andere ist nur für Fußgänger. Und die fährt heute nicht mehr. Ich hab mich erkundigt.«

Pia nickte. Der Gedanke, dass jemand anders Verantwortung für ihre Angelegenheiten übernahm, behagte ihr nicht. Sie rollten langsam durch ein dunkles Waldstück, am Gelände einer ehemaligen Klinik vorbei. Auch hierhin war sie mal zu einem Leichenfund gerufen worden und hatte an der Aufklärung eines Mordfalls mitgearbeitet. Wie lange war das nun her?

Sie hielten am Straßenrand und gingen auf einem sandigen Pfad durch eine Ferienhaussiedlung und einen Dünenstreifen zum weitläufigen Strand. Weit und breit war kein Mensch zu sehen. Dazu war es wohl schon zu dunkel; es war zu spät im Jahr und das Wetter zu schlecht. Drüben, jenseits der Trave, stach das Hochhaus des Hotels *Maritim* mit seinen sechsunddreißig Stockwerken in den Nachthimmel. Pia konnte auch die Lichter der Häuser in der Straße Vorderreihe glitzern sehen. Nach Osten hin lag die Küste in vollkommener Dunkelheit. Das war das immer noch kaum besiedelte Grenzgebiet der ehemaligen DDR.

Sie gingen nebeneinanderher bis zum Wassersaum. Der Sand war feucht und weich, das Gehen mühsam.

Pia breitete die Arme aus und drehte sich um die eigene Achse. »Das war eine gute Idee!« Auf bestimmt fünfzig

Meter konnte sich ihnen hier niemand ungesehen nähern. »Der beste Moment des Tages!«

»Und ich hatte gehofft, es wird nachher noch besser.«

»Du planst doch nicht etwa schon wieder, mir deinen persönlichen Sicherheitsservice über Nacht angedeihen zu lassen?« Sie knuffte ihn leicht gegen die Schulter.

»Es liegt an dir, das zu entscheiden. Und selbstverständlich ist das vollkommen selbstlos von mir gedacht«, fügte er lächelnd hinzu.

»Mal sehen«, neckte sie ihn. Doch Pia war sofort wieder auf dem Boden der Tatsachen angelangt. Die Lage hatte sich im Grunde noch nicht gebessert. Daran änderte auch ein Strandspaziergang nichts. »Es gibt also wirklich gar nichts Neues über Lohses Verbleib?«, hakte sie nach.

»Noch nicht.« Martens Stimme klang nun wieder neutral. »Aber wir bleiben dran. Es wird europaweit nach ihm gefahndet. Er kann sich nicht dauerhaft in Luft auflösen.«

Pia nickte. Und dann war da noch die Frage, was Marten tun würde, wenn er ihn endlich gefunden hatte. Neulich hatte er spontan gesagt, dass er Lohse umbringen wollte. Pia hatte mehrfach versucht, mit ihm darüber zu sprechen, doch er blockte das Thema ab. Einen Menschen zu töten widersprach allem, an das Pia glaubte. Es war böse und unmenschlich! Selbstjustiz war keine Option. Andererseits wusste sie, dass Lohse, solange er lebte, eine Bedrohung für sie und vor allem für Felix darstellte.

»Woran denkst du, Pia?«, fragte Marten. »Was beschäftigt dich so sehr, dass du nicht mal merkst, wenn du nasse Füße bekommst?«

Sie sah zu Boden, ging ein paar Schritte weiter. »Die Entführung setzt mir anscheinend mehr zu, als ich dachte«, gab Pia widerstrebend zu. »Heute ist etwas passiert.«

Alarmiert drehte er sich zu ihr. »Was denn?«

»Ich bin mit Broders zu einer Leichensache gerufen worden. Im Prinzip reine Routine. Im Keller eines Hochhauses ist ein Toter entdeckt worden. Der Kriminaldauerdienst war anderweitig im Einsatz, deshalb wurden wir hingeschickt. Höchstwahrscheinlich handelte es sich um einen natürlichen Tod. Aber ich …« Sie schluckte und sah aufs Meer. »Ich weiß nicht, was plötzlich mit mir los war. Ich trat in den kleinen Kellerraum und hatte eine Art Flashback, dass ich wieder in dem Container auf dem Binnenschiff bin. Es kam ohne jede Vorwarnung. Jedenfalls habe ich vollkommen falsch reagiert.«

Sie schilderte ihm in groben Zügen, was passiert war. »Mit etwas Pech bekomme ich eine Anzeige wegen Körperverletzung. Vielleicht auch ein Disziplinarverfahren. Und selbst wenn nicht: Rist hat mir das Messer auf die Brust gesetzt. Ich soll mich krankschreiben lassen oder wenigstens einen ausgedehnten Urlaub nehmen.«

»Pia.« Marten fasste sie an den Schultern und drehte sie zu sich um. Sie wandte den Blick ab, als gäbe es auf der dunklen Ostsee etwas ungeheuer Interessantes zu sehen. »Rist hätte dich dort noch gar nicht hinschicken dürfen. An einen Leichenfundort! Hat der Kerl keinen Verstand? Er trägt die Verantwortung für seine Mitarbeiter. Du hast gerade ein traumatisches Erlebnis erster Güte hinter dir, und der schickt dich in einen Keller mit einem Toten … Was hat der Polizeipsychologe eigentlich zu deiner Situation gesagt?«

»Oh, der! Sprich mich nicht darauf an! Zu dem gehe ich bestimmt nicht noch einmal.«

»Okay. Aber mit irgendjemandem solltest du schon sprechen, Pia.«

»Ich traue dem Polizeipsychologen nicht«, fuhr sie mit fester Stimme fort. »Alles, was ich dort sage, kann später gegen mich verwendet werden. Es wird dokumentiert. Ich will nicht schwach erscheinen. Das wäre nicht gut.«

»Du bist nicht schwach.« Er drehte sanft ihren Kopf zu sich und sah ihr in die Augen. »Du bist alles andere als schwach. Niemand steckt eine Entführung, die Todesangst und die Ungewissheit so einfach weg und arbeitet dann weiter im Polizeidienst, als wäre nichts gewesen. Rists Vorschlag, dich krankschreiben zu lassen oder einige Zeit Urlaub zu nehmen, halte ich ausnahmsweise für vernünftig.«

»Du also auch!«, erwiderte sie heftiger als beabsichtigt.

»Ich will nur, dass es dir wieder gut geht«, entgegnete er ruhig. »Und du weißt, du kannst mir alles sagen, ohne fürchten zu müssen, dass es deine berufliche Laufbahn gefährdet oder dass du damit irgendeine Schwäche zeigst.«

Sie seufzte. »Ich weiß. Ich bin aber noch nicht so weit.«

»Lass dir die Zeit, die du brauchst.«

Sie war kurz versucht, ihm zu erzählen, was an Bord der *Mary* vorgefallen war. Dass vielleicht alle Zeit der Welt nicht reichen würde, um es auszulöschen. Die Gedanken an Lohses Plan, von dem er mit Sicherheit erst ablassen würde, wenn er tot war. Dabei war es beinahe logisch, dass es bei der Entführung um mehr als einen simplen Racheakt gegangen war.

Pia fürchtete, Marten oder sogar die Kollegen könnten mit der Zeit von selbst darauf kommen. Immerhin hatte Lohse für sie extra eine Zelle in einem Überseecontainer auf einem Binnenschiff bauen lassen. Ein einfacher Racheakt an der Polizistin, die ihn ins Gefängnis gebracht hatte, wäre weitaus weniger aufwendig zu bewerkstelligen gewesen. Diese umfangreichen Vorbereitungen hatte er für einen längeren Zeitraum getroffen. Er hätte sie in ihrer Kammer Wochen, wenn nicht Monate gefangen halten können. Wenn es nötig geworden wäre, hätte der Container per Schiff oder Lkw sogar mehrfach den Standort wechseln können.

Und das Thema gewann sogar zusätzlich an Brisanz, wenn Pia an Martens Frage dachte. Er vermutete seit Längerem, dass er der Vater ihres Sohnes Felix war. Das war theoretisch auch möglich. Doch Hinnerk hatte ihr damals, bald nach Felix' Geburt, gesagt, er habe einen Vaterschaftstest machen lassen. Er sei Felix' Vater.

Bis vor Kurzem hatte sie keinen Grund gehabt, an seinem Wort zu zweifeln. Und war es nicht auch gut so gewesen, für ihren Sohn und auch für sie, dass Hinnerk sich um Felix kümmerte? Dass er Verantwortung übernahm? Er war Felix in den vergangenen Jahren ein zuverlässiger und vor allem anwesender Vater gewesen.

Marten hingegen hatte als verdeckter Ermittler lange Zeit im Ausland gearbeitet und von der Existenz des Jungen nichts gewusst. Das konnte sie ihm aber nicht unbedingt zum Vorwurf machen. Hatten sie nun nicht alle das Recht, die Wahrheit zu erfahren?

Sie erreichten den Kai, wo die Viermastbark *Passat* vor Anker lag. Marten war hier sichtlich angespannter, weil die Lage unübersichtlicher wurde. Er telefonierte mit den Personenschützern. »Lass uns umkehren«, schlug er dann vor.

Pia nickte. Sie hatte einen Entschluss gefasst.

Als sie spätabends eng nebeneinander in Pias Bett lagen, sagte sie unvermittelt: »Ich werde den Vaterschaftstest jetzt machen lassen. Dann wissen wir, ob du Felix' Vater bist oder nicht. Alles Weitere sehen wir später.«

Marten drückte sie fester. »Danke!«, murmelte er in ihr Haar. »Mehr will ich im Moment gar nicht. Ich möchte Felix' Welt nicht durcheinanderbringen. Ich will nur Klarheit für uns. Und ich will dich.«

»Und ich werde mir eine Auszeit nehmen«, fuhr Pia mit fester Stimme fort. »Was heute im Job passiert ist, darf nicht wieder vorkommen.«

»Ich könnte dich begleiten …«

»Nein. Lohse zu finden ist wichtiger, Marten. Außerdem möchte ich allein sein.«

»Den Personenschutz wirst du erst einmal nicht los«, wandte er ein.

»Oh doch. Broders hat heute den fabelhaften Vorschlag gemacht, dass ich inkognito irgendwohin reise. Ich möchte in Felix' Nähe bleiben, also soll es gar nicht so weit weg sein. Ein abgeschlossener Ort … Ruhig und von der Welt abgeschirmt. Niemand weiß dann, wo ich bin. Und ich habe Zeit, um in Ruhe über alles nachzudenken und mich zu erholen.«

Marten stützte sich auf. Sie spürte seinen Blick in der Dunkelheit. »Du solltest nicht ganz allein sein, Pia.«

»Ich habe schon eine Idee. Und ich werde dort jemanden zum Reden finden, wenn mir danach ist.«

»Ich muss aber wissen, wo du bist. Noch einmal so eine Ungewissheit ertrage ich nicht.«

»Du wirst so ziemlich der Einzige sein, der es weiß.«

»Was hast du vor, Pia?«

»Ich gehe in ein Kloster.«

3. Kapitel

Kloster Naumar lag an der Ostseeküste, nur eine halbe Stunde Autofahrt von Lübeck entfernt. Normalerweise jedenfalls. Pia hatte anderthalb Stunden benötigt, weil sie eine Reihe von komplizierten, von den Personenschützern ausgearbeiteten Umwegen gefahren war. Woher das Auto stammte, das man ihr zur Verfügung gestellt hatte, wusste sie nicht. Es war mit allen erdenklichen elektronischen Spielereien ausgestattet, fuhr sich aber wie ein nasser Schwamm. Egal. Sie würde hier sowieso keinen Wagen brauchen.

Pia kannte das Kloster bisher nur vom Vorbeifahren. Sie hatte nicht mal gewusst, dass es dort Mönche gab. Doch die Brüder des Cyprianer-Ordens nahmen in ihrer Abtei sogar regelmäßig zahlende Gäste auf. Die schlichte und trotzdem erhabene Architektur der Klosteranlage, die typisch nordische Backsteingotik, hatte Pia schon immer schön gefunden. Doch als sie auf den Parkplatz rollte und zu dem hohen Gittertor hinübersah, stieg leichte Beklemmung in ihr auf.

»Ein Kloster! Ich hoffe, das war wirklich eine gute Idee …«, murmelte sie und stellte den Motor ab.

Pia hatte im Kloster Naumar ein Retreat für zehn Tage gebucht, einschließlich Vollpension, der Möglichkeit, verschiedene Kurse zu belegen, Gespräche zu führen und Zugang zum »Stillen Bereich« zu haben.

Sie stieg aus und atmete tief durch. Der Himmel war

strahlend blau. Die Sonne stand niedrig, und das Licht fiel in schrägen Strahlen durch die halb entlaubten Bäume. Die Tautropfen auf Gras und Blättern glitzerten. Eine ungewöhnliche Ruhe lag über dem ganzen Gelände. Bis auf wenige Details konnte es hier schon seit Jahrhunderten so oder so ähnlich ausgesehen haben.

Pia ging auf das schmiedeeiserne Tor neben einem alten Torhaus zu. Links vom Tor schloss sich ein Gewässer an, das das Kloster wie ein Burggraben umgab. Pia hatte sich den Lageplan bereits auf der Internetseite angeschaut. Sie lud ihr Gepäck aus und zog den Rollkoffer über den Kies bis zu einem Fenster des Pförtnerhauses.

Hinter den Scheiben erschien eine Frau und öffnete einen der Fensterflügel. »Willkommen im Kloster Naumar. Kommen Sie doch bitte zuerst zu mir herein«, sagte sie, nachdem Pia sich vorgestellt hatte. Die Angestellte betätigte einen Schalter, und das Tor glitt über den Kies schabend auf. »Sie können sich hier drinnen anmelden.«

Die Frau war schätzungsweise Mitte vierzig. Eine gut aussehende Blondine mit einem verbindlichen Lächeln, das zwei Grübchen zum Vorschein brachte. Sie trug einen flauschigen rosa Pullover und Perlenohrringe.

»Sie sind also Pia Cordes«, sagte sie, als Pia eingetreten war.

Pia nickte und unterdrückte die aufflackernde Irritation, als sie erstmals mit falschem Namen angesprochen wurde. Es war eine der Sicherheitsmaßnahmen, die getroffen worden waren. Nur der Prior des Klosters war in ihre Täuschung eingeweiht, sonst niemand.

»Ich hoffe, Sie haben eine gute Zeit bei uns.«

»Danke. Bestimmt! Ich freue mich auf ein paar ruhige und entspannte Tage.«

»Da sind Sie hier genau richtig. Ich bin Bernadette Rademann. Sie finden mich tagsüber hier im Pförtnerbereich. Und Sie können mich jederzeit ansprechen, wenn Sie Fragen oder Wünsche haben. Und ebenso Bruder Thomas, den Sie noch kennenlernen werden. Er ist der Mönch, der für die Gäste zuständig ist.«

»Das klingt gut. Danke!« Pia sah sich in dem kleinen, überheizten Büroraum um. Durch das Fenster konnte Frau Rademann bequem die gesamte Einfahrt mit dem Tor überblicken.

»Im Moment ist Bruder Thomas noch unterwegs. Falls Sie vorher schon Fragen oder Wünsche haben, können Sie sich natürlich auch an mich oder an den Novizen Noah wenden.« Sie lächelte. »Er unterstützt Bruder Thomas bei den Gästen.«

»Wo kann ich den Novizen denn finden?«

»Fragen Sie einfach, wen immer Sie antreffen. Es leben nicht sehr viele Mönche hier. Alles ist recht überschaubar.« Die Frau reichte ihr ein Formular. »Würden Sie das bitte ausfüllen? Sie können sich dort an den kleinen Tisch setzen. Damit hätten wir den bürokratischen Teil auch schon erledigt.«

Pia nahm einen Kugelschreiber aus einem bereitstehenden Becher und tat wie ihr geheißen. »Gibt es noch weitere Gäste?«, erkundigte sie sich, während sie schrieb.

»Oh, sicher! Es ist aber nicht sehr voll, weil gerade keine Gruppen da sind. Das ist ein Vorteil«, sagte Frau Rademann. »Sie sind momentan nur zu sechst. Besser geht es nicht.«

Pia gab das ausgefüllte Formular zurück. Ihr Blick fiel auf einen Kalender mit einem Bild der afrikanischen Steppe, einiger Zebras und eines Landrovers. *Missions-Cyprianer*

Tsunonga, stand darunter zu lesen. Das Foto versetzte Pia einen Stich. Wehmut und ein Hauch schlechtes Gewissen. Sie besaß einen ähnlichen Landrover, den sie von ihrem verstorbenen Freund Lars geerbt hatte. Er stand seit Monaten ungenutzt in einer Scheune. »Ein schönes Foto«, sagte sie. »Gehören Kloster Naumar und die Missionsstation in Afrika irgendwie zusammen?«

»Unsere Mönche sind der Tsunonga-Mission in großer Freundschaft verbunden. Manchmal kommen Brüder von dort zu uns zu Gast.«

»Das klingt spannend.«

»Wenn Sie in den Genuss ihrer Erzählungen kommen wollen, müssten Sie aber länger bleiben.« Wieder ein Grübchen-Lächeln. »Ich hoffe, Sie werden sich bei uns wohlfühlen, Frau Cordes. Ich kann meinen Posten leider gerade nicht verlassen, sonst würde ich Sie natürlich zu Ihrem Zimmer begleiten. Aber Sie finden sich bestimmt zurecht. Das Tor hier ist stets geschlossen, doch die Pforte ist auch rund um die Uhr besetzt. Dies ist ein kleiner Lageplan, und das hier ist Ihr Zimmerschlüssel. In Ihrem Zimmer liegt eine Informationsmappe, wo alle Essenszeiten, Stundengebete und so weiter aufgeführt sind.«

»Das klingt perfekt.«

»Wenn Sie gleich hinausgehen, befindet sich das Gästehaus links von hier. Sie können es nicht verfehlen.«

Das Gästehaus stand abseits der alten Klostergemäuer am Ende einer Lindenallee. Es war ein zweistöckiges, graubeige gestrichenes Gebäude, das schätzungsweise Anfang des vorletzten Jahrhunderts erbaut worden war.

Pias Zimmer lag im ersten Stock. Sie stieg die knarzende Treppe hinauf, fand die richtige Zimmernummer und schloss auf. Hinter der Tür befand sich ein kleiner Flur mit Spiegel und Garderobe, von dem eine Tür zu einem Duschbad abging. An den Flur schloss sich ein schmales, etwa zwölf Quadratmeter großes Zimmer an. Ihr Reich für die nächsten zehn Tage.

An der Wand stand ein Einzelbett, das schmal und bescheiden aussah und dem Klischee einer Mönchszelle zumindest in Ansätzen entsprach. Gegenüber befanden sich ein fest eingebauter Schreibtisch mit Stuhl und daneben ein schmaler Kleiderschrank in heller Holzoptik. Auf dem Boden lag dünner brauner Nadelfilz. Die hohen Wände waren weiß getüncht, und als einziger Farbtupfer rahmten braungrüne Vorhänge das Fenster ein. Die Wand über dem Bett zierte ein kleines quadratisches Holzstück mit eingelassenem Kreuz.

Pia trat ans Fenster. Sie konnte von hier aus die gewaltige Kirche aus rotem Backstein und ein paar ältere Nebengebäude sehen, deren Nutzung sich ihr noch nicht erschloss. An diesem sonnigen Novembertag lag eine heiter-gelassene Stimmung über dem Ensemble.

Pia blätterte durch die Informationsmappe: Tee und Kaffee gab es am Nachmittag um halb drei im Kaminzimmer. Das Abendessen würden die Gäste in Gesellschaft der Mönche im Refektorium einnehmen, das sich im Klausurbereich befand. Die übrigen Mahlzeiten wurden den Gästen in einem Speiseraum in diesem Haus serviert.

Insgesamt gab es sieben Mönche im Kloster, einen Novizen und den Prior der Abtei, las Pia. Außerdem mehr als zwanzig Angestellte, die sich um die Anlage, die Versorgung der Gäste und den allgemeinen Betrieb kümmerten.

Pia sah auf die Uhr. Bis zum Kaffee hatte sie noch eine

halbe Stunde Zeit. Nach einem kurzen Abstecher ins Bad nahm sie den Lageplan, ihren Zimmerschlüssel und ihre Jacke und ging wieder hinaus.

Vor dem Haus wurde Pia von einer kräftigen Windböe überrascht. Braungelbes Laub und dünne Zweige wirbelten durch die Luft. Das Wetter würde sich wahrscheinlich bald ändern. Außerdem waren Möwenschreie zu hören. Das Meer war nicht weit entfernt.

Pia schloss den Reißverschluss ihrer Winterjacke und zog die Kapuze über das offene blonde Haar. Sie marschierte in Richtung Klosterkirche. Normalerweise erkundete sie gern historische Gebäude. Sie stellte sich vor, wie die Menschen und die Umgebung in früheren Zeiten wohl ausgesehen hatten und wie das alltägliche Leben vonstattengegangen war. Gewissermaßen selbst Teil dieser Vorstellung eines Klosters zu sein, und sei es auch nur für ein paar Tage, war spannend und auch ein wenig befremdlich.

Zwischen der Kirche und dem angrenzenden Gebäude befand sich ein mannshohes Holztor. *Stiller Bereich – Zutritt nur für Befugte*, stand auf einem Schild daneben. Während sie noch überlegte, ob sie befugt war oder nicht, öffnete es sich, und ein Mönch in schwarzem Habit und mit einem braun-grauen Vollbart trat heraus.

Er war Ende fünfzig, mittelgroß und blickte sie freundlich an. »Guten Tag. Suchen Sie etwas? Kann ich Ihnen helfen?«, fragte er mit angenehm sonorer Stimme.

»Nicht direkt.« Pias Blick fiel hinter ihn in den beschaulich daliegenden Kreuzgang. »Ich bin für ein paar Tage zu Gast im Kloster. Ich suche Ruhe und Zeit zum Nachdenken, glaube ich.«

»Ich bin Bruder Zacharias. Willkommen im Kloster Naumar.«

»Vielen Dank! Mein Name ist Pia Cordes.«

Sein Lächeln vertiefte sich. »Einen friedlicheren Ort als diesen werden Sie in der Umgegend kaum finden, Frau Cordes.« Er sah zum Himmel hinauf. »Auch wenn das Wetter in den nächsten Tagen zu wünschen übrig lassen wird. Das sagt wenigstens Bruder Menowin. Er ist für unseren Klosterforst und die Schafe zuständig und täuscht sich so gut wie nie.« Die braunen Augen des Mönchs ruhten wohlwollend auf Pia. »Ruhe und Zeit zum Nachdenken werden Sie hier finden. Der Rest liegt bei Ihnen, bei uns und bei Gott natürlich.«

Er nickte ihr noch einmal zu und ging mit großen Schritten seines Weges. Der Wind bewegte die Schöße seines Habits, sodass es beinahe so aussah, als schwebte er. Eine Glocke schlug blechern und laut die zweite Stunde.

Sie hatte gerade einen Mönch belogen, der sie herzlich willkommen geheißen hatte. Zumindest, was ihren Namen betraf.

Pia zog fröstelnd die Schultern hoch. In der letzten Nacht hatte sie nur drei Stunden geschlafen. Unter anderem aus Gründen, die sie nicht mal in einem Beichtstuhl schildern wollte, sollte sie jemals die Beichte ablegen. Außerdem hatte sie bisher lediglich gefrühstückt, und das auch nur, weil Marten heute Morgen alles liebevoll vorbereitet hatte, während sie im Bad gewesen war. In letzter Zeit hatte sie zwar Hunger, aber keinen nennenswerten Appetit. Würde die neue Umgebung daran etwas ändern? War sie am rechten Ort? Sie glaubte ja nicht mal richtig an Gott.

Sie war gerade mal ein paar Stunden aus ihrem Alltagsleben und ihrer vertrauten Umgebung herausgerissen. Ohne

Ablenkungen und Verpflichtungen. Und schon wollte sie am liebsten zurückfahren? Pia zog ihr Smartphone aus der Tasche, wog es in der Hand und steckte es dann mit einem Seufzer wieder ein. Felix erwartete ihren Anruf erst zum Abendbrot. Das war noch ein paar Stunden hin. In ungefähr dreißig Minuten sollte sie im Kaminraum sein. Und bis dahin? Pia vergrub die Hände in den Taschen und ging einfach los.

Als sie nach ihrer Erkundungstour ins Gästehaus zurückkehrte, hörte Pia Stimmen im Erdgeschoss und steuerte darauf zu. Das Kaminzimmer war ein beinahe quadratischer Raum mit holzvertäfelten Wänden und altem, schwerem Mobiliar.

»Ein neues Gesicht, wie schön!« Ein großer, athletisch aussehender Mittvierziger in Norwegerpulli und Jeans kam Pia entgegen. »Ich bin Jürgen. Ist es okay, wenn wir uns duzen?«

»Ja klar, ich heiße Pia.« Sie reichte ihm die rechte Hand, die nach ihrem Spaziergang eiskalt war. »Ich komme gerade von draußen.«

»Ja, das Wetter ist echt abwechslungsreich«, antwortete er. »In einem Moment scheint noch die Sonne, im nächsten schüttet es. Das wird echt hart morgen früh um sechs Uhr mit *ora et labora*.« Er grinste verschwörerisch. »Aber das haben wir uns ja so ausgesucht.«

»Ich weiß noch nicht, was ich hier genau machen will.« Pia sah sich in dem behaglichen Raum um. Die Vorhänge waren zugezogen, und im offenen Kamin brannte ein Feuer.

»Noah, der junge Mann dort, wird dir alles erklären«, sagte Jürgen. »Er ist Novize und kümmert sich zusammen mit Bruder Thomas um die Gäste. Sie haben hier alle ihre Aufgaben und Zuständigkeitsbereiche.«

Ein bärtiger Mann Ende zwanzig, am Habit sofort als Klosterbruder zu erkennen, sah zu ihnen herüber, als hätte er seinen Namen gehört. Er sagte noch etwas zu zwei Frauen, neben denen er stand, und kam dann auf Pia zu.

»Willkommen im Kloster Naumar. Ich bin Noah, wie Sie ja gerade erfahren haben. Ich bin hier Novize.« Er lächelte herzlich. »Und Sie müssen Pia Cordes sein. Wir erwarten Sie schon. Bernadette hat Sie uns für heute angekündigt.«

»Ja, das stimmt. Danke für die nette Begrüßung.«

»Sind Sie gerade erst angekommen? Sie sehen ein bisschen durchgefroren aus. Möchten Sie Tee oder Kaffee und ein Stückchen Kuchen?« Er deutete auf einen Tisch an der Wand, auf dem Thermoskannen, weißes Hotelgeschirr und zwei Platten mit Kuchen bereitstanden. »Der Käsekuchen ist mein Favorit. Aber sie sind eigentlich alle sehr gut. Beim Kaffee ist hier Selbstbedienung, doch ich hole Ihnen gern etwas und bringe es an den Tisch am Kamin.«

»Oh, vielen Dank! Ich möchte noch nichts. Nicht sofort.«

Er nickte. »Verstehe. Kommen Sie, ich stelle Sie den anderen Gästen vor.«

Die beiden Frauen, mit denen er zuvor gesprochen hatte, hießen Julia Meyer und Christine Fichte.

Julia war schätzungsweise Anfang vierzig. Sie hatte kurze dunkelblonde Haare und trug eine Stoffhose und beige Schnürschuhe. Ihre Augen wurden von einer Brille stark vergrößert und ließen sie ein bisschen verschreckt aussehen. Sie führte die Teetasse zum Mund, nippte daran, stellte sie dann wieder klirrend auf der Untertasse ab und sah sich suchend im Raum um. Pias Anwesenheit schien sie kaum zur Kenntnis zu nehmen.

Christine Fichte, ihre Freundin, musterte Pia hingegen genau. Christine stand wie eine Eiche neben Julia und überragte sie dabei um einen halben Kopf. Die Frau war schätzungsweise Mitte fünfzig, hatte stahlgraues, glattes Haar, das exakt auf Kinnhöhe endete. Sie sei von Beruf Lehrerin gewesen, erzählte sie sofort. »So wie Jürgen Pfeffer, mit dem Sie eben gesprochen haben«, sagte sie. »Nur an einer ganz anderen Schule; inzwischen bin ich frühpensioniert.«

Pia nickte. Die beiden Frauen hätten unterschiedlicher kaum sein können. »Gefällt es Ihnen hier?«

»Gewiss, gewiss. Sonst wäre ich ja nicht hier.«

»Und was mögen Sie am meisten?«, hakte Pia nach.

»Die Natur. Und das gute Essen.«

»Der Kuchen sieht wirklich lecker aus.«

»Backen können die ... Findest du nicht, Julia?«

Die Angesprochene nickte, den Blick in Richtung des Kamins gewandt.

»Na, dann werde ich mal etwas probieren.« Pia schlenderte zum Buffet und schenkte sich zunächst einen Kaffee ein. Sie gab Milch hinzu. Noah hatte sich zuvor lächelnd bei den Frauen entschuldigt und sich einem allein am Kamin stehenden Mann zugewandt. Er hatte sich seit Pias Eintreten noch nicht gerührt. Auch während Noah mit ihm redete, zeigte er wenig Reaktion. Er starrte nur in die Flammen. Noahs Job hier schien nicht gerade leicht zu sein ...

»Herzlichen Glückwunsch. Sie sind Ihnen entkommen!«, sagte jemand in verschwörerischem Tonfall.

Pia fuhr herum. Die Frau war schlank, etwa Mitte vierzig, und roch nach einem für die Umgebung etwas zu schwülen Parfüm. Sie nahm sich ebenfalls eine Tasse und schenkte sich Kaffee ein. Ihre roten Fingernägel klickerten gegen das Porzellan. »Das ging aber zügig! Waren Sie sehr unhöflich?«

»Was meinen Sie?« Pia verstand sie genau, wollte sich aber nicht zu einer abwertenden Äußerung drängen lassen.

»Wie sind Sie den beiden entkommen? Waren Sie sehr unhöflich?«

»Nein, warum sollte ich?« Pia musterte ihr schmales, gekonnt geschminktes Gesicht mit den grünen Augen. »Ich bin übrigens Pia Cordes«, sagte sie, schon etwas sicherer mit ihrer neuen Identität. »Ich bin gerade erst angekommen.«

»Ich weiß. Freut mich! Ich bin Alexa Steinhagen. Aber Jürgen hat dir bestimmt schon erzählt, dass wir uns fast alle duzen. Willkommen im Kloster.«

»Wie lange bist du schon hier?«, erkundigte sich Pia im Plauderton. Alexa sah aus wie einem Katalog für Outdoor-Kleidung entsprungen. Nicht gerade Flecktarnung, aber sie trug eine olivfarbene Cargohose und eine figurbetonte Bluse aus einem atmungsaktiven Material. Ihr rötlich schimmerndes Haar war aufgesteckt, ein Tuch lässig darin verknotet.

»Bald eine Woche«, antwortete sie. »Wir sind alle schon ein paar Tage länger da. Deshalb ist ein neuer Gast eine willkommene Abwechslung.« Sie zwinkerte.

»Ich werde mir Mühe geben, zur Unterhaltung beizutragen«, erwiderte Pia lächelnd. »Und wie kommt es, dass du hier Urlaub machst?«

»Burn-out«, erklärte Alexa lapidar. »Oder kurz davor. Mein Coach hat mir das hier empfohlen.« Sie hob vielsagend die akkurat gebürsteten Augenbrauen.

»Und? Gefällt es dir hier?«

Alexa krauste gespielt nachdenklich die Stirn. Ihr Blick wanderte zu Noah, der sich nun Tee nachschenkte. Als der Novize sich abwandte, sagte sie leise zu Pia: »Es hat seine Momente. Vielleicht verführe ich mal einen Mönch.«

4. Kapitel

Hinnerk Jost fuhr seinen Passat in den Carport und schaltete den Motor aus. Maschas Mini stand auch schon da. Sie hatte heute sowohl Felix als auch Rieke aus der Betreuung abgeholt. Hoffentlich war seine Frau deswegen nicht zu gestresst. In letzter Zeit spürte er des Öfteren einen nicht ausgesprochenen Vorwurf, wenn sie sich um beide Kinder kümmerte. Eine sogenannte »Patchwork-Familie« zu haben klang ja ganz lustig, war jedoch kein einfaches Unterfangen. Felix war sein Sohn, auch wenn er sich von dessen Mutter Pia schon lange getrennt hatte. Rieke war Maschas und seine gemeinsame Tochter. Mit ihrer Geburt, die wie ein Wunder für ihn gewesen war, hatte er gedacht, nun sei alles gut.

Doch nach einem harten Arbeitstag im Krankenhaus war er noch nicht bereit, sich den Anforderungen von Frau und Kindern zu stellen. Einen Moment lang genoss er die Ruhe in seinem Wagen. Der Regen prasselte wie in weiter Ferne auf das blecherne Dach des Carports. Es war schon so dunkel, dass die Laternen auf der Straße und am Hauseingang brannten. Auf den nassen Scheiben zerstreute sich ihr Licht in Tausende Punkte.

Als er das Haus betrat, hörte er seine kleine Tochter brüllen.

»Nein, du bekommst nicht noch einen Schokoladenkeks«, antwortete Mascha. Ihre Stimme klang angestrengt.

Hinnerk trat in die Küche. »Hallo, Schatz!« Er küsste Mascha flüchtig.

»Oh, du kommst gerade recht«, sagte sie statt einer Begrüßung. »Rieke macht ein Riesentheater, wenn sie nicht alles kriegt, was sie will. Und dein Sohn Felix ist beleidigt, weil ich ihn nicht allein zu Paulinchen habe gehen lassen.«

»Warum durfte er das denn nicht? Die wohnt doch nur zwei Häuser weiter.«

»Na, was meinst du?« Mascha verdrehte die Augen. »Wegen … *ihr* und der Gefahr, in die sie uns gebracht hat.«

»Nun übertreibst du aber. Das sind doch reine Vorsichtsmaßnahmen.«

»Mich macht das ganz verrückt: diese Personenschützer, die unentwegt vor dem Haus herumlungern und mir ein gruseliges Gefühl geben. Ach ja, und die neue Alarmanlage, die sie uns eingebaut haben, und überhaupt der ganze Mist, dem wir *ihretwegen* ausgesetzt sind!«

Sicher, die Situation war nicht glücklich. Aber Pia hatte sich das ja auch nicht so ausgesucht. Er war sich sicher, dass sie lieber mit Felix zusammen wäre, anstatt ohne ihren Sohn an einem geheimen Ort festzusitzen und darauf zu warten, dass die Polizei einen entflohenen Straftäter wieder hinter Gitter brachte. Doch in der Stimmung, in der Mascha gerade war, konnte man nicht mit ihr diskutieren. »Wo ist Felix denn?«, fragte er stattdessen.

»In seinem Zimmer. Aber halt, warte! Kannst du nicht eben Rieke den Mund und die Hände waschen? Sie klebt.«

Hinnerk nahm seine Tochter aus dem Hochsitz am Küchentisch und trug sie ins Gäste-WC, wo er sie unter viel Trara und Juchhu säuberte. Rieke juchzte. Alles war nass. Er ging mit ihr hinauf und begrüßte Felix, der sehr konzentriert an seiner Eisenbahn baute.

Als er wieder herunterkam, nahm Mascha ihm die Kleine

ab. »Du verwöhnst sie, wenn du sie ständig herumträgst. Und ich darf es dann ausbaden.«

»Was heißt denn ›ständig‹? Ich bin gerade fünf Minuten hier.«

»Mal was anderes«, sagte sie. »Meine Mutter möchte Rieke etwas Besonderes zum Geburtstag schenken.«

»Das ist doch schön. Was denn?« Die Sache hatte einen Haken, das sah Hinnerk daran, dass Mascha ihn nicht anschaute, sondern weiter auf der sauberen Tischplatte herumwischte.

»Alle kleinen Mädchen in meiner Familie bekommen als Babys Korallen-Ohrringe.«

»Oh nein! Das Thema hatten wir doch schon. Du kannst einem so kleinen Kind keine Ohrlöcher stechen lassen. Vielleicht will sie ja später gar keine durchstochenen Ohrläppchen haben.«

»Alle Frauen wollen das«, behauptete Mascha. »Und wenn man es so jung macht, tut es gar nicht weh.«

»Sie soll das später selbst entscheiden.«

»Aber das ist noch Jahre hin!«

»Eben.« Er wandte sich ab, weil er die Diskussion als beendet betrachtete.

»Hat Pia Ohrlöcher?«, fragte Mascha.

»Wie bitte? Was hat das damit zu tun? Rieke ist unsere Tochter.«

»Hat Pia angewachsene Ohrläppchen? Dann ginge das nicht so gut.«

»Keine Ahnung. Und es ist mir auch egal.«

»Felix hat jedenfalls angewachsene Ohrläppchen.«

Hinnerk runzelte die Stirn. »Er wird wahrscheinlich keine Korallen-Ohrstecker tragen wollen«, sagte er sarkastisch.

»Du hast keine angewachsenen Ohrläppchen. Ich habe mal gelesen, die werden dominant-rezessiv vererbt.«

»Mascha, was soll das?«

Sie spülte den Wischlappen aus. »Ich sage meiner Mutter, dass das mit den Korallenohrsteckern eine tolle Idee ist.«

Zu den Stundengebeten und zur Eucharistiefeier versammelten sich die meisten Gäste, einige Angestellte und alle Mönche in der Klosterkirche. Pia hatte überlegt, ob sie an diesem frühen Abend an der Vesper teilnehmen sollte. Sie ging sonst so gut wie nie in die Kirche. Doch dann war sie neugierig und wollte es »ganz oder gar nicht« durchziehen.

Draußen war es schon dunkel, und der Wind heulte unvermindert um die alten Gebäude. Pia fand ganz hinten im Kirchenschiff einen Platz in einer der Bänke. So saß sie in tröstlichem Dämmerlicht da. An den Wänden und auf dem Altar brannten flackernd Kerzen. Sie bekam eine Gänsehaut, als die Mönche zu der Orgelmusik in ihren schwarzen Habiten in die Kirche einzogen. Sie nahmen in jeweils zwei Reihen vorn im Altarraum Platz. Die Musik verstummte, die Mönche beteten gemeinsam und stimmten dann einen getragen klingenden Choral an.

Pia fühlte sich verzaubert und deplatziert zugleich. Sie war nicht katholisch, sondern evangelisch, zumindest auf dem Papier. Bei der Anmeldung hatte man ihr gesagt, dass das keine Rolle spiele. Doch nun kam sie sich wie ein Eindringling vor. Alles war fremd: die Gewänder der Mönche, die Liturgie, die Gesänge. Die ganze Atmosphäre erschien ihr surreal und irgendwie archaisch. Normalerweise hätte sie einen eher akademischen Standpunkt bezogen und das alles neugierig betrachtet. Doch in diesem Moment konnte sie das nicht. Sie musste es auf sich wirken lassen.

Nach einer Stunde verließen sie die Kirche. Pia folgte den anderen durch den Kreuzgang ins Refektorium. Das Abendessen wurde den Regeln des Ordens entsprechend schweigend eingenommen.

Pia saß zwischen Alexa und Christine. Sie konzentrierte sich auf das sie umgebende alte Gemäuer mit den Säulen und hohen Decken, das Kerzenlicht auf den alten Holztischen und die Mönche am anderen Ende des u-förmigen Tisches, die sie faszinierten.

Das Abendessen bestand aus einer Käsesuppe vorweg, Mangold-Lasagne als Hauptgang und frischem Obst als Nachtisch. Dazu gab es Wasser, Saft aus Äpfeln aus dem eigenen Obstgarten, Bier oder Wein nach Wahl. Nach dem Essen folgte noch eine Tischlesung.

Pia war das sehr recht. Sie rechnete früher oder später mit Fragen der anderen Gäste nach ihrem Beruf … Doch sie war ein bisschen müde und hatte keine große Lust mehr, ihrer falschen Identität konform zu antworten. An diesem Abend wollte sie keine zu detaillierten Nachfragen riskieren. Sie arbeite in der Verwaltung, sollte sie sagen. So war es abgesprochen. Das klang hoffentlich so uninteressant, dass niemand weiter nachhaken würde.

Nach dem Essen traf Pia sich mit Bruder Thomas, um Details ihres Aufenthalts im Kloster mit ihm zu besprechen. Sie hatten sich schon vor dem Abendessen dazu verabredet.

Sie setzten sich in einem kleinen Besprechungsraum im Gästehaus zusammen.

Bruder Thomas trug nun nicht mehr seine schwarze

Mönchskleidung, sondern hatte sich Jeans und einen Pullover mit einem hellblauen Hemd darunter angezogen. Er war groß und von breiter Statur, beinahe massig, aber anscheinend mehr aufgrund von Muskeln als von Fett. Konnten die Mönche hier etwa irgendwo Gewichte stemmen? Bruder Thomas hatte kurzes dunkles Haar und trug eine Brille mit einem dünnen Rand. Das filigrane Brillengestell ließ ihn im Kontrast zu seinem stabilen Körperbau intellektuell wirken.

Nachdem er Pia etwas zu trinken angeboten hatte – Kräutertee oder Saft –, saßen sie sich an einem runden Tisch gegenüber. Bruder Thomas hielt die Hände auf dem Tisch verschränkt und sah sie freundlich und aufmerksam an. »Noch einmal herzlich willkommen. Ich hoffe, alles war bisher zu Ihrer Zufriedenheit?«

»Ja. Sie alle hier sind sehr freundlich, und die Klosteranlage ist wundervoll.«

»Darf ich fragen, was genau Sie von Ihrem Aufenthalt bei uns erwarten, Frau Cordes?«

»Ich weiß es noch nicht so genau«, bekannte Pia. Sie schüttelte nachdenklich den Kopf. »Die Idee hierherzukommen kam mir relativ spontan.« Nachdem ich im Dienst einen unschuldigen Mann verfolgt und zu Boden geworfen habe, ergänzte sie in Gedanken. »Aber nun fühlt es sich in gewisser Weise falsch an«, bekannte sie zu ihrem eigenen Erstaunen. Bruder Thomas' aufmerksamer und mitfühlender Blick aus braunen Augen hat das bewirkt, dachte sie. »Ich war der Meinung, Ruhe und Zeit für mich zu brauchen. Jetzt jedoch kann ich mir nicht mehr so richtig vorstellen, wie mir das helfen soll.«

»Das passiert manchmal, wenn die Vorstellung von etwas durch die Realität ersetzt wird«, sagte er. »Sie haben sich vielleicht etwas Mystisches vorgestellt, etwas ganz

Neues. Womöglich etwas, das Sie verändert, sobald Sie hier sind. Und nun sind Sie tatsächlich in diesem Kloster angekommen, doch Sie fühlen sich noch genauso wie vorher.« Er lächelte andeutungsweise. »Ihre Probleme haben sich vermutlich noch nicht in Luft aufgelöst.«

»Nein, aber das habe ich auch nicht erwartet«, erwiderte Pia und trank einen Schluck Tee.

»Wunder passieren jeden Tag, doch meistens, wenn wir sie nicht erwarten«, sagte er. »Was beschäftigt Sie denn so sehr? Wollen Sie darüber reden?«

Pia seufzte. »Nein, das wäre zu früh.«

»Das ist Ihre Entscheidung. Ich verstehe das.«

»Ich befürchte, dass ein Klosteraufenthalt und *ora et labora* doch nicht das Richtige für mich sind«, gestand Pia. »Es liegt nicht an diesem Ort und nicht an Ihnen allen hier. Es liegt an mir. Ich kann nicht einmal beten.«

»Sie müssen hier weder beten noch arbeiten. Es ist nur ein Angebot, etwas Neues auszuprobieren. Wenn ich es richtig verstehe, sind Sie zunächst einmal bei uns zu Gast, um Zeit für sich zu finden und zur Ruhe zu kommen.« Er musterte sie aufmerksam. »Ruhe und Zeit zum Nachdenken finden Sie hier in Hülle und Fülle. Ich zeige Ihnen gern unseren Stillen Bereich.«

»Ruhe scheint ein Teil des Problems zu sein und nicht die Lösung. Sobald ich zur Ruhe komme, kreisen meine Gedanken um ein … Erlebnis, das ich vor Kurzem hatte.«

»Es tut uns meistens nicht besonders gut, wenn unsere Gedanken nur um uns selbst kreisen. Der heilige Cyprianus, der Gründer unseres Ordens, sagt: ›Ein Mensch, der körperliche Arbeit verrichtet, verändert auch sein Herz …‹ Das Nicht-beschäftigt-Sein ist ihm zufolge der Feind der inneren Umkehr.«

»Innere Umkehr durch Beten und Beschäftigung? Also doch *ora et labora.*« Pia sah aus dem Fenster in die Dunkelheit hinaus. »Ich bin aber nicht sehr geübt im Schafehüten.« Sie lächelte entschuldigend.

»Wer weiß«, meinte er und schenkte ihr nun ebenfalls ein Lächeln. »Es ist eine Chance. Nicht mehr und nicht weniger. Ich mache Ihnen einen Vorschlag, Frau Cordes: Geben Sie sich achtundvierzig Stunden Zeit. Wenn Sie danach immer noch der Meinung sind, dass Sie hier fehl am Platz sind, dann verlassen Sie uns wieder. Niemand wird Ihnen deswegen einen Vorwurf machen.« Er sah sie eindringlich an. »Aber geben Sie nicht auf, ohne es überhaupt versucht zu haben.«

Pia verließ den Besprechungsraum mit einer Beschreibung der unterschiedlichen Arbeitseinsätze und einem Zugangscode zum sogenannten »Stillen Bereich«. Ein großer eiserner Schlüssel zu diesem Teil des Klosters hätte sicher mehr Zauber versprüht, aber so war es wohl praktikabler für alle. Die Arbeit im Wald interessierte sie, die von einem Bruder Menowin geleitet wurde. Außerdem wollte sie gern die große Klosterbibliothek kennenlernen, die unter der Aufsicht eines Mönchs namens Bruder Lambert stand.

Bruder Thomas hatte ihr gesagt, dass Bruder Lambert auch studierter Historiker war. »Die Bücher der Bibliothek sind sein Ein und Alles. Wenn Sie ihn etwas Spezielles dazu fragen, kann die Antwort auch schon einmal etwas länger und umfassender ausfallen«, hatte er lächelnd gesagt.

Für ihre »geistliche Begleitung« – Pia widerstrebte die Formulierung – sollte sie sich bei Bedarf an Bruder Reginald wenden, den Subprior des Klosters.

Pia war enttäuscht, dass sich nicht Bruder Thomas oder der Novize Noah dafür anboten. Sie schienen ihr beide recht weltoffen und sympathisch zu sein, sodass sie in Erwägung gezogen hätte, ein persönliches Gespräch mit einem von ihnen zu führen.

Bruder Thomas reagierte seltsam zurückhaltend darauf. Er betonte, dass Bruder Reginald ein hervorragender Gesprächspartner und erfahrener Seelsorger sei. Pia werde bei ihm gut aufgehoben sein. Doch als er das sagte, war sein Tonfall eine Spur zögerlicher. Der Mönch erklärte ihr, dass der Novize und er mit der Organisation der Gästebetreuung leider schon ausgelastet seien, weil demnächst wieder eine größere Jugendgruppe anreiste. Jeder in diesem Orden habe seine Aufgaben, sei an die Weisungen des Priors Philip gebunden, und alles habe seine festgefügte Ordnung.

Zurück in ihrem Zimmer, holte Pia ein spezielles Handy hervor, das sie von der Polizei erhalten hatte. Damit konnte sie mit Marten und Felix Kontakt halten, ohne dass man es zu ihr zurückverfolgen konnte. Sie legte die dafür mitgebrachte SIM-Karte ein und rief ihren Sohn an.

Er klang recht entspannt und zufrieden und unterdrückte erfolgreich seine Neugierde, wo seine Mama sich befand. Pia war stolz, wie verständig er schon war. Er wurde so schnell groß. Als sie aufgelegt hatten, wischte sie sich ungeduldig übers Gesicht. Die Trennung von Felix war das Schwierigste an diesem Vorhaben. Aber Bruder Thomas hatte wohl recht. Sie sollte sich diese Chance geben, wenigstens für achtundvierzig Stunden. Dann würde sie sehen, was es mit ihr machte …

Nach dem Abendgebet in der Klosterkirche, der sogenannten »Komplet« um einundzwanzig Uhr, waren Silentium und Nachtruhe angesagt. Ein bisschen fühlte es sich an, wie wieder jung zu sein und in einer Jugendherberge zu übernachten. Pia zweifelte daran, dass sie in den nächsten Stunden schon würde schlafen können. Aber sie hatte sich Bücher mitgebracht und sogar Hörbücher heruntergeladen. Ihre letzte Waffe, bevor sie wach lag, während sich ihr Gedankenkarussell sinnlos drehte.

5. Kapitel

Der Weckton ihres Handys schreckte sie aus dem Schlaf. Im ersten Moment war Pia orientierungslos. Es war stockdunkel. Sie tastete neben sich. Statt Marten war da eine Wand. Sie drehte sich, doch das Bett war zu schmal, und sie schlug mit dem Ellenbogen gegen eine Kante. Autsch. Das war der Nachttisch. Sie fand den Lichtschalter und blinzelte. Pia lag in dem Bett des Gästezimmers in Kloster Naumar. Das Buch, das sie am vergangenen Abend noch angefangen hatte, musste ihr beim Einschlafen aus der Hand gerutscht sein. Es lag auf der braunen Auslegeware.

Ihr Handy zeigte fünf Uhr fünfundvierzig an. Eine Wasserleitung quietschte, Türen klappten. Einige der anderen Gäste waren also schon auf den Beinen. In einer Dreiviertelstunde begannen die Laudes, das Morgenlob. Da sie nun schon wach war, konnte sie auch gleich daran teilnehmen.

Nach dem Morgengebet in der Klosterkirche trafen sich die Gäste zum Frühstück in einem der Speisezimmer im Gästehaus. Da sie nur zu sechst waren, hatte man einen einzigen runden Tisch am Fenster für sie eingedeckt. Auf der weißen Leinendecke standen ein kleiner Blumenstrauß und eine brennende Kerze. Es roch nach frischen Brötchen, gebratenem Speck und Kaffee.

Mit einem kleinen, wohligen Seufzer holte Pia sich einen Becher Milchkaffee und setzte sich zu den anderen. Noch schöner war es natürlich, wenn Marten das Frühstück für sie vorbereitete. Aber hier mit dem Essen aus der Klosterküche verwöhnt zu werden kam diesem Luxus schon sehr nahe.

Noah zog sich die Kapuze über den Kopf und steckte die Hände unter das Skapulier. Obwohl der Winterhabit der Cyprianer-Mönche aus dickem Wollstoff gefertigt war, fiel ihn nach wenigen Schritten in Richtung Torhaus die feuchte Kälte an. Die Gemäuer des Klosters waren dunkel vor Nässe. Es tropfte aus vollen Regenrinnen und den beinahe kahlen Kronen der Kastanien. Die Kiesflächen der Wege und Plätze waren nach der windigen, regnerischen Nacht schon wieder mit Laub und kleinen Zweigen bedeckt.

Bruder Benno harkte, wie es aussah in aller Gemütsruhe, vor dem Zugang zum Kreuzgang, doch es war eine Sisyphusarbeit. Noch war das Wetter bis auf gelegentliche Böen ruhig, aber Noah vermutete nach einem Blick zum grauen Himmel, dass das nächste Sturmtief bereits im Anmarsch war.

Es war einer dieser Morgen, an denen er mit seiner Umgebung haderte. Es machte ihm nicht so viel aus, auf Bequemlichkeit oder Besitztümer zu verzichten, wie die meisten Menschen glauben würden. Es war der Gehorsam den Mitbrüdern und dem Prior gegenüber, der ihm seit Wochen zu schaffen machte.

Die jungen Brüder sollten die alten achten und ihnen gehorchen, die alten die jungen Mitbrüder lieben. Doch wo war die christliche Nächstenliebe zu spüren, wenn er vom Subprior Reginald laufend auf scheinbar milde, doch herablassend wirkende Art und Weise gemaßregelt wurde?

Am vergangenen Tag hatte Bruder Reginald ihn wieder mal wegen seines »Geschwätzes« gerügt. Er sprach dabei stets leise und in verständnisvollem Tonfall, fand christliche Formulierungen, doch der Blick seiner grauen Augen war kalt … Dabei hatte er nur ein paar Worte mit Bruder Benno gewechselt, hatte wissen wollen, wann mal wieder Brüder der Mission bei ihnen zu Gast sein würden. Bruder Benno hatte ihm verständnisvoll zugezwinkert und sich dann entfernt, um ihn Bruder Reginalds Zurechtweisungen zu überlassen.

Die Hierarchie im Kloster war streng. Bruder Benno gehörte mit seinen sechsundvierzig Jahren zu den jüngeren Mönchen der Abtei. Ein eher stiller, unauffälliger Mann und allseits beliebt. Er war der Seelsorger der Angestellten. Die Organisation der Kleiderkammer, die Kommunikation mit der Küche und die Chorleitung gehörten auch zu seinen Aufgaben. Doch so nett und so angesehen Bruder Benno auch war, er würde Bruder Reginald, dem Subprior, niemals widersprechen.

Noah seufzte. Silentium – Schweigen –, das war eine der schwersten Prüfungen für ihn. Von jeher lebte er von Kommunikation und der Sorge um das Wohlergehen seiner Mitmenschen. Er war eben empathisch, war es immer schon gewesen.

»Setz dich endlich mal durch, Junge!«, hatte sein Vater ihn entnervt angeraunzt, wenn er auf dem Spielplatz oder Schulhof, statt zuzuschlagen, die begehrten Süßigkeiten und Spielsachen einfach verschenkt hatte. Die Menschen waren nun mal schwach und bedürftig. Es machte ihm nichts aus zu geben. Ganz im Gegenteil. Er spürte die Gefühle wie Kummer und Verlangen seiner Mitmenschen wie seine eigenen. Er wollte ihnen helfen und ihnen den Weg zu Gott aufzeigen. Doch wie sollte er sie ohne Worte erreichen, vor allem die ihnen anvertrauten Gäste?

Er bemerkte, dass er beim Gehen den Kopf schüttelte, riss sich zusammen und atmete tief ein und aus. Nach wenigen Schritten hatte er das Tor erreicht. Er drückte von innen gegen einen der Flügel, doch der rührte sich nicht. Ratlos sah er zum Fenster des Pförtnerhauses.

Bernadette Rademann war schon da und winkte ihn zu sich. »Guten Morgen, Novize Noah. So früh schon unterwegs?«

»Guten Morgen, Frau Rademann. Gibt es einen Grund dafür, dass die Pforte noch verschlossen ist?«

»Tut mir leid. Sie ist jetzt bis auf Weiteres immer verschlossen. Neueste Anweisung des Priors.«

»Ach so. Das wusste ich noch nicht.« Eine Windböe wirbelte seinen Habit auf, und ein Schwall harter Regentropfen prasselte auf ihn herunter. Er fröstelte, versuchte aber, sich nichts anmerken zu lassen.

»Kommen Sie doch einen Moment rein, Noah. Das Wetter ist scheußlich. Ich habe gerade frischen Kaffee da.«

Novize Noah sah sich unauffällig um. Kein Subprior in der Nähe. Aufgemuntert durch die Einladung ging er durch den Seiteneingang ins Torhaus.

Sie bedeutete ihm, Platz zu nehmen, und schenkte ihm Kaffee ein. Normalerweise strahlten Bernadette Rademanns babyblaue Augen, und sie lachte gern. Doch an diesem Morgen war ihr Lächeln verkrampft, und ihre Hand, mit der sie ihm einen dampfenden Becher reichte, zitterte leicht.

»Danke, das ist sehr freundlich«, sagte er. Und dann, nach einem zweiten Blick: »Geht es Ihnen gut?«

Sie nickte und blickte in ihren Kaffeebecher.

Er trank schweigend ein paar Schlucke des bitteren Gebräus. »Ich verstehe nicht ganz, was es mit dem Abschließen der Pforte auf sich hat«, bemerkte er auf der Suche nach einem unverfänglichen Gesprächsthema.

»Wie gesagt, das ist eine neue Anweisung von Prior Philip.« Sie hob die rundlichen Schultern. »Ab sofort ist die Pforte durchgehend verschlossen zu halten. Wir dürfen nur noch angemeldete Gäste hereinlassen, und natürlich die Lieferanten, die wir kennen.«

»Und die Brüder?«, fragte er scherzhaft.

Sie ging auf seinen leichten Tonfall ein. »Ach, ihr Brüder macht doch eh, was ihr wollt.«

»Da bin ich aber erleichtert, dass ich gleich hinausgehen darf. Ich habe nämlich im Jugendhaus einiges vorzubereiten.«

»Die nächste Gruppe kommt am Samstag, oder?«

»Ja. Ich freue mich schon auf die jungen Leute. Es sind acht Jugendliche zwischen sechzehn und achtzehn Jahren.«

»Wie schön. Das kann ich gut verstehen.« Sie maß ihn mit einem längeren Blick. Vermutlich konnte sie nicht recht nachvollziehen, dass ein junger Mann wie er Mönch werden wollte. Wenn sie ihn fragen würde, könnte er es ihr vielleicht erklären …

Er überlegte noch, ob er etwas dazu sagen sollte, als ihm die Veränderung auffiel. Noah hatte sich nie für Make-up und Kosmetika interessiert, aber die pastenartige Schicht Farbe auf Bernadettes Haut war nicht zu übersehen. Der Farbton war zu gelblich, und unter dem linken Auge schimmerte es darunter bläulich. An ihrer Augenbraue, die dick mit brauner Farbe nachgezogen war, sah er einen kleinen, blutverkrusteten Riss. Außerdem waren ihre Lider verquollen.

Noah wandte den Blick ab und sah wieder in den Kaffeebecher. »Für wie lange gilt diese Anweisung? Ist es nur vorübergehend?«, fragte er.

»Ich weiß es nicht.«

Der Gedanke, eingesperrt zu sein, behagte Noah nicht. Wieder so etwas, was er einfach hinnehmen musste ... Er räusperte sich. »Frau Rademann ... Verzeihen Sie bitte. Aber hatten Sie einen Unfall?«

Sie riss erschrocken die Augen auf und fasste sich ins Gesicht. Schnell zog sie die Hand wieder zurück. »Ach, das. Ich dachte, es wäre gar nicht zu sehen. Das ist halb so wild. Ich bin im Garten gegen einen Ast gelaufen. Dumm, nicht?«

»Das tut mir leid. Waren Sie beim Arzt?«

»Nein, es ist wirklich halb so wild. Keine entstellenden Narben zu befürchten.« Sie lächelte verkrampft. »Und selbst wenn. Ich bin eine Frau in den mittleren Jahren.«

»Sie sind der Sonnenschein dieses Klosters«, sagte er mit Überzeugung. »Wenn Sie doch lieber zum Arzt wollen, kann ich nachher den Pfortendienst für Sie übernehmen, Frau Rademann. Bruder Thomas wird dann bestimmt eine Weile ohne mich auskommen ...« Er stoppte, weil er merkte, dass er mal wieder voreilig handelte. Es war nicht seine Entscheidung, wie die Arbeiten verteilt wurden.

Zu seiner Bestürzung traten Bernadette Rademann Tränen in die Augen. »Danke, aber das ist wirklich nicht nötig.« Sie blinzelte und wandte sich ab. »Das verheilt von ganz allein.«

»Sind Sie sicher? Manchmal ... ist der ... äh ... Schaden unsichtbar und größer, als wir zunächst denken«, bemerkte er. Er wusste, er wagte sich auf gefährliches Terrain.

Das Telefon klingelte, und sie stürzte sich darauf wie auf einen Rettungsring. »Kloster Naumar. Bernadette Rademann am Apparat. Wie kann ich Ihnen helfen?« Es war nur noch ihr Rücken in dem hellblauen Flauschpullover zu sehen, ihr goldglänzendes Haar, die hochgezogenen Schultern. Aus ihren Worten entnahm er, dass das Telefonat länger dauern würde.

Novize Noah stellte den leeren Becher auf ein dafür vorgesehenes Tablett, winkte Bernadette Rademann, die sich kurz umwandte, einmal zu und verließ das Pförtnerhaus.

Nach dem Frühstück ging Pia rasch in ihre Zelle und zog sich robuste Sachen an, die dazu geeignet waren, draußen zu arbeiten. Im Klosterforst wurde noch Hilfe benötigt. Mit derben Stiefeln und einem Lageplan des Klostergeländes ausgerüstet verließ Pia das Gästehaus. Bruder Thomas hatte auf ihre Nachfrage hin vage die Stelle im Wald mit einem Kugelschreiberkreuz gekennzeichnet und gesagt, man könne Bruder Menowin dort nicht verfehlen.

Als sie losmarschierte, sah Pia, wie sich die übrigen Gäste, die noch in Grüppchen vor dem Haus gestanden hatten, ebenfalls in unterschiedliche Richtungen auf den Weg machten.

Sie kam zum Tor, das Bernadette Rademann ihr nach einem kurzen Blick aus dem Fenster elektronisch öffnete und, nachdem Pia hindurchgegangen war, sogleich wieder schloss, als hüteten die Mönche einen beachtlichen Kirchenschatz.

Pia wandte sich nach rechts und ging am Parkplatz des Klosters vorbei. Neben ihr befand sich hinter ein paar Bäumen der Klostergraben. Der Fußweg stieg leicht an und machte eine ausgedehnte Rechtskurve. Das Gewässer unterhalb des Weges lag dunkel und vollkommen unbewegt da. Grellgelbe Blätter trieben auf der Oberfläche. Über den breiten Graben hinweg und durch die Bäume hindurch erhaschte Pia immer wieder einen schönen Blick auf das Klostergelände. Direkt hinter dem Graben befand sich ein Pavillon, der im Sommer bestimmt ein wundervoller Platz zum Ausruhen und Lesen war. Dahinter lagen das Gästehaus und weiter entfernt einige Nebengebäude des Klosters und die hoch aufragende Klosterkirche.

Der breite Graben wurde von einem kleinen Fluss gespeist, den Pia auf Höhe der Rückseite des Klostergeländes auf einer Holzbrücke überquerte. Die Bäume standen hier viel dichter. Sie war im Klosterforst angekommen. Der Weg gabelte sich mehrmals, doch an allen Abzweigungen standen Schilder für Wanderer, die zu den Schafweiden, den Fischteichen oder zum Ostseestrand wiesen.

Nach weiteren zehn Minuten Fußmarsch hörte Pia das Geräusch einer Motorsäge. Zwischen den Baumstämmen tauchte die kräftige Gestalt eines Mannes auf, der Sägearbeiten verrichtete. Das musste Bruder Menowin sein. Sein Anblick irritierte Pia zunächst. Doch dann wurde ihr klar, dass ihre Vorstellung eines Mönchs in Kutte bei Forstarbeiten vielleicht etwas zu romantisch und naiv gewesen war. Bruder Menowin trug eine Schnitthose und einen abgewetzten grauen Anorak, dazu Sicherheitsstiefel, einen Gehörschutz und Arbeitshandschuhe. Er sah aus wie ein Waldarbeiter; lediglich sein Bierbauch und der braungraue Rauschebart entsprachen dem Klischee, das ihr im Kopf herumspukte.

Er sägte zunächst unbeirrt weiter einen grünlich schimmernden Baumstamm in Stücke. Als Pia schon überlegte, wie sie ihn auf sich aufmerksam machen sollte, richtete er sich ein wenig schwerfällig auf, stellte die Säge aus und winkte sie näher zu sich heran. Er musterte sie mit einem durchdringenden Blick. »Bruder Thomas hat mir für heute einen Gast zum Helfen angekündigt«, sagte er. »Das sind dann wohl Sie. Das ist aber schon richtige Arbeit hier ... Wie heißen Sie?«

»Pia Cordes«, antwortete sie. »Und ich will tatsächlich richtig arbeiten«, stellte sie klar.

»Haben Sie einen Motorsägenschein?«

»Nein.«

»Dann halten Sie sich besser von den Sägen fern. Das Holz hier muss mit der Schubkarre rüber zum Hackplatz gefahren werden.«

Es war eine einfache, aber auch anstrengende Arbeit.

Doch so simpel, wie sie zunächst zu sein schien, war sie dann doch nicht. Pia stellte die Schubkarre neben die Baumstücke.

»Nicht so rum«, sagte Bruder Menowin mit einem Seufzen. »Die leere Schubkarre immer in die Richtung stellen, in die man wegfahren will. Mit einer leeren Karre kann man leichter wenden als mit einer vollen.«

Das klang verdammt logisch. Pia drehte die Schubkarre. Das zweite Missgeschick erwies sich erst später als solches: Pia hatte zu viele Baumstücke in der Karre gestapelt. Das schon etwas eiernde Rad versank tief im weichen Waldboden. Als sie eine kleine Steigung zu überwinden hatte, kippte das Gefährt. Sie sammelte das Holz wieder ein, doch einen Teil ihrer Ladung musste sie in einer zweiten Fuhre transportieren, um überhaupt zum »Hackplatz« zu gelangen.

Das Holz, das der Mönch vorbereitete, war das einer geborstenen und umgestürzten Buche. Diese war ausgerechnet in eine feuchte Senke gestürzt, wo er jetzt arbeitete, ohne aufzusehen. Den Hackplatz hatte Bruder Menowin etwas oberhalb der Senke, in der Nähe des Forstwegs, angelegt. Der Hackklotz bestand aus zwei dicken, übereinandergestapelten Baumscheiben, daneben lag eine Axt. Pia sah auf dem Forstweg einen kleinen Suzuki-Geländewagen mit Anhänger stehen, mit dem das Holz ins Kloster transportiert werden konnte.

Sie rollte die Schubkarre wieder hinunter, das rostbraune Laub raschelte zu ihren Füßen, und lud sie dieses Mal, in Fahrtrichtung stehend, nicht ganz so voll. Trotzdem kam sie bei den Fuhren mehr und mehr ins Schwitzen, während die Holzmenge, die sie zum Hackplatz transportiert hatte, nicht nennenswert zuzunehmen schien. Trotzdem empfand Pia es als eine Erleichterung, diese einfache Arbeit zu verrichten. Sie spürte bald jeden Muskel und konnte seit Längerem endlich wieder einmal frei durchatmen.

6. Kapitel

Nachdem Julia Meyer in Schafmist getreten war, wusste sie endgültig, dass sie die Tiere nicht sonderlich mochte. Das schwarze Zeug ließ sich kaum aus dem Profil ihres Sportschuhs entfernen. Die Schafe waren nicht niedlich, sondern hauptsächlich nass und schmutzig, und außerdem beachteten sie sie gar nicht. Und auch Bruder Gideon, der sie mit hierher genommen hatte, machte einen eher mürrischen Eindruck.

Er war ein drahtiges Männlein mit weißen Haaren und einem Ziegenbart. Ihre Meldung zur Mitarbeit hatte der Mönch mit einem Nicken und einem scharfen Blick auf ihre weißen Turnschuhe und den hellgelben Anorak zur Kenntnis genommen. Er schritt Ingmar, einem Gast, der sich ebenfalls für diese Arbeit gemeldet hatte, und ihr hocherhobenen Hauptes voraus. Der Saum seines schwarzen Habits streifte durch das hohe, nasse Gras und sog sich mit Feuchtigkeit voll.

Ingmar war passender für die Arbeit bei den Schafen gekleidet als sie. Er trug derbe, knöchelhohe Stiefel und einen grünen Parka. Die schwarze Baskenmütze verbarg an diesem Morgen seinen stark zurückweichenden Haaransatz. Ingmar war von schmaler Statur. Seine Augen lagen tief in den Höhlen, und von der Nase zu den Mundwinkeln zogen sich scharfe Linien. Er war zu Julias Verwunderung erst achtunddreißig Jahre alt, wie Christine herausgefunden hatte. Von Beruf war er angeblich Bürokaufmann. »Grundsolide«, hatte Christine betont, »und auch noch unverheiratet!«

Christines Projekt, sie, Julia, an den Mann zu bringen, ging ihr langsam auf die Nerven. Wenn sie Ingmar in einem anderen Umfeld begegnet wäre, irgendwo in ihrer Heimatstadt Celle, hätte sie ihn wohl keines Blickes gewürdigt. Aber die Auswahl im Kloster war mehr als dürftig, und Christine hatte sie geradezu beschworen, ihm eine Chance zu geben. »Deine biologische Uhr tickt«, hatte sie gesagt. Eigentlich wäre Julia lieber zum Mitarbeiten in die Hostienbäckerei oder auch in die Klosterküche gegangen. Doch Ingmar hatte die Schafe gewählt.

Die Schafweide lag auf einer kleinen Anhöhe, von der aus man auf das Kloster und den umliegenden Wald hinuntersehen konnte. An einem sonnigen Tag war das hier bestimmt ein schöner Platz. Doch heute fegte ein kalter Wind über die Weide und bog die Zweige der knorrigen Obstbäume. Der Untergrund quietschte nach dem Regen der Nacht vor Nässe. Zudem gab es nicht mal ein Gatter, sondern nur einen Übertritt über den Zaun, über den sie auf die Weide klettern musste, wollte sie Bruder Gideon und Ingmar folgen. Julias Anorak verhakte sich dabei an einem vorstehenden Nagel am Pfosten, doch keiner ihrer Begleiter bemerkte es oder drehte sich auch nur zu ihr um. Unauffällig sah sie auf die Uhr. Noch nicht mal halb zehn.

Bruder Gideon wies sie an, gut auf die Schafe aufzupassen. Diese alte Haustierrasse sei schlau und das Gras jenseits des Zauns ja immer grüner ... Wenn er wiederkäme, würden sie die Schafe gemeinsam auf eine andere Weide treiben. »Bis dahin ... frohes Schaffen!« Er blickte zum grauen Himmel hinauf und entfernte sich von ihnen.

»Ist das sein Ernst? Wir sollen bloß hier rumstehen

und aufpassen?«, fragte Julia, als der Mönch nur noch ein schwarzes Männlein am Horizont war.

Ingmar zuckte mit den Schultern. »Was hast du denn erwartet? Dass wir sie gleich scheren dürfen?« Warum hast du dich zu dieser Arbeit gemeldet – nachdem ich mich schon dafür entschieden hatte?, schien er damit zu fragen. Er wollte wohl lieber allein sein.

»Ich weiß auch nicht.« Sie hob die Schultern. »Ich dachte, es gibt etwas Sinnvolles zu tun.«

Er musterte sie mit gleichgültigem Blick und sah dann demonstrativ in eine andere Richtung. Julia fiel nichts mehr ein, was sie sagen könnte. Sie sah Christine vor sich, wie sie sie drangsalieren würde, das Gespräch nicht abreißen zu lassen. Dabei war es so mühsam ... Und Ingmar machte einen absolut desinteressierten Eindruck. Da konnte sie genauso gut mit einem der Schafe flirten.

Julia ging auf eines der Tiere zu und streckte die Hand aus. Vielleicht würde wenigstens ein Schaf ihre Gesellschaft schätzen. Nach einer Weile näherte sich ein besonders schmutziges Exemplar. Es fraß die ganze Zeit Gras und pirschte sich dabei immer näher an sie heran. Als es nah genug war, streckte es den schwarzen Kopf vor und schnupperte. Julia hielt ihm die Hand hin, und es leckte sie mit rauer Zunge ab. Das war eklig und tröstlich zugleich.

Unauffällig sah Julia zu Ingmar hinüber, ob er vielleicht registrierte, wie gut sie mit den Schafen klarkam. Das Tier hatte seltsame bernsteinfarbene Augen mit schmalen Pupillen. Es roch streng. An seinem Fell hafteten Zweige und am Hinterteil Stücke von Kot. Julias Knie schmerzten. Sie bewegte sich etwas, und das Schaf schreckte zurück. Dafür kamen zwei weitere Tiere näher.

Ingmar lehnte weiterhin an einem Baum und starrte in

Richtung Ostsee. Was wollte er hier, wenn er sich nichts aus den Schafen machte? Sie war ja auch nicht gerade scharf auf Kontaktaufnahme mit ihnen. In der Bäckerei wäre es wenigstens warm, dachte sie sehnsüchtig, man könnte vielleicht mal was probieren, und hinterher sah man die Resultate seiner Arbeit. Doch dort war auch Alexa, die jeden Mann, der in ihre Nähe kam, sofort umgarnte. Einfach weil sie es konnte. Da hatte sie, Julia, sowieso keine Chance.

Sie kraulte ein etwas kleineres Schaf, das sich ihr genähert hatte. Die Wolle fühlte sich weich und irgendwie tröstlich an. Ein heftiger Stoß in den Rücken ließ sie vorwärtsstürzen. Sie fiel ungeschickt ins Gras. Die Schafe stoben davon. »Autsch, ihr Mistviecher!« Sie sah den Tieren nach, die sich mit ein paar Sprüngen entfernten und dann wieder grasten.

»Das hätte ich dir gleich sagen können«, kommentierte Ingmar ihren Unfall.

»Ja, toll, und warum hast du es nicht?« Ihre Hose war an den Knien nass und schmutzig, ihre Hände ebenso.

»Jeder macht hier so seine Erfahrungen.« Ingmar stieß sich vom Baum ab, kam auf sie zu und reichte ihr eine Hand. Er zog sie auf die Füße. Nun waren ihrer beider Hände schmutzig.

»Danke«, murmelte sie verlegen.

»Ich hätte dich warnen sollen.« Er lächelte flüchtig. »Bruder Gideon hat schon recht: Diese Schafe sind wirklich schlau und durchtrieben.«

Julia wischte sich die braun verschmierte Hand am Stamm eines Apfelbaumes und dann an einem Grasbüschel ab. Mit bescheidenem Erfolg. Ingmar benutzte seine derbe braune Hose. »Du bist besser ausgerüstet als ich«, stellte sie fest.

»Ich kenne mich aus. Das ist schließlich nicht mein erster Klosteraufenthalt.«

»Du warst schon mehrmals hier?«

»Nein, in Naumar bin ich zum ersten Mal. Ich war in verschiedenen Klöstern«, sagte er.

»Das ist ja interessant. Warum immer wieder Klöster?«

Er sah mit düsterem Blick in die Ferne.

»Suchst du Gott? Oder Jesus?«, fragte sie zögernd.

»Nein, eher das Gegenteil.«

»Was meinst du?«

Er antwortete nicht. Das Gespräch verstummte so abrupt, wie es begonnen hatte. Wie die meisten Unterhaltungen, die Julia todesmutig begann. Jedenfalls die mit Männern. Hatte sie etwas Falsches gesagt? Er hätte sie wenigstens fragen können, warum sie hier war. Aber das interessierte ihn wohl nicht.

Als Pia die Schubkarre zum gefühlt hundertsten Mal beladen hatte, tauchte Bruder Menowin wie ein Gefolgsmann Robin Hoods im Sherwood Forest auf der Kuppe vor ihr auf.

»Pause!«, rief er ihr zu und wandte sich sofort wieder ab. Mit langen Schritten durchmaß er den Wald. Sie folgte ihm zu dem Platz mit der Motorsäge. Er setzte sich auf den umgefallenen Baumstamm und zog einen dahinterliegenden Leinenrucksack hervor. Der Mönch reichte ihr wortlos eine Flasche Bier.

Pia verkniff sich ein Lächeln, ließ den Bügelverschluss aufschnappen und trank. Sie hatte wirklich Durst. Nach den ersten gierigen Zügen suchte sie das Flaschenetikett des leckeren Gebräus. Vergeblich.

»Im Kloster gebraut.« Bruder Menowin hielt ebenfalls eine geöffnete Flasche in der Hand.

»Das Bier ist gut«, sagte Pia mit von der Arbeit heißen Wangen. »Ich habe es hier ja bestens getroffen. Oder bekommen alle Gäste während ihrer Einsätze Bier?«

Der Mönch schüttelte den Kopf, lächelte und trank. Pia legte den Kopf in den Nacken und folgte mit dem Blick den Baumstämmen bis hoch hinauf in die Kronen. Ein Eichhörnchen näherte sich ihnen, sah sie mit seinen blanken dunklen Augen an und lief dann flink einen Baum hinauf. Irgendwo in der Ferne klopfte ein Specht. Das Geräusch hallte durch den Wald. Pia saß ganz ruhig da, erfüllt von einem feierlicheren Gefühl als am Morgen in der Kirche.

Die Pause und auch die friedliche Stimmung währten jedoch nur kurz. Danach zeigte Bruder Menowin Pia, wie sie die Baumstücke auf dem Hackblock spalten und in den Hänger sortieren musste. Erst die Spaltaxt hineinschlagen, dann den »Lehmann« daraufschmettern, bis das Holz nachgab und auseinanderklaffte. Der »Lehmann« war ein Vorschlaghammer. Falls das nicht reichte, sollte Pia noch einen zweiten Spaltkeil zu Hilfe nehmen.

Wow, dachte sie. Was für ein Work-out! Kaum hatte sie einen Arbeitsrhythmus gefunden, bedeutete Bruder Menowin ihr, dass es Zeit war, zurückzufahren zum Mittagsgebet. Sie sah auf ihre Uhr. Es war tatsächlich schon kurz vor halb zwölf.

»Warum wird das Holz hier im Wald gehackt und nicht im Kloster?«, fragte Pia.

»Wegen der Lautstärke«, sagte er. »Es ist zu nah am Stillen Bereich.«

»Verstehe.« Und weil sie sich nach getaner Arbeit schon

viel besser fühlte als die Tage zuvor: »Machen wir heute Nachmittag weiter?«

»Nein.« Er lenkte den Geländewagen geschickt durch eine kleine Furt. »Aber es wäre gut, wenn Sie morgen früh wieder kommen.«

Pia nickte. Ihre Mithilfe wurde also geduldet. Es kam ihr so vor, als hätte sie von dem wortkargen Mönch gerade ein besonderes Prädikat erhalten. War es kindisch, dass sie sich darüber freute? Sie mochte die beinahe sakrale Stimmung im Wald und die raue, einfache Arbeit. Sie fand Bruder Menowins ganz eigene Art sympathisch. Pia hatte sich auch wirklich nicht geschont. Vielleicht würde sie heute Nacht etwas besser schlafen können?

»Der Qi-Gong-Kurs fällt aus?«, fragte Alexa.

»Es tut mir leid. Bei nur einer Teilnehmerin ist es mir nicht möglich, den Kurs abzuhalten.« Bruder Zacharias verschränkte die Hände vor der Brust und senkte den Blick. Nicht, weil es ihm besonders leidtat, der Frau abzusagen, sondern weil ihre Gegenwart ihm nicht behagte.

Alexa Steinhagen strich sich das halblange, rötlich schimmernde Haar zurück. Sie lächelte gewinnend. »Aber warum denn nicht? Wir sind beide hier. Ich bin bereit. Ich habe mich schon den ganzen Tag auf diese Stunde gefreut.«

»Es ist eine Anweisung von Prior Philip, an die ich gebunden bin«, sagte er freundlich. Er ahnte schon, dass diese Frau seine Geduld auf eine harte Probe stellen würde.

Alexa trat einen Schritt näher, sodass er ihr orientalisch-schweres Parfüm riechen konnte. »Prior Philip ist aber doch gar nicht hier.« Sie sah sich andeutungsweise um.

Der Kurs hatte im großen Übungsraum des Gästehauses stattfinden sollen. Die Tür war nur leicht angelehnt. Durch den schmalen Spalt konnten sie beide das einladend glänzende Holzparkett sehen. »Liebe Frau Steinhagen, ich verstehe Ihre Enttäuschung. Aber bitte verstehen Sie auch mich. Ich habe mich bei Eintritt in dieses Kloster für den Gehorsam entschieden.«

»Gehorsam – wie langweilig«, entgegnete sie leise.

»Das ist es ganz und gar nicht. Es ist … befreiend.« Ja, das ist es wirklich manchmal, dachte er. Immer, wenn er sich gerade sicher war, dass er sich für das Amt des Priors zur Wahl stellen würde, kamen ihm solch ungebetene Gedanken. Er betete für mehr Klarheit. Wollte er das neue Amt, um Gutes für die Abtei zu bewirken und um Verantwortung für seine Brüder zu übernehmen? Wollte er Gott damit dienen? Oder trieben ihn die Eitelkeit und – noch schlimmer – der Wunsch an, Bruder Reginald in die Schranken zu weisen?

Zu Bruder Zacharias' Erstaunen und Unbehagen verzog sich das Gesicht der Frau zu einer bekümmerten Grimasse. »Es geht mir aber gerade nicht sehr gut«, klagte sie. »Diese Stunde Qi Gong würde mir wirklich helfen!«

»Es tut mir leid«, wiederholte er. »Vielleicht finden sich morgen noch weitere Teilnehmer? Fragen Sie die anderen Gäste doch einfach mal.«

»Die meisten sind nicht besonders flexibel. Außerdem wäre eine Einzelstunde schon hilfreich«, erwiderte sie mit einem Augenaufschlag, der einen Stein hätte erweichen können. Doch Bruder Zacharias war innerlich gewappnet. Sie strich über den Ärmel seiner Tunika. »Wissen Sie: Ich bin ins Kloster gekommen, weil ich kurz vor einem Burnout stehe.« Ihre Fingernägel waren kurz, jedoch glänzend weinrot lackiert. »Ich brauche Hilfe! Was ist denn schon dabei, wenn wir eine Stunde gemeinsam da drin verbringen?«

Er entzog ihr in einer fließenden Bewegung den Arm. »Tut mir leid. Ich muss jetzt gehen.« Bruder Zacharias wandte sich um.

»Sie lassen mich einfach so stehen?«, fragte sie mit rauer Stimme.

Er drehte sich noch mal zu Alexa Steinhagen um. Ihr Gesichtsausdruck hatte sich wiederum verändert, jetzt zu blanker Wut. »Es ist alles gesagt: Der Kurs findet nicht statt.«

»Ich werde mich über Sie beschweren«, zischte sie.

Bruder Zacharias nickte. »Dann soll es so sein.« Er ging gemessenen Schrittes davon.

»Oh, das tut weh!« Ingmar Harse steckte den Kopf durch die Tür des Übungsraums. Dann schlüpfte er lautlos hinaus in den Flur. Alexa sah auf seine Füße: Er war auf selbst gestrickt aussehenden Wollsocken unterwegs. Seine Hose war an der Vorderseite der Oberschenkel schmutzig. Sein Gesicht mit dem zurückweichenden Haaransatz sah ohne die Baskenmütze, die er meistens trug, irgendwie nackt aus.

»Du warst die ganze Zeit dort im Übungsraum und hast uns zugehört?«, fragte sie perplex. »Ohne dich bemerkbar zu machen?«

»Hätte ich dich etwa unterbrechen sollen? Das wäre doch für alle Beteiligten peinlich gewesen.«

»Du bist so ein … unangenehmer Typ!«, stieß sie hervor.

»Wieso? Weil ich im Bewegungsraum nach meinen Hausschuhen gesucht habe?«

»Das glaube ich dir nicht. Was wolltest du wirklich

hier? Geht es um Bruder Zacharias?« Sie lächelte spöttisch. »Wolltest du ihn abpassen, um unter vier Augen mit ihm zu reden?«

»Nein. Und das hat dich auch nicht zu interessieren, Alexa.« Er sah sie mitleidig an. »Willst du dich wirklich beim Prior über ihn beschweren?«

»Ich weiß es noch nicht.« Sie wippte auf den Fußballen auf und ab. »Mal sehen.«

»Spar dir die Mühe.« Seine Mundwinkel zogen sich nach oben. Sein Blick war kalt und berechnend.

»Wieso? Vielleicht will ich mir diese Mühe ja machen.« Alexa hörte auf zu wippen. Sein Gesichtsausdruck ließ ein paar Alarmglocken in ihr schrillen. Sie trug in ihrer Firma die Verantwortung für sechsunddreißig Mitarbeiter. Die versuchten natürlich ständig, sich irgendwelche Vorteile zu verschaffen oder sie auszutricksen. Sie hatte diverse Coachings und Seminare zum Thema »Kommunikation und Menschenführung« absolviert. Sie konnte Gesichter inzwischen ganz gut lesen. Ingmars Ausdruck machte sie nervös und beklommen. »Immerhin hat der gute Bruder Zacharias mich beleidigt«, setzte sie hinzu. »Und er weigert sich, mir zu helfen.«

Ingmar zuckte mit den Schultern. »Nur ein gut gemeinter Rat: Erspar dir das. Bruder Zacharias ist hier sehr angesehen und beliebt. Jedenfalls beliebter als du. Und wie heißt es doch gleich: Eine Krähe hackt der anderen kein Auge aus.«

Hinnerk riss sich von seinem medizinischen Fachtext los und sah auf die Uhr am Bildschirmrand. Wie so oft, wenn er mal ungestört in seinem Arbeitszimmer saß, hatte er die

Zeit vergessen. Felix versteckte sich nun bestimmt schon fünf Minuten vor ihm. Er musste ihn jetzt langsam mal suchen.

»Mäuschen, sag mal ›piep‹!«, rief er, um davon abzulenken, dass er noch gar nicht mit der Suche angefangen hatte. Hinnerk erhob sich und horchte, doch er hörte nichts. Vermutlich versteckte Felix sich im Erdgeschoss oder sogar im Keller. Wenn er hier oben wäre, hätte er seinen Sohn bestimmt gehört. Mascha und er hatten Felix allerdings schon mehrfach gesagt, dass er nicht allein in den Keller gehen sollte.

Hinnerk stieg die Treppe hinunter und kam in den Eingangsbereich des Hauses. Um die Spannung für Felix zu erhöhen, sagte er: »Also, hier hinter den Mänteln an der Garderobe ist er nicht. Seltsam! Und im Gästeklo ist er auch nicht. Wo kann er nur sein?« Er durchsuchte den Wohn-Ess-Bereich. Alles war so hell und weitläufig. Da gab es für Felix nicht viele Versteckmöglichkeiten. Er schaute hinter den Küchentresen. »Da hab ich dich … nicht!«, rief er laut.

Hinter dem Sofa war der Junge auch nicht. Die Vorhänge zeigten keine verräterischen Beulen. Keine kleinen Füße lugten unter dem Saum hervor. »Mäuschen, sag mal ›pie-hiep‹!«

War da nicht ein sehr leises »Piep« zu hören gewesen?

»Mäuschen, sag noch mal ›piep‹!«

Nichts. Hinnerk zuckte mit den Schultern. Er glaubte nicht, dass Felix sich im Keller vor ihm verbarg. Sie sprachen nicht wirklich offen mit ihm über die momentane Situation. Aber dass etwas nicht so ganz stimmte, dass sie bewacht wurden und seine Mutter geschützt werden musste, das hatte Felix trotzdem mitbekommen. Und er mochte den Keller sowieso nicht besonders.

Im Erdgeschoss war er also definitiv nicht. Hinnerk ging wieder hoch ins Obergeschoss. Er schaute in Riekes Zimmer nach, ob Felix in oder unter ihrem Bettchen lag. Nein, da war er nicht. Auch nicht im Schrank oder hinter der Spielzeugkiste. In seinem eigenen Zimmer fand er Felix ebenfalls nicht. Das festzustellen dauerte nicht lange. So schrecklich groß waren die Kinderzimmer nicht.

Hinnerk schaute in ihrem Schlafzimmer unter das breite Bett. Bestimmt war er dort. Doch wieder nichts. »Mäuschen, mach mal ›piep‹!«, forderte er schon etwas ungeduldiger.

Keine Antwort.

Okay, Felix war im Kleiderschrank. Hinnerk riss nacheinander die Türen auf. »Da hab ich dich!«, sagte er an der letzten Schranktür. Doch keine Spur von Felix. »… nicht.«

»Mäuschen, mach mal ›piep‹, und zwar so laut, dass ich dich hören kann!«, rief er durchs Haus. Er kniff die Augen zusammen, lauschte angestrengt. Hatte er gerade ein ganz leises »Piep« gehört, oder war das nur Einbildung?

Er schaute ins Badezimmer und in sein Arbeitszimmer. Vielleicht war Felix hineingeschlichen, als er unten gesucht hatte, und hatte ihn so hereingelegt? Zuzutrauen wäre es dem Schlingel … Doch nichts.

»Mäuschen, nun ruf mal richtig laut ›piep‹!«, forderte er eindringlich. Sein Herz klopfte. War Felix etwa hinaus in den Garten gelaufen? Es war doch schon dämmrig. Oder gar auf die Straße? Passten die Personenschützer wirklich gut auf sie alle auf?

Er eilte beide Treppen hinunter und durchsuchte den Vorrats- und den Heizungskeller. Von Felix weit und breit keine Spur. Hinnerk raste die Treppe wieder hinauf. »Felix, ich gebe auf. Komm raus, ich kann dich nicht finden.« Er lauschte angespannt, doch es war kein Geraschel, kein Türenklappen, kein Schritt zu hören.

»Du hast gewonnen, Felix«, rief er. »Komm bitte raus!« Inzwischen war ihm leicht übel vor Besorgnis. Wo war der Junge nur abgeblieben? Im Haus befand er sich offensichtlich nicht.

Hinnerk lief zur Haustür und schaute hinaus. Es war dunkler, als er gedacht hatte. Vor dem Haus stand der Wagen der Polizisten, die sie bewachten. Beinahe wäre er auf Strümpfen hinausgestürmt. »Mäuschen, zum letzten Mal: Sag verdammt noch mal ganz laut ›piep‹!«, forderte er mit Panik in der Stimme.

Stille.

Hinnerk zog sich Schuhe an und lief den Gartenweg hinunter. »Felix!!«, rief er in die Dunkelheit. »Felix, wo bist du?« Auch hinter den Büschen und im Carport verbarg sich der Junge nicht.

Einer der Polizisten stieg aus dem Auto. »Ist was nicht in Ordnung?«, fragte er. »Können wir vielleicht helfen?«

»Ich suche meinen Sohn«, sagte Hinnerk widerstrebend. »Wir haben Verstecken gespielt, und nun ist er weg.«

»Wir haben ihn aber nicht herauskommen sehen«, antwortete der Beamte vorsichtig.

»Haben Sie sonst irgendwas beobachtet?«

»Nein. Hier war niemand.«

Der Mann sah an Hinnerk hinunter und runzelte die Stirn. »Geht es Ihnen auch gut?«, erkundigte er sich besorgt.

Hinnerk folgte seinem Blick. Er trug zwei verschiedene Schuhe.

7. Kapitel

»Könnte Ihr Sohn zu einem Freund oder einer Freundin in der Nachbarschaft gelaufen sein?«, fragte der Polizeibeamte Hinnerk.

»Dann hätte er mir normalerweise Bescheid gesagt.« Hinnerk schüttelte nervös den Kopf. »Aber ich rufe bei Paulines Eltern an. Moment.«

Ein Gefühl des Unwirklichen beschlich ihn, als er zurück ins Haus ging. Hinnerk fand die Nummer der Nachbarn in seinem Smartphone. Sein Mund war trocken.

»Papa!«

Er fuhr herum. Felix stand auf der Treppe »Du suchst mich ja gar nicht richtig«, beschwerte er sich.

»Ich konnte dich nicht finden. Felix, wo warst du bloß?«

Der Junge grinste. »Soll ich dir mein Versteck zeigen? Du bist ganz dicht dran vorbeigelaufen.«

Hinnerk folgte ihm nach oben ins Badezimmer. In der großen Badewanne lagen die Polster der Gartenmöbel und warteten darauf, dass er sie endlich auf den Dachboden brachte.

»Da drunter hab ich mich die ganze Zeit versteckt«, sagte Felix. »Das war total gemütlich.«

»Ein geniales Versteck«, gab Hinnerk zu.

»Papa, warum warst du draußen? Wir hatten doch abgemacht, nur hier drinnen.«

»Ich weiß. Als ich dich nicht finden konnte, habe ich mir Sorgen gemacht.«

»Wegen dem Mann, der aus dem Gefängnis ausgebrochen ist?«

»Ja, das auch«, gab er zu.

»Hoffentlich finden sie ihn schnell. Marten hat gesagt, er kriegt ihn auf jeden Fall. Aber ich vermisse Mama.«

Den Nachmittag hatte Pia zuerst im Stillen Bereich des Klosters verbracht. Sie hatte es mit Meditieren versucht, dies jedoch nach einer halben Stunde abgebrochen. Ihr fehlten sowohl die Übung als auch die Geduld. Und die in der Stille und erzwungenen Ruhe auf sie einstürmenden Erinnerungen konnte sie nur schwer aushalten. So weit war sie wohl noch nicht. Vielleicht half ja das Gespräch mit Bruder Reginald, dem Subprior, den sie noch nicht kennengelernt hatte. Bis dahin suchte sie sich lieber eine Ablenkung.

Über den Kreuzgang und ein paar Treppen und verwinkelte Gänge erreichte sie die Bibliothek. Der eine Flügel der Doppeltür stand einladend offen. Pia trat ein und schaute sich staunend um. Es war ein hoher Raum mit langen Reihen von Bücherregalen, dessen Ende sie nicht sehen konnte. Es roch nach Papier, Staub und altem Holz.

Ein rundlicher Mann von Mitte sechzig sah von einem Folianten auf. Der Schreibtisch, an dem er saß, stand in der Ecke unter einem hohen Fenster. Ein Rest Nachmittagslicht fiel auf seine kahle, nur von einem lockigen Haarkranz umgebene Kopfhaut und ließ sie leuchten. Als er sie bemerkte, wuchtete er sich vom Stuhl hoch und kam auf Pia zu. »Ein Gast in meiner bescheidenen Hütte. Noch dazu eine reizende junge Dame. Wie erfreulich! Ich bin Bruder Lambert.«

»Mein Name ist Pia Cordes«, stellte sie sich vor. »Ich bin

hier ein paar Tage zu Gast und war ehrlich gesagt neugierig auf die Klosterbibliothek.«

»Ja, das ist unser Schatz ... beziehungsweise hier stehen viele unserer Schätze! Darf ich Sie herumführen, oder suchen Sie etwas Bestimmtes?«

»Einmal herumgeführt zu werden wäre toll«, antwortete Pia.

Bei ihrem gemeinsamen Gang durch die Bibliothek zog Bruder Lambert begeistert das eine oder andere Buch hervor und erzählte von dessen Geschichte und der des Klosters. Pia erfuhr, dass die Abtei Naumar von Lübecker Mönchen gegründet worden war, die der Bischof angeblich wegen ihres ausschweifenden Lebensstils hierher verbannt hatte. Durch eine heilige Quelle, die im Wald gelegen hatte, die jedoch irgendwann versiegt war, war das Kloster zu hohem Ansehen und Reichtum gekommen. Davon zeugte nicht zuletzt diese Bibliothek, betonte er. Einige der Werke waren viele hundert Jahre alt.

Sie stiegen eine Spindeltreppe aus Eisen empor. Der Mönch schnaufte. Als sie über den knarzenden Holzboden einer Galerie gingen, deutete er auf ein Gemälde des Klosters an der Wand. Darauf war zu sehen, wie nah die Abtei mal am Ostseestrand gestanden hatte. Zum Schluss zeigte Bruder Lambert Pia ein paar der im Kloster gefertigten Ikonen.

»Bieten Sie im Moment auch Ikonenmalerei an?« Pia hatte davon gelesen. Sie malte gern, allerdings völlig anders, doch auch dazu war sie in den letzten Jahren kaum noch gekommen. Zu Anfang ihrer Berufslaufbahn waren die grellbunten Acrylbilder, die sie gemalt hatte, öfter mal ein Ventil für ihre Erlebnisse bei der Arbeit gewesen. Vielleicht hätte das streng nach Vorschrift verlaufende Ikonenmalen auch eine heilsame Wirkung auf sie? Vor allem aber fand sie Bruder Lambert sympathisch und hörte ihm gern zu, wenn er über die ihm anvertraute Bibliothek und das Kloster erzählte.

»Leider kann ich im Moment nichts dergleichen anbieten. In letzter Zeit bestand seitens der Gäste wenig Nachfrage danach. Da habe ich ein anderes Projekt in Angriff genommen. Ich schreibe nämlich auch Bücher über Kunstgeschichte.«

Sie waren inzwischen wieder im Eingangsbereich angekommen. »Ich verstehe«, erwiderte Pia. »Alles auf einmal geht natürlich nicht. Das ist zwar schade, aber nicht so schlimm.«

»Kommen Sie gern jederzeit vorbei, wenn Sie Fragen haben oder zum Beispiel ein bestimmtes Buch suchen.«

»Sehr gern. Vielen Dank«, sagte Pia zum Abschied. »Sie können sehr gut erzählen.«

»Für einen Mönch vielleicht ein bisschen zu gut.« Er zwinkerte ihr zu. »Ich habe mich der christlichen Kunst und der religiösen Wissenschaft verschrieben. Und wo könnte ich das besser als hier? Für die Kunst würde ich mein Leben geben. Aber das Schweigen … ist nicht gerade meine Königsdisziplin.«

»Mir haben Sie mit Ihren Erzählungen eine große Freude gemacht«, entgegnete Pia.

Das Abendessen hatte wieder gemeinsam mit allen Mönchen und Gästen im Refektorium stattgefunden. Danach war Pia noch mit den anderen im Kaminzimmer gewesen und hatte danach an der Komplet, dem letzten Stundengebet des Tages, teilgenommen. Nach diesen eindrücklichen und fast mythischen Erlebnissen hatte sie keine Lust, sich nochmals unter die anderen Gäste zu mischen. Das »Eine ruhige Nacht und ein gutes Ende gewähre uns der allmächtige Herr. Amen« hallte ihr noch im Kopf wider.

Aus dem Kaminzimmer drangen laute Stimmen, als Pia daran vorbeiging. In ihrem Zimmer zog sie sich etwas Warmes an. Es regnete gerade nicht, und auch der Wind hatte nachgelassen. Pia verließ das Haus und marschierte über den knirschenden Kies in Richtung Klostergarten. Sie lehnte sich an den Stamm einer alten Kastanie. Von hier aus hatte sie die mit Scheinwerfern angestrahlte Klosterkirche gut im Blick. Der raue, massive Stamm des alten Baumes in ihrem Rücken fühlte sich angenehm fest an. Sie zog das neue Handy aus der Tasche und rief Hinnerk an, um mit Felix zu sprechen. Anschließend wollte sie mit Marten telefonieren.

Sie vermisste ihren Sohn. Das Gespräch mit ihm war emotional aufreibend. Wie schön es war, seine Stimme zu hören, doch es tat auch weh. Felix war gar nicht weit entfernt von ihr und trotzdem aufgrund der Vorsichtsmaßnahmen quasi unerreichbar. Er klang ausgeglichen, beinahe glücklich, auch wenn er natürlich wissen wollte, wann sie wiederkam. Das war gut – und trotzdem nagte die Frage an ihr, ob er sie denn nicht mehr vermisste. Würde er traurig klingen, wäre das jedoch noch viel schlimmer zu ertragen. Pia wollte bei ihm sein und nicht hier, wo sie sich fremd und ein wenig unbeholfen fühlte.

Das zweite Telefonat war noch schwieriger. Marten wirkte gleichzeitig aufgekratzt und erschöpft. So, als hätte er schon nächtelang nicht mehr richtig geschlafen. Er wollte unbedingt wissen, wie es ihr ging und ob sie gut aufgehoben sei. Er machte sich Sorgen um sie. Aber auf ihre Fragen nach dem Stand der Fahndung nach Albrecht Lohse reagierte er unterdrückt gereizt. Dabei wollte sie doch nur wissen, wie die Suche voranging. Sie musste es einfach wissen! Aber er schien ihre Fragen als Vorwurf aufzufassen, dass es immer noch keine heiße Spur von ihrem Entführer gab.

»Nimm es nicht so persönlich, Marten«, sagte sie. »Früher oder später macht er einen Fehler und geht euch ins Netz.«

»Doch, das ist persönlich«, erwiderte er. »Wenn ich nur eine Vorstellung hätte, was in seinem kranken Kopf vor sich geht!«

»Er ist unglaublich eitel und hat meines Erachtens narzisstische Züge. Ich glaube, er hat ein extremes Bedürfnis nach Anerkennung und Bewunderung. Er braucht Menschen um sich herum, vor denen er angeben und die er manipulieren und ausnutzen kann.«

»Das würde bedeuten, dass er sich nicht lange an einem einsamen Ort verstecken wird ...«, überlegte Marten laut. »Das war im Grunde meine Befürchtung. Dass er sich ewig in irgendeinem Loch verborgen hält, wo wir ihn nicht aufspüren können.«

»Das würde nicht zu ihm passen«, erwiderte Pia. »Er wird sich unter Menschen aufhalten, weil er auf ihre Bewunderung angewiesen ist. Außerdem verfügt er über eine große Bandbreite an Verhaltensweisen, mit denen er andere für seine Ziele einspannt.«

»Ich werde es im Hinterkopf behalten«, sagte Marten düster. »Oh, Pia, ich vermisse dich. War diese Idee mit dem Kloster wirklich die richtige?«

»Ein paar Tage halte ich noch durch«, antwortete sie.

»Ich bin da, wenn du zurückkommst.«

»Und ich freue mich wahnsinnig auf dich«, sagte Pia. Sie beendeten das Telefonat.

Pia löste sich von dem Baumstamm und lockerte die vom Holzhacken müden Schultern. Sie würde gleich heiß duschen. Nach dem Arbeitseinsatz an diesem Tag würde sie hoffentlich schlafen wie ein Baby. Die Aussicht darauf, sich morgen Vormittag noch mal im Wald bei Wind und Wetter beim Holzmachen zu verausgaben, motivierte sie.

Julia meldete sich am nächsten Morgen als Erste, als Novize Noah die Gäste nach Helfern bei den Schafen fragte. So kam sie nicht in Verdacht, Ingmar hinterherzulaufen.

Sie blickte sich verstohlen um. Niemand sonst rührte sich. Alexa stand sehr nah bei Jürgen und grinste amüsiert. Christine, die ihr das alles hier eingebrockt hatte, kniete am Boden und schnürte ihre Wanderstiefel. Die blasse blonde Frau, die vorgestern angekommen war, sah an den Klostermauern empor. Ingmar stand schräg neben ihr. Er hatte demonstrativ die Hände in den Taschen vergraben und meldete sich nicht. Stattdessen bedachte er sie nur mit einem flüchtigen, teilnahmslosen Blick.

Das Blut schoss Julia in die Wangen, und sie schaute schnell weg. Nur nicht zu heulen anfangen … Gestern hatte Ingmar vor allen anderen noch behauptet, am liebsten mit Tieren zu arbeiten. Die seien wenigstens ehrlich …

Alexa wollte in der Hostienbäckerei helfen. War ja klar, dass die sich die leichteste und angenehmste Arbeit schnappte. Christine meldete sich zu Julias Erstaunen ebenfalls dafür.

Die Neue würde wieder mit Bruder Menowin in den Wald gehen, um Holz zu machen. Unter den Gästen wurde dieser Arbeitseinsatz gern »Frondienst« genannt. Umso überraschter war Julia, als auch Jürgen den Arm hob und sagte, dass er später, nach einer ausgedehnten Joggingrunde, zu Bruder Menowin stoßen und »als kleines Work-out« dort helfen wolle. Der missgünstige Blick, mit dem Alexa daraufhin die Neue bedachte, hätte Julia unter normalen Umständen amüsiert. Doch heute war sie zu sehr in ihrem eigenen Unglück gefangen. Sie hatte sich gerade vor allen lächerlich gemacht.

»Und Sie, Ingmar?« Novize Noah blickte von seiner Kladde auf.

»Ich werde die Zeit heute im Stillen Bereich verbringen.« Seine Stimme klang nasal und etwas eingebildet. Er trug wieder die Baskenmütze, und seine Nase war vor Kälte rot angelaufen. Julia fühlte sich gedemütigt von einem Mann, der ihre Zuneigung doch eigentlich gar nicht wert war. Und wessen Schuld war das?

Bernadette wurde mulmig, als sie den silbernen Mercedes Kombi sah, der vor dem Tor des Klosters zum Stehen kam. Das Tor war natürlich geschlossen. Jetzt erschienen ihr die neuen Sicherheitsvorkehrungen des Priors gar nicht mehr so lästig. Dabei hatte sie sich vorgestern noch ernsthaft gefragt, was das denn jetzt sollte. Das Tor hatte tagsüber immer für alle offen gestanden, für Gäste, Besucher und die Mönche. Und nun gab es diese Eingangskontrolle, wie in einem Gefängnis.

Ihr Mann stieg aus dem Wagen und versuchte, das Tor zu öffnen. Er rüttelte frustriert daran. Dann blickte er zu dem Fenster, hinter dem sie saß. Er zog die Augenbrauen zusammen und kam mit langen Schritten auf sie zu. »Was soll das, Bernadette? Lass mich rein. Seit wann schließt ihr die verdammte Pforte ab?«

Sie öffnete einen Fensterflügel. »Das ist eine Anweisung von Prior Philip. Was willst du hier, Raimund?«

»Na, was wohl? Dich zur Vernunft bringen. Lass mich rein. Ich will mit dir reden.«

»Das geht jetzt nicht. Ich muss arbeiten.« Sie zuckte mit den Schultern und schloss das Fenster wieder.

Er sah nach links und rechts, um festzustellen, ob jemand in der Nähe war. Dann beugte er sich näher an die Fensteröffnung, durch die man sprechen konnte. »Du kommst nach der Arbeit sofort nach Hause, wo du hingehörst. Und dann reden wir!«

»Ich brauche ein bisschen Zeit für mich, Raimund. Nach dem, was passiert ist ... muss ich über alles nachdenken.« Unwillkürlich fasste sie sich an den Wangenknochen, der bei Berührung immer noch leicht schmerzte.

»Was gibt's denn da groß nachzudenken? Ich habe mich bei dir entschuldigt. Sogar mehrfach. Was soll ich noch tun? Dein Verhalten war nun auch nicht gerade okay, oder?«

Sein Gesicht war so nah, dass sie die großen Poren auf seiner Nase sehen konnte. Zum Glück war die Fensterbrüstung zwischen ihnen. »Das stimmt vielleicht. Und deswegen muss ich mir darüber klar werden, wie es mit uns weitergehen soll. So lange wohne ich bei Marianne.«

»Lass mich mit den Weibern aus deinem Frauengesangsverein in Ruhe! Die setzen dir nichts als Flausen in den Kopf. Deswegen ist ja alles den Bach runtergegangen. Die sind schuld daran. Komm wieder nach Hause, und wir reden in Ruhe über alles. Am besten fährst du gleich mit und sagst diesem Herrn Prior, dass er sich eine andere Dumme für die Pforte suchen soll.«

»Ich werde meinen Job hier nicht aufgeben«, stieß Bernadette aufgebracht hervor. Das forderte er ständig von ihr, wenn sie sich stritten. Er konnte die »Popen«, wie er die Mönche nannte, nicht ausstehen.

Raimunds Hände waren außen um das Fensterbrett gekrallt. Er sah aus, als wollte er gleich mit dem Kopf durch das Glas stoßen. Er blickte wieder prüfend nach links und rechts, dann senkte er die Stimme: »Darüber reden wir, wenn du zu Hause bist. Los, komm! Du bist immerhin meine Frau.«

»Ich rufe dich heute Abend von Marianne aus an.«

Sein Mund verzog sich vor Wut. Sie fürchtete, dass er gleich losbrüllen würde. Seine Wutausbrüche waren beängstigend. Und wenn er wider Erwarten ganz ruhig wurde, war es irgendwie noch schlimmer. Sie hatte es so satt, ständig auf Zehenspitzen herumzuschleichen, diese ständige Furcht, etwas Falsches zu sagen oder zu tun!

Benno hatte ihr geraten, sich ruhig und bestimmt vom Ort des Konflikts zu entfernen, wenn es brenzlig wurde. Sie sollte sich dann sammeln und vielleicht ein kurzes Gebet sprechen. Sie könnte Gott um Kraft und Entschlossenheit und die richtigen Worte bitten.

»Entschuldige mich bitte einen Moment. Ich bin gleich wieder da«, sagte sie. Sie erhob sich ruckartig und ging mit weichen Knien in den Nebenraum. Es war gefährlich, ihn wütend zu machen. Aber er hatte irgendwie auch recht. Bei ihrer Freundin auf dem Sofa konnte sie höchstens noch ein paar Nächte schlafen. Und dann? Sollte sie den Prior bitten, ihr eines der leeren Gästezimmer zu vermieten? Dann würde er sie natürlich nach dem Grund fragen. Und wenn sie wirklich noch mal in Ruhe mit Raimund sprach? Vielleicht in Anwesenheit einer unparteiischen Person? Sie würde ihm jetzt einen Termin vorschlagen und dann weitersehen.

Bernadette atmete tief durch, nahm ihren ganzen Mut zusammen und ging wieder nach vorn in ihr Büro.

Vor dem Fenster war niemand mehr zu sehen. Auch das Auto war fort. Bernadette beugte sich vor und schaute nach links und nach rechts. Sie konnte einen Teil des Besucherparkplatzes vor dem Tor überblicken. Dort stand Raimunds Wagen jedenfalls nicht. Er war wohl weggefahren. Das passte jedoch so gar nicht zu ihm.

Erst jetzt merkte sie, unter welch großer Anspannung sie gestanden hatte. Ein paar heiße Tränen liefen ihr unkontrolliert die Wangen hinunter. Wütend und verlegen wischte sie sie weg. Als das Zittern und Weinen nachließ, ging sie auf die Toilette und betrachtete ihr verquollenes Gesicht im Spiegel. Sie zog ein Papiertaschentuch hervor und tupfte sich übers Gesicht. Dann griff sie nach dem kleinen Schminktäschchen auf der Ablage. Es dauerte einige Zeit, bis sie das alte Make-up mithilfe von Seife und Creme entfernt und neues aufgelegt hatte.

Ein Hupen ertönte. Bernadette warf noch einen prüfenden Blick auf ihr Gesicht im Spiegel und eilte nach vorn. Bruder Menowin stand mit dem kleinen Geländewagen und dem leeren Anhänger dahinter innen vor dem Tor. Auf dem Beifahrersitz erkannte sie die Frau, die vorgestern hier angekommen war. Diese Pia Cordes machte einen netten Eindruck auf sie. Bernadette betätigte den Toröffner, und das Gespann rollte hinaus. Der Mönch hob zum Dank kurz die Hand, ohne sie anzusehen.

In diesem Moment klingelte das Telefon.

8. Kapitel

Das Telefonat mit Pia am gestrigen Abend war Marten an die Nieren gegangen. Er hatte ein schlechtes Gewissen, weil die Suche nach Lohse keine Fortschritte machte. Immerhin, Pia hatte schon etwas besser geklungen. Er vermisste sie.

»Wir müssen alles noch einmal Punkt für Punkt durchgehen«, sagte Marten zu Boris Dornfeld, dem Leiter der Abteilung Zielfahndung beim LKA Kiel. Sein Stellvertreter, Faruk Kaplan, sah ihn unter zusammengezogenen Augenbrauen an.

Marten war dieser Abteilung nur vorübergehend zugeteilt, bis sie Lohse gefunden hatten und er verhaftet worden war. Verhaftet und auf dem Weg zurück in die JVA Lübeck. Das war der Knast für die richtig schweren Jungs in Schleswig-Holstein. Und Marten hoffte, dass man ihn dort, wenn er erst wieder einsaß, kein weiteres Mal würde entkommen lassen.

»Wir haben nichts übersehen«, entgegnete Faruk. »Entspann dich mal, Marten. Es läuft alles, wie es soll.«

»Er ist überall ausgeschrieben? Bundeszentralregister, INPOL, Interpol, Schengener Informationssystem, auf der Europol-Website mit einem Steckbrief …«

»Natürlich. Wir haben auch einen europäischen Haftbefehl. Seine Ex-Freundin wird rund um die Uhr ›geobst‹, ihr Telefon außerdem abgehört. Das Einzige, was uns jetzt noch fehlt, ist eine heiße Spur«, ergänzte Boris, während er einen zu vollen Kaffeebecher zu seinem Schreibtisch balancierte und auf einem Berg Papieren abstellte. »Süßstoff?«

Nur, dass es nicht besonders erfolgversprechend war, Beate Fischer, Albrecht Lohses ehemalige Freundin und Mittäterin, zu observieren. Marten hatte bereits zweimal mit ihr gesprochen. Das erste Mal, als Pia entführt worden war, und danach, als Albrecht verschwunden war, noch einmal. Leider glaubte er ihr, dass sie nichts mehr mit Lohse zu tun haben wollte. Und Albrecht Lohse konnte sich ja denken, dass seine ehemalige Freundin von der Polizei überwacht wurde. Die Chancen, dass er sich bei ihr meldete oder gar bei ihr auftauchte, gingen gegen null.

Faruk warf seinem Kollegen einen Plastikspender mit Süßstoff zu. Die beiden waren ein eingespieltes Team, so viel hatte Marten in den letzten Tagen schon mitbekommen. Faruk mit den dunklen Locken und braunen Augen war der freundlichere, zugänglichere Charakter. Boris, weißblond, stämmig und wortkarg, war charakterlich das komplette Gegenteil. Doch als Team waren sie außerordentlich erfolgreich. Wussten die beiden, dass sie in Polizeikreisen als »Schneeweißchen und Rosenrot« tituliert wurden? Marten glaubte nicht, dass es mal jemand gewagt hatte, sie in ihrer Gegenwart so zu nennen.

»Willst du auch einen Kaffee?«, fragte Faruk ihn. »Nur weil du ständig hier auf und ab tigerst, finden wir den Mann auch nicht schneller. Wann warst du zuletzt in deiner Wohnung?«

»Das tut nichts zur Sache«, erwiderte Marten.

»Hör mal ...« Faruk strich sich ungeduldig durch die dunklen Locken. »Wir haben alle Netze aufgespannt, alle Köder ausgeworfen. Jetzt müssen wir nur noch abwarten, und der Fisch geht ins Netz. Wir haben die Erfahrung.«

»Dieser Fall liegt anders.«

Boris drehte sich zu ihm um. Seine hellen Augen unter dem dichten weißen Haarschopf blickten genervt. »Nichts liegt hier anders«, wies er Marten zurecht. Und an Faruk gewandt: »Die Aktion mit den Mantrailern hat übrigens nichts ergeben. Die Durchsuchung von Schrebergärten, leer stehenden Wohnungen, Campingplätzen, Pensionen, Hotels, Binnenschiffen … Nichts, nichts, nichts. Aber jeder Polizist in Schleswig-Holstein, nein in ganz Deutschland, hält Ausschau nach Albrecht Lohse. Er wird uns nicht entkommen, verlass dich drauf.«

Marten atmete tief durch, um nicht loszubrüllen. »Albrecht Lohse ist auch aus dem Knast entkommen, was niemand für möglich gehalten hätte, und hat eine erfahrene Polizistin mehrere Tage direkt vor unseren Augen gefangen gehalten. Er hat ihr gesagt, dass er zu ihr zurückkommt. *Das* ist etwas, worauf wir uns verlassen können. Wir dürfen es nur nicht so weit kommen lassen.«

Boris starrte ihn unwillig an. »Du bist zu nah dran, Marten. So geht das nicht.«

»Nun lass mal«, sagte Faruk ruhig zu seinem Kollegen.

Marten trommelte ungeduldig mit den Fingern auf dem Tisch. »Ich will noch mal mit Lohses Helfer reden, diesem Mario!«

»Wir haben ihn schon zweimal ausführlich befragt. Hier sind die Protokolle!« Faruk schob ihm einen Papierstapel zu.

»Die bin ich heute Nacht alle noch einmal durchgegangen«, antwortete Marten. »Da ist nichts dabei, was uns bei der Suche weiterhilft. Es ist aber trotzdem möglich, dass der Mann noch etwas weiß.«

»Der ist so schlau wie ein Toastbrot«, entgegnete Boris. »Glaub mir: Der hat uns alles gesagt, was er weiß.«

Marten erhob sich. »Dann sagt er mir jetzt eben auch noch alles, was er nicht weiß!«

Faruk wollte etwas entgegnen, doch Boris nickte beschwichtigend. »Schon gut. Ich kümmere mich darum. Du kannst nachher noch einmal in die JVA fahren. Vielleicht ist dieser Mario unsere beste Chance.«

Jürgen tänzelte auf der Stelle, winkte Bernadette Rademann im Fenster des Pförtnerhauses zu und wartete darauf, dass sie ihm das Tor öffnete. Er war gerade erst am Gästehaus losgetrabt und wollte nicht gleich wieder im kalten Wind stehen bleiben. Zwar waren laut seinem Handy noch elf Grad, aber es fühlte sich eher wie sechs Grad an. Er trug nur eine dünne Laufhose und ein Lycra-Shirt. Die Laufjacke, die er normalerweise als zweite Schicht darüberzog, hatte er sinnigerweise zu Hause vergessen.

Das Tor ging scharrend auf, und er spurtete hindurch, hörte es hinter sich wieder zuklappen. Jürgen bog nach links, trabte locker am Pförtnerhaus und am Jugendgästehaus vorbei. Er wollte am Klostergelände entlang und dann in Richtung Ostseestrand laufen.

Nach dem Joggen könnte er noch beim Holzhacken helfen. Ein bisschen Kraftsport war eine gute Ergänzung zu seinem Ausdauertraining. Außerdem gab es ihm eine unverfängliche Gelegenheit, die Neue ein bisschen näher kennenzulernen. Doch dieser dämliche Streit eben hatte ihn aufgehalten …

Immerhin, er flog nun beinahe vorwärts. Seine Füße schienen den Sandweg kaum zu berühren, und sein Atem ging tief und regelmäßig. Der aufgestaute Ärger verflüchtigte sich. Jürgen trabte über eine Fußgängerbrücke, fühlte die Holzbretter unter den Joggingschuhen federn. Vor ihm lagen nun die Schafweiden mit ihren knorrigen Obstbäumen und dahinter der Schafstall. Er verschwendete keinen Blick nach links oder rechts, sondern lief konzentriert weiter geradeaus, am Bachlauf entlang in Richtung Ostsee.

Er hasste Menschen, die sich in das Leben anderer einmischten. Die neugierig ihre Nase in Angelegenheiten steckten, die sie einfach nichts angingen. Aber er hatte seine Meinung jetzt wohl klar und deutlich zum Ausdruck gebracht. Sein Gesicht verzog sich zu einem Grinsen. Er ließ sich nichts gefallen. Drohungen waren zwar nicht wirklich sein Ding, doch manche lernten eben nur durch sehr klare Worte.

Bevor er zum Strand kam, querte eine schmale Straße den Weg. Es hatte über Nacht wieder geregnet. Im nassen Sand zu laufen war ihm zu beschwerlich. Er steuerte nicht den Strand an, sondern bog nach links. Jürgen joggte ein Stück an der Straße entlang und nahm dann eine Abzweigung, die durch den Klosterforst zurück zum Kloster führte.

Rostrotes Laub raschelte zu seinen Füßen. Der Weg schlängelte sich und führte immer tiefer in den Wald hinein. An mehreren Baumstämmen entdeckte er dunkelgraue Nistkästen. Mit ihren vertikalen Öffnungen erinnerten sie ihn an Bunker an den Stränden der Bretagne. Dort, wo er mit seiner Frau Linda die Ferien verbracht hatte … Als alles noch gut und sein Leben einfach gewesen war.

Nur nicht aufregen. Es war aus und vorbei. Linda hatte einen neuen Partner, und Vanessa hatte ihr Abitur gemacht und studierte jetzt Medienwissenschaften in Tübingen. Wen interessierte noch diese alte Geschichte? Nur jemanden, der so frustriert und gelangweilt war, dass er in der Vergangenheit anderer Leute herumschnüffelte und es ihnen dann unter die Nase rieb. Es war verdammtes Pech, dass sich so viele Lehrer untereinander und über unterschiedliche Schulen hinweg kannten. Dass das Tratschen über gemeinsame Bekannte offenbar ein beliebtes Hobby einsamer Herzen war. Er hatte reinen Tisch gemacht. Er war jetzt sicher.

Sicher, sicher, sicher, sicher … hallte es bei jedem Schritt in seinem Kopf. Er würde die Entwicklung der Dinge trotzdem im Auge behalten, aber sich nicht weiter darüber aufregen. Immerhin war er zur Erholung hier. Und ein bisschen amüsieren wollte er sich schließlich auch.

In der Ferne rumorte leise Bruder Menowins Motorsäge.

Von seiner gestrigen Laufrunde wusste Jürgen, wo der Mönch gerade Holz machte. Er lief weiter, nahm eine kleine Anhöhe querfeldein und gelangte auf einen Forstweg, der sich mäandernd zurück in Richtung Kloster zog. In der Ferne stand seitlich am Weg geparkt der Suzuki-Geländewagen. Jürgen hielt darauf zu. Nicht, dass er Sehnsucht nach dem alten Waldschrat hatte … Aber inzwischen vernahm er auch die Schläge einer Axt.

Sportlich, sportlich, die Neue.

Er fiel in Schritttempo. Das Geräusch des Holzhackens wurde lauter, klang kräftig und regelmäßig. Er wollte gern einen Blick auf Pia in Aktion werfen, ohne dass sie ihn gleich bemerkte.

Jürgen verließ den Weg und ging langsam durchs Unterholz eine Anhöhe hinauf. Bedächtig streifte er Zweige zurück, passte auf, dass er nicht auf einen morschen Ast trat. Der Hackplatz befand sich hinter dem Hügel.

Neben einer Buche blieb er stehen. Er lehnte sich gegen den Stamm, verschränkte die Arme vor der Brust. Von hier aus hatte er einen guten Blick auf die Lichtung. Die Neue hatte ihre Jacke ausgezogen und über einen Ast gehängt. Sie trug verwaschene Jeans und ein langärmeliges Shirt. Er bewunderte den Schwung und die Effizienz ihrer Bewegung, wenn sie die Axt auf ein Stück Holz niedersausen ließ und es spaltete. Sie sah durchtrainiert aus, ohne zu muskulös zu sein. An ihrem Hals hatte sie eine rötliche Narbe, die ihm zuvor noch nicht aufgefallen war.

Pia ließ die Axt sinken, warf die zwei Scheite in einer schwungvollen Bewegung auf einen Haufen zu den anderen. Dann hob sie den Kopf und wischte sich mit dem Ärmel über die Stirn. Er trat ein Stück hinter den Baumstamm zurück. Nicht, dass sie ihn hier stehen sah und sich etwas darauf einbildete. So interessant war sie nun auch wieder nicht.

Da blickte Pia über ihre Schulter, als spürte sie, dass sie beobachtet wurde. Sie schien zu erstarren. Dann kam sie, den Stiel der Axt noch in der Rechten, direkt auf ihn zugelaufen.

Sie würde doch nicht ... Jürgen trat mit erhobenen Händen hinter dem Baumstamm hervor. »Hallo, hallo, warte!«, rief er. »Ich bin es nur: Jürgen.«

Sie stoppte mitten im Lauf, sah ihn mit schmalen Augen an. »Was zum Teufel machst du da?«, fragte sie bedrohlich leise.

»Nichts. Ich hatte doch gesagt, dass ich nach dem Laufen noch herkomme, um zu helfen.«

Sie schüttelte den Kopf. »So sah das aber ganz und gar nicht aus. Du hast mich heimlich beobachtet. Ich hab nur einen Menschen gesehen, der sich mitten im Wald hinter einem Baum vor mir versteckt. Ich dachte ...« Sie brach ab und kniff die Augen zusammen. »Was sollte das, dich so an mich heranzuschleichen?«

»Ich habe mich nicht angeschlichen«, entgegnete er indigniert. »Da kann ich dich genauso gut fragen, was es sollte, mit einer Axt auf harmlose Jogger loszustürmen.«

Sie hielt die Spaltaxt mit dem Blatt nach unten gerichtet immer noch in der Hand. »Als ich merkte, dass mich jemand beobachtet, habe ich gerade Holz gespalten. Aber das hast du ja sicher gesehen.«

»Du hast mich auch ganz schön erschreckt, Pia. Doch es ist ja nichts passiert.« Er grinste etwas schief. Sein Herz raste immer noch. »Vergessen wir es einfach.«

Novize Noah winkte Bernadette zu und lächelte. Sie erwiderte das Lächeln und betätigte den Toröffner. Eilig schritt er hindurch und marschierte auf die Kirche zu. Er musste noch etwas für den morgigen Tag aus der Sakristei holen. Als ihm auffiel, wie schnell er ging, mäßigte er seinen Schritt und senkte leicht den Kopf. Das Verhalten, das für einen Mönch angemessen war, hatte er immer noch nicht verinnerlicht. Würde er das je?

Die Erfüllung und den Frieden, die ihm das Klosterleben schenkte, seine Berufung, die er so intensiv spürte, standen im ständigen Widerspruch zu seinem Temperament und seiner Ungeduld. Er schickte ein kurzes Gebet zum Himmel, in dem er um Gottes Beistand bat. Warum nur war es so schwer?

Als er die massive Eichentür aufstieß und in die Kirche trat, atmete er langsam und bewusst ein und aus. Sofort umfing ihn die Stille, er atmete den typischen Geruch nach Weihrauch, vermischt mit dem von altem Holz und Stein. Noah nahm sich einen Moment Zeit, um die erhabene Schlichtheit der Backsteingotik auf sich wirken zu lassen, die Höhe der Decke mit dem markanten Kreuzrippengewölbe. Das allein war schon ein Wunder. Dieses Gebäude stand bereits über achthundert Jahre hier. Kloster Naumar hatte Kriege, Naturkatastrophen und politischen Umschwung überstanden. Die Reformation ... Hier sollte ihm der Gehorsam doch leichter fallen. Hier müsste er sich Gott sofort näher fühlen.

Draußen gab es viele Ablenkungen: die Arbeit im Jugendhaus, die Gäste, die Vorbereitungen für die Seminare und Spiele, die Gespräche und das Lachen ... All das machte ihm Freude, viel zu große Freude, und lenkte ihn von seiner Suche ab. Sollte er Prior Philip um andere Aufgaben bitten? Langweiligere Arbeiten, die ihm weniger Spaß machten? Das würde ihm sicher helfen, sich auf das Wesentliche zu besinnen. Doch er brachte es nicht über sich zu verzichten. Er war schwach. War er überhaupt würdig, ein Mönch und ein Diener Gottes zu werden?

Noah ging ein paar Schritte weiter, tauchte die Finger in das Weihwasser des steinernen Beckens, bekreuzigte sich und murmelte ein Gebet. Dann schaute er den Gang hinunter bis zu dem alten geschnitzten Flügelaltar, der in dem Licht strahlte, das durch die hohen Fenster der Apsis auf ihn fiel. Der Altar war einer der bedeutendsten Kunstschätze dieser Kirche, ja ganz Norddeutschlands.

Erst jetzt fiel Noah auf, dass er gar nicht allein hier war. Vorn rechts in der Bank war einer seiner Brüder in Andacht und Gebet versunken. Doch warum saß er nicht wie sie alle immer seitlich im Altarraum? Gemessenen Schrittes bewegte Noah sich nach vorn. Er hätte die Sakristei von außen betreten sollen. Er wollte seinen Bruder nicht stören.

Doch der Mönch ließ sich nicht ablenken. Er kniete weit nach vorn übergebeugt in der Bank, und sein Kopf war nach unten gesunken. Es war Bruder Zacharias, das erkannte Noah jetzt. Er hatte braungraues Haar und eine kleine kahle Stelle am Hinterkopf, die beinahe wie eine Tonsur aussah. Doch die Mönche rasierten sich keine Tonsuren mehr.

Noah wollte an ihm vorbeigehen, aber etwas stimmte nicht. Er blieb vor den Bänken stehen und wandte sich zu seinem Mitbruder um. Bruder Zacharias würde sicher nicht wollen, dass er ihn beim Beten so anstarrte. Doch betete er überhaupt? Seine Haltung war seltsam schlaff, in sich zusammengesunken.

Mit einem Satz war Noah bei ihm. Er fasste ihn sanft an der Schulter, sprach ihn an. Keine Reaktion. Noah schüttelte ihn leicht, um ihn zu wecken. War Bruder Zacharias beim Beten eingeschlafen? Das war ihm selbst auch einmal passiert. Oder war der Mitbruder gar bewusstlos geworden?

Noah fasste ihn etwas fester am Habit und rüttelte ihn. Bruder Zacharias' Kopf fiel zur Seite, und der Mönch sackte seitlich weg. Noah versuchte noch, ihn über die Bank hinweg an der Schulter festzuhalten, doch es ging zu schnell, und der leblose Körper war zu schwer. Er glitt Noah zwischen den Bänken halb zu Boden, halb auf die Sitzfläche der Bank. Der Kopf schlug mit einem dumpfen Geräusch auf dem Holz auf. Noah stieß einen Schrei aus. Bruder Zacharias' Gesichtszüge waren erschlafft, der Mund stand weit offen. Seine Augen blickten leblos und starr. Er war tot.

9. Kapitel

Pia ging schweigend neben Jürgen her in Richtung der umgestürzten Bäume, wo Bruder Menowin arbeitete. Die Axt trug sie immer noch bei sich. Sie hatte bei dem Gedanken, diese verhängnisvolle Waffe unbewacht im Wald herumliegen zu lassen, kein gutes Gefühl mehr.

Gleichzeitig machte Pia sich Vorwürfe. Einfach mit der Axt in der Hand loszustürmen, nur weil jemand sie im Wald beobachtete ... Dieser Jürgen benahm sich wirklich etwas seltsam. Aber sie musste sich zusammenreißen.

Bruder Menowin wurde zwischen den Bäumen sichtbar. Er sägte den letzten Abschnitt eines Baumstammes ab und schaltete die Motorsäge aus. Mit der freien Hand rieb er sich den unteren Rücken. Dann wandte er sich zu Pia und Jürgen um, die durch das raschelnde Laub auf ihn zukamen.

»Ach, Sie sind es«, sagte der Mönch zu Jürgen. »Hier ist gleich Schluss. Sie hätten gar nicht mehr herzukommen brauchen.«

»Ich weiß. Ich war laufen und kam zufällig hier vorbei«, antwortete Jürgen.

In der Ferne erklang das Schlagen einer Glocke, langsam und gleichmäßig. »Ist das etwa schon die Mittagsglocke?« Pia blickte auf ihre Armbanduhr. Es war kurz nach halb zwölf.

Menowin krauste die Stirn. »Das ist nicht die Mittagsglocke«, sagte er langsam. »Das ist die Totenglocke.«

Als sie auf das Klostergelände fuhren, erwartete Pia ein beinahe filmreifer Anblick: Die Luft war dunstig und grau, doch die Kirche wurde von einem Sonnenstrahl, der durch eine Wolkenlücke fiel, einen kurzen Moment lang angeleuchtet. Aus allen Richtungen eilten Mönche, Gäste und Angestellte auf den Kircheneingang zu. Untermalt wurde die Szenerie vom langsamen Schlagen der Totenglocke.

Nachdem das Tor für sie geöffnet worden war, fuhr Bruder Menowin weiter, hielt vor der Kirche an und sprang aus dem Wagen. Jürgen und Pia taten es ihm gleich. Sie liefen den anderen hinterher ins Innere der Kirche. Alles drängte sich vorn im Altarraum und um die ersten Bänke.

Ein Mönch, der etwas erhöht neben dem Altar stand, hob die Hände in die Höhe. Es war Prior Philip, der mit klarer Stimme sagte: »Tretet alle zurück! Wir können nichts mehr für ihn tun. Gott hat ihn zu sich gerufen. Verlasst bitte ruhig und mit dem gebotenen Respekt die Kirche. Es ist bereits alles Notwendige veranlasst.«

Zurück auf dem Vorplatz, entdeckte Pia den Novizen Noah. Er stand allein an die Mauer gelehnt da und sah blass und mitgenommen aus. Sie ging zu ihm. »Was ist passiert? Kann ich irgendwie helfen?«

Er schniefte, sah sie verwundert an und schüttelte dann den Kopf. »Hier kann niemand mehr helfen. Es ist Bruder Zacharias. Ich habe ihn tot in einer der Bänke gefunden. Ich dachte … Ich dachte, er würde beten und wäre nur eingeschlafen.«

»Das tut mir leid. Das war sicherlich ein Schock«, sagte Pia.

Noah nickte. »Ich habe einfach nicht damit gerechnet. Ich wusste nicht, was ich tun soll.«

»Das ist vollkommen normal«, antwortete Pia. »Ich kenne das.«

Er sah ihr in die Augen. »Ich hätte doch versuchen müssen, ihn wiederzubeleben. Oder wenigstens hätte ich für ihn beten sollen.«

»Zum Beten ist immer noch Zeit.«

Ein Rettungswagen fuhr mit Blaulicht, jedoch ohne Sirene auf das Klostergelände. Das Tor stand nun weit offen. Es würden noch mehr Wagen kommen ... Die Polizei und auch ein Leichenwagen, wenn der Mönch wirklich tot war.

»Konnten Sie sehen, woran er gestorben ist?«, fragte sie den Novizen. »Hatte er irgendwelche äußerlichen Verletzungen?«

»Nein. Wie gesagt, ich dachte zuerst, dass er nur eingeschlafen ist. Es war vermutlich das Herz. Letztlich ist es doch immer das Herz. Dabei schien er ganz gesund zu sein. Ein bisschen übergewichtig vielleicht. Er hat gern mal ein Glas Wein getrunken. Aber daran stirbt man doch nicht.«

»Warten Sie einen Moment.« Pia konnte nicht anders. Sie ging zurück zur Kirchentür und schaute hinein. Bruder Lambert hatte sich im Eingangsbereich postiert. Er breitete die Arme aus, als sie näher trat. »Tut mir leid. Es kann niemand zu ihm.«

»Das wollte ich auch nicht«, erwiderte Pia. Sie musste sich nur vergewissern, ob ein möglicher Tatort gesichert war. Doch das wollte sie ihm natürlich nicht so sagen. Im Altarraum standen der Prior und Bruder Thomas in einiger Entfernung zu den Bänken und unterhielten sich leise. Sie passten anscheinend auf, dass niemand näher kam. Das war gut. »Ich geh dann mal wieder. Ist die Polizei informiert?«

Bruder Lambert sah sie leicht verwundert an. »Ja. Die werden wohl auch bald hier sein.«

Die Rettungskräfte betraten die Kirche und lenkten den Mönch von der Frage ab, die er Pia sicher als Nächstes gestellt hätte. Nämlich, weshalb sie das so sehr interessierte. Sie ging eilig hinaus.

Die Menschen standen in kleinen Gruppen zusammen. Christine hatte schützend den Arm um Julia gelegt, die verweint aussah. Auch Noah wirkte immer noch erschreckend blass. Er stand offenbar unter Schock und sollte sich besser hinsetzen und etwas trinken. Pia trat zu ihm, um das zu veranlassen, als ein Mönch mit Glatze, den sie noch nicht kannte, die Stimme erhob.

»Kommt nun alle in den Andachtsraum zur Sext. Wir werden gemeinsam für unseren Bruder beten, der so plötzlich und unerwartet von uns gegangen ist.«

»Wer ist das?«, fragte Pia den Novizen leise.

»Bruder Reginald. Er ist der Subprior.« Sein Tonfall deutete an, dass der Novize so seine Probleme mit dem Mönch hatte.

»Meint er das ernst?«, wollte sie wissen.

»Natürlich.« Bruder Noah war inzwischen schneeweiß im Gesicht. Auf seiner Stirn standen Schweißperlen. »Ich kann das jetzt allerdings nicht …«, flüsterte er.

»Wir müssen hier alle gemeinsam auf die Polizei warten«, erklärte Pia etwas lauter, damit die Umstehenden sie auch hörten. Sie wollte sich nicht unbedingt als Polizistin zu erkennen geben. Andererseits durfte sie nicht zulassen, dass die Menschenmenge sich auflöste, um sich dann im Andachtsraum zusammenzudrängen oder in alle Winde zu zerstreuen.

Der Mönch starrte sie überrascht an. »Liebe Frau … Es

ist Zeit zum Gebet! Die Mönche werden jetzt auf jeden Fall zur Sext gehen. Wie jeden Tag um zwölf. Was Sie machen, bleibt natürlich Ihnen überlassen.«

»Ich rate Ihnen nur, das Gebet zu verschieben, bis die Polizei hier ist und alles regelt.«

Ein harter Blick traf sie. »Eine der wichtigsten Regeln dieses Ordens lautet, dass dem Gottesdienst nichts vorgezogen werden soll. Der Mönch hat jede noch so wichtige Arbeit zu unterbrechen, wenn es Zeit für das Stundengebet ist.«

In der Ferne hörte Pia ein Martinshorn, das lauter wurde. Sie musste den Mönch nur noch einen kleinen Moment aufhalten, dann würden die Kollegen sich um alles Weitere kümmern. »Ich fürchte, dem Novizen Noah geht es nicht gut«, sagte sie klar und deutlich. »Würden Sie sich bitte sofort um ihn kümmern?«

Irritiert blickte der Subprior zu dem Novizen. Pia sah Noah eindringlich an, hob die Augenbrauen, und mit einem Mal schien er zu verstehen, was sie von ihm wollte.

»Ich …« Er schwankte, verdrehte die Augen und stürzte zu Boden, als wären seine Knochen aus Gummi. Ein Schauspieler hätte es nicht besser hinbekommen. Als die anderen Brüder ihn erreicht hatten und ihn umringten, bogen endlich zwei Streifenwagen durch das Tor.

Den Rest des Tages verbrachte Pia fast ausschließlich in ihrem Zimmer. Sie las einen Roman, machte sich Notizen, manchmal lag sie auch nur auf ihrem Bett und döste. Ab und zu stand sie auf, schaute zum Fenster hinaus und beobachtete die Kollegen bei der Arbeit.

Der dunkelgraue VW-Bus eines Bestattungsinstituts

fuhr vor die Klosterkirche. Sie hatte sich bisher immer vorgestellt, dass ein Mönch nach seinem Tod irgendwo im Kloster aufgebahrt werden würde. Ein hoher, dunkler Raum mit flackernden Kerzen kam ihr in den Sinn. Aber zunächst einmal musste der Tote ja in die Rechtsmedizin gebracht werden.

Zu den Mahlzeiten durften heute nur jeweils ein bis zwei Gäste in den Speisesaal gehen. Die Stille im Raum war bedrückend, und das angebotene Essen bestand aus kalten, mit Folie abgedeckten Platten mit belegten Brötchen, einem Salat und einer Hühnersuppe auf einem Rechaud. Die Polizei wollte sicher nicht, dass sich die Bewohner des Gästehauses über das Vorkommnis austauschten, weil sie später noch nacheinander befragt werden sollten. Abwechselnd wachten eine ältere Polizistin und ein jüngerer Kollege in Uniform darüber, dass sich auch alle daran hielten.

An den Stundengebeten im Andachtsraum hätte Pia teilnehmen können. Dort waren sowieso keine persönlichen Gespräche möglich. Sie stellte sich vor, wie Bruder Reginald, der sofort nach der Entdeckung des Todes eines Mitbruders alle zur Teilnahme an der Sext aufgerufen hatte, die Kollegen von der Notwendigkeit der pünktlichen Gebetsstunden überzeugte.

Ob wohl ein begründeter Verdacht eines nicht natürlichen Todes bestand? Kaum vorstellbar in dieser friedlichen Umgebung. Der Tote war ein Mönch. Die rechtsmedizinische Untersuchung würde sicherlich Klarheit bringen. War sie, Pia, verflucht, dass sich zwei Tage nach ihrer Ankunft ein Todesfall in einem Kloster ereignete? Hatte sie den Tod irgendwie mitgebracht?

Pia sprang auf und dehnte sich. Ihre Schultermuskulatur protestierte mit einem ziehenden Schmerz. Dann holte sie sich aus der Kaffeeküche im Flur einen Cappuccino. Auch hier sollte nur immer einer von ihnen zur selben Zeit anwesend sein. Die Maßnahmen der ermittelnden Beamten waren umfassend. Immerhin, das war doch ganz beruhigend.

Nachdem sie ein paar Schlucke des mäßig leckeren Gebräus getrunken hatte, zog Pia ihr Telefon hervor. Sie rief Marten an. Zunächst hörte sie Hintergrundgeräusche wie in einem Großraumbüro. Er bat sie, einen Moment zu warten, und es wurde leiser.

»Wo bist du?«

»Im LKA in Kiel. Aber ich muss gleich nach Lübeck.«

»Gibt es Neuigkeiten von Lohse?«, fragte sie hoffnungsvoll.

»Nein. Doch ich bin dran.«

»Okay. Aber hier hat sich etwas Neues ergeben.« Pia berichtete ihm, was passiert war.

»Wie ist deine Einschätzung? War es ein natürlicher Tod?«, wollte Marten wissen, als sie geendet hatte. »Oder kommt da jetzt noch etwas nach?«

»Ich vermute, dass Bruder Zacharias an einem Herzinfarkt oder so gestorben ist. Doch ich weiß natürlich viel zu wenig. Kannst du herausfinden, wer hier zuständig ist? Ich habe noch niemanden von unseren Leuten gesehen.«

»Mach ich. Ich denke, die Kollegen kommen aus Eutin oder Oldenburg und wollen erst mal prüfen, ob überhaupt ein Verbrechen vorliegt.«

»Dafür sind sie hier aber ganz schön groß vorgefahren.«

»Du weißt doch, wie das auf dem Land ist. Endlich passiert mal was …«

»Was meinst du? Soll ich mich denen zu erkennen geben, wenn sie mich befragen?«

»Mist!«, entfuhr es Marten. »Du hast recht. Das macht die Sache kompliziert.«

»Hier im Kloster weiß bisher nur der Prior über mich Bescheid.«

»Wenn er keine Plaudertasche ist, schon.«

»Aber irgendein Polizist könnte mich erkennen. Besser, ich sage es dem leitenden Ermittler gleich, bevor es hintenherum herauskommt.«

»Das stimmt. Die sollen sich bei uns im LKA Kiel melden, wenn sie Fragen haben.«

»Aber für die Leute hier bin ich weiterhin Pia Cordes, die Verwaltungsbeamtin. Ich hoffe sehr, dass Bruder Zacharias nur an einem Herzinfarkt gestorben ist.«

»Ja, das hoffe ich auch.«

»Ich kannte ihn zwar kaum, doch ich mochte ihn«, sagte Pia unvermittelt. »Er strahlte so eine ruhige Zuversicht aus.«

»Das tut mir leid.« Und nach einer kleinen Pause: »Halte mich bitte immer auf dem Laufenden, Pia. Wir müssen uns je nach Entwicklung der Situation entscheiden. Zur Not hole ich dich persönlich da raus.«

Pia musste lächeln. »Schon gut. Ich werde hier nicht gegen meinen Willen festgehalten.«

10. Kapitel

Nach dem Telefonat machte Marten sich auf den Weg in die JVA Lübeck. Dort saß Albrecht Lohses Mittäter, Mario Groß, in U-Haft. Er hatte während der Zeit zwischen Lohses Flucht aus der Haftanstalt und seiner erneuten Flucht von dem Binnenschiff mit ihm in Kontakt gestanden. Marten hatte die Protokolle seiner bisherigen Vernehmungen genau studiert. Groß hatte ausgesagt, dass er keine Ahnung von Lohses weiteren Plänen habe. Er wusste angeblich nicht, wo er hingegangen sein könnte, mit wem er noch in Verbindung stand. Im Grunde wusste er gar nichts. Bei Mario Groß' intellektuellen Fähigkeiten war es sogar unwahrscheinlich, dass Lohse das Risiko eingegangen war, ihn bewusst in irgendetwas Wichtiges einzuweihen.

Doch dieser Ansatz, bei der Vernehmung nach etwas Konkretem zu fragen, ging Marten nicht weit genug. Mario hatte Lohse schon als Jugendlichen gekannt. Es bestand die Chance, dass er etwas über ihn wusste, von dem er gar nicht ahnte, dass es hilfreich sein könnte. Marten war bereit, nach jedem noch so dünnen Strohhalm zu greifen.

Nachdem er das Prozedere am Eingang über sich hatte ergehen lassen, wurde Marten von einem der Bediensteten in einen Besucherraum geführt. Mario Groß' wenig motiviert aussehender Anwalt kam kurze Zeit später hinzu und setzte sich etwas abseits. Es dauerte noch etwa zehn Minuten, bis man Groß zu ihm brachte.

Marten ging mit ihm die Ergebnisse der bisherigen Vernehmungen noch einmal grob durch, um die Anspannung des Häftlings etwas zu lösen. Am Anfang achtete Mario Groß noch auf jedes Wort, das er sagte, doch mit der Zeit würde seine Konzentration nachlassen. Er hatte in der U-Haft sicher wenig Ansprache. Mario Groß strahlte Unterlegenheit, ja Schwäche aus. Im Knast war er sicher der geborene Underdog, der zu leiden hatte. Er wollte jetzt reden; vor allem in einer Umgebung, wo er sich zumindest physisch in Sicherheit fühlte. Er sehnte sich nach Abwechslung und Bestätigung. Und Marten wäre sogar bereit, seinen Kugelschreiber zu essen, wenn es helfen würde, etwas Wichtiges über Lohse herauszufinden.

Erst einmal taten die Zigaretten, die er mitgebracht hatte, ihre Wirkung. Marios unsteter Blick wurde ruhiger. Seine Hände hörten auf zu zittern.

Marten rauchte seit Jahren nicht mehr. Er setzte sich einer Versuchung aus, wenn er das Zeug nur bei sich trug. In Zeiten großer Anspannung war die Gefahr, wieder anzufangen, hoch. Doch was wog das gegen die Chance, Lohse zu schnappen?

»Wie haben Sie und Albrecht Lohse sich kennengelernt?«, fragte er nun unverfänglich.

Groß starrte einige Sekunden in Richtung Fenster. Dann riss er sich zusammen und berichtete stockend, wie er Lohse im Haus seiner Großtante Grete Deters kennengelernt hatte. Der ihm bis dahin fremde Junge war ein zahlendes Ferienkind gewesen, und er, Mario, war zu seiner Gesellschaft dort eingeladen worden.

»Zuerst wollte Mark nichts mit mir zu tun haben«, berichtete er. »Und ich konnte ihn auch nicht besonders gut leiden. Er hielt sich für was Besseres, weil sein Vater eine eigene Firma hatte und meiner nur ein einfacher Binnenschiffer war«, erklärte er.

Albrecht Lohse hieß mit vollem Namen Mark Albrecht Lohse, und Groß nannte ihn bei seinem ersten Vornamen. Später hatte sich Lohse in anderen Kreisen Albrecht genannt, wusste Marten. »Wie kam es, dass Sie sich doch angefreundet haben?«, hakte er nach.

Groß zuckte mit den knochigen Schultern. »Wir hingen da zusammen rum und konnten nicht viel machen. Wir haben uns Fahrräder besorgt, und ich habe ihm die Gegend gezeigt. Ich kannte mich ja ein wenig aus. Besonders am Kanal und bei den Schleusen. Ich wusste, wo man am besten angeln kann …«

»Lohse war sicher froh, Sie als Kumpel gefunden zu haben. Er kannte wohl niemanden in Barnebek?«

»Nein, wie auch? Er kam ja aus Lübeck und ist auf so ein Internat für reiche Leute Kinder gegangen. In Barnebek festzusitzen hat ihm nicht gefallen. Aber nachdem wir beide uns richtig kennengelernt hatten, hatten wir jede Menge Spaß.«

»Wie fand er es in dem Internat?«

»Nicht besonders. Mark war eigentlich total normal. Überhaupt nicht eingebildet oder so. Er hat diese hochnäsigen Leute dort gehasst. Er konnte sie wunderbar nachäffen …« Bei der Erinnerung daran verzog sich Groß' Gesicht amüsiert.

Na, wenigstens einer hat hier Spaß, dachte Marten. Der Anwalt sah so aus, als wäre er kurz vorm Einschlafen.

»Hat er mal Namen erwähnt? Vielleicht auch Kinder von Berühmtheiten oder so?«, fragte Marten. Möglicherweise gab es aus diesem Umfeld doch jemanden, der Lohse bei seiner Flucht geholfen hatte. Albrecht Lohse hatte Charme.

Wenn er es darauf anlegte, konnte er Menschen für sich einnehmen und manipulieren. Schwer vorstellbar, dass er sich das nicht auch schon damals im Internat zunutze gemacht hatte. Doch ihre Recherchen dort hatten bisher nichts ergeben. Wenn es um Kriminelle ging, hielten sich diese »feinen Leute« mit Auskünften gern bedeckt.

»Berühmtheiten?« Groß strich sich gedankenverloren über die rote Narbe auf seiner Wange. Lohse hatte sie ihm beigebracht, wie Marten wusste. »Das waren alles nur verwöhnte Kinder ... Mit den hübschen Mädchen hatte er natürlich was. Und er hat in der Zeit zwei Autos, einen Porsche und einen GTI, zu Schrott gefahren, obwohl er noch nicht mal einen Führerschein hatte.«

»Nicht schlecht.« Marten heuchelte Anerkennung. »Hat er mal den Namen eines seiner Mädchen erwähnt? Oder vielleicht den eines Autobesitzers?«

»Also, wie soll ich mich denn daran noch erinnern?« Groß schüttelte unwillig den Kopf. »Haben Sie noch mehr Zigaretten?«

»Ja. Aber erst später. Ihnen fällt bestimmt noch ein Name ein. Sie sind ein guter Menschenkenner, nicht wahr?«

Der Anwalt sah auf seine Armbanduhr.

»Es ist nicht zum Schaden Ihres Mandanten, wenn er versucht, uns zu helfen«, sagte Marten laut.

Mario Groß blickte irritiert von einem zum anderen und runzelte die Stirn.

Der Anwalt nickte gleichgültig.

»Ich weiß aber wirklich nicht, wie die alle hießen«, versicherte Mario jammernd, weil er wohl spürte, dass er nichts Wichtiges mehr beitragen konnte und sich damit auch von den erhofften Zigaretten entfernte. »Ich will Ihnen ja helfen. Ehrlich.«

Marten beschloss, die Daumenschrauben anzuziehen. »Es sieht gerade nicht danach aus.«

»Doch! Ich weiß noch, dass er eine Freundin hatte, mit der er mal zusammen war. Also ein paar Monate … Das war kurz bevor er aus dem Internat raus ist.«

»Und weiter?«

»Ihre Eltern haben Mark sogar mal mit in den Urlaub genommen. Ich war sauer, weil er deshalb erst eine Woche später nach Barnebek gekommen ist und ich da solange allein abhängen musste.«

»Wie hieß die Freundin? Und wo genau sind sie hingefahren?«

»Keine Ahnung. Sie waren jedenfalls am Meer. Irgendwo, wo es warm ist. Als Mark wiederkam, war er ganz braun gebrannt. Er hat mir von den dicken Jachten und den berühmten Leuten und so vorgeschwärmt, die er dort gesehen hat. Dass er später einmal so eine Motorjacht haben will, hat er gesagt. Und er hat mir versprochen, mich dann mal mitzunehmen …«, setzte Groß sehnsuchtsvoll hinzu.

»Waren sie mit dem Auto dort, oder sind sie geflogen?«

»Äh … Mit dem Flugzeug … nach Nizza, glaube ich.«

Marten nickte und machte sich eine Notiz. Er versuchte noch eine Weile, Groß einen Namen zu entlocken, doch es war hoffnungslos. Zum Schluss überließ er ihm die restlichen Zigaretten und schärfte ihm ein, noch einmal gründlich über alles nachzudenken.

Als Marten wieder vor dem Gefängnis stand, atmete er auf. Nach einem Aufenthalt im Knast, und war er noch so kurz, schätzte er seine Freiheit immer umso mehr.

War das nun ein Erfolg oder ein Misserfolg gewesen?

Lohse war anscheinend zum Ende seiner Internatszeit mal am Mittelmeer gewesen, vielleicht in Südfrankreich, Italien oder in Spanien. Von Nizza aus konnte man mit einer Jacht die verschiedensten Häfen ansteuern. Oder aber Groß hatte sich nur irgendwas ausgedacht, um an die Zigaretten zu kommen ...

Marten hatte sich bereits durch alles durchgearbeitet, was Albrecht Lohses ehemalige Mitschüler im Internat ausgesagt hatten. Von einer festen Freundin war nirgendwo die Rede. Ebenso wenig von gemeinsamen Urlauben mit deren Familie am Mittelmeer. Marten bezweifelte jedoch, dass sich eine der Frauen im Nachhinein gern zu einer Freundschaft mit einem gesuchten Kriminellen bekennen würde.

Auf dem Weg hinüber zum Gästehaus wurden Novize Noahs Schritte immer langsamer. Wie sollte er sich auf die Gäste konzentrieren und ihnen Trost spenden, wenn er selbst so traurig und hilflos war?

»Gott hat ihn zu sich geholt«, versicherte Noah sich. »Seinen treuesten Diener. Bruder Zacharias ist nun bei Gott.« Doch die Worte, die er sich leise aufsagte, halfen nicht. Er war zu aufgewühlt.

Sobald er mal nicht aufpasste, überwältigte ihn die Erinnerung daran, wie er Bruder Zacharias aufgefunden hatte. Warum hatte ausgerechnet er sterben müssen? Warum jetzt? Der Mönch war so ein besonderer Mensch gewesen. Ihn hatten großes Wissen, viel Humor und eine besondere Güte ausgezeichnet. Noah erinnerte sich an eine Situation, als er völlig verzweifelt gewesen war. Bruder Reginald hatte ihn in hämischem Ton vor versammelter Mannschaft gerügt. Doch Bruder Zacharias hatte es gewagt, den Subprior zu berichtigen und die Wahrheit zu sagen. Er hatte dem jungen Novizen Noah damit das Gefühl gegeben, ein wertvolles Mitglied dieser Gemeinschaft zu sein.

Noah schluckte. Womöglich war Bruder Zacharias mit ein Grund gewesen, dass er sich überhaupt für diesen Orden entschieden hatte. Und nun war der Mitbruder fort und kam nie wieder zurück.

Er trat in das Gästehaus und stieß im Speiseraum als Erstes auf Christine Fichte. Noah informierte sie, dass die Polizei noch mit jedem von ihnen einzeln reden würde. So lange sollten sie in ihren Zimmern abwarten. Die Frau blickte ihn verunsichert an. Er sollte etwas Beruhigendes zu ihr sagen. Doch er sah nur immer wieder das leblose, blasse Gesicht mit den starren Augen seines Mitbruders vor sich. Wie Bruder Zacharias, als er ihn angefasst hatte, zur Seite gesackt und von der Kirchenbank gefallen war. Das Geräusch, als der Kopf ungebremst auf die Bank aufgeschlagen war.

Christine schaute ihn vorwurfsvoll an. »Auf den Zimmern? Allein? Meine Freundin Julia ist ganz außer sich. Sie hat die ganze Nacht nicht geschlafen und kann heute Morgen nicht allein herunterkommen. Darf ich ihr wenigstens ein belegtes Brötchen und einen Orangensaft holen und auf ihr Zimmer bringen?«

»Ja, machen Sie das«, antwortete Noah. »Und besorgen Sie doch auch eine kleine Thermoskanne mit Tee oder Kaffee für sie.« Die Klosterregel, dass auf den Gästezimmern und in den Mönchszellen keinerlei Nahrungsmittel verzehrt werden durften, setzte er gerade spontan und eigenmächtig außer Kraft. Es waren außergewöhnliche Umstände. »Bringen Sie das Geschirr nur bitte bis heute Mittag wieder herunter.«

Christine nickte, ging zum Buffet und lud zwei Tassen,

drei belegte Brötchen, ein Croissant und eine Schale Obstsalat auf ein kleines Tablett. Sie klemmte sich eine Thermoskanne unter den Arm und zog sichtlich zufrieden ab. Ein Problem weniger.

Einige andere Gäste erschienen nacheinander im Speisezimmer. Sie bedienten sich lustlos am Buffet, nahmen ein paar Bissen zu sich und stellten die noch halb vollen Teller anschließend auf den großen Servierwagen. Der einzige Gast, der mit Appetit aß, war Jürgen.

Er war ja auch der einzige Mann hier. Die weiblichen Gäste waren im Kloster meistens in der Überzahl. Es sei denn, Bruder Benno gab eines seiner »Männerseminare«. Aber da war ja auch noch Ingmar Harse. Den hätte er beinahe vergessen. Zum einen fehlte diesem Gast Jürgens körperliche Präsenz. Der Lehrer zog immer automatisch alle Blicke auf sich. Er schien Aufmerksamkeit zu benötigen wie andere Menschen Sauerstoff. Ein anderer Grund dafür, dass er Ingmar nicht vermisst hatte, war, dass dieser sich ständig beschwerte und an allem etwas auszusetzen hatte.

Schon am ersten Tag von Ingmar Harses Ankunft war Noah Zeuge geworden, wie Bruder Zacharias Ingmar in einem Bereich des Klosters angetroffen hatte, in dem Gäste nicht erlaubt waren. Sein Mitbruder hatte den Neuankömmling freundlich, aber bestimmt darauf hingewiesen, dass Gäste keinen Zutritt zum Dormitorium und zum Kapitelsaal hatten. Der Teil des Klosters war ausschließlich den Mönchen und einigen wenigen Angestellten vorbehalten. Doch anstatt sich zu entschuldigen und von dannen zu ziehen, hatte Ingmar behauptet, dass er nur jemanden suchen würde, mit dem er dringend reden müsse. Das könne doch wohl kein Problem sein …

Dieser Ingmar Harse war ein selbstgerechter, freudloser Mensch, befand Noah. Umso mehr ein Grund, ihm mit Nachsicht, ja Liebe zu begegnen ... Aber es war eben kein großer Verlust, ihn mal ein paar Stunden lang nicht zu sehen. Sogar Bruder Thomas, der sich meistens überaus korrekt und kontrolliert verhielt, hatte schon eine diesbezügliche Bemerkung über Harse gemacht.

Annamaria, die in der Küche half, erschien in der Tür des Speisezimmers und fragte, ob sie jetzt abräumen dürfe. Auch sie sah mitgenommen aus. Ihre Augen waren verquollen, als hätte sie die ganze Nacht geweint. Annamaria war Mitte dreißig und lebte mit Mann und zwei kleinen Kindern in einem nahegelegenen Ort. Sie war eine langjährige Angestellte des Klosters, streng katholisch und vielleicht gläubiger als der eine oder andere Mönch. Sie galt als absolut loyal und war der Abtei und den Brüdern anscheinend sehr zugetan. Wenn bei öffentlichen Gottesdiensten gesungen wurde, hob sich ihre Stimme laut und klar von allen anderen ab; ihre Inbrunst war manchmal beinahe ein bisschen peinlich.

Noah sah auf die Uhr und sagte ihr, dass sie gleich abräumen könne. Bis auf Julia und Ingmar Harse waren alle beim Frühstück gewesen. Ingmar hockte vermutlich ebenfalls auf seinem Zimmer. Noah hatte ihn zuletzt ... ja, wann eigentlich ... gesehen?

War er gestern zum Kaffee oder Abendbrot erschienen? Noah erinnerte sich nicht daran. Bevor es gleich nichts mehr zu frühstücken gab, stellte er ihm lieber etwas zur Seite. Er nahm ein Tablett und zwei Teller, legte zwei Brötchen auf den einen, belud den zweiten mit Butter, Aufschnitt, Käse und Marmelade und stellte eine Tasse und Untertasse dazu. Dann sicherte er sich eine der vollen Thermoskannen und ließ Annamaria den Rest abräumen.

Mit dem Tablett in den Händen stieg er die Treppe hinauf zu den Gästezimmern. Ingmar wohnte in Zimmer Nummer acht am Ende des Flurs. Während Noah das Tablett auf einer Hand balancierte, klopfte er mit der anderen an die Tür.

Keine Reaktion.

»Entschuldigen Sie bitte. Hier ist Noah. Möchten Sie noch etwas zum Frühstück haben?« Er klopfte lauter.

Wieder nichts. Schlief der Mann, oder hatte er nur keine Lust, ihm zu antworten? Er wartete noch einen Moment, dann stellte er das Tablett auf eine Kommode neben der Zimmertür und ging unverrichteter Dinge wieder hinunter.

Doch auch in der nächsten halben Stunde ließ der Gedanke an Ingmar Harse Noah keine Ruhe. Dass der Gast nicht frühstücken wollte nach dem Schock am gestrigen Tag, konnte er ja noch nachvollziehen. Doch je mehr Noah darüber nachdachte, desto weniger wusste er, wann er ihn überhaupt zuletzt gesehen hatte. Bei der Verteilung der Arbeiten am vergangenen Morgen hatte Ingmar es vorgezogen, den Tag im Stillen Bereich zu verbringen. Er war also wohl auf dem Klostergelände geblieben. Aber hatte Ingmar mit den anderen auf dem Platz vor der Kirche gestanden, nachdem Bruder Zacharias tot aufgefunden worden war? Noah war sich nicht sicher. Doch er müsste dort gewesen sein. Die Totenglocke, die der Prior hatte läuten lassen, war nicht zu überhören gewesen.

Er suchte nach Bruder Thomas, fand ihn in seinem Büro und berichtete ihm, dass er einen Gast vermisste.

Der Mitbruder sah ihn prüfend an. »Du denkst, du hast diesen Gast seit der Arbeitsverteilung gestern Morgen nicht mehr gesehen?«

»Ich bin mir nicht sicher. Möglicherweise.«

»Vermutlich hast du ihn in der Aufregung nur nicht bemerkt«, sagte Bruder Thomas beruhigend.

»Aber wo kann er nur sein?«

»Wenn er nicht auf seinem Zimmer ist, ist er vielleicht im Andachtsraum oder irgendwo anders auf dem Gelände. Oder er unternimmt einen Spaziergang. Einen Moment bitte.« Bruder Thomas zog ein Telefon hervor, das er als Mönch, der für die Gäste zuständig war, bei sich führen durfte. Er rief Bernadette im Torhaus an. »Guten Morgen, Frau Rademann. Bruder Thomas hier. Ich habe eine Frage: Hat einer unserer Gäste seit gestern Vormittag das Klostergelände verlassen? Oder heute Morgen vielleicht? Nicht? Oder hat der Sicherheitsdienst, der während der Nacht da war, etwas diesbezüglich vermerkt? Nein? Das habe ich mir gedacht. Die Leute wurden ja gebeten, im Gästehaus zu bleiben. Die Polizei kommt gerade wieder? Aha. Gut. Dann weiß ich Bescheid.«

Er wandte sich Noah zu. »Der Gast muss noch auf dem Klostergelände sein. Wir gehen jetzt noch mal gemeinsam zu seinem Zimmer, und wenn er dort nicht ist, suchen wir auf dem Klostergelände nach ihm.« Bruder Thomas lächelte aufmunternd. »Hier geht niemand verloren.«

Noah nickte. Er spürte trotz dieser beruhigenden Worte, dass Bruder Thomas ebenso besorgt war wie er. Er war froh, die Verantwortung einem erfahrenen Bruder überlassen zu können.

Sie gingen nebeneinanderher zum Gästehaus. Das Tablett, das Noah angerichtet hatte, stand noch unberührt auf der Kommode neben Ingmar Harses Zimmertür. Sie klopften mehrfach, doch niemand reagierte. Dann öffneten sie die Tür. Das Bett war ordentlich gemacht, nur wenige persönliche Dinge lagen auf Tisch und Nachttisch.

Als sie das Haus wieder verließen, hielt Noah den Kopf gesenkt. Heute musste er sich nicht dazu ermahnen. Er war traurig und mutlos.

Bruder Thomas blieb stehen und sah ihn an. »Sei nicht zu hart zu dir. Gestern war ein sehr schwieriger Tag für uns alle. Und es werden noch ein paar schwere folgen.«

»Ich hätte trotzdem meine Pflicht den Gästen gegenüber nicht vernachlässigen dürfen.«

»Nein. Aber es kommt auch auf deine Beweggründe an. Hast du Ingmar Harse nicht genügend beachtet, weil du ihn für einen schwierigen Gast hältst? Wir kümmern uns lieber um Menschen, die uns sympathisch sind. Doch auch einem weniger angenehmen Gast müssen wir mit Achtung und Liebe begegnen.«

»Ich halte ihn für ein wenig sonderbar, aber das war nicht der Grund. Wirklich! Es liegt daran, dass ich ständig an Bruder Zacharias denken muss und …«

»Was noch?«, fragte der Mönch ruhig. »Es wird einfacher, wenn du es ausgesprochen hast.«

»Es heißt doch: Alle Gäste, die zum Kloster kommen, sollen wie Christus aufgenommen werden; denn er wird einmal sagen: ›Ich war fremd, und ihr habt mich aufgenommen.‹ Ich versuche, das Gebot der Gastfreundschaft des Klosters jeden Tag aufs Neue zu beherzigen und zu erfüllen. Doch ich war zu sehr von meinem Kummer abgelenkt.«

»Das ist nur menschlich und verständlich.« Bruder Thomas seufzte. »Tut mir leid, dass ich so nachgefragt habe. Meine Trauer über Bruder Zacharias' Tod kann keine Entschuldigung für ungerechtes Verhalten dir gegenüber sein. Es ist richtig, dass du gleich zu mir gekommen bist. Wir suchen diesen Gast jetzt gemeinsam.«

11. Kapitel

»Bevor wir mit der Befragung anfangen, muss ich kurz mit demjenigen sprechen, der diese Ermittlung leitet«, sagte Pia, nachdem sie Platz genommen hatte.

Der blonde Kollege, der sich als Kriminaloberkommissar Arnd Busche vorgestellt hatte, blickte sie irritiert an. »Grundsätzlich stelle ich hier die Fragen.« Der Polizeibeamte rückte seinen Notizblock auf dem Tisch zurecht und griff zum Kugelschreiber. »Zunächst brauche ich Ihren vollständigen Namen, Geburtsdatum, Adresse und so weiter …«

»Zuerst muss ich mit Ihrem Vorgesetzten sprechen. Das erspart uns allen Zeit und Mühe.«

»Um meine Zeit machen Sie sich mal keine Sorgen. Name!«

Pia seufzte. »Bitte hören Sie mir doch zu: Ich muss mit dem leitenden Ermittler sprechen.«

»Aus unseren Unterlagen geht hervor, dass Sie Pia Cordes sind. Seit Dienstag zu Gast im Kloster Naumar.«

Es nützte anscheinend nichts. Pia verschränkte die Arme vor der Brust und schwieg.

»Warum wollen Sie nicht kooperieren, Frau Cordes?«

»Ich kooperiere ja. Ich warte.«

»Das sieht mir aber nicht so aus.«

Sie blickte ihn scheinbar unbeteiligt an. Busches Unterkiefer schob sich vor und zurück. Er starrte sie erst entnervt, dann verunsichert an. »Also schön!«, stieß er hervor und erhob sich.

Pia wartete acht lange Minuten, in denen sie die Heiligenbilder an den Wänden studierte. Sie wollte schon nach einem auf dem Fensterbrett liegenden Gesangbuch greifen, um sich lesend die Zeit zu vertreiben, als ein Mann Anfang fünfzig in den Raum gestürzt kam.

»Okay. Mein Kollege sagt, Sie wollen mit mir sprechen?«, fragte er sie.

»Leiten Sie diese Ermittlung?«

»Ja. Kriminalhauptkommissar Thorsten Rickert. Worum geht's? Ich habe es eilig.«

»Das verstehe ich. Ich muss Sie nur kurz allein sprechen.« Pia deutete mit dem Kopf in Richtung Tür, in dessen Rahmen sich Busche aufgebaut hatte.

»Na gut. Lass uns bitte einen Moment allein, Arnd.« Rickert setzte sich breitbeinig ihr gegenüber an den Tisch. »Ich komm gleich wieder zu dir raus, wenn ich das hier geklärt habe.«

Die Tür schloss sich mit einem nachdrücklich klingenden Klacken.

»Danke. Ich wollte einen Kollegen nicht anlügen«, erwiderte Pia. »Was ich Ihnen sage, muss vertraulich bleiben.«

»Oha. Na, dann los. Hier hört außer uns nur der liebe Gott zu«, antwortete Rickert spöttisch.

»Ich bin Kriminalhauptkommissarin bei der BKI Lübeck. Ich bin nicht aus beruflichen Gründen hier. Ich stehe allerdings zurzeit unter Personenschutz und halte mich nach Absprache mit dem LKA Kiel und der BKI Lübeck unter einem Decknamen hier auf.«

Rickert blieb einen Moment der Mund offen stehen. »Sie kamen mir doch gleich bekannt vor«, sagte er. »Die entführte Kollegin aus Lübeck!«

»Nun bin ich ja wieder frei«, gab sie abwehrend zurück.

»Ich bin ins Kloster Naumar gekommen, um mich zu erholen. Und weil wir diesen Aufenthaltsort für relativ sicher erachtet haben. Jedenfalls, solange ich unter einer falschen Identität hier wohne: Pia Cordes. Nur Prior Philip ist in die Sache grob eingeweiht. Und es soll auch sonst niemand wissen«, fügte sie hinzu.

»Na, da sitze ich hier ja mit einer richtigen Berühmtheit zusammen«, sagte Rickert.

Pia schüttelte leicht den Kopf. »Bitte lassen Sie uns nur klären, wie wir mit der Situation umgehen. Wollen Sie zuerst Rücksprache mit dem LKA Kiel halten? Ich kann Ihnen meinen Kontakt nennen.«

»Also gut. Das wird wohl das Beste sein.«

»Außer Ihnen darf absolut niemand eingeweiht werden. Ich bin für alle Ihre Kollegen Pia Cordes, Verwaltungsbeamtin aus Lübeck«, erklärte sie nochmals.

»Ja, das ist so weit klar.«

»Was genau erzählen Sie Herrn Busche?«

»Wie bitte?«

»Wie erklären Sie Ihrem Kollegen, weshalb ich Sie allein sprechen wollte?«

»Hm.« Er grinste. »Ich sage, Sie sind eine schwierige Person, die sich ziemlich wichtig nimmt.«

Pia musste lächeln. »Das glaubt er Ihnen aufs Wort. Dann werde ich Herrn Busche jetzt Rede und Antwort stehen, was diese Ermittlungen betrifft.«

Rickert erhob sich. »Gut. Ich habe hier nämlich einigermaßen viel zu tun.«

»Handelt es sich um einen Todesfall mit Fremdeinwirkung?«, fragte Pia und wechselte zu der unter Polizisten üblichen, vertraulicheren Form der Anrede. »Ihr seid mit ziemlich vielen Leuten hier.«

»Nun, Frau Kollegin«, er betonte das dritte Wort, »du wirst es in Kürze sowieso erfahren: Laut rechtsmedizinischer Untersuchung wurde Bruder Zacharias erstickt.«

»Ist er erstickt, oder wurde er erstickt?«, hakte Pia nach.

»Es liegt eindeutig Fremdeinwirkung vor.«

»Also, noch mal von vorn.« Arnd Busche saß Pia wieder gegenüber. »Ich hoffe, dass mein Kollege alle Ihre Bedenken diese Befragung betreffend erfolgreich ausräumen konnte.« Er lächelte mit gespielter Liebenswürdigkeit.

»Ja, danke. Das konnte er.«

»Name!«

»Pia Cordes«, antwortete sie. Sie sagte ihm mit einer gewissen Genugtuung die falsche Adresse, Telefonnummer, Geburtsdatum und ihren vorgeblichen Arbeitgeber auf, der zu dieser Identität gehörte.

Busche schrieb eifrig mit. »Na, ging doch.« Er lehnte sich zurück. »Warum sind Sie hier, Frau Cordes?«

»Ich habe ein zehntägiges Kloster-Retreat gebucht. Das wollte ich schon immer mal ausprobieren.«

»Aha. Und? Gefällt es Ihnen?«

»Was tut das zur Sache?« Pia wusste, dass sie kooperieren sollte, doch die joviale und überhebliche Art ihres Kollegen ging ihr gegen den Strich.

»Ich versuche nur, mir ein Bild zu machen.«

»Von Klosterurlauben?«, fragte sie mit einem Seufzer.

»Nein, von Ihnen. Und ich stelle hier die Fragen.«

Pia wartete ab.

»Also?«

»Ich bin mir noch nicht sicher, wie es mir hier gefällt.« Sie räusperte sich.

»Immerhin lag gerade ein Toter in der Kirche. Das drückt schon auf die Stimmung.«

»Erzählen Sie mir, was Sie gestern alles gemacht haben. Von morgens bis abends. Lassen Sie nichts aus.«

Pia kniff die Augen zusammen, um sich alles richtig in Erinnerung zu rufen. Sie schilderte ihm, wie der Morgen verlaufen war. Das Frühstück, die Verteilung der Arbeitseinsätze, ihre Fahrt mit Bruder Menowin in den Klosterforst.

»Moment, Moment. Um wie viel Uhr wurden die Arbeiten verteilt?«

»Das war so um Viertel vor neun. Novize Noah hatte uns Gäste dazu auf den Vorplatz gebeten.«

»Waren alle Klostergäste anwesend?«

»Ja. Ich denke schon.«

»Um wie viel Uhr haben Sie gemeinsam mit dem Mönch – wie hieß er, Menowit? – das Kloster verlassen?«

»Bruder Menowin. Um halb zehn. Vielleicht ein paar Minuten später.«

»Und in der Zwischenzeit?«

»War ich auf meinem Zimmer.«

Er notierte sich alles mit enervierender Langsamkeit. »Was haben Sie dann gemacht?«

»Wir fuhren zu dem Platz im Klosterforst, wo das Holz gemacht wird. Bruder Menowin arbeitete mit der Kreissäge. Ich habe Holz gehackt und bin zwischendurch mit der Schubkarre hin- und hergefahren.«

»Hatten Sie den Mönch die ganze Zeit über im Blick?«

Pia tat erstaunt: »Warum fragen Sie mich das? Ist das etwa eine Mordermittlung?«

Busche drückte die Schultern zurück. »Es sieht ganz so aus.«

»Nein, ich habe Bruder Menowin nicht die ganze Zeit über gesehen. Doch ich habe ihn beinahe ununterbrochen sägen gehört.«

»Aha. Und dann?«

Pia zögerte. »Ein weiterer Gast, Jürgen Pfeffer, kam um zwanzig nach elf hinzu. Er war wohl im Klosterforst laufen und traf mich am Hackplatz an. Er hat mich überrascht.«

»Und weiter?« Busche schaute sie erwartungsvoll an. So erwartungsvoll, dass Pia sich sicher war, dass Jürgen ihm bereits von dem Zwischenfall mit der Axt erzählt hatte.

»Ich habe gerade Holz gehackt. Da sah ich oben, halb verdeckt hinter einem Baum, eine Gestalt stehen. Sie schien mich zu beobachten. Mir war das unheimlich so mitten im Wald, und da bin ich auf ihn zugelaufen. Die Axt hatte ich dabei wohl noch in der Hand ...«, setzte sie hinzu.

»Ihnen war unheimlich, und deswegen sind Sie auf ihn *zugelaufen*? Ohne zu wissen, um wen es sich handelte?«

»Ich war an dem Vormittag nicht in Bestform«, sagte Pia. »Ich hatte sehr schlecht geschlafen.«

»Und da greifen Sie zu einer Axt?«

»Nein. Ich hatte sie nur deswegen in der Hand, weil ich gerade Holz gehackt habe«, erwiderte sie ruhig.

»Aber er hat Sie doch gar nicht angegriffen, Frau Cordes.«

»Das stimmt. Doch die Situation wirkte nun mal in diesem Moment bedrohlich auf mich. Im Nachhinein ist man immer schlauer. Und es tut mir auch leid ...«

»Na, lassen wir das erst mal so stehen«, meinte er großmütig. »Was passierte dann?«

Sie berichtete, wie sie mit Jürgen zusammen zu Bruder Menowin gegangen war. Wie sie im Wald die Glocke gehört hatten. »Bruder Menowin hat uns gesagt, dass das die Totenglocke ist. Er vermutete wohl gleich, dass etwas Schlimmes passiert ist. Jedenfalls drängte er uns zum Aufbruch. Wir sind daraufhin sofort zurück ins Kloster gefahren.«

»Sie alle drei?«

»Ja.«

»Wann war das?«

»Die Glocke läutete um elf Uhr zweiunddreißig«, sagte Pia. »Ich habe auf die Uhr gesehen. Wir müssen etwa fünf Minuten später durch das Tor gefahren sein. Bernadette Rademann saß im Pförtnerhaus und hat uns geöffnet.«

»Wie war die Situation im Kloster, als Sie dort ankamen?«

»Alle eilten auf die Kirche zu. Es herrschte große Hektik. Da waren viele Menschen, alle liefen durcheinander oder standen hilflos herum. Bruder Menowin hielt an, wir stiegen aus. Ich ging zur Kirchentür, weil sich dort anscheinend alles abspielte …«

»Warum wollten ausgerechnet Sie in die Kirche?«

»Warum nicht? Jemand musste handeln«, antwortete Pia vage.

»Sie sind doch nur Gast im Kloster, Frau Cordes. Erst seit wenigen Tagen hier. Warum haben Sie es nicht den anderen überlassen?«

Immerhin stellt er die richtigen Fragen, dachte Pia. Was es schwieriger für sie machte, glaubwürdig bei ihrer falschen Identität zu bleiben. Sie hatte gestern nicht nachgedacht und würde sich durch dieses voreilige Verhalten verraten. Warum hatte eine Pia Cordes in diesem Moment in die Kirche gewollt? »Ich wollte nur schauen, ob ich helfen kann.«

»Sie waren neugierig«, entgegnete er in vorgeblich neutralem Tonfall.

Sie nickte, scheinbar reumütig. »Vielleicht war das mit ein Grund. Vielleicht hätte ich aber auch helfen können.«

»Das taten Sie dann ja kurze Zeit später«, sagte er triumphierend.

»Meinen Sie den Umstand, dass ich dem Novizen geholfen habe? Er stand unter Schock, das konnte jeder sehen. Er ist mitten auf dem Vorplatz in Ohnmacht gefallen. Ich war gerade in seiner Nähe und habe ihm natürlich geholfen.«

»Warum wollten Sie nicht, dass die Mönche und ihre Gäste wie gewohnt zum Stundengebet gehen?«, fragte Busche mit schräg geneigtem Kopf.

Es klopfte an der Tür.

»Ja bitte«, sagte Busche ungeduldig.

Eine uniformierte Kollegin mit einem langen Zopf trat ein. Sie war jung. Ihre Wangen waren vor Anstrengung oder Aufregung gerötet. »Gerade hat sich etwas Neues ergeben. Nach der Befragung will der Kriminalhauptkommissar dich sofort sehen, Arnd.«

»Ich brauche aber noch einen Moment hier«, erwiderte Busche von oben herab.

»Was ist passiert?«, fragte Pia.

Die Polizistin sah kurz zu ihr herüber, zuckte mit den Schultern und sagte: »Ein Gast wird vermisst.«

12. Kapitel

Julia nippte an ihrem lauwarmen Darjeeling. Unauffällig gab sie noch zwei Teelöffel Zucker hinein. Bis auf Ingmar waren alle Gäste im Speisezimmer versammelt. Früher oder später fiel wohl jedem in den schmalen Zimmern die Decke auf den Kopf. Das Gästehaus verlassen durften sie während der Suchaktion draußen aber auch nicht.

Ein Stück Früchtekuchen lag zerbröselt auf ihrem Teller. Seit Bruder Zacharias' Tod und den Ermittlungen der Polizei hatte die Versorgung der Gäste im Kloster Naumar merklich nachgelassen. Bestimmt hatten die in der Küche nur schnell irgendeinen Kuchen aus der Gefriertruhe aufgetaut. Oder war das ein Fertigkuchen aus dem Supermarkt? Der Kaffee stand auch schon seit mindestens einer Stunde in den Thermoskannen auf dem Buffet herum und war inzwischen wohl ungenießbar.

Die meisten Gäste waren zu Cola, Wasser und Limonade übergegangen, die in kleinen Flaschen in einer Kiste neben dem Buffet bereitstanden. Nur die Neue saß in einem Sessel in der Ecke, las ein Buch und hielt sich noch an den Kaffee. Sie musste einen Magen aus Stahl haben. Wenn sie in der Verwaltung arbeitete, war sie vielleicht an so ein fürchterliches Gebräu gewöhnt. Alexa trank ausschließlich Mineralwasser und blätterte in einer mitgebrachten Zeitschrift. Jürgen schaufelte sich abwechselnd Paprikachips und Gummibärchen in den Mund, als wäre er auf einer unerträglich langweiligen Party.

Unerträglich war die Stimmung untereinander auch. Allerdings nicht langweilig. Julia hatte sich mit Christine einen Tisch ans Fenster gerückt. Nun saßen sie auf den gepolsterten Stühlen, und direkt unter dem Tisch bullerte die Heizung. Julia hatte unauffällig die Schuhe ausgezogen und zum ersten Mal an diesem Tag mollig warme Füße. So komfortabel sitzend konnten sie auf die Lindenallee hinunter bis zur Klosterkirche schauen. Vier Streifenwagen, ein Mannschaftswagen der Polizei und mehrere Zivilfahrzeuge, vermutlich ebenfalls von der Polizei, standen kreuz und quer auf dem Platz.

»Sie suchen immer noch nach Ingmar«, sagte Christine. »Das sieht mir gar nicht gut aus.«

»Was meinst du damit?«, fragte Julia. »Denkst du, ihm ist etwas passiert?«

Sie zuckte mit den Schultern. »Entweder das, oder er ist abgehauen. Dann hatte er vermutlich einen Grund dafür.«

Alexa trat zu ihnen und schob den Vorhang ein Stückchen zur Seite, um ebenfalls hinausschauen zu können. »Ich fand ihn ja gleich etwas seltsam«, meinte sie. »Er hat sich gar nicht richtig eingebracht.«

Jürgen erhob sich und schlenderte zum Buffet. »Dass sich hier jeder so einbringt wie du, Alexa, ist auch ein bisschen zu viel verlangt.«

Sie drehte sich zu ihm um. »Was willst du damit sagen?«

Er nahm sich eine weitere Flasche Cola und öffnete sie mit dem Flaschenöffner auf dem Buffet. »Nichts Besonderes. Nur, dass du ja richtig engagiert bist, was unsere Mönche hier betrifft.«

»Erklär mir das genauer.«

Er ließ den Flaschendeckel achtlos liegen und ging zurück zu seinem Platz. »Jeder hier hat mitbekommen, dass dir Bruder Zacharias gefallen hat. Er war ja auch ein gut aussehender Mann.« Jürgen grinste.

»Spinnst du? Er war ein Mönch. Und nun ist er tot!«

»Ich hab da so Bemerkungen von dir gehört, die Mönche betreffend …«

Alexa ging auf ihn zu. »Das war Spaß, Jürgen. Kannst du Spaß und Ernst nicht auseinanderhalten? Anscheinend nicht. Das kommt wahrscheinlich daher, dass du aufgrund deines Jobs zu einem Berufsjugendlichen mutiert bist.«

Jürgen lächelte, doch Julia sah ihm an, dass ihn die Bemerkung verletzte. Diejenigen, die am gemeinsten austeilten, nahmen ihrerseits alles persönlich und konnten überhaupt nichts einstecken. Das war ihr schon oft aufgefallen.

»Du bist doch nur neidisch auf meinen Job. Ich habe einen Beruf, der mich erfüllt und der außerdem noch sicher ist.«

Alexa stand mitten im Raum und schüttelte den Kopf. »Wohl kaum. Und ich begreife nicht, wie du so einen Blödsinn über mich behaupten kannst. Es ist außerdem vollkommen geschmacklos in Anbetracht der Tatsache, dass Bruder Zacharias tot ist. Und diese Verleumdung könnte mich in eine unhaltbare Situation bringen.«

»Ist es denn eine Verleumdung?«

»Natürlich ist es das. Da war nichts. Ich hatte mich zu einem Qi-Gong-Kurs bei Bruder Zacharias angemeldet. Das war alles.«

»Aber du bist ihn ganz schön angegangen, als der Kurs ausgefallen ist. Wolltest angeblich eine Privatstunde.«

»Das war ganz anders! Woher weißt du das überhaupt? Du warst doch gar nicht dabei.«

»Hier bleibt anscheinend nichts geheim«, erwiderte Jürgen und trank aus seiner Flasche. »Es ist ein Kloster.«

Alexa hob fassungslos die Hände.

Christine, die den Schlagabtausch aufmerksam verfolgt hatte, sagte: »Jürgen, Sie sind wirklich unmöglich.«

Sein Kopf flog herum. »Was geht Sie das an?«

»Immerhin müssen wir es hier gemeinsam noch eine Weile aushalten. Da ist es nicht hilfreich, wenn Sie und Alexa sich ankeifen. Julia hat Kopfschmerzen.«

»Wir keifen doch nicht!«, entgegnete Alexa entrüstet.

Christine wischte Alexas Einwand mit einer ungeduldigen Handbewegung weg. »Als Lehrer sollten Sie es besser wissen, Jürgen. Das ist peinlich für unseren ganzen Berufsstand!«

Er rollte mit den Augen. »Lehrer wie Sie, die andere ständig belehren … *Das* ist peinlich! Zu dieser Spezies gehöre ich jedenfalls nicht.«

»Nein. Du hast es offensichtlich mehr damit, dich mit deinen Schülern auf eine Ebene zu stellen«, mischte Alexa sich wieder ein.

»Was weißt du darüber, wie ich arbeite?«, fuhr er sie an. »Du bist nichts als eine frustrierte Frau, deren Karriere gerade den Bach runtergeht.«

»Von wegen! Ich entwickle mich weiter. Man gewinnt, oder man lernt! Aber von der Wirtschaft und dem wahren Leben verstehst du eben nicht das Geringste!«

»Ja, Jürgen, ich finde auch, Sie sollten lieber ganz still sein«, bemerkte Christine. »Vor allem, was eine Karriere betrifft, die den Bach runtergehen könnte.«

Julia fiel auf, dass Jürgens entspannte Haltung nur noch dilettantisch gespielt war. Er drehte die Flasche in der Hand und wippte hektisch mit dem Fuß. Dabei sah er von Alexa zu Christine und wieder zurück. Wahrscheinlich war er wegen des vertuschten Skandals an seiner alten Schule nervös. Christine hatte Julia erzählt, dass über Jürgen Pfeffer wohl ein brisantes Gerücht kursierte. Leider hatte sie das nicht weiter ausgeführt, sondern nur gemeint, dass später alles unter den Teppich gekehrt worden sei ... Angeblich, weil Jürgen Pfeffer sich recht gut mit der Schuldirektorin verstand.

Julia war gespannt, wie viel Christine den anderen verraten würde. Sie hatte Jürgens angebliche Schwierigkeiten schon Ingmar gegenüber angedeutet, als der sich über Jürgen geärgert hatte. Julia hatte gehofft, damit seine Laune zu heben und vielleicht sogar sein Wohlwollen zu erlangen. Doch Ingmar hatte ihr nur geantwortet, dass ihn das gar nicht wundere. Im Gegenteil, es decke sich mit dem, was er vermute. Was sollte das denn bitte heißen?

»Was wissen Sie denn von mir?«, fragte Jürgen Christine gerade spöttisch.

Julia spitzte die Ohren.

»Ich weiß so einiges über Sie«, sagte Christine nur. Sie sah nun demonstrativ wieder aus dem Fenster.

Alexa schien zu spüren, dass Jürgen verunsichert war. Sie ging mit wiegenden Hüften an ihm vorbei zu ihrem Platz. »Na, beunruhigt?«

Er schüttelte den Kopf. »Warum sollte ich?«

Bruder Benno, ein großer, gut aussehender Mann in schwarzem Habit, führte Kriminalhauptkommissar Rickert ins Allerheiligste. Rickert musste dringend mit dem Prior der Abtei reden. Seinen Leuten war gerade der Zugang zu bestimmten Bereichen des Klosters verwehrt worden. Dem »Klausurbereich«, wie es hieß, der ausschließlich den Mönchen, bestimmten Angestellten und den meisten Gästen vorbehalten war. Also quasi jedem hier, nur nicht den Polizeibeamten, deren Aufgabe es war, einen als vermisst gemeldeten Gast zu finden.

Rickerts Schultermuskulatur war hart vor Ärger und Anspannung, sein Kopf schmerzte. Wie eigentlich immer, wenn sie ganz am Anfang einer Ermittlung standen. Dann spürte er die Verantwortung in jeder Faser seines Körpers. Seine Frau hatte ihre Karriere als Projektmanagerin freiwillig zurückgestellt, faktisch aufgegeben, um ihm in der Elternzeit den Rücken frei zu halten. Seitdem fürchtete Rickert, ihren Anforderungen an seine Karriere nicht gewachsen zu sein. Doch das war nur am Anfang jeder Ermittlung so. Später, wenn sich alles eingelaufen hatte, würde es besser werden. Wenn er nur erst eine gute Spur hatte …

Ingmar Harse war zuletzt gestern Morgen auf dem Klostergelände gesehen worden. Und hier fand aktuell eine Mordermittlung statt. Er wollte wetten, dass da ein Zusammenhang bestand.

Äußerlich ruhig und gemessenen Schrittes ging Rickert neben dem Mönch her. Seine Blicke streiften kahle Mauern, wanderten empor zu hohen Decken. Hin und wieder erhaschte er durch ein Fenster einen Blick auf den Kreuzgang mit dem nahezu quadratischen Platz unter ihm. Rickert schüttelte innerlich den Kopf darüber, um Zugang betteln zu müssen. Nun sollte sich der Prior mit dieser Frage befassen.

Endlich hielt Bruder Benno vor einer Tür und klopfte. Ein weiterer Bruder, offensichtlich nicht der Prior selbst, öffnete ihnen und führte Rickert in einen schlichten Vorraum. Er bat ihn, auf einem der Besucherstühle Platz zu nehmen.

»Ich kann nicht lange warten«, sagte Thorsten Rickert

und blieb demonstrativ stehen. »Ich leite eine polizeiliche Ermittlung. Jede Minute zählt.«

Der Mönch nickte gleichgültig und verschwand. Offensichtlich hatte er den gewünschten Eindruck hinterlassen, denn kaum eine Minute später öffnete sich eine Tür im Hintergrund des Raumes, und Prior Philip bat ihn in sein Büro.

Der Prior des Klosters Naumar war ein mittelgroßer, sehr dünner, aber drahtig wirkender Mann von schätzungsweise Anfang siebzig. Er hatte ein schmales, von Falten zerfurchtes Gesicht. Prior Philip trug wie die anderen Mönche den Habit der Cyprianer. Auf seiner dünnen langen Nase saß eine kleine Nickelbrille, durch deren Gläser er ihn forschend anblickte.

»Hauptkommissar Rickert, richtig? Willkommen im Kloster Naumar. Ich bedaure die traurigen Umstände, die Sie zu uns geführt haben. Nehmen Sie bitte Platz.« Er deutete vage auf einen der Stühle, die vor seinem Schreibtisch standen, und ging dann um ihn herum, um sich hinter den Tisch zu setzen.

»Danke, Prior Philip. Ist das die korrekte Anrede, oder werden Sie anders angesprochen?«

»›Herr Prior‹ genügt vollkommen. ›Hochwürdigster Herr Prior‹ ist etwas aus der Mode gekommen«, sagte er. »Wie also kann ich Ihnen helfen?«

»Wir benötigen Zugang zu allen Bereichen des Klosters. Meine Leute wurden eben von Ihren … Brüdern daran gehindert. Es tut mir leid, dass wir Abläufe stören und Regeln des Klosters außer Kraft setzen müssen. Aber informieren Sie bitte Ihre Leu… äh, Mitbrüder, dass wir wirklich überall suchen müssen. Und zwar sofort.«

»In erster Linie sind wir hier den Regeln des heiligen

Cyprianus unterworfen, Herr Hauptkommissar. Unser ganzes Leben und Wirken ist auf Gehorsam und die Suche nach Gott ausgerichtet.« Der Prior faltete die schmalen Hände und lehnte sich in seinem Bürostuhl zurück.

Rickert kniff kurz die Augen zusammen, um sich zu konzentrieren. »Es gibt neue Erkenntnisse den Tod Ihres Mitbruders betreffend.« Er schilderte knapp und sachlich, wie der Stand der Ermittlungen war – dass sie inzwischen wegen eines nicht natürlichen Todesfalls eines der Brüder ermittelten.

»Was wollen Sie mir damit sagen? Ich denke, Bruder Zacharias hat einen Herzanfall erlitten?«

»Leider nein. Er wurde erstickt.«

»Wie bitte?«

Rickert wiederholte, was sie darüber wussten.

»Sie meinen, dass er von jemandem getötet wurde?«

»Genau das.«

»Oh nein!« Der Prior fuhr auf und wanderte im Zimmer umher. Als er sich umdrehte, war sein Gesicht vor Schmerz verzogen. »Das ändert natürlich alles. Wissen Sie schon, was genau passiert ist? Wer es war? Doch keiner von uns!«

»Wir befinden uns noch am Anfang der Ermittlung. Aber nun ist auch noch ein Gast verschwunden. Wir müssen ihn überall auf dem Gelände suchen.«

»Ist er der Täter?«

»Wir wissen es nicht. Doch wir haben inzwischen einen richterlichen Durchsuchungsbeschluss. Die vermisste Person befindet sich möglicherweise noch auf dem Klostergelände. Es gibt bisher keinen Hinweis darauf, dass der Gast das Gelände verlassen hat. Aber leider wurden gerade einige meiner Leute von den Mönchen daran gehindert, bestimmte Bereiche des Klosters zu betreten.«

»Ich verstehe.«

»Können wir nun überall suchen?«

Der Prior starrte ihn einen Moment lang an. »Dann muss es wohl so sein.«

»Also gut.« Rickert erhob sich. »Danke für Ihre Kooperation.«

»Ich kann es noch gar nicht begreifen ...« Der Prior blickte ihn resigniert an. »Tun Sie einfach, was erforderlich ist.«

13. Kapitel

»Wohin führt die?« Arnd Busche stand mit dem Novizen in der Kirche und deutete auf eine niedrige Tür, die er gerade hinter einem dunklen Samtvorhang entdeckt hatte.

»Da geht es hinunter in die Krypta.«

»Und was ist dort unten?«

»Historische Backofengräber«, bekam er zur Antwort.

»Was ist das denn?«

»Es sind Gräber. Da unten wurden einige der ehemaligen Äbte bestattet. Die Toten wurden damals auf Brettern in Nischen in der Wand geschoben. Daher die Bezeichnung ›Schiebe-‹ oder ›Backofengrab‹. Anschließend wurden die Nischen wieder zugemauert. Ansonsten ist dort nichts.«

»Tut mir leid. Ich muss überall nachsehen. Öffnen Sie bitte die Tür.«

Dahinter führten Stufen in die Tiefe.

»Ich brauche hier eine Lampe!«, rief Busche über die Schulter hinweg einem der Uniformierten zu. Der Kollege reichte ihm eine Taschenlampe.

»Moment, ich mache Ihnen richtiges Licht«, sagte der Novize mit einem, wie Busche fand, spöttischen Lächeln. Er betätigte einen Lichtschalter. Ein schwacher Lichtschein erhellte die steinerne Treppe.

»Also gut. Folgen Sie mir, aber treten Sie nur dorthin, wo ich schon war«, forderte er den Novizen auf.

Mit eingezogenem Kopf stieg er die ausgetretenen Steinstufen hinunter. Der unterirdische Raum lag tiefer, als er erwartet hatte. Er wurde von alten Laternen erhellt, die mit elektrischen Glühbirnen bestückt waren.

Der Raum erinnerte Busche an das Innere eines Schlafwagens. Er war schmal und lang, und an der einen Seite befanden sich zwei übereinanderliegende Reihen zugemauerter Nischen. Sie waren etwa einen halben Meter breit und hoch. An einigen hingen Steinplatten mit Namen und Daten, die er nicht entziffern konnte. Es roch feucht und muffig, aber wenigstens nicht nach Verwesung. Die Äbte, die man hier bestattet hatte, waren sicherlich alle längst zu Staub zerfallen.

Busche sah sich unschlüssig um. Der Lichtschein der Taschenlampe glitt über die ansonsten kahlen Wände. Keine Fußspuren auf dem Steinboden, keine weiteren Türen, nichts Verdächtiges weit und breit …

»Ist das alles, oder geht es hier noch irgendwo weiter?«, hakte er sicherheitshalber nach.

»Das müssen Sie Bruder Lambert oder Bruder Thomas fragen. Die kennen sich sehr gut mit Bau- und Kunstgeschichte aus. Aber soweit ich informiert bin, ist das hier alles.«

Busche ging ein Stück in den Raum hinein.

»Reicht Ihnen das?«, wollte der Novize wissen.

»Ja, ja. Hier unten ist nichts.«

Im Pförtner- und Verwaltungsgebäude neben dem Tor hatte die Polizei inzwischen eine vorläufige Ermittlungszentrale eingerichtet.

Nachdem Arnd Busche dort Bericht erstattet hatte, wurden die Kirche und Krypta unter dem Altarraum der Basilika auf den an der Wand hängenden Plänen ausgestrichen.

»Es gibt noch weitere Räume im Untergeschoss.« Rickert deutete auf einen Bauplan. »Hier, schau mal. Der gesamte Bereich unter dem Dormitorium und dem Refektorium ist unterkellert. Ebenso das alte Hospital und das Brauhaus. Du gehst jetzt rüber ins ehemalige Hospital. Oben waren wir zwar schon überall, aber das Untergeschoss fehlt noch. Nimm die Kollegin Winter mit. Die hat sich gerade die Schlüssel für die Kellerräume besorgt. Und lass dich auch wieder von einem der Mönche begleiten. Die kennen sich besser aus als wir.«

»Ist es nicht viel wahrscheinlicher, dass der Gast schon längst über alle Berge ist?«, fragte Busche.

Rickert hob die Schultern. »Die Frau am Tor schwört Stein und Bein, dass seit gestern Mittag keiner der Gäste das Klostergelände verlassen hat. Und ich glaube nicht, dass sie lügt. Der Sicherheitsdienst hat für die Nacht auch nichts vermerkt. Aber der Mann muss ja irgendwo sein. Das Außengelände des Klosters haben wir schon so gut wie durchkämmt. Also gucken wir uns auch noch die verdammten Keller an.«

Das alte Hospital stand außerhalb des Karrees, das aus der Basilika und den drei Nebengebäuden rund um den Kreuzgang bestand. Die Nebengebäude beherbergten das Refektorium, den Bibliotheks- und den Kapitelsaal, das Dormitorium, die Räume des Priors und weitere Andachts-, Verwaltungs- und Lagerräume. Für die Kranken und Siechen jedoch hatte man damals ein Haus außerhalb dieses Ensembles errichtet.

Das zweistöckige Gebäude schien ebenfalls sehr alt zu sein. Die Fenster ähnelten Schießscharten, die Außenwände waren mindestens einen Meter dick. Die Rückseite des Gebäudes grenzte an den Graben, der das Kloster fast vollständig umgab. Bestimmt war die Feuchtigkeit des Gewässers jahrhundertelang in das Mauerwerk gezogen. Wie hat man hier je gesund werden können?, dachte Busche, als er das Erdgeschoss betrat.

Novize Noah ging ihm voraus, vorbei an einem alten Krankensaal und diversen Nebenräumen wie Küchen und Behandlungszimmern. Er stoppte an einer Treppe, die ins Untergeschoss führte. »Hier geht es hinunter«, sagte er. »Seien Sie vorsichtig auf der Treppe. Ich weiß nicht, was da alles herumliegt.«

Busche stieß als Antwort ein Brummen aus. »Gibt es da unten auch Licht?«

»Leider nicht. Wie Sie sehen können, wird das Gebäude nicht mehr genutzt. Es muss grundlegend saniert werden. Soll ich eine zweite Lampe holen?«

Busche sah zu seiner Kollegin Kira Winter, die eine große Taschenlampe in der Hand hielt. »Nein, lassen Sie mal. Das wird bestimmt nicht lange dauern.«

»Oh, es ist ganz schön weitläufig da unten«, sagte der Novize. Sein Gesicht war ausdruckslos, doch Busche wurde den Eindruck nicht los, dass er sein Unbehagen die Keller betreffend genoss.

Sie stiegen zu dritt hinab in eine beklemmende Finsternis. Die Decke des Hospitalkellers bestand in den großen Räumen aus einem Kreuzgewölbe, das von dicken Säulen getragen wurde. Die Türdurchgänge und die Nebenräume waren jedoch stellenweise so niedrig, dass Busche, der beinahe zwei Meter maß, den Kopf einziehen musste. Viele Räume waren mit Möbelstücken und Gegenständen angefüllt, die Generationen von Mönchen hier abgestellt und vergessen hatten. Über allem lag eine graue Schicht Staub, der Busche in der Nase kitzelte. Als sie sich dem hinteren Bereich des Kellers näherten, waren die Außenwände vor Schimmel schwarzgrün angelaufen.

»Mein Gott, ist das ungesund!«, schniefte Busche. »Siehst du hier irgendwas Interessantes, Winter?«

Sie standen im Eingangsbereich eines Kellerraumes. Das Licht glitt langsam über Boden und Wände bis hin zu einem vergitterten Kellerfenster, das direkt über dem Wasserspiegel des Grabens liegen musste. Licht, das von der Wasserfläche reflektiert wurde, malte helle Schlieren und Wellen an die Decke. Von draußen war das leise Quaken von Enten zu hören.

Kira Winter leuchtete umher. Sie ließ den Lichtstrahl auf dem Kellerfenster ruhen, unter dem eine schwere Truhe stand. »Das Fenster ist beschädigt«, sagte Busches Kollegin. »Siehst du? Das Gitter ist vollkommen lose. Und die Wand zwischen Truhe und Fensterlaibung ist ziemlich schmutzig.«

»Hier ist alles schmutzig.« Busche nahm der Uniformierten die Lampe aus der Hand. »Und das Fenstergitter ist verrostet«, erklärte er. »Kein Wunder, dass es kaputt ist. Das hat nichts zu bedeuten. Und weißt du auch, warum? Achte auf all diesen Staub. Auf dem Boden, auf der Truhe, einfach überall. Wenn hier vor Kurzem jemand am Fenster gewesen wäre oder überhaupt nur in diesem Raum, dann würden wir seine Spuren sehen.«

Der Novize ging neben ihm in die Knie. »Trotzdem ist es seltsam«, bemerkte er. »Das ist anderer Staub als in den übrigen Räumen.«

»Anderer Staub? Staub ist Staub. Und hier ist mehr als genug davon. Da bekommt man ja Asthma!« Busche wollte sich schon umdrehen und den Raum verlassen. Doch Kira Winter hielt ihn am Arm fest und nahm ihm mit kalter Hand die Taschenlampe wieder ab.

Sie leuchtete auf die Steinplatten zu ihren Füßen. »Aber der Mönch hat recht«, sagte sie. »Es sieht so aus, als hätte es hier eine Art Fallout von Staub gegeben. Und sieh dir diese dicken Staubpartikel doch mal genauer an: Daunenfedern, Haare, Krümel und irgendwelcher Glitzerkram …«

14. Kapitel

Marten nahm die Autobahnausfahrt Hamburg-Jenfeld und ließ sich von seinem Navigationssystem zum Öjendorfer Damm leiten. Sein neuer Kollege Faruk begleitete ihn.

Ein aufmerksamer Zeitgenosse hatte bemerkt, dass eine leer stehende Wohnung in seinem Haus von einem Unbekannten für ein paar Tage bewohnt und dann wieder verlassen worden war. Hauptsächlich hatte er sich über das unfreundliche Verhalten des neuen Nachbarn aufgeregt, der mehrmals auf sein Klingeln hin nicht geöffnet hatte, obwohl er in der Wohnung gewesen war. Paketlieferanten hatten sich wegen des Neuen die Türklinke in die Hand gegeben. Entscheidend für das Misstrauen des Nachbarn aber war die Tatsache, dass der neue Mitbewohner mit Haaren und bartlos eingezogen und kahlköpfig und mit Vollbart nach einer knappen Woche wieder ausgezogen war.

Der aufmerksame Nachbar hieß Erwin Grabert und wohnte im vierten Stock. Nachdem die Wohnung über ihm in der fünften Etage seit einem Tag wieder unbewohnt war, hatte er an diesem Morgen, nach gründlichem Nachdenken, wie er sagte, die Polizei verständigt.

Zwei Männer, einer davon in dunkler Hose und Anorak, der andere in Cordhose und Strickjacke, standen vor dem Hauseingang und erwarteten sie.

»Ich war eben schon einmal kurz in der Wohnung«, sagte der Hausverwalter, als sie nach einer knappen Begrüßung im Fahrstuhl nach oben fuhren. »Da drin war wirklich jemand Unbefugtes. Ich habe natürlich nichts weiter angerührt«, versicherte er auf Martens Blick hin eilig.

»Trotzdem müssen wir Sie wahrscheinlich noch um einen DNA-Test bitten, um Sie auszuschließen«, antwortete er.

»Echt jetzt?«

»Wie lange steht die Wohnung denn offiziell schon leer?«, wollte Faruk wissen.

»Seit Ende letzten Monats. Sie muss gründlich renoviert werden. Neu vermietet ist sie erst wieder Anfang nächsten Jahres. Der Leerstand ist natürlich ärgerlich. Aber die vorherigen Mieter haben ein schlimmes Chaos hinterlassen. Die müssen dort mit mindestens zehn Katzen gehaust haben. Wir haben die Wohnung schon entrümpeln lassen und nun … Sehen Sie selbst.« Er schloss die verschrammte blaue Wohnungstür auf und öffnete sie weit.

Marten und Faruk legten Schutzkleidung an und traten ein. Der Verwalter und der Nachbar blieben draußen stehen, reckten aber den Hals, um einen Blick in die Wohnung zu erhaschen.

Der Geruch war nicht angenehm, es stank nach altem Essen, Rauch und Katzenurin. Sie gingen durch einen engen Flur. Links befand sich ein Einbauschrank, dessen Türen herausgerissen worden waren und an der Wand daneben lehnten. Am Ende des Flurs lag ein quadratisches Badezimmer mit braun angelaufener Badewanne und einem Vorhang mit einem Dekor aus hellblauen Handabdrücken. Durch eine Tür auf der rechten Seite betraten sie den Wohnraum, in den eine Küchenzeile integriert war. Wie auch schon im Flur waren die Tapeten hier bis Hüfthöhe von den Wänden gerissen worden. Ein Rudel Katzen – oder eher ein wütender Tiger? – hatte sich mit Krallen bis tief in den Putz vorgearbeitet und auch die Türzargen nicht verschont.

Doch in der hinteren Ecke lag eine vollkommen neu aussehende Matratze, deren chemischen Geruch man sogar auf die Entfernung wahrnahm. Daneben befand sich eine umgedrehte Schublade aus der Küchenzeile, die wohl als Nachttisch gedient hatte. Darauf standen mehrere abgebrannte Kerzenstummel, die mit Wachstropfen auf Deckeln von Einmachgläsern befestigt waren. Das Fenster war provisorisch mit einem alten Vorhang verhängt gewesen, der aber zum Teil wieder heruntergefallen war.

In der Küche stapelten sich Essensverpackungen von Lieferservices jeglicher Geschmacksrichtungen und Nationalitäten.

»Hier hat sich definitiv jemand versteckt«, murmelte Marten. »Möglicherweise war es der, den wir suchen. Wir schicken ein Spurensicherungsteam durch die Wohnung. Aber irgendwas sagt mir, dass wir hier nichts Relevantes finden werden.«

»Warum denkst du, dass es Lohse war, der in dieser Wohnung gehaust hat?«, fragte Faruk.

»Als die Kollegen auf dem Revier Grabner Lohses Foto gezeigt haben, war er sich ziemlich sicher, dass das der Mann aus der Wohnung war. Er hat ihn wohl einmal im Treppenhaus und ein zweites Mal im Vorbeigehen auf der Straße gesehen.«

»Dieser Grabner könnte sich auch nur wichtigmachen wollen. Oder er täuscht sich«, sagte Faruk mit gesenkter Stimme.

»Möglich. Andererseits: Wenn hier nur irgendwer gehaust hat, um es ein paar Tage warm und trocken zu haben, wieso hat er sich dann so viel bestellen können? Nicht nur alle möglichen Gerichte, sondern angeblich auch Elektronikartikel und Kleidung?«

»Hat Grabner das gesagt?«

»Er hat wohl beobachtet, wie die Lieferanten hier plötzlich ein und aus gingen. Und fast immer hörte er sie an der Wohnung direkt über ihm klingeln.«

»Aber wo sind die Verpackungen dieser ganzen Artikel geblieben?« Faruk sah sich um. »Es sieht zwar vollkommen verwahrlost aus, aber auch irgendwie leer geräumt.«

Unten vor dem Haus bestätigte Erwin Grabner noch einmal, dass der kurzzeitige Bewohner der Wohnung dem Mann auf dem Fahndungsfoto auffallend ähnlich sehe. »Jedenfalls als er eingezogen ist«, sagte er. »Als er mit seinen Habseligkeiten wegging, hatte er sich die Kopfhaare abrasiert und trug einen Bart.«

»Was für Habseligkeiten waren das?«, fragte Marten.

»Er hatte eine dieser Kuriertaschen und eine neu aussehende Reisetasche bei sich. Außerdem trug er die ganzen Pappen von seinen Bestellungen unter dem Arm und einen Müllbeutel in der Hand. Aber anstatt den Müll in einen unserer Müllcontainer zu werfen, ging er erst ein Stück die Straße runter und hat seinen Kram dann vor dem Nachbarhaus entsorgt.«

»Und das haben Sie alles zufällig beobachtet?«

»So wahr ich hier stehe.«

Marten blickte die breite, stark befahrene Straße hinunter. »In welche Richtung ist er gegangen?«

»Da lang, zur nächsten Bushaltestelle.« Er deutete in Richtung Stadtmitte. »Aber die Mühe, dahinten im Müll nachzusehen, können Sie sich sparen. Das wurde gestern alles abgeholt.«

Marten fluchte leise.

»Ist er gefährlich? Hätte ich ihn aufhalten sollen?«, fragte Grabner mit einer Mischung aus Furcht und Sensationslust.

»Besser nicht«, antwortete Faruk. »Er hätte das sehr schlecht aufnehmen können.«

»Danke, dass Sie es gemeldet haben.« Marten wollte weiter. Sollte sich die Spurensicherung mit der Wohnung amüsieren. Er hatte endlich eine Spur. Die erste richtige seit Lohses Verschwinden. Leider war sie so kalt wie der Ostwind, der zwischen den Häuserblocks hindurchpfiff.

Thorsten Rickert leuchtete mit einer Maglite den Raum im Untergeschoss des alten Klosterhospitals ab. Er hatte kaum glauben können, was sein Kollege Arnd Busche ihm berichtet hatte. Doch nun sah er das Mistzeug auf dem Fußboden mit eigenen Augen. Er ging in die Hocke und fuhr mit dem Zeigefinger durch die dicken grauen Staubflocken, die mit allem Möglichen durchsetzt waren. Seltsame Glitzerschnipsel in Blau und Rot waren tatsächlich auch darunter.

Er richtete sich wieder auf. »Spurensicherung, sofort. Und jemand von den Klosterleuten soll mir sagen, wie lange es hier schon so aussieht. Gibt es eine Art Facility-Manager, der verantwortlich ist? Und der weiß, wer alles zu diesem Keller Zugang hat? Ist das Gebäude abgeschlossen? Wer verwahrt die Schlüssel? Ach, ihr wisst schon, das volle Programm …«

Arnd nickte und machte sich Notizen.

»Ich werde mir dieses Gebäude mal von außen ansehen«, sagte Rickert. »Begleiten Sie mich?«

Die Polizistin mit dem langen geflochtenen Zopf nickte und trabte neben ihm her.

»Gut beobachtet, Frau Winter«, sagte er.

»Ist doch selbstverständlich«, entgegnete sie.

»Schön. Bleiben Sie hinter mir.«

Er ging zunächst an der Vorderseite des alten Hospitals entlang in Richtung der hoch aufragenden Kirche. Als er um die Hausecke bog, sah er, dass das Hospital durch ein schmales Gebäude mit der Kirche verbunden war. »So konnten wohl auch einige der Kranken und die Mönche, die sie pflegten, an den Gottesdiensten teilnehmen, ohne sich die Füße schmutzig zu machen«, überlegte Thorsten laut. »Für uns ist das hier aber eine Sackgasse.«

»Sie wollen ans Wasser?« Winter musterte die Außenfassade der Kirche. »Hier kommen wir jedenfalls nicht weiter.«

Sie gingen auf demselben Weg zurück, am Portal vorbei zum anderen Ende des Haues. An diese Seite des Hospitals grenzte ein ummauerter Garten. Nach wenigen Metern fanden sie eine rostige unverschlossene Pforte und traten hindurch.

»Hier haben sie wohl die Heilkräuter gezogen«, vermutete die Polizistin, während sie durch den Garten gingen. »Die Klöster sind doch berühmt für so etwas.«

»Achten Sie lieber auf Spuren«, erwiderte Thorsten. »Wir sind nicht auf Besichtigungstour.«

Kira Winter presste die Lippen zusammen.

Der Garten grenzte direkt an den Klostergraben. Sie standen an der Böschung und blickten über die Wasseroberfläche zu dem etwa fünfzehn Meter entfernten Wall, der auf der anderen Seite dahinter aufgeschüttet war. Auf dem Wall verlief ein Spazierweg, das hatte Thorsten schon auf den Plänen gesehen. Jenseits des Weges lag der Klosterwald.

»Die haben damals ganz schöne Erdbewegungen gemacht, um sich zu schützen«, sagte er.

»Hm.«

»Haben Sie wasserfeste Schuhe an?«, fragte er Winter. »Wir gehen am Graben entlang und schauen, ob wir hinter dem Hospital weiterkommen.«

Sie nickte und folgte ihm an der Böschung entlang. Rickert blickte über die Dächer von Hospital und Kirche hinweg zum Himmel. Gleich würde es wieder zu regnen anfangen. Es hatte schon die ganze letzte Nacht geregnet und gestürmt. Es würde noch rutschiger werden; Spuren unter freiem Himmel konnten sie so gut wie vergessen.

An der Ecke des Hospitals blieben sie stehen. Rickert hatte gehofft, dass die Außenmauer des Gebäudes nicht direkt an den Graben stoßen würde. Dass zumindest ein schmaler Streifen Land daran entlangführte, der begehbar war. Dann hätte er sich das Kellerfenster von außen ansehen können. Doch so, wie die Anlage gebaut war, bräuchte er dafür ein Boot.

»Haben Sie irgendwo ein Ruder- oder Paddelboot gesehen?«, wollte er von seiner Kollegin wissen.

»Wo? Hier?«

»Genau hier. Vielleicht schippern die Mönche oder die Gäste im Sommer ja mal mit einem Boot herum?«

Kira verbiss sich ein Grinsen. »Nein, Herr Hauptkommissar.«

»Rickert reicht vollkommen«, entgegnete er. »Was ist daran lustig?«

»Ich habe mir das nur gerade vorgestellt: zwei Mönche im Ruderboot mit weißen Spitzensonnenschirmen.«

Widerwillig musste er auch grinsen. »Können Sie von hier aus das kaputte Kellerfenster erkennen?«

Sie ging näher an die Hausecke, hielt sich an dem rauen Mauerwerk fest und schaute um die Ecke. »Ich sehe es. Aber man kommt nicht so einfach dorthin. Es befindet sich ungefähr in der Mitte des Hauses.«

»Sie müssen jetzt nicht hinschwimmen. Aber schauen Sie genauer hin.«

»Ich versuch es ja …« Sie reckte den Hals, beugte sich weiter vor. Dabei verlor sie das Gleichgewicht und stieß einen kleinen Schrei aus.

Er zog sie an der Schulter zurück. »Das nenne ich mal Einsatz.«

»Danke! Jetzt habe ich einen nassen Fuß.«

»Haben Sie es gesehen?«

»Nur das Fenster. Und die Entengrütze im Wasser.«

»Schade.« Rickert zog sein Handy aus der Tasche. »Was ist Entengrütze?«

»Das grüne Zeug auf der Wasseroberfläche heißt so. Aber was sollte ich denn nun sehen? Was ist da?«

»Das erfahren Sie früh genug. Wir brauchen Taucher.«

15. Kapitel

Am späten Nachmittag tauchte die Sonne kurz zwischen den Wolken auf und ließ die Klostermauern in einem warmen Rotton leuchten. Dann versank sie hinter den Baumkronen des Klosterwaldes. Ein letztes Aufglimmen von Licht zwischen den Zweigen. Bald würde es wieder dunkel sein.

Ein Lkw der Bereitschaftspolizei fuhr langsam an der Kirche vorbei bis zum alten Hospital. Pia konnte von ihrem Zimmerfenster im Gästehaus das wandernde Licht der Autoscheinwerfer beobachten. Auf ihrem Rundgang am ersten Tag war sie ebenfalls am alten Hospital gewesen. Sie hatte sich sogar auf Zehenspitzen gestellt, um durch ein verstaubtes Fenster in das offensichtlich nicht mehr genutzte Gebäude zu spähen. Doch bis auf einen finsteren, hallenartigen Raum, in dem offenbar nur alter Krempel untergestellt wurde, den man nicht mehr gebrauchen konnte, hatte sie nichts erkennen können.

Der grüne Lkw kam vor der Pforte zum Kräutergarten zum Stehen. Die Scheinwerfer erloschen. Es war ein Lastwagen der »Tauchgruppe«, wie sie nun sah. Thorsten Rickert kam aus dem Hospital und begrüßte die Ankommenden. Sie gingen hintereinanderher in den Kräutergarten. Die Kollegen vermuteten demnach, dass sich etwas hinter dem Kräutergarten oder dem Hospital im Klostergraben befand.

Es fiel ihr immer schwerer, der Anweisung Folge zu leisten und wie alle anderen im Gästehaus zu bleiben. Doch sie wusste, dass die Ermittler jetzt nichts weniger gebrauchen konnten als Neugierige, die ihnen im Weg herumstanden. Rickert sollte seine Ermittlungen ungestört führen können.

Sie ging in den Flur, um sich noch einen Kaffee aus der kleinen Kaffeeküche zu holen, obwohl ihr Herz von dem vielen Koffein schon wie verrückt klopfte und ihre Knie watteweich waren. Sie musste etwas tun, sich bewegen, auch wenn es nur ein paar Meter waren. Wäre sie Raucherin, würde sie wahrscheinlich heute Kette rauchen.

Als sie sich kennengelernt hatten, hatte Marten noch geraucht. Seit er nicht mehr als verdeckter Ermittler arbeitete und sie wieder in Kontakt standen, tat er das nicht mehr. Doch es war wohl wie mit trockenen Alkoholikern. Sie hoffte, dass er bei dem Stress, den er sich mit der Jagd nach Lohse machte, und den Sorgen um ihre und Felix' Sicherheit nicht wieder mit dem Rauchen anfing. Doch das war eines ihrer geringsten Probleme.

Marten und sie hatten verabredet, am Abend zu telefonieren. Da würde er sie auf den neuesten Stand bringen. Die gesamte Abteilung »Zielfahndung« des LKA suchte nach Albrecht Lohse. Natürlich würden sie ihn finden. Doch wann? Eine beliebte Antwort auf die häufig gestellte Frage von Polizeianwärtern, wie lange ein gesuchter Straftäter in den verschiedenen Systemen zur Fahndung ausgeschrieben wurde, war: »Bis zu seiner Festnahme.«

Doch warum fühlte sie sich schuldig, verdammt? Warum war sie wie gelähmt und gleichzeitig unglaublich gestresst, sobald irgendetwas sie an Lohse oder ihre Entführung erinnerte? Sie hatte das mit ihrem Aufenthalt im Kloster ändern wollen. Albrecht Lohse hatte sie nicht vergewaltigt. Er hatte es aber vorgehabt.

Allein seine Gedanken und recht konkreten Planungen

dazu machten sie rasend. Sie war seinem Handlanger und später ihm selbst mehr als vier Tage lang ausgeliefert gewesen. In einer selbst gebauten Zelle in einem Frachtcontainer, der sich auf einem Binnenschiff befunden hatte. Auf einem Schiff, das in Sichtweite des Polizeihochhauses lag. Jedenfalls war das zu dem Zeitpunkt so gewesen, als Marten und Broders es entdeckt hatten.

Inzwischen wusste Pia, dass man auf einem Binnenschiff, das sich auf einem Kanal fortbewegte, kaum Bewegung spürte. Es war gut möglich, dass sie mit ihr umhergefahren waren, ohne dass sie es gemerkt hatte.

Dass sie rechtzeitig gerettet worden war, verdankte sie Marten. Und sie war ihm dankbar. Gleichzeitig grollte sie ihm in den tiefsten Abgründen ihres Herzens, denn es schaffte ein Ungleichgewicht in ihrer Beziehung. Wie war es möglich, dass sie ihn liebte und ihm vertraute, sich wünschte, dass er Felix' Vater war, und ihm gleichzeitig nicht erzählen konnte, was Albrecht Lohses Plan mit ihr war? Lohses Idee war so monströs, so grauenhaft, dass sie noch nicht bereit war, jemandem dieses Wissen anzuvertrauen. Dass Lohse ein Kind mit ihr haben wollte – angeblich wegen ihrer »guten Gene«, die mit seinen kombiniert … ja, was? … vielleicht eine Ausgeburt des Teufels ergeben sollten? Da bekam ihre Flucht in ein Kloster ja direkt einen doppeldeutigen, beinahe metaphysischen Sinn!

Pia hatte sich fest vorgenommen, das bisher Unaussprechliche jemandem in der Abtei zu erzählen. Quasi zur Übung. Doch würde sie sich danach wirklich besser fühlen?

Nach ihrer Begegnung mit Bruder Reginald, den man zu ihrem Gesprächspartner auserkoren hatte, wusste sie zumindest eines: *Er* war nicht der richtige Beichtvater für sie.

Zwei Taucher machten sich bereit, die dunklen Wasser des Klostergrabens abzusuchen. Thorsten Rickert stand dabei und trat von einem Fuß auf den anderen, weil er wegen der Kälte seine Zehen nicht mehr spürte. Er versuchte, die Chancen der Männer abzuschätzen. Er hatte sie angewiesen, hinter dem Hospital unter dem Fenster des dubiosen Kellerraumes zu beginnen und sich dann in Richtung des Kräutergartens, wo sie ins Wasser einstiegen, zurückzuarbeiten.

Ein junger Polizeitaucher mit der Figur eines Leistungsschwimmers stand schon bereit. Sein etwas älterer, korpulenter Kollege hatte Mühe, sich in den Tauchanzug zu zwängen.

»He, war wohl mal wieder ein Bier zu viel, was, Rolfi?«, witzelte der Jüngere.

»Komm du erst mal in mein Alter, Lukas«, gab der andere zurück. »Mit Ende zwanzig konnte ich auch noch essen, was ich wollte, und war schlank wie ein Hering.«

»Bei mir bleibt das auch so.« Der jüngere Taucher namens Lukas prüfte noch einmal im Licht der Scheinwerfer seine Ausrüstung.

»Werd bloß nicht frech. Ich warte nur darauf, dass du da unten wieder Muffensausen bekommst und auf meinen Arm willst!« Der ältere Taucher, Rolf, zog mit einer Grimasse den Reißverschluss hoch.

»Ich doch nicht.«

»Ist es denn sinnvoll, heute Abend noch zu tauchen?«, fragte Kira Winter. »Man sieht ja kaum noch etwas.«

»Da unten müssen wir uns sowieso hauptsächlich auf unseren Tastsinn verlassen«, antwortete Rolf. »Das Wasser im Graben ist ziemlich trübe.«

»Uahhgg!«, entfuhr es Kira Winter. Sie verzog angeekelt das Gesicht.

Der jüngere Taucher grinste. »Da unten wird es auch verdammt schlickig sein. Aber in kristallklarem Wasser in der Karibik kann ja jeder tauchen.«

»Da findet man auch nicht so schrecklich-schöne Sachen«, setzte sein Kollege hinzu.

»Schrecklich-schöne Sachen ...« Rickert wünschte sich, ebenfalls so eine distanzierte Sichtweise einnehmen zu können. Er war ein erfolgreicher Ermittler und konnte seine Leute gut führen, aber mit Leichen hatte er immer noch Probleme. Er hatte gedacht, das würde besser, wenn er sich nur oft genug damit konfrontierte. Doch das Gegenteil schien der Fall zu sein. Jeder weitere Tote, jedes Gesicht eines unter Gewalteinwirkung Gestorbenen reihte sich ungefragt in seine Erinnerungsgalerie des Grauens ein. Bisher hatte er keinen einzigen Toten vergessen. Sie suchten ihn in seinen Träumen heim, manchmal sogar, wenn er wach, aber nicht wachsam war. Und Wasserleichen waren nun mal mit am schlimmsten ...

Schon nach ihrem ersten Tauchgang meldeten die Taucher, auf etwas gestoßen zu sein. Es befand sich irgendwo unterhalb des Fensters, wie Rickert vermutet hatte. Einen enervierend langen Tauchgang später meldeten sie, dass es sich tatsächlich um eine Leiche handelte.

»Was brauchen wir, um die da rauszuholen? Wenn es derjenige ist, den wir suchen, kann er noch nicht lange dort unten liegen. Braucht ihr Seile? Ein Leichensegel?«

Der ältere Taucher schüttelte den Kopf. »Die Leiche rührt sich nicht. Lukas und ich haben schon gemeinsam versucht, den Körper zu bewegen. Arme und Beine fliegen uns um die Ohren, aber der Körper ist am Hals mit etwas beschwert. Das ist aussichtslos.«

Thorstens Magenwände zuckten. Er nickte.

»Wir brauchen etwas, mit dem wir ihn losschneiden können. Falls das okay ist. Ansonsten müsst ihr einen Kran holen.«

»Wie soll denn ein Kran da hinkommen?«, fragte Rickert.

»Man könnte es von der anderen Seite des Grabens aus versuchen.«

»Dazu ist er zu breit, und außerdem ist die Zuwegung auf der anderen Seite zu schlecht. Ihr könnt das in der Dunkelheit nicht sehen, doch da drüben befindet sich direkt hinter dem Graben ein aufgeschütteter Wall. Und dahinter ist Wald. Es ist wahrscheinlich ziemlich morastig. Da kommt kein größeres Fahrzeug hin.«

»Also gut. Wir gehen wieder runter und versuchen, den toten Körper von den Seilen zu befreien. Aber quakt uns nachher nicht voll, dass wir Spuren zerstört haben.«

»Im Wasser wird das eh schwierig mit Spuren. Wir müssen den Toten möglichst schnell bergen.«

Es dauerte mehrere Tauchgänge, bis der Leichnam aus dem schwarzen Wasser auftauchte und von den Polizisten ans Ufer des Kräutergartens gezogen wurde.

Der Tote bot einen grauenvollen Anblick. Um seinen Hals war ein Strick mit mehreren festen Knoten geschlungen.

Rickert musste sich zwingen hinzuschauen. »Oh mein Gott!«, entfuhr es ihm, und er gab ein gurgelndes Geräusch von sich.

»Der arme Teufel.« Kira Winter trat hinzu. Sie schwieg einen Moment lang taktvoll, bis Thorsten Rickert sich mit geschlossenen Augen und tiefen Atemzügen wieder beruhigt hatte. Dann fragte sie: »Was befand sich am anderen Ende des Seils?«

»Eine Art Beutel oder Sack mit etwas darin. Könnten Steine gewesen sein …«, sagte Rickert mit einem schwachen Beben in der Stimme.

»War das womöglich ein Suizid?«

»Das halte ich für äußerst unwahrscheinlich«, antwortete er knapp. Die junge Kollegin blieb beim Anblick der Leiche anscheinend cooler als er. Ihr Glück – sein Pech. »Der Tote wird heute Abend noch in die Rechtsmedizin gebracht. Aber vorher will ich ihn schon mal identifiziert haben.«

»Soll ich einen der Mönche holen?«, bot Busche an, der sich im Hintergrund hielt.

»Welcher von ihnen kennt den Vermissten am besten?«, fragte Rickert.

Busche zuckte mit den Schultern. »Eventuell dieser junge Novize?«

»Ich habe eine andere Idee«, sagte Rickert. »Holt mir Frau Cordes, Pia Cordes, aus dem Gästehaus. Niemanden sonst. Und erzählt keinem, auch ihr nicht, was hier unten los ist.« Er blickte zu den erleuchteten Fenstern des Gästehauses hinüber. Es lag zum Glück zu weit entfernt, um von dort aus die Leiche sehen zu können. »So geht die Identifizierung am schnellsten.«

Pia verließ das Gästehaus in Begleitung von Arnd Busche durch den Hinterausgang. Sie wollte nicht, dass einer der anderen Gäste sie mit den Kriminalbeamten beobachtete und sich fragte, warum ausgerechnet sie das Haus offiziell verlassen durfte.

So gingen sie abseits des von Laternen ausgeleuchteten Weges zur Pforte des Kräutergartens.

»Warum ausgerechnet Sie? Sind Sie mit dem Vermissten befreundet oder verwandt?«, fragte Busche Pia.

»Nein. Aber für eine erste Identifizierung kenne ich ihn gut genug«, antwortete sie.

»Ich wundere mich nur, dass Sie ...«

Pia lächelte vage und bewegte sich einige Schritte vor ihm auf den Lichtkegel und die versammelten Menschen am Ufer des Grabens zu.

»Ich dachte, so geht es am schnellsten«, sagte Rickert leise, als sie zu ihm trat.

»Es ist okay«, erwiderte Pia. War es das wirklich? Sie wollte helfen. Doch sie wollte auch weiterhin inkognito im Kloster wohnen können. Sie hoffte, dass sie gleich ungesehen zurück auf ihr Zimmer gelangte.

Pia trat an das Leichensegel am Rande des Grabens, auf das man den Toten gelegt hatte. Gesicht und Körper waren von bräunlich grünen Sedimenten bedeckt. In seinem Haar hatten sich Wasserpflanzen und ein leuchtend gelbes Blatt verfangen. Ein paar Fische oder Vögel hatten ihn anscheinend angefressen. Und er hatte Spuren eines Schaumpilzes vor dem Mund. All das entstellte ihn, doch es war unverkennbar Ingmar Harse: der zurückweichende Haaransatz, das helle Haar, die leicht abstehenden Ohren. Ein Finger der rechten Hand steckte zwischen dem Seil und seinem Hals, als hätte er noch versucht, die Knoten zu lösen. Pia wandte sich ab. Gekleidet war er in Jeans, Hemd und einen Pullover sowie Halbschuhe, vermerkte sie noch.

Dann trat sie zu Rickert, der sich etwas abseits hielt, und sagte: »Das ist der Vermisste, Ingmar Harse.«

»Bist du dir sicher?«, fragte er leise. »Das Gesicht ist nicht besonders gut zu erkennen.«

»Doch. Ich bin mir ausreichend sicher.«

»Vielen Dank, Frau Cordes! Sie können jetzt wieder gehen«, sagte er merklich lauter.

»Er trägt Kleidung für drinnen, nicht für draußen«, bemerkte Pia noch.

»Überlassen Sie alles Weitere uns.«

»Sie haben recht. Das habe ich auch vor.« Pia wandte sich ab.

»Warten Sie!« Jetzt kam er ein Stück hinter ihr hergelaufen.

»Was ist denn noch?«

»Inzwischen gehen wir davon aus, dass jemand in diesem Kloster zwei Menschen ermordet hat. Dass es sich hier um einen Suizid handelt, können wir wohl ausschließen ...«

»Ja, das sehe ich auch so«, sagte Pia reserviert. Sie gingen nebeneinanderher in Richtung Gästehaus.

»Tut mir leid. Ich wollte dich nicht so abfertigen, nachdem du die Identifizierung für mich erledigt hast. Aber ich trage die Verantwortung für diese Ermittlung. Das muss ich auch den Kollegen gegenüber deutlich machen.«

»Ja, das verstehe ich«, entgegnete Pia, schon milder gestimmt. Sie spürte, dass Rickert etwas belastete.

»Ich will dich noch um etwas bitten.«

»Was denn?«

»Hältst du Augen und Ohren für mich offen? Vor allem, was die Bemerkungen und die Reaktionen der anderen Gäste betrifft? Deine Anwesenheit, quasi inkognito, könnte sich als hilfreich erweisen.«

Sie waren inzwischen schon recht nah am Gästehaus. Pia blieb im Schatten einer Linde stehen. »Denkst du wirklich,

ich könnte hier wohnen bleiben, ohne auf jede Kleinigkeit zu achten?«

»Nein, wohl nicht«, gab er zu.

»Die Gäste wollen allerdings lieber heute als morgen abreisen.«

»Ich weiß. Wir beeilen uns. Aber für den Moment bleibt alles so, wie ich es angeordnet habe. Hilfst du mir?«

Sie nickte. Er versuchte sich an einem Lächeln und wandte sich dann ab. Sie sah ihm nach, wie er mit langen Schritten und gesenktem Kopf zurück zu den anderen zurückkehrte. Zu seinem Team, den Schutzpolizisten, den Tauchern der Bereitschaftspolizei und einer Wasserleiche.

16. Kapitel

Pia ging um das Haus herum zum Hintereingang, um ungesehen zurück auf ihr Zimmer zu gelangen. Alle Gäste hatten die strikte Anweisung, das Gästehaus nicht zu verlassen. Der eine oder andere schaute bestimmt aus seinem Fenster und versuchte herauszufinden, was hinten im Kräutergarten vor sich ging. Wenn sie jemand sah und erkannte, würde das Fragen aufwerfen.

Sie zog sich die Kapuze über das blonde Haar. Wenn sie sich im Schatten der Bäume hielt, war sie in ihrer dunklen Kleidung von oben vielleicht nicht zu sehen. Als sie um die Ecke des Gästehauses bog, machte sie eine Bewegung weiter hinten im Park aus. In der Nähe des Wassers, auf einem kleinen Hügel, stand der Pavillon, den sie schon von der anderen Seite aus gesehen hatte. Bei sommerlichen Temperaturen wäre es nicht verwunderlich, wenn sich jemand dort aufhielte. Doch an diesem Abend zeigte das Thermometer acht Grad, die Luft war feucht, und es war windig. Trotzdem war dort jemand.

Pia stoppte an der Hintertür. Wer sonst sollte sich hier im Dunkeln herumtreiben, wenn nicht jemand mit böser Absicht? Bruder Zacharias' und Ingmar Harses Mörder? Oder gar Lohse? Beides war möglich. Und sie hatte sich sicher gefühlt, weil angeblich niemand wusste, wo sie sich aufhielt! Sie hatte zwar ihre Waffe mitgebracht – dazu hatte sie eine Sondererlaubnis erhalten –, aber die lag warm und trocken in ihrem Zimmer. Doch wenn sie jetzt ins Haus zurückkehrte, würde sie nie erfahren, wer sich dahinten herumdrückte.

Pia blickte angestrengt zum Pavillon hinüber. Es war nicht nur eine, es waren zwei Personen, die eng beieinanderstanden. Pia atmete auf, doch das Herz schlug ihr immer noch bis zum Hals. Das sah mehr nach einem Liebespaar aus.

Sie wollte schon weitergehen, erleichtert über diese Erklärung, doch sie blieb stehen. Wer waren die beiden? Aus langjähriger Erfahrung wusste sie, dass es bei einer Mordermittlung nichts Unwichtiges und keine Nebensächlichkeiten gab. Jedes Puzzleteil war wichtig.

Die beiden Personen standen so nah zusammen, dass man sie kaum als zwei Menschen ausmachen konnte. Aber bei längerem Hinsehen schien der eine mehr als einen halben Kopf kleiner zu sein. Sie könnte einfach hingehen und sagen: »Oh, Verzeihung! Ich hatte Sie gar nicht gesehen«, und die beiden dabei in Augenschein nehmen. Doch damit würde sie ihre eigene Tarnung aufgeben. Die von Pia Cordes, die gelangweilt auf ihrem Zimmer saß, weil sie auf Geheiß der Polizei nicht das Kloster verlassen durfte. Also wartete Pia ab.

Endlich lösten sich die Personen voneinander, widerstrebend, wie es schien. Die kleinere Gestalt hastete in Richtung Vorplatz und verschwand zwischen den Bäumen. Dem Bewegungsmuster nach zu urteilen eine Frau, vermutete Pia. Die zweite Person folgte der ersten gemäßigten Schrittes und mit gesenktem Kopf. Sie trug eine dunkle Kutte und hatte die Kapuze über den Kopf gezogen. Das war einer der Mönche – oder jemand, der wie ein Mönch aussehen wollte.

»Marten, komm doch mal eben her.« Faruk unterdrückte ein Grinsen. »Wir haben hier endlich was.«

Marten spürte einen Energieschub, wie ihn drei Becher Kaffee nicht hatten auslösen können. Er lief zu Faruks Schreibtisch. »Und zwar was?«

»Eine Frau, die auf einem Autohof arbeitet, will Lohse gesehen haben. Angeblich war da ein Mann im Restaurantbereich, der dem auf dem Fahndungsplakat verdammt ähnlich sah. Das Plakat hängt seit gestern Abend dort, an den Kassen im Restaurant und in der Tankstelle. Sie bezieht sich übrigens auf das Phantombild von Lohse ohne Haare und mit Bart.«

»Wann genau hat sie ihn gesehen?«

Faruk sah auf die Uhr. »Vor ungefähr einer halben Stunde.«

»So lange ist das schon her?«

»Komm, das geht noch …«

»Nein. Dann ist er jetzt wieder über alle Berge. Welcher Autohof war das?«

»Einer in der Nähe von Freiburg an der A 5.«

Marten kniff die Augen zusammen. »Also will er wahrscheinlich nach Frankreich oder vielleicht bis nach Spanien.«

»Oder in die Schweiz. Bern, Lausanne, Genf …«

»Ich brauche keinen Geografie-Unterricht!«

»Die Frau sagt, dass der Gesuchte vermutlich mit einem Lkw-Fahrer in einem Lastwagen unterwegs war.«

»Wie kommt sie darauf?«

»Er sprach hinter dem Kassenbereich kurz mit einem der Fahrer.«

»Kannte sie den Lkw-Fahrer? Oder weiß sie wenigstens, für welche Spedition er fährt?«

»Nein, Marten. Er kam aus dem Waschraum der Lkw-Fahrer. Mehr kann sie über ihn nicht sagen. Die Frau ist auch noch ganz neu dort.«

»Verdammtes Pech! Wir wenden uns an alle Speditionen, die auf dieser Route heute unterwegs sind. Sie sollen ihren Fahrern umgehend Lohses Fahndungsbilder aufs Handy schicken! Natürlich mit dem Hinweis, sofort uns und die örtliche Polizei zu verständigen, wenn sie ihn sehen. Die dürfen nicht vergessen zu erwähnen, dass Lohse gefährlich ist! Und der Hinweis auf die Belohnung muss dabei sein.«

»Okay, ich morse die Bundesvereinigung der Spediteure an. Aber der Markt ist sehr zersplittert. Es gibt zig Fuhrunternehmen, auch aus dem Ausland.«

»Ein Versuch ist es allemal wert.«

»Geht klar. Doch was machst du?«

»Ich hab noch eine Verabredung.«

Auf der Fahrt von Kiel nach Lübeck drehte und wendete Marten die neue Information in seinem Kopf in alle Richtungen. Die Fahndungsplakate mit einem Foto und einem Phantombild mit Lohses verändertem Aussehen hatten einen Hinweis auf seinen aktuellen Aufenthaltsort erbracht. Natürlich konnte sich die Frau, die ihn erkannt haben wollte, täuschen. Viele Männer hatten eine Glatze und trugen einen Bart. Wenn Albrechts Gesichtsbehaarung echt war, konnte er bisher nur einen recht kurzen Bart haben. Das hatte der Phantombildzeichner auch berücksichtigt.

Aber der Ort, nahe der deutsch-französischen Grenze an einem Autohof, erschien Marten vielversprechend. Faruk hatte natürlich recht: Der Westen der Schweiz war ein mögliches Ziel oder Zwischenziel Lohses. Am Genfer See gab es einige Banken. Doch ebenso kamen Spanien oder Südfrankreich in Betracht. Lohses Kumpel Mario hatte so etwas erwähnt ... Nun wusste er endlich, wonach er fragen musste!

Marten war in einem Café in der Nähe des Burgtors mit Beate Fischer verabredet, Lohses ehemaliger Mittäterin und Freundin. Sie hatte ihn bei seinem Anruf dorthin bestellt, als wäre dies ein Rendezvous oder ein Treffen guter Freunde. Er ließ sie in dieser Annahme. Bei dem, was er wissen wollte, hatte er sie lieber auf seiner Seite als gegen sich.

Er parkte im Parkhaus am Burgtor und lief die Kleine Gröpelgrube hinauf, bog in die Große Burgstraße und dann wieder nach links in die Straße Hinter der Burg. Marten war in Lübeck aufgewachsen und kannte sich aus. Er passierte den neu gestalteten Platz, ging durch einen Gang und gelangte zuerst auf den Aussichtsplatz oberhalb des Hansemuseums mit Blick auf den Hafen und die Wallhalbinsel.

Marten blieb stehen, um sein Smartphone zu kontrollieren. Die Straßen waren leer gewesen, daher war er ein bisschen früh dran. Doch er hatte keine neuen Nachrichten erhalten. Insgeheim hatte er befürchtet, dass Beate Fischer im letzten Moment einen Rückzieher machen könnte.

Nach der nassen Novemberkälte schlugen ihm in dem Café behagliche Wärme und der Geruch nach Kaffee und frischen Backwaren entgegen. Beate Fischer saß schon in einer Ecke an einem Tisch und studierte die Speisekarte.

Im Vergleich zu ihrem letzten Treffen, als er sie kurz nach Pias Entführung aufgesucht hatte, sah sie wiederum verändert aus. Ihr dunkles Haar glänzte und war akkurat zu einem Pagenkopf mit Pony geschnitten. Ihr Gesicht wirkte immer noch schmal, aber die bläulichen Schatten unter ihren Augen waren verschwunden. Sie schien die Folgen ihres Gefängnisaufenthalts überwunden zu haben.

Sie blickte auf, winkte ihn zu sich und lächelte. »Setzen Sie sich, Herr Unruh! Wenn ich hier mit einem Polizisten zusammen frühstücke, denken die Leute, aus mir ist doch noch was Anständiges geworden.«

Im Leben nicht, ging es Marten durch den Kopf, doch er behielt es für sich. Das letzte Mal, als er sie aufgesucht hatte, hatte er ihr massiv gedroht: mit Schwierigkeiten mit ihrem Bewährungshelfer und sogar mit persönlicher Rache … Es war keine seiner Sternstunden gewesen, und genützt hatte es ihm bei seiner Suche nach Pia auch nichts. Und nun, kaum zwei Wochen später, brauchte er schon wieder die Hilfe dieser Frau.

Beate Fischer bestellte Milchkaffee, Hörnchen, Marmelade, Butter und einen Obstsalat, Marten ein Mineralwasser.

»Warum so freudlos? Ihre Freundin ist doch gerettet worden, habe ich gelesen«, bemerkte sie.

»Aber Albrecht Lohse ist immer noch auf der Flucht. Da Sie seine Rache wohl genauso befürchten müssen wie Frau Korittki, zähle ich auf Ihre Mithilfe.«

»Ich habe in meinem Leben auch schon auf so einiges gezählt«, sagte sie mit einem Schulterzucken.

»Ich setze Sie zuerst mal ins Bild, was alles passiert ist, was nicht in den Zeitungen stand. Das ist für Sie möglicherweise eine gute Basis, sich an früher zu erinnern.«

Beate Fischers Frühstück und Martens Mineralwasser wurden serviert. Sie schnappte sich das buttrige Hörnchen, tunkte es in Himbeermarmelade und biss langsam ab. »Als wollte ich mich erinnern …« Sie leckte sich Marmelade von der Unterlippe.

Marten ignorierte ihren Einwand, berichtete über die Entführung und schilderte, wie der polizeiliche Zugriff mit Lohses Flucht geendet hatte. Er erwähnte Albrecht Lohses Zwischenstation in Hamburg und sein erneutes Auftauchen an einer Raststätte an der A 5, vor der deutsch-französischen Grenze.«

Beate Fischer schnaubte amüsiert. »Albrecht ist clever. Was haben Sie erwartet?« Sie verspeiste den Rest ihres Hörnchens. »Ist das nicht eine Schande?«, fragte sie ihn dann in vertraulichem Tonfall. »Ich schlinge wie ein Wolf. Seit der Zeit im Gefängnis kann ich nicht mehr normal essen. Als hätte ich Angst, dass es mir gleich wieder weggerissen wird. So ein Knast kann die Hölle sein.«

»Es ist wichtig, dass Sie sich an das erinnern, was Albrecht Ihnen über die Zeit erzählt hat, bevor Sie ihn kennenlernten.«

»Warum sollte ich Ihnen helfen?«, gab sie zurück. »Wegen Ihrer schönen blauen Augen?«

»Wir sind hier nicht im Sandkasten, Frau Fischer. Ihnen ist doch wohl klar, dass ich nur deshalb mit Ihnen in diesem Café sitze, weil ich eine Information von Ihnen brauche.«

»Okay.« Ihre Züge wurden hart. »Was genau brauchen Sie?« Nun ähnelte sie wieder mehr der Frau, die er damals im Gerichtssaal beobachtet hatte. »Dass Albrecht nicht bei mir war, wisst ihr ja schon. Oder glaubt ihr, ich merke nicht, dass ich observiert werde?«

»Das dient auch Ihrer Sicherheit. Ich will wissen, ob er Ihnen einmal von einem Urlaub erzählt hat. Im Mittelmeerraum vielleicht? Möglicherweise etwas über eine Jacht? Eine frühere Freundin, deren Familie ihn mal mit in die Ferien genommen hat?«

»Da sind Sie besser informiert als ich. Albrecht hat in

der Gegenwart gelebt. Alles, was früher war, besonders seinen Vater und das Internat, das hat er gehasst.«

»So viel hat er Ihnen also erzählt …«

»Das wusste jeder von ihm.« Sie pickte in ihrem Obstsalat herum. Der Blick, den sie ihm zuwarf, war listig. »Stehen Sie unter Zeitdruck?«

»Das tut nichts zur Sache.« Er hatte gute Lust, sie zu schütteln.

»Vielleicht war da doch etwas, an das ich mich erinnere … Es hatte tatsächlich was mit einer seiner Internatsfreundinnen zu tun.«

»Was war das?«

»Hören Sie, Herr Unruh, so gern ich Sie auch mag: Ich will nicht, dass Sie nun jede Woche zu mir kommen und mich befragen und mir gar drohen.« Wieder ein Lächeln. »Was ich Ihnen sagen kann, hat einen Preis.«

»Womöglich den Ihrer Freiheit von Lohse oder Ihres Überlebens?«

»Solange Albrecht hinter Ihrer Freundin her ist, betrachte ich mich als *safe*. Und meinen Bewährungshelfer habe ich inzwischen auch ganz gut im Griff.«

Martens Zuversicht sank. »Also, was wollen Sie?«

»Ihr Wort, dass Sie mich in Zukunft in Ruhe lassen. Sie und Ihre Leute. Ich habe ein neues Leben angefangen. Allein an Albrecht zu denken verursacht mir die Krätze.«

»Verstanden. Sie haben mein Wort, dass ich das berücksichtige, soweit es mir im Rahmen meines Jobs möglich ist.«

Er dachte, sie würde ablehnen. Doch Beate Fischer sah ihn forschend an und nickte dann langsam. »Also gut. Ihr Wort darauf reicht mir. Albrecht hatte im Internat viele Mädchen, aber nur eine besondere Freundin, mit der er etwas länger zusammen war. Sie hieß Amelie. Amelie Dalinghaus. Seltsam, dass ich mich noch an ihren Namen erinnere. Er hat mir erzählt, dass ihre Eltern ihn einmal in den Sommerferien mit nach Cannes genommen haben. Die Dalinghaus hatten dort eine eigene Motorjacht liegen, oder sie haben sie nur gechartert, das weiß ich nicht so genau. Es muss ihn schwer beeindruckt haben, weil seine Eltern ja wohl nie mit ihm in den Urlaub gefahren sind. Er kennt vermutlich nicht besonders viel von der Welt.« Sie leerte ihre Milchkaffeeschale. »Reicht das jetzt?«

»Amelie Dalinghaus. Cannes. Motorjacht. Wissen Sie noch mehr Details? In welchem Jahr war das? Wo wohnt die Familie Dalinghaus?«

»Das hat er mir nicht erzählt, glaube ich. Ich finde, das war schon sehr viel. Ein vollständiger Name, ein Ort in Südfrankreich …«

»Woher weiß ich, dass Sie sich das nicht gerade eben erst ausgedacht haben?«

Sie lachte. »Das können Sie nicht wissen! Es ist wie im Knast: Vertrauen gegen Vertrauen.«

17. Kapitel

Um sich von den Ereignissen im Kloster abzulenken, hatte Pia nach dem Frühstück einen langen Waldspaziergang unternommen. Es war bewölkt und windig gewesen, die Temperaturen knapp unter zehn Grad, aber zumindest war es trocken geblieben. Bei ihrer Rückkehr in das Gästehaus freute sie sich auf einen heißen Milchkaffee oder, vielleicht besser noch, einen heißen Kakao. Beschwingt von dieser Aussicht lief sie die Treppe hinauf und stieß auf dem Treppenabsatz mit Julia Meyer zusammen.

»Oh, Entschuldigung!« Pia wollte an ihr vorbeigehen, doch sie zögerte. Julia hatte ein gerötetes Gesicht und zerzauste Haare. »Ist etwas passiert?«, fragte Pia beunruhigt.

Julia schüttelte stumm den Kopf und wandte sich ab. Ihre Schultern zuckten verdächtig.

»Kann ich Ihnen vielleicht helfen?«

»Nein. Es ist nur ... Das wird mir hier alles allmählich zu viel«, stieß Julia hervor.

»Das ist nicht verwunderlich«, sagte Pia mitfühlend. »Zwei Todesfälle, noch dazu so dramatische, in so kurzer Zeit. Das kann einem schon zu schaffen machen.«

»Ach, Sie verstehen mich nicht!«, erwiderte Julia.

Pia erinnerte sich an das Versprechen, das sie Rickert gegeben hatte. »Wollen wir zusammen einen Kaffee oder einen Kakao trinken? Vielleicht kann ich Sie einen Augenblick auf andere Gedanken bringen.«

Julia Meyer schniefte, putzte sich die Nase und blickte

Pia mit geröteten Augen an. »Na gut. Ein Kakao klingt nicht schlecht.«

Pia hoffte, nicht zu viel versprochen zu haben, doch der Kaffeeautomat in der kleinen Kaffeeküche im Flur spendete tatsächlich etwas, was entfernte Ähnlichkeit mit heißer Schokolade hatte. Zumindest war die Flüssigkeit bräunlich, ausreichend warm und sehr süß. Sie setzten sich auf zwei Sessel im Gang.

Julia nippte an dem Getränk. Ihre Tränen waren versiegt. »Tut mir leid. So bin ich normalerweise gar nicht. Ich verstehe mich selbst nicht mehr.«

»Uns geht es, glaube ich, im Moment allen nicht besonders gut. Erst der Mord an Bruder Zacharias, und nun ist auch noch Ingmar Harse ums Leben gekommen, noch dazu unter so scheußlichen Umständen. Wir alle würden sicher am liebsten abreisen.«

Die Polizei hatte sie am Morgen offiziell von dem zweiten Todesfall unterrichtet und alle Gäste gebeten, bis auf Weiteres nicht abzureisen, sondern im Kloster zu bleiben. Kurze Spaziergänge hingegen waren kein Problem. Nach dem ersten Schock hatte sich Unmut breitgemacht. In einigen Gesichtern hatte Pia auch Angst gesehen. Immerhin waren hier gerade zwei Menschen ermordet worden. Besonders Alexa hatte verängstigt geschaut, und auch Jürgen war auffallend blass geworden. Christine hatte mit ungerührter Miene ihre Freundin Julia getröstet, die nun hier saß und mit zitternden Händen einen Becher Kakao hielt.

»Ich verstehe mich selbst nicht mehr. Wie ich mich immer beeinflussen lasse …«, klagte Julia.

»Von wem denn?«, hakte Pia nach, die bereits ahnte, was kommen würde.

»Von Christine. Sie ist der Meinung, ich solle endlich

einen Partner finden. Es ist höchste Zeit. Dabei hatte sie selbst niemals einen!«

»Entscheidend ist aber, was *Sie* wollen.«

»Doch. Ich wünsche mir das schon sehr. Eine Hochzeit in einer kleinen Kapelle in den Bergen oder auch standesamtlich auf einem Leuchtturm, das wäre mein Traum.«

»Na, das Wichtigste ist doch, den richtigen Partner zu finden. Das ›Wie‹ ist dann eher zweitrangig, finde ich«, sagte Pia.

»So bin ich nun einmal: hoffnungslos romantisch. Und überhaupt hoffnungslos …« Jetzt rollten wieder die Tränen.

»Und warum ärgern Sie sich so über Christine?«

»Ach, Sie war der Meinung, dass Ingmar vielleicht der Richtige für mich sein könnte. Ich fand ihn ja … so na ja. Aber sie hat keine Ruhe gegeben. Also habe ich versucht, mit ihm ins Gespräch zu kommen. Mehrfach.« Ihre Stimme brach. »Sogar zu den Schafen bin ich seinetwegen gegangen …«

»Und?«

Julias Augen wurden schmal. An ihrem Hals erschienen rote Flecken. »Er hat mich ignoriert. Mich einfach auflaufen lassen.«

»Dann sollte es eben nicht sein. Man kann nichts erzwingen«, sagte Pia vorsichtig. »Irgendwann kommt dann einer, bei dem alles passt.«

»Gibt es so einen?«, stieß Julia hervor. »Für jeden?«

Pia bereute ihre spontane Hilfsbereitschaft gerade. »Ja, ich denke schon«, antwortete sie mit belegter Stimme.

Julia Meyer schlug die Hände vors Gesicht und schüttelte den Kopf. »Wenn ich nur wüsste …«

»Was denn?«

»Warum Christine das macht. Mich immer so triezt.« Sie

sah zu Pia auf. »Sie scheint es direkt persönlich zu nehmen, wenn ich schlecht behandelt werde. Ich kenne das ja schon. Es war eigentlich nie anders, wissen Sie? Aber Christine ist richtig sauer geworden.«

»Sauer? Auf wen?«

Julia stellte ihren leeren Kakaobecher hart auf dem kleinen Beistelltisch ab und erhob sich. »Ach, was soll's! Tut mir leid, dass ich Sie vollgejammert habe. Ich werde dann mal gehen.«

»Kein Problem.« Pia sah der rundlichen Gestalt in Jeans und wattierter Weste erstaunt nach.

»Bist du damit einverstanden, dass ich das Gespräch aufzeichne?«, fragte Rickert, als Pia ihm gegenüber in einem kleinen Besprechungsraum im Gästehaus Platz genommen hatte. Sie war als eine der Ersten mit der Befragung an der Reihe.

»Ja, bin ich.«

»Gut, erledigen wir zunächst das Offizielle.«

Pia hob erstaunt die Augenbrauen.

Er setzte das Aufnahmegerät in Gang. »Ich würde gern deine Aussage für den Tag des Mordes noch einmal mit dir durchgehen.«

Pia nickte bereitwillig. Punkt für Punkt schilderte sie noch mal alles. Als sie zu dem Moment kamen, als Pia Bruder Reginald daran gehindert hatte, alle Beteiligten zum Gebet in den Andachtsraum zu rufen, verzogen sich Rickerts Mundwinkel amüsiert. »Kannst du dir ein Motiv vorstellen, wegen dem jemand Bruder Zacharias töten wollte?«, fragte er anschließend.

»Ich weiß zu wenig über ihn. Im Grunde gar nichts.«

»Und gab es Klatsch und Tratsch unter den Gästen?«

Pia berichtete ihm, was sie am Tag vor dem Mord alles gehört und gesehen hatte. Ebenso das, was sie heute von Julia Meyer erfahren hatte.

»Was für einen Eindruck hattest du von Ingmar Harse?«, wollte ihr Kollege anschließend wissen.

»Ich habe mich leider nicht mit ihm unterhalten. Er schien hier seine eigene Agenda zu haben. Aber das war nur ein flüchtiger Eindruck. Er war ... kein Mensch, der andere leicht für sich einnimmt. Daran schien er jedoch auch kein Interesse gehabt zu haben.«

»Was meinst du mit ›eigener Agenda‹?«

»Er hat das letzte Arbeitsangebot am Donnerstagmorgen nicht angenommen.«

»Nun, nicht jeder ist so scharf darauf, in seiner Freizeit zu arbeiten.«

»Stimmt.« Pia musste lächeln. »Doch was will man hier sonst tun? Das Wetter lädt nicht gerade zum Flanieren oder Lesen im Park ein.«

»Hat er gesagt, was er vorhat?«

»Er sagte uns, dass er die Zeit im Stillen Bereich verbringen will. Dazu gehören der Andachtsraum und der Kreuzgang, und man hat auch direkten Zugang zur Kirche, um an den Stundengebeten teilzunehmen. Die Gäste bekommen einen Türcode, damit sie hineinkommen, eventuelle Besucher des Klosters aber nicht. Der Stille Bereich überschneidet sich nämlich mit den Räumen der Mönchsklausur.«

»Haben alle Gäste diesen Zugangscode?«

»Das weiß ich nicht. Ich nehme es an. Doch Bruder Thomas wird es genau wissen, vielleicht auch der Novize.«

»Gut«, sagte Rickert. »Damit können wir arbeiten. Vielen Dank für deine Hilfe.« Er beendet die Aufnahme. »Ich bin übrigens froh, dass du ein Alibi hast. Und damit komme ich zum zweiten Teil dieser Unterhaltung.«

»Wird das Nächste der inoffizielle Teil?«

»So sieht es aus.« Er blickte ihr in die Augen. »Alles, was jetzt kommt, habe ich nie gesagt. Doch ich werde dir inoffiziell mitteilen, was wir bisher wissen, und im Gegenzug würde ich gern erfahren, was du, ebenso inoffiziell, darüber denkst und weißt. Du bist nah an allen dran.«

Pia war einen Moment versucht abzulehnen. Eine Ermittlung inkognito war das Letzte, was sie brauchte. Andererseits musste sie sowieso erst mal hierbleiben. »Ich bin dabei«, sagte sie ergeben.

Rickert schilderte ihr, was genau die rechtsmedizinische Untersuchung ergeben hatte. Bruder Zacharias, der eigentlich Olaf Blievert hieß, war erstickt worden. Die Rechtsmediziner vermuteten, mit einem schweren Stück Stoff aus dunkler Wolle. Die Gesichtshaut des Mönchs im Bereich von Mund und Nase wies Abschürfungen auf, die das nahelegten. In seiner Mundhöhle und in der Lunge waren Spuren solcher Textilfasern sichergestellt worden, wie sie in der Kleidung der Cyprianer-Mönche, genauer gesagt in den Skapulieren und Kukullen, vorkamen.

»Was ist denn ein Skapulier und was eine Kukulle?«, fragte Pia.

»Das Skapulier ist der Teil der Kutte, der wie eine Stoffbahn mit einem Halsloch über der Tunika getragen wird. Er ist ein Teil des Alltagsgewands der Mönche. Die Kukulle ist ein langer Mantel mit weiten Ärmeln und Kapuze, der zum Beispiel bei heiligen Messen oder zu bestimmten Stundengebeten getragen wird.«

»Ich verstehe. Und was von beidem war das wahrscheinliche Mordwerkzeug?«

»Die Kleidungsstücke werden teilweise aus dem gleichen Material, eben aus Wolle, gefertigt; deshalb steht es noch nicht sicher fest. Aber jeder Mönch hat jeweils zwei Tuniken und Skapuliere zu seiner Verfügung, die er in seiner Zelle aufbewahrt«, sagte Rickert. »Für eine Kukulle als Tatwerkzeug spricht, dass diese alle zusammen in der Sakristei gelagert werden. Die dort befindlichen Kukullen werden gerade auf mögliche Spuren hin untersucht.«

»Es ist schauderhaft, einen Mönch mit einer Kukulle zu ersticken«, erwiderte Pia. »Und ich kann mir kaum vorstellen, dass sie danach zurückgehängt wurde. Fehlt denn nicht eine?«

»Bruder Gideon, der dafür zuständig ist, ist sich nicht sicher.«

»Habt ihr schon einen Todeszeitpunkt?«

»Das Zeitfenster liegt nach Schätzung unseres Rechtsmediziners zwischen halb zehn und elf Uhr am Donnerstagmorgen. Das deckt sich mit den Aussagen verschiedener Mönche. Bruder Zacharias wurde laut seinem Mitbruder Reginald zuletzt um Viertel vor zehn gesehen, als er sein Büro im Verwaltungstrakt verließ. Um elf Uhr zwanzig, vielleicht auch ein paar Minuten später, hat der Novize Noah Bruder Zacharias tot in der Kirche aufgefunden.«

»Haben viele der hier Anwesenden ein Alibi für die Zeit?«

»Wir sind noch dabei, das genau abzuklären. Du bist Bruder Menowins Alibi. Es sei denn, er hätte mal kurz aus dem Wald zurück ins Kloster fahren und seinen Mitbruder umbringen können, um dann wieder zurückzukommen, ohne dass du es gemerkt hättest.«

»Das ist unwahrscheinlich. Er hat gesägt wie ein Berserker. Ich habe es beinahe durchgehend gehört und das Ergebnis seiner Arbeit auch später gesehen und nach und nach wegtransportiert. Außerdem gibt es doch die Kontrolle am Tor. Niemand ist ungesehen herein- oder hinausgekommen, oder?«

»Ja, Frau Rademann, die im Pförtnerhaus arbeitet, ist uns eine große Hilfe. Leider gibt es auf dem Klostergelände keine Überwachungskameras.«

»Wäre das nicht auch unpassend?«, fragte Pia.

»Hier ist einiges unpassend. Willst du wissen, wie wir den ertrunkenen Gast gefunden haben?«

»Ja, sicher.«

»Mein Kollege Busche hat im Hospitalkeller einen Kellerraum entdeckt, der staubiger war als der Rest des Gebäudes.«

»Staubiger? Das haben Keller doch so an sich. Soweit ich informiert bin, steht das Hospital seit Jahren leer.«

»Drei Dinge sind Busche und Winter dort aufgefallen: unnatürlich dicker, seltsamer Staub. Ein Fenstergitter, das anscheinend herausgebrochen und nur lose wieder eingelegt worden war. Und es gab ein paar schwache Schleif- und Schmutzspuren an der Wand unter dem Fenster. Trotzdem schien es durch den Staub auf dem Fußboden zunächst so, als hätte den Raum seit Ewigkeiten niemand betreten.«

»Und des Rätsels Lösung?«, fragte Pia gespannt.

»Der Staub sah merkwürdig aus. Er hat inzwischen auch im Labor für Furore gesorgt. Die haben in den Proben die seltsamsten Materialien gefunden. Glitzernde Partikel, Haare, Textilfasern, Sand, Hautschuppen, Brotkrümel …«

»Ist das ein Test?«, erwiderte Pia.

»Ich habe jedenfalls ein bisschen gebraucht, bis ich darauf gekommen bin.«

»Da hat jemand absichtlich Staub verteilt, um seine Spuren zu überdecken.« Pia tippte sich an die Schläfen, während sie überlegte. »So etwas wäre recht einfach zu bewerkstelligen, zum Beispiel mit dem Inhalt von Staubsaugerbeuteln.«

»So weit sind wir inzwischen auch. Der Staub wurde anscheinend ausgebracht, nachdem Ingmar Harse aus dem Fenster gestürzt wurde, um andere Spuren zu überdecken.«

»Deshalb also habt ihr den Graben hinter dem Hospital so zielgerichtet abgesucht.«

»Bei der Kälte hätte ich die Jungs ungern den gesamten Graben abtauchen lassen! Zum Glück haben wir den vermissten Gast relativ schnell gefunden.«

»Ingmar Harse ist demnach ebenfalls ermordet worden. Es kann kein Suizid gewesen sein.«

»Ja. Und ein Hinweis darauf ist interessanterweise der Staub, der uns ja eigentlich täuschen und etwas überdecken sollte.«

»Ist Ingmar Harse ertrunken? Da war ja dieser Schaumpilz vor seinem Mund.«

»Ja. Seine Hände waren gefesselt, das Gewicht um seinen Hals hat ihn unten gehalten. Du hast den Toten ja gesehen. Der Graben ist an der Auffindestelle etwa zwei Meter tief.«

Pia nickte.

Rickert wiegte den Kopf. »Das Opfer hätte sich, von Reue oder Lebensüberdruss erfüllt, grundsätzlich selbst ein Gewicht um den Hals legen und in den Graben stürzen können.«

»Okay. Finde ich aber eher unwahrscheinlich. Das ist ein scheußlicher Tod.«

»Es ist ein bekannter Märtyrertod, hat mir Bruder Lambert erklärt. Statt eines Beutels mit Mauersteinen verwendete man früher jedoch einen Mühlstein.«

»Aber es spricht doch noch einiges andere gegen Suizid«,

sagte Pia. »Die gefesselten Hände, der nachträglich ausgebrachte Staub, und da ist auch noch das herausgebrochene und später wieder eingelegte Fenstergitter.«

»Du hast recht. Sehe ich auch so. Das hätte nach einem selbstmörderischen Sprung aus dem Kellerfenster in den Graben schlecht allein wieder an Ort und Stelle fliegen können. Und wo sollte der Staubsaugerbeutel geblieben sein? Bisher haben wir im Wasser nichts dergleichen gefunden. Wir denken, der Täter wollte mit seinen Aktionen im Keller wohl nur erreichen, dass die Leiche möglichst spät gefunden wird. Er hat etwas zu viel Staub verteilt, und den Glitzer hätte er sich sparen sollen. Dann wäre ihm das vielleicht sogar gelungen.«

»Was war das denn für Glitzer?«, fragte Pia.

»Der könnte von Bastelarbeiten stammen, die im Jugendhaus durchgeführt wurden. Die haben zum Erntedankfest neulich Plakate mit Glitzer gebastelt.«

»Wahrscheinlich wusste der Dieb des Staubsaugerbeutels nicht, was für Staub er da klaute. Nun ja, diese Vorgehensweise hat für den Täter den Vorteil, dass es sich später immer mit dem Inhalt des Staubsaugerbeutels erklären lässt, egal, wessen Spurenmaterial ihr in den Proben findet.«

»So sieht es aus.«

»Eine Beobachtung habe ich noch gemacht«, sagte Pia nachdenklich.

»Und zwar?«

»Nachdem ich Ingmar Harses Leiche gestern Abend identifiziert hatte, bin ich im Sichtschutz der Bäume zur Hintertür des Gästehauses gegangen, damit mich niemand sieht.«

»Verstehe.«

»Als ich reingehen wollte, ist mir auf der Wiese hinter

dem Gästehaus jemand aufgefallen.« Das Unbehagen, das sie bei dem Anblick verspürt hatte, kehrte einen kurzen Moment zurück, doch sie riss sich zusammen. »Bei genauerem Hinschauen wurde mir klar, dass es sich um zwei Menschen handelte, die in dem Pavillon zusammenstanden. Sehr nah beieinander, wie ein Liebespaar.«

»Wer war das?«

»Das konnte ich nicht erkennen. Die eine Gestalt war einen halben Kopf kleiner als die andere. Es könnte eine Frau gewesen sein. Allerdings mehr den Bewegungen nach zu urteilen. Ich habe sie einen Moment später weggehen sehen. Aber ich weiß nicht, wer es war. Vielleicht eine Angestellte des Klosters oder sogar jemand von den Gästen.«

»Wo ist sie hingegangen?«

»Sie entfernte sich schnell in Richtung Tor. Sie könnte zum Pförtnerhaus gegangen sein oder auch ganz woandershin. Ich habe sie im Dunkeln aus den Augen verloren.«

»Und die zweite Person?«

»Die wartete einen Moment im Pavillon ab und ging etwas später in dieselbe Richtung. Ich denke, es war ein Mann. Er trug eine Mönchskutte.«

»Einer der Mönche hatte ein Rendezvous?«, fragte Rickert erstaunt.

Pias Blick richtete sich in die Ferne. »Schon möglich, doch es muss nicht unbedingt einer der Brüder gewesen sein. Eine Mönchskutte mit Kapuze macht hier beinahe unsichtbar, oder?«

18. Kapitel

»Wie ist es mit Beate Fischer gelaufen?« Boris Dornfeld sah von seinem Bildschirm auf, als Marten ins Büro der Zielfahnder trat.

»Gar nicht so schlecht.« Marten setzte sich und fuhr sich mit den Fingern durchs Haar. Er hatte mal wieder einen Haarschnitt nötig. Womöglich konnte er das heute Nachmittag noch schnell erledigen lassen, bevor er aufbrach. »Sie hat mir etwas aus Lohses Vergangenheit erzählt. Ich denke, er könnte sich in Cannes in Südfrankreich aufhalten.« Marten schilderte Dornfeld, was Beate Fischer ihm erzählt hatte.

»Glaubst du wirklich, dass Lohse ausgerechnet dort hingeht, wo er früher schon mal war?«, fragte Faruk Kaplan aus dem Hintergrund. »Wäre das nicht einigermaßen dumm?«

»Nicht unbedingt. Er geht wahrscheinlich davon aus, dass wir nicht wissen, dass er als Jugendlicher mal da Urlaub gemacht hat. Einen besseren Tipp, wo er hinwill, haben wir jedenfalls im Moment nicht. Ich habe eben mit unserem Verbindungsbeamten Eric Simon in Südfrankreich telefoniert. Er lässt überall im südlichen Frankreich, und besonders in Cannes und Umgebung, noch mal mit besonderem Nachdruck nach Lohse fahnden.«

»Also bleibt uns mal wieder nur, auf Ergebnisse zu warten«, sagte Kaplan und widmete sich wieder seinem Computer.

»Soweit es euch betrifft, vielleicht«, erwiderte Marten. »Ich fliege morgen nach Nizza.«

»Wie bitte? Das ist nicht abgesprochen. Und ist das nicht reichlich übertrieben?«, fragte Dornfeld ärgerlich.

»Reichlich übertrieben finde ich es, hier in aller Gemütsruhe auf Ergebnisse zu warten, wenn es mit jedem Tag, der vergeht, schwieriger wird, Albrecht Lohse aufzuspüren.« Marten zählte auf: »Er hat in dieser Wohnung in Hamburg-Jenfeld sein Aussehen verändert. Er hat sich höchstwahrscheinlich neu eingekleidet und mit einem Handy und einem Notebook eingedeckt. Vermutlich hat er sich im Darknet neue Papiere besorgt und sie in diese Wohnung schicken lassen. Damit ist es erheblich schwieriger für uns geworden, ihn aufzuspüren. Und jetzt wurde er an der Grenze zu Frankreich gesehen. Noch ein paar Tage, und er ist gänzlich abgetaucht.«

»Immerhin ist unsere Kollegin weniger in Gefahr, wenn sich Albrecht Lohse ins Ausland absetzt.«

»Ein Flug von Nizza nach Hamburg dauert zwei Stunden. Da gibt es keine Sicherheit für Pia. Wir müssen endlich richtig loslegen!«

»Marten – nicht so voreilig. Du bist nur vorübergehend bei uns bei der Zielfahndung. Du gehörst nicht zu unserer Kerntruppe. Ich habe hier das Sagen.«

Marten beugte sich vor. »Weißt du, wie egal mir das in dieser Situation ist, Boris? Ich mache das auf jeden Fall. Und wenn ich dafür Urlaub nehmen und privat hinfliegen muss.«

»Sei ganz vorsichtig«, erwiderte der scharf, jedoch wohl mehr, um sein Gesicht zu wahren, als in der Hoffnung, Marten umzustimmen. »Was denkst du, wofür wir überall Verbindungsbeamte haben, die den Kontakt zu der jeweiligen Länderpolizei halten?«

»Wir brauchen aber keinen diplomatischen Papiertiger, der Kontakt hält, sondern fähige Polizisten, die die Dinge in die Hand nehmen!«, stieß Marten hervor.

»Es gibt Regeln, wie wir in solchen Fällen vorgehen. Und die gibt es nicht, damit wir bei der nächsten beliebigen Fahndung sofort dazwischengrätschen und uns über alles hinwegsetzen, weil es uns gerade so gefällt!«

»Bei der nächsten *beliebigen* Fahndung?!« Marten erhob sich und baute sich vor Dornfeld auf. »Diese Fahndung nennst du ›beliebig‹?«

»Weißt du, wie viele Leute zurzeit in Europa gesucht werden?«, hielt der Kollege dagegen. »Albrecht Lohse ist weiß Gott nicht der einzige Schwerverbrecher auf der Flucht. Komm auf den Boden der Tatsachen zurück, Marten!«

»Tatsache ist, dass durch Lohse das Leben einer Kollegin in Gefahr ist. Ebenso das ihres sechsjährigen Jungen und vielleicht das ihrer ganzen Familie. Die sitzt irgendwo in der Pampa, ist zum Nichtstun verdammt und wartet jeden Tag darauf, dass sie ihr Leben weiterführen kann.«

Dornfeld ließ sich auf seinen Bürostuhl fallen. »Denkst du, das weiß ich nicht? Denkst du, es ist mir egal? Der Polizeipräsident ruft mich übrigens jeden zweiten Tag an und fragt nach. Aber was soll es bringen, wenn wir uns gegenseitig an die Gurgel gehen?«

»Es bringt Tempo in die Suche«, erwiderte Marten. Er blieb demonstrativ stehen. »Es bringt uns hoffentlich voran.«

»So. Habt ihr euch wieder eingekriegt?«, fragte Faruk, der den Streit aus dem Hintergrund verfolgt hatte. »Unser Verbindungsbeamter aus Frankreich hat sich nämlich gerade gemeldet.«

Pia saß Bruder Thomas in dem kleinen Besprechungsraum im Gästehaus gegenüber.

»Bruder Reginald ist nicht der richtige Ansprechpartner für mich«, sagte sie fest. »Ich möchte lieber mit einem der anderen Mönche reden. Vielleicht ist es ja doch möglich, dass ich mit Ihnen oder mit dem Novizen Noah sprechen kann.«

»Hm.« Bruder Thomas sah von seinen Unterlagen auf. »Ich fühle mich natürlich geehrt durch Ihr Vertrauen. Aber hatten Sie überhaupt schon einen Gesprächstermin mit Bruder Reginald?«

»Nein, bisher war keine Gelegenheit. Doch wir sind uns begegnet und … aneinandergeraten, könnte man sagen. Das ist keine gute Basis für Vertrauen.«

»Die Gäste sollen hier eigentlich nicht frei wählen …«, sagte er.

»Ich verstehe. Wenn es nicht möglich ist zu tauschen, dann verzichte ich gänzlich. Mit Bruder Reginald hätte es keinen Sinn.«

Er sah sie mit seinen braunen Augen nachdenklich an. »Ich selbst bin, wie ich Ihnen bereits sagte, leider zeitlich sehr eingespannt, sodass ich es auf keinen Fall regelmäßig schaffen würde. Aber gut, ich werde den Novizen fragen. Doch ob er der Geeignete ist …«

»Ich suche keinen speziellen Rat in Glaubensfragen«, entgegnete Pia leicht verlegen. »Jemand Unbeteiligtes, der einfach zuhört, wäre hilfreich.«

Er nickte und machte sich eine Notiz. Dann lächelte er. »Also gut. Bruder Reginald wird in nächster Zeit sowieso sehr beschäftigt sein. Die Trauerfeier für unseren verstorbenen Bruder Zacharias muss vorbereitet werden. Außerdem muss Bruder Reginald zusammen mit Prior Philip einen neuen, fähigen Cellerar finden und einarbeiten. Und dann die Vorbereitungen für die Wahl des Priors, die durchaus auf Bruder Reginald fallen könnte ... Aber das soll nicht Ihre Sorge sein, Frau Cordes.«

»Bruder Reginald möchte Prior werden?«

»Ja, er ist ein aussichtsreicher Kandidat. Der Prior eines Klosters wird gewählt, und zwar vom Kapitel. Das ist die Versammlung aller Mönche mit ewiger Profess. Bruder Reginald als der Subprior wäre ein logischer Nachfolger. Er ist schon weitestgehend mit den Aufgaben der Klosterleitung vertraut. Doch Bruder Zacharias war sehr beliebt, gerade bei den etwas Jüngeren. Und als Cellerar hatte er ebenfalls eine Schlüsselposition inne. Er hatte ebenfalls sehr gute Chancen, Bruder Philips Nachfolger zu werden.« Bruder Thomas blickte nachdenklich aus dem Fenster.

»Warum hört Prior Philip denn auf?«

»Es ist üblich, regelmäßig zu wechseln, damit die Last der Verantwortung nicht immer nur auf den Schultern eines Mitbruders liegt. Aber in diesem Fall hegt Prior Philip zusätzlich den Wunsch, nach Rom zu gehen.«

»Oho.«

»Ja, das sind aufregende Pläne.« Er lächelte wehmütig. Dann schüttelte er den Kopf und sah Pia wieder an. »Jedenfalls werde ich Bruder Reginald sagen, dass ich ihn nach den dramatischen Ereignissen entlasten möchte und deshalb Ihre geistliche Begleitung übernehme.«

»Eine diplomatische Lösung«, erwiderte Pia. »Ich vermute, dass hier viel Diplomatie und Fingerspitzengefühl erforderlich ist, um das Zusammenleben zu organisieren.«

»Das ist es. Aber ein Grundpfeiler des Klosterlebens ist auch der Gehorsam. Wer seine eigenen Bedürfnisse nicht denen des Ordens unterordnen will, hat hier nichts verloren.«

»Fällt Ihnen der Gehorsam nicht schwer?«

»Sie müssen Ihrem Dienstherrn doch auch gehorchen.«

»Ja, im Beruf. Doch ich habe auch noch ein Privatleben.«

»Können Sie das voneinander trennen?«

»Nein.« Pia kniff nachdenklich die Augen zusammen. »Manchmal nicht. Das ist einer der Gründe, weshalb ich hier bin. Weil mein Beruf erhebliche Auswirkungen auf mein Privatleben hat.«

»Ich hatte anfangs große Probleme mit dem Gehorsam«, gab Bruder Thomas mit einem reumütigen Lächeln zu. »In meinem vorherigen Kloster wollte ich meiner Ausbildung entsprechend in der Personalführung arbeiten. Ich hatte studiert, und ich war hochmütig. Ich dachte, meine Mitbrüder wären dumm, wenn sie mich meine Fähigkeiten und Talente nicht nutzen lassen. Dabei hatte ich etwas sehr Wichtiges nicht verstanden: Geduld. Ich lernte also, geduldig zu sein, und habe mich in Demut geübt. Ich habe ein paar Jahre lang unter Anleitung eines alten, erfahrenen Bruders einfache handwerkliche Arbeiten durchgeführt. Holz- und Klempnerarbeiten, Maurerhandwerk. Sie glauben gar nicht, was an so einem alten Gemäuer alles kaputtgehen kann. Und es war gut und lehrreich für mich, aus eigener Kraft etwas zu erschaffen.«

Er blickte auf seine Hände hinab. »Die Sicht auf die Dinge des Lebens verändert sich durch eine solche Arbeit grundlegend. Erst dadurch wurde es mir möglich, hier nach einigen Jahren die verantwortungsvolle Aufgabe der Gästebetreuung zu übernehmen. Ohne die vorherige Erfahrung hätte ich mich für etwas Besonderes und unersetzlich gehalten. Aber niemand ist unersetzlich.«

»Da bin ich anderer Meinung als Sie.« Pia dachte insbesondere an Felix.

Es handelte sich um eine Schwarz-Weiß-Aufnahme, die Bewegungen waren abgehackt, doch die Auflösung war ausreichend bis gut. Die Bildsequenz hatte eine Überwachungskamera im Automatenbereich einer Bank in Cannes aufgenommen. Das Material, das man ihnen zugeschickt hatte, zeigte einen Mann schräg von oben. Er betrat den Vorraum und ging an die Auszahlungsautomaten. Beim Eintreten trug er eine dunkel getönte Sonnenbrille und hatte sich die Kapuze eines Sweaters über den Kopf gezogen.

Marten konnte nicht genug erkennen und stöhnte genervt auf. »So etwas schicken die uns?«

»Warte es ab«, sagte Faruk Kaplan.

Im Hintergrund filmte die Kamera durch die Glasfront zwischen den aufgeklebten Buchstaben eines Werbeslogans für Kredite hindurch einen Straßenabschnitt. Die Sonne schien, Autos fuhren vorbei, man sah eine vom Wind zerrupfte Palme. Der Mann war an der Reihe und trat vor. Beim Bedienen des Geldautomaten schob er die dunkel getönte Brille nach oben, wohl um das Display erkennen zu können.

Marten fühlte Energie wie einen Stromstoß durch seinen Körper jagen. »Jetzt hab ich dich, du verdammter Mistkerl«, flüsterte er. Der Moment ohne Sonnenbrille währte so lange, wie der Mann benötigte, um den Automaten zu bedienen. In dieser Zeitspanne war er im Halbprofil gut zu erkennen. Einmal, beim Drehen des Kopfes, als ein neuer Besucher in den Vorraum trat, fing die Kamera sogar kurz das Ohr des Mannes ein.

Es war Albrecht Lohse! Schon vor der Analyse durch einen Spezialisten war Marten sich sicher.

»Sehen nicht Tausende von Männern so oder so ähnlich

aus?«, wandte Dornfeld ein. »Der erinnert mich an einen Bundesliga-Fußballspieler.«

»Vom Gesicht her mag er ein paar anderen Männern ähneln, aber die Augen und vor allem ein Ohr sind unverwechselbar«, entgegnete Marten. »Und wir haben ja noch die schönen Knastaufnahmen im Profil zum Abgleich.«

»Ich werde die Aufnahme weiterleiten. Dann haben wir in Kürze Klarheit.«

»Je schneller, desto besser.« Marten sah auf die Uhr. »Aber ich weiß auch so, dass es Lohse ist.«

»Du könntest deiner Kollegin die Aufnahme zeigen.«

Marten schüttelte genervt den Kopf. »Ich weiß es einfach.«

»Cannes ... Wie warm ist es da um diese Jahreszeit?«, wollte Kaplan unschuldig wissen.

»Wärmer als hier allemal.« Marten zog sein Handy hervor. »Mal sehen, wann der nächste Flug geht.«

»Das vorhin war doch nicht dein Ernst?«, fragte Dornfeld.

»Mein voller Ernst.« Er tippte etwas ein. »Heute ist es anscheinend schon zu spät. Aber morgen früh geht was ab Hamburg.«

19. Kapitel

Nachdem seine Kollegen den provisorischen Ermittlungsraum verlassen hatten, setzte Rickert sich auf einen Tisch in der ersten Reihe, ließ die Beine baumeln und betrachtete mit gerunzelter Stirn das Whiteboard.

Sie hatten alle Mönche, Gäste und Angestellten, die sich zur Tatzeit auf dem Klostergelände oder in der Nähe befunden hatten, aufgelistet und versucht, sie zueinander in Beziehung zu setzen. Alle, die zu der mutmaßlichen Zeit von Bruder Zacharias' Ermordung kein Alibi vorweisen konnten, waren extra markiert worden. Die ersten Befragungen aller involvierten Person hatten sie durchgeführt. Vorläufige Ergebnisse der Rechtsmedizin und Spurensicherung lagen auch schon vor.

Nun begann die eigentliche Ermittlungsarbeit. Sie mussten die vielen kleinen Puzzleteile richtig zusammensetzen. Wo lag das Motiv, einen Klosterbruder ins Jenseits zu befördern? Wer hatte möglicherweise ein Interesse daran, einen der Gäste zu ermorden? Und vor allem: Wie hingen die beiden Taten miteinander zusammen?

Rickert griff nach einer angebrochenen Cola und trank gleich aus der Flasche. Der Zucker und das Koffein taten ihre Wirkung. Die Untersuchung von Ingmar Harses Leichnam hatte ergeben, dass sein Tod zwischen einundzwanzig Uhr am Donnerstagabend und ein Uhr am Freitagmorgen eingetreten war. Er war demnach mindestens elf Stunden später als Bruder Zacharias gestorben.

»Zumindest Bruder Zacharias können wir als Täter sicher ausschließen«, murmelte Rickert sarkastisch. »Und ein Suizid aus Reue, weil Harse den Mönch ermordet hatte, lag hier sicher auch nicht vor. Es sei denn, Ingmar Harse hätte auf dem Fensterbrett sitzend selbst einen Staubsaugerbeutel in den kleinen Kellerraum geleert, den Beutel im Graben versenkt und sich dann mit durch Kabelbinder gefesselten Händen ins Wasser gestürzt und ertränkt. Nein, das war nach wie vor extrem unwahrscheinlich; das Vorgehen passte nicht zu einem Selbstmörder.

Außerdem war dann immer noch die Frage, wie das Fenstergitter wieder an Ort und Stelle gelangt war. Bei dieser Hypothese stellte sich zudem die Frage, wo sich Ingmar Harse seit neun Uhr zwanzig am Donnerstagmorgen versteckt haben sollte? Er war zuletzt sowohl von einer Angestellten namens Annamaria Mendes, die in der Küche arbeitete, als auch von Bruder Benno gesehen worden, als er in Richtung Kirche gegangen war. Ingmar Harse hatte sich sicherlich nicht freiwillig die ganze Zeit über im Keller des alten Hospitals versteckt!

Rickert gähnte. Die Luft war zum Schneiden dick, weil sie während der Besprechungen die Fenster geschlossen ließen. Zum einen war es zu kalt, zum anderen wusste man nie, ob nicht jemand lauschte. Er sah auf seine Armbanduhr. Es war schon acht Uhr vorbei. Er erhob sich, löschte das Licht und verließ widerstrebend den Raum. Wie gern würde er endlich weiterkommen. Doch allein drehte er sich mit seinen Überlegungen im Kreis.

Sorgfältig schloss er hinter sich ab und verließ das Gebäude. Seinen Wagen hatte er draußen auf dem Parkplatz abgestellt.

Die Kommissarin aus Lübeck stand unter einer der Linden vor dem Gästehaus und telefonierte. Sie steckte gerade ihr Smartphone ein, und als sie ihn erblickte, kam sie auf ihn zu.

»Alles in Ordnung?«, fragte er, denn trotz der Dunkelheit – die Laternen am Wegesrand spendeten nur einen schwachen Lichtschein – konnte er erkennen, dass sie angespannt und traurig war.

»Ich habe gerade mit meinem Sohn gesprochen. Er muss ja gleich ins Bett gehen.« Sie starrte in Richtung des alten Hospitals. »Ich vermisse ihn schrecklich«, bekannte sie.

»Verstehe ich. Ich habe auch Kinder«, sagte Rickert. »Sie sind fünf und neun. Ein Junge und ein Mädchen.«

»Das klingt schön. Du solltest längst Feierabend gemacht haben.«

»Stimmt. Doch du weißt ja, wie es ist, wenn ein Fall an Fahrt aufnimmt.«

Sie nickte.

Ihre Freimütigkeit und die beinahe feierliche Atmosphäre des Ortes verleiteten ihn dazu, auch offen zu sprechen. »Ich habe in letzter Zeit oft ein schlechtes Gewissen. Manchmal, wenn ich abends fix und fertig nach Hause komme, bin ich froh, wenn meine Kinder schon schlafen.« Er strich sich unbehaglich übers Haar. »Das habe ich noch nie jemandem so erzählt.«

»Eltern sind auch nur Menschen«, sagte sie.

»Ein schwacher Trost.«

»Du hast die Chance, es jeden neuen Tag besser zu machen. Wie laufen die Ermittlungen?«

»Ganz gut. Na ja«, räumte er ein, als er ihren skeptischen Blick sah. »Wir können ein paar der Verdächtigen aufgrund ihrer Alibis ausschließen. Doch was mögliche Motive angeht … da ist noch alles offen. Es ist schwierig, hinter die

Beziehungsgefüge dieses Klosters zu blicken. Und über den Gast wissen wir auch so gut wie nichts. Außerdem handelt es sich um zwei vollkommen unterschiedliche Opfer.«

»Ich denke auch schon den ganzen Tag darüber nach«, gab Pia zu. »Es ist faszinierend, aber auf eine erschreckende Art und Weise.«

Er musterte seine Kollegin noch einmal. Aus ihrem Zopf hatten sich ein paar Strähnen gelöst, und der Nachtwind wehte sie ihr ins Gesicht. Sie sah auf einmal jünger und verletzlicher aus. Sie hatte etwas durchgemacht, was er sich nicht einmal vorzustellen vermochte. Doch auch bevor ihr das zugestoßen war, hatte er hin und wieder von Pia Korittki gehört. Sie sollte gut sein, besonders bei außergewöhnlichen Fällen. Sehr gut.

Rickert gab sich einen Ruck. »Magst du einen Blick auf unser Whiteboard werfen?«, fragte er. »Vollkommen inoffiziell. Vielleicht fällt dir etwas auf, was wir bisher übersehen haben.«

»Ja, okay. Ich habe hier abends nicht viel Besseres vor«, erwiderte sie mit einem schiefen Grinsen.

Im Konferenzraum angekommen, setzte sie sich auf den Tisch wie zuvor er. Sie starrte ein paar Minuten lang auf die Namen, Pfeile und Notizzettel, die sie zu den Personennamen gepinnt hatten. »Wer hat eurer Meinung nach alles ein Alibi?«, fragte Pia.

»Wir machen es an der vermuteten Zeitspanne des Mordes an Bruder Zacharias fest. Die liegt nach Schätzung des Rechtsmediziners wie gesagt zwischen halb zehn und elf Uhr am Donnerstagmorgen. Für Donnerstagabend beziehungsweise die Nacht auf Freitag, in der Ingmar Harse ums Leben kam, hat wohl niemand ein Alibi. Harse starb irgendwann zwischen einundzwanzig und ein Uhr.«

»Bruder Menowin und ich geben uns für den Mord an Bruder Zacharias gegenseitig eins«, sagte Pia. »Demnach kommen wir beide erst mal nicht infrage.«

Er grinste andeutungsweise. »Denkst du, sonst wärst du hier?«

Sie schüttelte den Kopf. »Wie sieht es mit Ingmar Harses Alibi aus?«

»Er hat keins. Er wurde um neun Uhr zwanzig zuletzt gesehen, als er in den Kreuzgang, also in den Stillen Bereich gegangen ist. Annamaria Mendes, eine Küchenhilfe, hat ihn von außen hineingehen sehen. Sie hat gerade draußen geraucht. Drinnen ist Ingmar noch Bruder Benno über den Weg gelaufen.«

»Was ist mit den beiden?«

»Frau Mendes war danach die ganze Zeit in der Küche. Die gesamte Küchenmannschaft gibt sich gegenseitig ein Alibi. Die sind wohl Gott sei Dank raus.«

»Und Bruder Benno? Ich habe ihn bisher kaum gesehen.«

»Ein jüngerer Bruder. Soll in diesem Fall heißen, er ist Anfang fünfzig. Er ist der Seelsorger für die Angestellten, leitet den Chor und hält Kontakt zu den Cyprianer-Missionen im Ausland.«

»Hat er ein Alibi?«

»Nein, nicht die ganze Zeit über. Bruder Benno war auf dem Weg in die Bibliothek, als er Harse begegnet ist. Er hat ihn demnach als Letzter lebend gesehen, außer dem Mörder. In der Bibliothek ist Bruder Benno auf Bruder Lambert gestoßen, der die Bibliothek jedoch so um zehn Uhr verlassen hat, wie beide sagen. Bruder Lambert war den eigenen Angaben zufolge danach in seiner Zelle. Beide Mönche haben ihren Aufenthaltsort erst wieder verlassen, als die Totenglocke läutete. Das Totengeläut ist auch ein Zeichen für Gefahr und besondere Umstände, hat man mir erklärt.«

Pia nickte.

»Beim Läuten der Glocke sollen sich alle auf dem Vorplatz vor der Kirche versammeln, heißt es«, erläuterte Rickert.

»Ja, das sagte Bruder Menowin uns auch. Wir sind sofort vom Wald zurück ins Kloster gefahren, als wir die Glocke hörten. Was ist mit Jürgen Pfeffers Alibi?«

»Er hat keins. Er war zwar bei dir im Wald, aber erst ab zwanzig nach elf. Die Frau im Pförtnerhaus hat ausgesagt, dass er das Klostergelände schon um halb elf verlassen hat, um laufen zu gehen.«

»Da hätte er ja alle Zeit der Welt gehabt, um Bruder Zacharias zu ermorden«, bemerkte Pia. »Wo will er vorher gewesen sein?«

»Auf seinem Zimmer. Hat angeblich Musik gehört … Uns fällt nur kein Motiv für ihn ein, den Mönch zu ermorden.«

»Und was ist mit einem Motiv für einen Mord an Ingmar Harse?«

»Die anderen Gäste fanden Harse durchweg eher unsympathisch. Doch wir haben kein konkretes Mordmotiv gefunden. Für niemanden von ihnen … Die eine Frau, Julia Meyer, schien sogar außerordentlich traurig über Ingmar Harses Tod zu sein. Sie sagte, sie mochte ihn sehr, und es hatten sich erste, zarte Bande zwischen ihnen geknüpft.«

»Zarte Bande?«, fragte Pia.

»Das waren ihre Worte, nicht meine.«

»Okay, welche Gäste haben Alibis und welche nicht?«

»Alexa Steinhagen war in der Backstube. Zwischendurch hat sie aber eine halbe Stunde draußen telefoniert, wie sie sagte. Sie hat kein durchgehendes Alibi. Christine Fichte war auch in der Bäckerei, hat jedoch früher Schluss gemacht, weil sie sich die Hand verbrannt hat. Sie hat dadurch ebenfalls kein Alibi. Und Julia Meyer war bei den Schafen.« Er schüttelte den Kopf. »Allerdings nur bis zwanzig vor elf. Da hat Frau Rademann sie wieder durch das Tor hereingelassen. Also hätte sie auch Zeit gehabt, in die Kirche zu gehen und Bruder Zacharias zu ermorden. Vorstellen kann ich es mir bei dieser verhuschten Person jedoch nicht.«

»Da kann man sich täuschen. Wo, sagt sie, war sie?«

»Auch auf ihrem Zimmer. Sich duschen und aufwärmen.«

»Sechs Gäste: Einer wird ermordet, vier, die kein Alibi haben, ich, die ich eins habe«, fasste Pia zusammen. »Julia Meyer hätte vielleicht sogar ein Motiv gehabt. Sie war emotional beteiligt, könnte man sagen. Ich hatte nicht den Eindruck, dass Ingmar Harse ihre Gefühle erwiderte.«

»Über diese Brücke, dass es Julia Meyer wegen verschmähter Liebe war, gehe ich noch nicht. Da muss doch mehr dahinterstecken.«

Pia stand vom Tisch auf und trat ans Fenster. »Ingmar Harse war nicht gerade ein Charmebolzen und Sympathiegewinner. Er könnte auch einen der anderen Gäste gegen sich aufgebracht haben.«

»Vielleicht hat er ja einmal zu viel Unfrieden gestiftet und bei jemandem einen empfindlichen Punkt getroffen?«

»Denkst du an eine Erpressung?«, fragte Pia.

»Das ist eine Möglichkeit. Wir haben die Gäste heute ganz gut in die Mangel genommen. Bisher ist aber nichts dabei herausgekommen.«

»Der Täter wird sich genau überlegen, was er der Polizei gegenüber sagt und was nicht.«

»Und die Mönche?«, wollte Rickert wissen. »Was hältst du von denen? Außer Menowin haben nur Bruder Gideon, Bruder Thomas und der Novize ein Alibi.«

»Tatsächlich?«

»Nun, Bruder Menowin hat eines durch dich und weil er sich in der fraglichen Zeit nachweislich außerhalb des Klostergeländes aufgehalten hat. Bruder Gideon war ebenfalls außerhalb, und zwar bei den Schafen beziehungsweise am Schafstall. Es hat ihn zwar nicht die ganze Zeit über jemand gesehen, aber er hat morgens das Klostergelände verlassen und ist erst nach dem Läuten der Glocke zurückgekommen. Das Gleiche gilt für Bruder Thomas und den Novizen Noah, der den Toten entdeckt hat. Bei dem Novizen liegt der Fall also noch etwas anders. Die anderen Mönche – Bruder Benno, Bruder Lambert, Prior Philip und Subprior Reginald – können alle kein Alibi für die gesamte Zeitspanne vorweisen.«

»Und einige von ihnen haben möglicherweise auch ein Motiv«, sagte Pia. Sie berichtete Rickert, was Bruder Thomas ihr von den Ambitionen des Subpriors erzählt hatte.

Thorsten Rickert runzelte die Stirn. »Mord wegen eines Amtes?«

»Mir sind schon weniger nachvollziehbare Motive untergekommen«, gab Pia zurück. »Allerdings nur sehr selten«, räumte sie ein. »Was ist mit den Angestellten?«

»Es gibt eine ganze Liste, doch beinahe alle haben ein Alibi. Bis auf die arme Annamaria Mendes, die ja allein vor der Tür geraucht hat. Alexa Steinhagen und sie waren zu unterschiedlichen Zeiten draußen. Nicht einmal Frau Mendes können wir vollkommen ausschließen, aber sie ist auch keine besonders aussichtsreiche Verdächtige.«

»Warum nicht?«

»Körperliche Kraft. Es gehört einiges dazu, einen Mann wie Bruder Zacharias zu ersticken.«

»Einigen Frauen sieht man ihre Körperkraft nicht an«, wandte Pia ein. »Küchenarbeit kann anstrengend sein. Doch ich kann mir auch nicht vorstellen, dass sie es war.«

»Der Hausmeister, Helmut Weber, war eine Zeit lang allein in seiner Werkstatt. Er hat also auch kein Alibi. Ansonsten sind alle Angestellten aus dem Schneider.«

»Hätte Frau Rademann ihren Posten am Tor nicht mal für eine Weile verlassen können?«, fragte Pia.

»Ja, vermutlich schon«, bestätigte Rickert. »Aber es wäre ein großes Risiko gewesen. Jeder, der zu der Zeit durchs Tor wollte, oder jeder Anruf hätte sie auffliegen lassen. Und ich sehe auch kein Motiv«, setzte er hinzu.

»Ich denke gerade an das ›Liebespaar‹, das ich gesehen hatte. Die Größe und die Haarfarbe der Frau passen zu Bernadette Rademann.«

»Meinst du? Doch es war ziemlich viel los an dem Donnerstagvormittag, und sie hat alles dokumentiert. Einige Telefonanrufe und diverse Leute, die rein- und rausgelassen werden mussten.«

Pia blickte wieder auf das Whiteboard. »Ich beneide euch nicht. Das sind viele Verdächtige. Aber keiner von ihnen sticht als möglicher Täter ins Auge.« Sie drehte sich zu Rickert um. »Heute Abend wirst du dieses Rätsel wohl nicht mehr lösen. Und ich werde jetzt auf mein Zimmer gehen.«

Er blickte erneut auf seine Uhr. »Oje, so spät schon. Ich muss dringend los. Danke für deine Hilfe!«

»Ich habe nichts dagegen, die Spionin zu spielen«, sagte Pia. »Es lenkt mich ab.«

»Ich komme bei Gelegenheit darauf zurück.«

An der Tür des Torhauses verabschiedete er sich von ihr. Kurz vor dem Tor drehte er sich noch einmal um und blickte ihr nach: eine schmale, dunkle Gestalt, die entschlossenen Schrittes auf das Gästehaus zuging.

20. Kapitel

Am nächsten Morgen fanden erneut keine Arbeitseinsätze für die Gäste statt. Nach dem Frühstück war die Polizei bereits vor Ort, ohne dass Pia genau wusste, was sie taten oder wen sie befragten. Sie zog sich Stiefel und eine warme Jacke an, um an die Ostsee zu gehen.

Marten hatte sie am vergangenen Abend angerufen, als sie schon in ihrem schmalen Bett in ihrem Zimmer gelegen und gelesen hatte. Er verfolgte eine neue Spur und hatte einen Flug nach Nizza gebucht. Es ging also voran.

Pia winkte Bernadette Rademann, die heute in einem türkisfarbenen Flauschpullover in ihrer Pförtnerloge saß. Bernadette winkte zurück, lächelte etwas gequält und öffnete und schloss das Tor. Pia bog nach links, weil sie diesen Weg noch nicht kannte.

Sie kam am Jugendhaus vorbei, wo der Novize und Bruder Thomas am Vormittag des Mordes an Bruder Zacharias das Jugendtreffen vorbereitet hatten. Es war inzwischen abgesagt worden, hatte sie erfahren.

Pia wandte sich nach links und folgte einem Fußweg, der auf einem Wall parallel zum Graben verlief. Zwei Enten schwammen auf dem schwarzen, mit gelben und rostbraunen Blättern gesprenkelten Wasser. Über den Graben hinweg hatte sie von hier aus einen anderen Blick auf das Kloster. Durch die Stämme und Zweige der alten Linden hindurch sah sie ein paar einfache Garagen, die an das Torhaus grenzten, das Brauhaus, einen im Winterschlaf befindlichen Gemüse- und Blumengarten, dahinter den Bereich des Klosterkarrees, in dem sich die Bibliothek, das Refektorium und das Dormitorium der Mönche befanden.

Die Mönche schliefen allerdings nicht, wie wohl früher in manchen Orden üblich, in einem großen Saal, sondern in ihren eigenen Zellen, hatte sie erfahren. Hinter ein paar der kleinen Fenster in den dicken Mauern brannte Licht.

Pia stellte sich vor, wie der eine oder andere jetzt, nach der Frühmesse, in seinem kleinen Zimmer saß, vielleicht betete, während er sich fragen musste, welcher seiner Mitbrüder womöglich zwei Morde begangen hatte. Oder fragten sie sich das nicht, weil der Gedanke zu abwegig war? Weil das Böse in jedem Fall von außen kommen musste, da es sonst sämtliche Überzeugungen, Glaubensmaximen und die Gemeinschaft der Brüder ad absurdum führen würde?

In der letzten Ecke der Klosterinsel, verborgen hinter Büschen, standen zwei einfache Schuppen, wohl für Gartengeräte oder Pflanzensamen und Ähnliches. Dann machte der Graben wieder den Neunzig-Grad-Knick und verlief von Pia fort, am Klosterkarree und am Hospital vorbei bis zur nächsten Biegung.

Wenn sie parallel zum Graben weiterginge, käme sie an der gegenüberliegenden Uferseite an der Stelle vorbei, wo man Ingmar Harses Leiche geborgen hatte. An dem alten Gemäuer des Hospitals, dort, wo sich das Kellerfenster nur einen halben Meter über der Wasseroberfläche befand, leuchtete noch etwas rot-weißes Polizei-Absperrband.

Pia ging jedoch weiter geradeaus. Hier wurde das Gelände in Richtung Ostsee offener und ebener. Sie kam an einer Schafweide mit alten Apfelbäumen darauf vorbei. Ein selbst gezimmert aussehender Zaunübertritt führte hinüber zu den Schafen mit den schwarzen Köpfen. Rechts stand ein lang gezogenes Stallgebäude, das wohl auch noch zum Kloster gehörte. Als sie weiterwanderte, waren bald nur noch Wiesen, mit Sträuchern bewachsene Erdwälle, sogenannte »Knicks«, und Gräben zu sehen.

Der Fußweg zog sich als helles Band bis zum Horizont. Der Blick aufs Meer wurde nur noch von ein paar niedrigen Wällen mit struppigem Bewuchs und den Dünen verwehrt. Weiter links blitzten am Horizont Wohnwagendächer und Satellitenschüsseln zwischen den Büschen hervor. Sie ging schneller, um endlich ans Meer zu kommen. Möwenschreie durchbrachen die Stille, und weit oben flog eine v-förmige Formation von Zugvögeln in Richtung Süden.

Nach dem Überqueren der Uferstraße erreichte Pia den Dünengürtel, und sofort wurde es noch kühler. Sie wickelte sich den Schal fest um den Hals. Eine Strandbude, ein Spielplatz und ein Hochseilgarten lagen verwaist da. Es waren kaum Menschen unterwegs.

Pia lief los, über den Deich, durch die Heidelandschaft bis hin zu dem weißsandigen Dünengürtel. Beim Hinauflaufen spürte sie schon den weichen Strandsand unter den Füßen. Sie hörte das Meer rauschen und kam außer Atem unten am Strand an. Grünlich graublau schimmerte das Meer unter einer dicken Wolkendecke. Das große Nichts, bis zum Horizont. Pia atmete so tief ein und aus, dass sich die Beklemmung in ihrer Brust löste.

Sie spazierte am Strand entlang in Richtung Norden. Auf einem Umgebungsplan des Klosters hatte sie gesehen, dass sie hinter einem Strandhaus, das ebenfalls zum Kloster gehörte, in den Dünen wieder nach links abbiegen musste.

Doch es dauerte, bis sie das graue Dach hinter den Dünen schimmern sah. Das Areal war von einem Zaun und – wesentlich wirkungsvoller – einer Dornenhecke aus Sanddorn umgeben. Die Pforte war verschlossen, doch Pia hatte einen Schlüssel mitbekommen.

»Falls es anfängt zu schütten, können Sie sich im Strandhaus unterstellen«, hatte Noah ihr gesagt. »Ansonsten ist der Weg durch den Garten eine Abkürzung, um nicht über den Campingplatz laufen zu müssen.«

Das Strandhaus des Klosters sah bei diesem Wetter wenig einladend aus. Von den geschlossenen Fensterläden blätterte die Farbe ab. Ein Stück vom Haus entfernt hatte man im Sand einen Lagerfeuerplatz angelegt. Geschwärzte, faust- bis handballgroße Steine bildeten einen Kreis für die Feuerstelle. Von einem Dreibein darüber baumelte eine Kette mit einem Karabinerhaken im Wind, an die man einen riesigen Topf hängen könnte.

Pia verließ den Garten durch eine zweite Pforte und folgte einem Pfad, der sie wieder auf die von Gräben durchzogene Ebene führte. Der Wind war stärker geworden, sodass sie sich vornübergebeugt dagegenstemmte. Sie erinnerte sich an das Gemälde in der Klosterbibliothek, auf dem sie gesehen hatte, dass Kloster Naumar bei seiner Erbauung noch direkt an der Ostsee in einer Bucht gelegen hatte, die im Laufe der Jahrhunderte verlandet war.

Anders als Pia es erwartet hatte, verlief der Weg nicht auf das Kloster zu, sondern sie geriet immer weiter nach rechts. Irgendwo hatte sie womöglich eine Abzweigung übersehen. Doch auch wenn sie länger unterwegs war, würde sie ja nichts weiter verpassen als vielleicht das Mittagessen.

Links vor ihr lag nun der Klosterforst auf ein paar Hügeln. Sie ging ein Stück durch den Wald und erreichte eine

Landstraße, die sie zurück zum Kloster bringen würde, ohne dass Pia die Navigation ihres Handys bemühen musste. Um sie herum waren nichts als Bäume, doch als die Straße eine Kurve machte, bot sich ihr ein pittoreskes Bild: ein hübsches Haus mit Fachwerk, verglaster Veranda und Türmchen hinter einem Jägerzaun. Über dem Portal hing ein Geweih.

Ein stämmiger Mann in Lodenmantel, mit kariertem Schal und einem Filzhut trat heraus. »Guten Morgen. Kann ich Ihnen helfen?«, fragte er, als er Pia sah.

»Hallo. Nein, danke. Ich habe nur gerade Ihr Haus bewundert. Eine schöne Jugendstil-Veranda haben Sie da.«

»Meinen Sie? Kann sein. Jedenfalls ist das Haus Anfang des zwanzigsten Jahrhunderts erbaut. Es ist das ehemalige Forsthaus. Wunderschön anzusehen, aber die Bauherren haben nicht bedacht, dass man mal ein neues Dach oder neue Fenster braucht. Von Wärmedämmung will ich gar nicht erst reden.«

Er ging zu seinem Mercedes Kombi, der schräg vor dem Haus stand. »Kann ich Sie irgendwohin mitnehmen? Busse oder Taxen findet man hier eher selten.«

»Nein, danke. Ich möchte nur bis zum Kloster.«

»Arbeiten Sie dort?« Er kam zum Zaun, den Autoschlüssel in der Hand.

»Nein, ich bin nur ein paar Tage zu Gast.« Pias Blick fiel auf das Namensschild am Briefkasten. »Aber ich kenne wahrscheinlich Ihre Frau. Im Kloster arbeitet jedenfalls eine Bernadette Rademann.«

Er kniff die Augen zusammen. »Das stimmt. Und Leute wie Sie sind also dort zu Gast …« Er musterte sie. »Ich habe mich schon immer gefragt, was man dort will.«

Pia musste lächeln. »Ja, ein bisschen frage ich mich das

auch. Doch die alten Gebäude und auch die Umgebung gefallen mir gut.«

»Sie besuchen bestimmt irgendeinen Kurs: Meditation oder so?«

Nein, ich verstecke mich vor jemandem, der mich erst gegen meinen Willen schwängern und dann umbringen will, dachte Pia. »Ich bin hauptsächlich dort, um in Ruhe nachzudenken«, sagte sie stattdessen. »Angebote wie Kurse und so weiter gibt es zwar auch, aber die finden heute nicht statt.«

Er nickte. »Bestimmt wegen dieser Morde! Das ist unfassbar, dass so etwas in der direkten Nachbarschaft passiert. Doch ich habe es ja schon immer gesagt: So harmlos, wie die tun, sind diese Brüder nicht!«

»Meinen Sie damit die Mönche? Glauben Sie, dass es einer von ihnen war?«, erwiderte Pia scheinbar arglos.

In seinem Gesicht hatten sich inzwischen ein paar rote Flecken gebildet. Ob die Kälte oder Ärger der Grund dafür war, war schwer zu sagen. »Und ob ich das glaube! Wer soll es denn sonst gewesen sein? Die sehen doch alle gleich aus. Wie die Krähen … Und sie decken sich auch noch gegenseitig. Das ist ein in sich geschlossenes System. Da wird die Polizei keinen drankriegen …« Rademann redete sich in Rage.

»Ich finde, man kann die Mönche ganz gut auseinanderhalten«, entgegnete Pia. »Sie sind schon sehr unterschiedlich.«

»Aber sie halten zusammen. Ich sage Ihnen, ich weiß über so einiges Bescheid. Denen kann man nicht trauen. Ich wünschte …« Er stoppte und kniff die Lippen zusammen.

»Was denn?«, hakte Pia nach.

»… dass meine Frau endlich zur Vernunft kommt und

ihren Job bei den scheinheiligen Popen hinschmeißt.« Sein verzerrtes Gesicht ließ vermuten, dass ihm nicht gerade freundliche Gedanken im Kopf herumgingen. »Sie hat es gar nicht nötig, für einen Hungerlohn dort zu arbeiten. Ich verdiene mehr als genug für uns beide!« Er blickte zu seinem Wagen. »Soll ich Sie nun am Kloster absetzen oder nicht?«

»Nein, vielen Dank. Ich gehe zu Fuß.« Wenn der Mann so Auto fuhr, wie er redete, wollte Pia nicht machtlos auf dem Beifahrersitz neben ihm sitzen.

Fly me to the moon stand auf dem Sockel unter der Skulptur. Ineinander verschränkte geometrischen Figuren und geknickte Streben in leuchtenden Primärfarben reckten sich zur dunklen Decke der Ankunftshalle empor.

Marten positionierte sich in Sichtweite des Kunstwerks und checkte seine Nachrichten auf dem Smartphone. Sie waren trotz des schlechten Wetters beim Abflug in Berlin etwas früher als geplant auf dem Flughafen von Nizza gelandet. Der Fahrer, der ihn abholen sollte, war noch nicht zu sehen.

Broders hatte eine Textnachricht hinterlassen, als Marten in der Luft gewesen war. Er sollte ihn zurückrufen. Was bedeutete das schon wieder? War etwas passiert? Marten war versucht, Pia direkt anzurufen, doch er hielt sich an die Vorgaben. »Was ist los, Broders?«, fragte er sofort, als der Kollege sich meldete.

»Hinnerk hat sich eben bei uns gemeldet. Er klang ziemlich genervt.«

»Ist was mit Felix? Geht es ihm gut?«

»Doch, ja. Felix geht's super. Aber die Rektorin der

Schule hat Hinnerk privat angerufen, was ja an sich schon mal nicht so optimal gelaufen ist.«

»Ja. Und warum haben die sich bei ihm gemeldet?«

»Felix hat am Freitag oder Samstag Post bekommen. Eine Postkarte, die an ihn persönlich adressiert ist, aber mit der Schulanschrift. Das macht ja zumindest Hoffnung, dass seine aktuelle Adresse nicht bekannt ist. Die Postkarte kam demjenigen, der die Post gesichtet hat, zum Glück seltsam vor, und er hat die Rektorin informiert.«

»Was ist das für eine Postkarte, Broders?«

»Vorn sind Hundewelpen darauf abgebildet. Frag mich nicht nach der Rasse.«

»Was steht auf der Karte?«

»Ich lese es dir vor: *Hallo, Felix, ich hoffe, es geht Dir gut. Freust Du Dich schon auf Dein Geschwisterchen?*«

»Was?« Marten verstand erst nicht. Dann fühlte er einen spontanen, dumpfen Schmerz, wie von einem Fausthieb in die Magengegend. Die Luft blieb ihm weg. Er versuchte, tief durchzuatmen.

»Bist du noch dran? Das steht da genau so. Seltsam, nicht?«, meinte Broders. »Die Karte ist wohl von Albrecht Lohse, oder?«, ergänzte er, als Marten stumm blieb.

»Von wem denn sonst?«, rief er nach einer guten Sekunde. Er fluchte, verstummte jedoch, als eine Frau, die mit einem Reinigungswagen an ihm vorbeifuhr, ihn besorgt anstarrte. »Wo und wann ist die Karte abgestempelt worden?«, erkundigte er sich mit ruhigerer Stimme.

»Vor drei Tagen in Hamburg.«

»Das bringt uns nicht weiter. Hat Felix die Postkarte etwa gesehen?«

»Nein.«

»Na, wenigstens etwas.«

»Was machen wir nun?«, fragte Broders.

»Die Postkarte muss nach Kiel ins LKA zu Boris Dornfeld. Ich hoffe, diese Hundewelpen-Karte haben noch nicht zu viele Leute angefasst.«

»Haha. Und wovon träumst du nachts?«

»Schon gut. Broders, tu mir den Gefallen und sprich persönlich mit Felix. Er kennt dich ja schon ein wenig länger. Aber mach ihm keine Angst. Und sei um Gottes willen vorsichtig, wenn du zu ihm nach Hause fährst. Nein, warte, besser ist es, wenn du morgen in der Schule mit ihm sprichst. Die Schuladresse scheint unser Postkartenschreiber ja sowieso zu kennen. Oder es war ein Schuss ins Blaue, der ins Schwarze getroffen hat. Hoffen wir mal, dass es so war. Du musst herausfinden, ob es womöglich weitere Kontaktversuche gegeben hat. Und die Sicherheitsvorkehrungen an der Schule müssen natürlich verstärkt werden.« Die Konzentration auf die notwendigen Maßnahmen beruhigte Marten. Seine Atmung ging fast wieder normal.

»Aye, aye, Sir«, sagte Broders. »Nein, schlechter Witz«, fügte er schnell hinzu. »Ich habe alles verstanden. Aber was ist mit Pia?«

Ja, das war die Frage der Fragen … Eine Postkarte von Lohse, die in Felix' Schule gelandet war, war nicht hilfreich für ihr Allgemeinbefinden! Und – jetzt kam er zum Kern der Sache – wie würde Pia auf diese Botschaft reagieren? Was zum Teufel bedeutete das?

Zwei Männer, ein jüngerer in französischer Polizeiuniform und ein bulliger blonder in Zivil, betraten die Ankunftshalle. Einer blieb vor einer Auskunftstafel stehen und studierte sie, der andere sah zu der Skulptur hinüber. »Ich werde Pia das nachher erzählen«, sagte Marten. »Sie telefoniert ja immer erst abends über eine sichere Verbindung mit Felix und mir. Ich werde zuerst mit ihr reden. Das verschafft uns etwas Zeit.«

»Zeit wofür?«

»Die Sache zu regeln und den Mistkerl zu schnappen.«

21. Kapitel

Nach ihrem Spaziergang ging Pia auf ihr Zimmer, um sich umzuziehen und sich die Hände zu waschen. Sie war durchgefroren. In dem Raum war es jedoch weder warm noch besonders gemütlich. Deshalb ging sie hinunter, um zu sehen, ob das Feuer im Kaminzimmer vielleicht schon brannte.

Als sie es sich mit einem Kaffee und einem Buch vor dem Kamin gemütlich gemacht hatte, stieß Alexa zu ihr. »Endlich treffe ich mal jemanden. Wo sind nur alle?«

»Der eine oder andere wird vielleicht noch einmal von der Polizei befragt.«

Sie verdrehte andeutungsweise die Augen. »Ich war schon dran. Warum darf ich jetzt nicht nach Hause?«

»Sie werden uns sicherlich nicht mehr lange hier festhal ten«, beruhigte Pia sie.

»Ich habe ehrlich gesagt sogar Angst.« Alexa senkte die Stimme. »Wer sagt uns denn, dass wir nicht auch in Gefahr sind, wenn hier ein Mönch und ein Gast ermordet worden sind?«

»Mittlerweile wimmelt es hier von Polizisten. Außerdem hatte der Täter wahrscheinlich ein Motiv. Ich glaube nicht, dass wir in Gefahr sind.«

»Glauben ist nicht Wissen«, entgegnete Alexa.

»Stimmt. Es kann nicht schaden, die Augen und Ohren offen zu halten und nicht allein hier herumzulaufen«, sagte Pia.

Alexa nickte. »Heute ist aber auch so gar nichts los hier.

Nichts, um sich abzulenken. Und nach draußen zieht es mich auch nicht. Ich habe dich zurückkommen sehen. Wo warst du, falls ich so neugierig sein darf?«

»Ich war zu Fuß an der Ostsee.«

»Ach, ich dachte, man solle nicht allein draußen herumlaufen.«

»Ertappt«, bestätigte Pia. »Und es war auch ziemlich frisch. Ich muss mich dringend aufwärmen.« Sie stand auf und legte ein paar Holzscheite nach.

»Gute Idee.« Alexa nahm in dem zweiten Sessel am Feuer Platz und streckte die schmalen Füße in Richtung der Flammen.

»Und? Was machen die Verführer-Pläne?«, fragte Pia in leichtem Tonfall.

Alexa sah sie mit hochgezogenen Augenbrauen an. »Was warst du noch gleich von Beruf?«

Mist! »Ich bin im öffentlichen Dienst. Verwaltung ...«

»Und ich hätte jetzt auf irgendwas mit Psychologie getippt. Eine Freundin von mir ist Psychotherapeutin und stellt mir auch dauernd so forschende Fragen.«

»Das war keine forschende Frage. Das nennt sich Konversation.« Pia lächelte, um ihren Worten die Spitze zu nehmen.

»Wie gefällt dir Jürgen so? Reine Konversation ...«, konterte Alexa.

»Ich kenne ihn kaum. Nett.« Bis auf die Tatsache, dass er Leute heimlich im Wald beobachtet. »Er macht einen sehr sportlichen Eindruck.«

»Ha!« Alexa lachte auf. »Es geht dabei doch nicht um Kennen. Und dass er eine knackige Figur hat, fällt ja wohl jeder Frau sofort ins Auge. Du bist übrigens auch nicht schlecht in Form.«

»Wie bitte?«

»Du siehst ziemlich durchtrainiert aus. Gar nicht wie eine Verwaltungsbeamtin. Bei Christine würde ich eher darauf tippen. Aber die war ja Lehrerin. Die armen Kinder …«

»Wir haben hier ziemlich viele Beamte«, bemerkte Pia. »Jürgen ist auch Lehrer. Warum zieht es uns wohl ins Kloster?«

»Weiß der Himmel. Um festzustellen, dass es Menschen gibt, die noch festgelegter in ihrem Tages- und Lebenslauf sind als wir selbst? Ich finde ja, das Ganze hier hat auch etwas Tröstliches. Die Mönche haben keinen persönlichen Besitz, keine Familie, kaum Freiheiten, und sie machen trotzdem einen recht zufriedenen Eindruck. Da frage ich mich, warum ich mit allem, was ich so habe und unternehmen kann, nicht glücklicher bin.«

»Denkst du, einen Mönch zu verführen bringt dich dem Geheimnis näher?«

»Nein, nicht unbedingt.« Alexa legte den Kopf schief. »Und ich bin gar nicht so schlimm, wie ich immer tue. Da gibt es ganz andere.«

»Wen meinst du?«

»Ingmar war, glaube ich, nur hier, um Vorfälle zu sammeln, über die er sich hinterher beschweren kann. Es gibt Menschen, die bauen sich damit auf, dass sie andere kritisieren.«

»Die können einem doch leidtun.«

»Ingmar hat mir erzählt, dass dies schon sein viertes Kloster ist, in dem er zu Gast ist!«

»Vielleicht gefiel ihm diese Art des Urlaubs gut. Oder er hat mit dem Gedanken gespielt, selbst Mönch zu werden.«

»Der doch nicht! Dazu fehlte ihm die charakterliche

Größe. Der hat im Grunde alle und jeden verachtet. Auch die Mönche. Und deswegen frage ich mich, was er überhaupt hier wollte.«

»Das fragt sich der eine oder andere bei uns bestimmt auch«, sagte Pia. Sie musste Alexa noch die eine Frage stellen: »Hast du dich nicht wenigstens mit einem der Mönche mal getroffen, wo du es dir doch vorgenommen hattest?«

Alexa schüttelte den Kopf. »Nein, das war wirklich nur Spaß. Ich habe es gar nicht versucht. Ich möchte nämlich niemanden meinetwegen in Gewissenskonflikte stürzen. Womöglich wird derjenige bestraft, oder er geißelt sich noch selbst ...« Sie tat, als fröstelte sie, aber ihre Augen leuchteten. »Deshalb hatte ich mich dann doch für jemand anders entschieden.«

»Und auf wen ist deine Wahl gefallen?«

»Na, auf wen wohl?« Sie senkte die Stimme. »Ich habe nachts an Jürgens Zimmertür geklopft, mit einer Flasche von Bruder Gideons Holunderwein in der Hand.«

»Ach ja? Wann war das?«

»In der Nacht nach Bruder Zacharias' Tod. Ich hatte deswegen einen fiesen Albtraum und habe ein bisschen Trost und Ablenkung gebraucht.«

»Und wie hat Jürgen reagiert?«

»Möchtest du wissen, ob er so sehr für dich schwärmt, dass er mich abblitzen ließ?«

Pia war perplex. »Der schwärmt doch nicht für mich«, wehrte sie die Unterstellung ab.

»Er hat aber mir gegenüber angedeutet, dass er dich interessant findet. Doch er musste sich nicht zwischen uns entscheiden. Er hat mir nämlich gar nicht aufgemacht.«

»Vermutlich hat er geschlafen.«

»Ich habe länger und ziemlich laut geklopft. Ich dachte

schon, ich wecke das ganze Haus auf. Und Jürgen hatte mir noch erzählt, er habe einen leichten Schlaf.« Sie schüttelte den Kopf über diese Fehlinformation.

Pias Herz schlug schneller. Es war die Nacht gewesen, in der Ingmar Harse höchstwahrscheinlich ermordet worden war. »Und was hast du dann unternommen?«

»Na, viel Auswahl blieb mir ja nicht gerade. Irgendwann bin ich mit der Flasche in der Hand wieder auf mein Zimmer geschlichen und habe sie allein ausgetrunken. Am nächsten Tag hatte ich einen ziemlichen Schädel. Zu Ingmars Zimmer bin ich jedenfalls nicht gegangen.« Sie starrte mit leuchtenden Augen in die Flammen. »Vielleicht hätte ihn das gerettet. Ich finde, das war ein grausiger Tod. Ertrinken in dem kalten, dunklen Wasser, mit einem Mühlstein um den Hals, der einen herunterzieht, und man kann nichts tun ...«

Pia stutzte. Der Mühlstein war ein seltsames Detail, das ihres Wissens nicht stimmte. Rickert hatte ihr erzählt, dass Bruder Lambert einen Märtyrertod mit einem Mühlstein erwähnt hatte. Doch was wusste Alexa darüber? Vielleicht hatte Alexa das nur irgendwo aufgeschnappt und wollte ein bisschen Detektiv spielen und sie testen? Zuzutrauen war es ihr. Wenn sie dabei an den Falschen geriet, könnte es aber gefährlich für sie werden.

Nachdem Alexa und Pia eine Weile vor dem Feuer gesessen hatten, kam Christine hereingepoltert. Sie trug einen Anorak, einen grauen Wollrock und Wanderstiefel. »Ach, hier seid ihr alle! Vor dem Kamin. Ich war die ganze Zeit draußen.«

Pia verkniff sich ein »Wie schön für Sie«.

Alexa erhob sich und verließ kommentarlos den Raum.

»Hab ich was Falsches gesagt?«, fragte Christine.

»Nein, wir sind nur alle ziemlich angespannt«, antwortete Pia.

»Ich würde auch lieber heute als morgen abreisen«, sagte Christine. »Bevor ich noch in meinem Bett ermordet werde!«

»Wir werden uns noch etwas gedulden müssen.«

Christine streckte die kräftigen Hände in Richtung Feuer und starrte in die Flammen. »Ich habe eben in der Küche nachgefragt. Es gibt heute überbackene Geflügelbrust mit Gemüsegratin und zum Nachtisch Kürbis-Tiramisu … Bei allem Unglück, das uns widerfahren ist, ist das Essen der einzige Lichtblick.«

Pia hätte am liebsten nur genickt, doch da Rickert sie gebeten hatte, Augen und Ohren offen zu halten, legte sie das Buch, das sie eben aufgenommen hatte, zur Seite. »Ja, das Essen ist wirklich hervorragend«, bestätigte sie. »Mit gutem Essen und Trinken lässt sich wohl die Moral und Laune in so einer Gemeinschaft am besten hochhalten.«

»Wie wahr! Das soll übrigens in den meisten Klöstern so sein. Der arme Ingmar sagte mir allerdings, dass die Qualität der Mahlzeiten hier seiner Meinung nach nur im unteren Mittelfeld liegt, im Vergleich zu anderen Abteien.«

Nun wurde er schon als »der arme Ingmar« tituliert. »Oh, dann kennt … kannte er sich wohl aus«, bemerkte Pia, obwohl sie ja schon von den Kloster-Urlauben wusste.

»Sieht so aus.« Christine runzelte die Stirn. »Komisch, dass ich dauernd an ihn denken muss. Aber erst, seit er tot ist.«

»Die Umstände seines Todes sind absolut ungewöhnlich.«

»Er wurde ermordet«, bestätigte Christine düster.

Ein Scheit fiel krachend um, Funken stoben auf. »Sie waren doch neulich in der Hostienbäckerei. Wie hat es Ihnen da gefallen?«, versuchte Pia, die Unterhaltung in Gang zu halten.

Christine maß Pia mit einem gleichgültigen Blick. »Na ja, das ist halt Arbeit. Ich will meinen Aufenthalt hier möglichst authentisch gestalten. Deshalb suche ich mir nicht die Arbeit aus, die mir Spaß machen könnte, sondern die, die ich vermutlich verrichten müsste, wenn ich eine Nonne wäre ... Die monotonen Tätigkeiten wirken sich klärend auf meine Gedanken aus.«

»Haben Sie denn mal daran gedacht, ins Kloster zu gehen?«

»Vor ein paar Jahren schon. Aber inzwischen nicht mehr. Mir reicht die Erfahrung im Urlaub vollkommen aus. Da fülle ich meine spirituellen Tanks wieder auf. Und ich tue es auch für Julia.«

»Sie sind gut befreundet, oder?«

»Schon sehr lange. Unsere Mütter waren bereits Freundinnen. Manchmal ist es schön, aber es kann auch eine Last sein.«

»Wie meinen Sie das?«

»Ich mache mir Sorgen um Julia. Sie ist in vielen Dingen so weltfremd und unselbstständig.«

»Sie wirkt ein bisschen traurig. Hat sie Probleme?«

»Ach, sie selbst ist das Problem. Julia wünscht sich seit Jahren eine Beziehung, damit sie nicht so einsam ist. Doch sobald sie endlich mal jemanden kennenlernt, ist es garantiert einer, der sie nur ausnutzt und schlecht behandelt. Meistens ist er auch noch verheiratet. Und am Ende steht sie jedes Mal noch ärmer und wieder allein da.«

»Das tut mir leid. Ist sie von Männern um Geld betrogen worden?«

»Das sagt sie mir nicht so genau. Sie kann nicht mal mir gegenüber ehrlich sein. Bestimmt, weil sie sich für ihre Leichtgläubigkeit und Bedürftigkeit schämt. Sie denkt, ich hätte kein Verständnis für ihre Schwäche.«

Und das hast du wohl auch nicht, meine Liebe!, dachte Pia. Laut fragte sie: »Spricht sie mit jemand anders darüber? Hatte sie Gespräche mit einem der Mönche?«

»Ach, das hätte ihr sowieso nichts gebracht«, erwiderte Christine. »Und nun, wo Ingmar auch noch tot ist, ist sie vollkommen durch den Wind. Das ist wieder mal so typisch für sie.«

»Was denn?«

»Ingmar Harse war der einzige brauchbare Mann hier im Kloster. Ein bisschen einsam, bestimmt auf der Suche ... Ich hatte Julia ermuntert, sich mal nett mit Ingmar zu unterhalten, zum Beispiel bei einem gemeinsamen Arbeitseinsatz. Aber sie bekommt wieder die Zähne nicht auseinander. So findet sie natürlich nie jemanden, der was taugt. Und jetzt ist er auch noch tot«, ergänzte sie missmutig.

»Ich denke, das ist ganz allein Julias Sache, wie sie die Dinge angeht«, wandte Pia ein. »Und nicht jeder, der Single ist, ist auf der Suche.«

Christine sah sie mit zusammengezogenen Augenbrauen an. Gegenargumente schien sie nicht gewohnt zu sein. »Ach ja? Alexa hat sogar herumposaunt, dass sie einen Mönch verführen will. *So* sieht es hier aus.«

»Ich denke nicht, dass sie das ernst gemeint hat.«

»Dann hat sie eben ein Auge auf diesen Jürgen geworfen. Der ist auch nicht besser.«

»Warum denn? Woher kennen Sie ihn so gut?«

»Ich weiß so einiges über ihn, und es ist überhaupt nichts Gutes.« Sie blickte Pia an. Ihre Augen schienen im Lichtschein des Feuers zu glimmen. »Ich habe mir doch gleich gedacht, dass Sie interessiert an ihm sind. Rein äußerlich passt es ja: Sie beide, so sportlich und attraktiv …« Aus Christines Mund klang es, als hätten sie einen Charakterfehler.

Pia musste sich zusammenreißen, nicht dagegenzuhalten. Doch sie wollte mehr erfahren. Es könnte wichtig sein. »Ich bin nicht an Jürgen interessiert«, stellte sie deshalb nur fest. »Und ich halte solche Andeutungen über Leute, die man nicht gut kennt, für gefährlich.«

»Das sind nicht nur Andeutungen. Wie ich Ihnen bereits sagte, bin ich auch Lehrerin gewesen. Ich habe Bekannte, die an seiner Schule sind. Und ich kenne diesen Typ Mann …«

»Was ist er denn für ein Typ Mann?«

»Er ist ›der Lehrer, der ewig jung sein will‹. Ein Blender. Ich bin mir sicher, Sie kennen diesen Typus. Er braucht ständig Aufmerksamkeit und will immer der tollste Hecht im Teich sein. Dabei konkurriert er mit seinen Kollegen und den Eltern und findet seine sexuelle Identität in der Bestätigung durch die Schüler. Wenn so ein Lehrer älter wird, nehmen die Schülerinnen und Schüler ihn nicht mehr ernst. Das stürzt ihn in eine Krise. Dann neigt er dazu, Fehler zu machen. So war es jedenfalls bei Jürgen.«

»Was für einen Fehler hat er denn gemacht?«

»Es ist nur Hörensagen«, erklärte Christine ein wenig unbehaglich. »Ich kenne eine Lehrerin recht gut, die an seiner Schule arbeitet. Jürgen Pfeffer soll ein Verhältnis mit einer Schülerin gehabt haben.«

»Hatte es Folgen für ihn? Wurde er suspendiert?«

»Nein. Es wurde angeblich alles unter den Teppich gekehrt. Aber irgendwas sickert ja immer durch. Zum Beispiel, wenn die Schülerin auch noch schwanger geworden ist ...«

»Das sind schwere Anschuldigungen«, erwiderte Pia.

»Und nicht nur das. Sie hat das Kind abgetrieben und war danach lange Zeit in einer Klinik ...«

»Sie sind ja bestens informiert.«

»So etwas kommt früher oder später immer raus«, verteidigte sich Christine. »Immer!«

»Wenn Sie es sagen.«

Christine sah Pia an, als wollte sie noch etwas hinzufügen, doch dann stand sie abrupt auf und verließ den Raum.

Pia seufzte und griff nach ihrem Buch.

22. Kapitel

Nach dem Mittagessen zog es Pia in die Klosterbibliothek. Sie hoffte, Bruder Lambert vielleicht in ein Gespräch über die Geschichte des Klosters Naumar und der Bibliothek verwickeln zu können.

Gegen fünfzehn Uhr sollte sie sich mit dem Novizen Noah in einem der Besprechungsräume treffen. Bruder Thomas hatte für sie organisiert, dass der junge Mann ihre »geistliche Begleitung«, wie er es nannte, übernahm. Eine Ausnahme, da doch ansonsten alle Angebote des Klosters für die Gäste vorerst ausgesetzt worden waren.

Obwohl sich Pia nach wie vor davor fürchtete, über ihre Entführung zu reden, verstand sie es doch als Chance. Sie konnte einem neutralen Zuhörer so viel oder so wenig erzählen, wie sie wollte. Und dann würde sie schauen, wohin es sie führte.

Sie klopfte kurz gegen die alte Türfüllung und betrat die Bibliothek. Im vorderen Bereich war niemand zu sehen. Pia fragte halblaut, ob jemand da sei. Sie erhielt keine Antwort. Kein Geräusch war zu hören außer dem Knacken der alten Fensterrahmen, wenn der Wind dagegendrückte, und dem Pfeifen, wenn er durch die Ritzen drang. Da die Tür zur Bibliothek nicht abgeschlossen gewesen war, musste sich Bruder Lambert entweder im hinteren Teil der Bibliothek befinden, oder er war hinausgegangen, kehrte aber vermutlich gleich zurück.

Pia ging an den Regalen im ersten Raum entlang, zog

ab und zu ein Buch heraus, das sie interessierte. Das Licht, das durch die hochliegenden, schmalen Fenster fiel, reichte nicht bis zwischen die Regale, sodass Pia Mühe hatte, die klein gedruckten Titel zu entziffern.

Einen Lichtschalter konnte sie allerdings auch nicht entdecken. Sie ging um eine Ecke, auf der Suche nach einer Möglichkeit, mehr Licht zu machen. Ihre Schritte waren wegen der Turnschuhe auf den alten Steinfliesen nicht zu hören.

Sie lief ein paar der Gänge ab, kam an Bruder Lamberts Arbeitsplatz vorbei, der ebenfalls verwaist war. Ein Foliant lag auf der Arbeitsfläche, daneben ein Notizbuch. Pia zögerte. Allzu weit wollte sie nicht in das Reich des Mönchs vordringen.

Als sie zurück in Richtung des Eingangsbereichs ging, sah sie zwischen zwei hohen Regalen den dunklen Umriss eines Menschen. Er stand regungslos im Halbdunkel. Sie konnte nicht erkennen, wer es war. Nur, dass es kein Mönch in einer Kutte war.

Pias Mund wurde trocken. Der Mann versperrte ihr den Ausgang nach draußen. Sie sah über ihre Schulter. Zurück in die Tiefen der Bibliothek zu laufen war keine verlockende Alternative. Was hatte sie sich nur dabei gedacht, hier allein herzukommen, wenn ein Mörder noch immer unerkannt herumlief? »Hallo, wer ist da?«, fragte sie.

Der Mann fuhr herum. »Pia? Hast du mich erschreckt!«

»Du mich aber auch«, antwortete sie. »Ich suche nach Bruder Lambert.«

»Dort hinten? Du traust dich ja was. Das hätte ich gar nicht von dir gedacht, jedenfalls nicht nach unserer Begegnung neulich im Wald.« Jürgen kam langsam näher.

»Was willst du damit sagen?«

»Nicht ohne eine Axt in der Hand«, antwortete er und grinste süffisant.

Sie schüttelte ärgerlich den Kopf. »Du hast mich im Wald beobachtet. Da hätte Gott weiß wer stehen können.« Ihre leere rechte Hand hielt sie hinter dem Rücken. Ab heute würde sie ihre Dienstpistole ständig tragen, nahm sie sich vor.

»Gott weiß hier so einiges.« Er lächelte über sein Wortspiel.

»Aber er greift anscheinend nicht ein«, erwiderte Pia.

»Wohl nicht.« Jürgen blieb dicht vor ihr stehen.

»Willst du hier festwachsen oder auch wieder nach vorn gehen?«, fragte sie.

»Ich komme mit dir.«

Sie ließ ihm den Vortritt und folgte ihm in den Eingangsbereich, wo es heller und weitläufiger war.

»Was hast du heute Vormittag gemacht, so ohne *ora et labora*?«, erkundigte sich Pia im Plauderton.

»Ach, ich wollte laufen gehen, aber ich muss mir neulich im Wald den Oberschenkel leicht gezerrt haben. Darum habe ich stattdessen ein bisschen meditiert und bin anschließend den Leuten in der Küche auf die Nerven gegangen.«

»In der Klosterküche war ich noch nicht«, sagte Pia.

»Oh, es ist spannend da. Die Küche ist wesentlich moderner und professioneller ausgestattet, als man denken würde.«

Pia sah auf ihre Uhr.

»Hast du heute noch ein Date?«, fragte er lauernd.

»So ungefähr.«

»Aber leider nicht mit mir.« Er grinste etwas schief.

»Nein. Das nicht.«

»Ich habe vorhin gesehen, dass du lange mit Christine geredet hast, Pia. Ich habe euch am Kamin sitzen sehen.«

»Ach ja?«

»Es kann ja wohl nicht sein, dass du es vorziehst, mit dieser Spießerin deine Zeit zu verbringen statt mit mir?« Es sollte spaßhaft klingen, doch Pia hörte die verletzte Eitelkeit, die mitschwang.

»Sie hatte aber einiges Interessantes zu erzählen«, erwiderte sie und streute damit bewusst Salz in die Wunde seines empfindlichen Egos. »Sie war Lehrerin. Genau wie du.«

»Ich weiß. Die armen Schüler.«

»Es kommt wohl immer darauf an, was man von seinem Lehrer erwartet«, antwortete Pia. »Professionelles Verhalten zum Beispiel?«

Jürgens Augen wurden schmal. »Du solltest echt genau hinschauen, mit wem du hier redest. Es wird viel zu viel geklatscht.«

Pia ließ das unkommentiert »Ich muss los. Wartest du noch auf Bruder Lambert?«, gab sie kühl zurück.

»Mal sehen.«

Sie spürte Jürgens Blick im Nacken, als sie den Raum verließ.

23. Kapitel

»Es tut mir leid, dass Ihr erstes Gespräch, wir nennen es hier ja ›geistliche Begleitung‹, erst heute stattfindet«, sagte der Novize. »Und ich freue mich, dass Sie mir Ihr Vertrauen schenken. Die Verzögerung liegt in den jüngsten Ereignissen begründet ...«

Sie saßen sich in dem kleinen Besprechungsraum gegenüber. Auf dem Tisch standen Kaffee, Tee und Kekse. Der Novemberregen peitschte gegen das Fenster.

»Es tut mir leid, dass Sie einen Ihrer Brüder auf diese Weise verloren haben«, antwortete Pia. »Dass dieses Gespräch erst heute stattfindet, macht überhaupt nichts.«

»Wie ist es Ihnen denn bisher ergangen?«

»Ich werde bestimmt mehrere Kilo zunehmen, so gut ist das Essen. Und ich habe einen ziemlichen Muskelkater. Die Arbeitseinsätze mit Bruder Menowin im Klosterforst haben es in sich. Aber das hat mir gutgetan.«

»Wir sind in dieser Hinsicht auf unsere zahlenden und willigen Gäste angewiesen. Bruder Menowin kann das Holzmachen unmöglich allein bewältigen. Leider joggen ja oftmals kräftige und fitte Männer lieber im Wald im Kreis herum, als zu arbeiten.« Er zwinkerte ihr zu und nahm so seinen Worten die Spitze.

»Es beruhigt mich, dass Sie auch ironische Bemerkungen über Ihre Gäste machen.«

»Warum?«

Pia lächelte. »Es lässt Sie menschlich erscheinen.«

Auch sein Mund verzog sich. »Wir sind sehr menschlich. Aber verraten Sie es keinem.«

»Wie schaffen Sie es, in einer Gemeinschaft wie dieser zu leben, ohne sich gegenseitig die Köpfe einzuschla… Oh, das war jetzt unpassend«, sagte Pia unbehaglich.

»Disziplin, Gehorsam und unsere Liebe zu Gott.«

»Das hilft mir aber nicht unbedingt weiter. Ich meine es konkreter. Wer hat hier das letzte Wort? Müssen Sie zum Beispiel bei allem gehorchen, was der Prior Ihnen sagt?«

»Im Grunde ja. Aber er ist ja auch nicht frei. Vielleicht noch weniger als wir, weil er mit jeder Anordnung und jeder Entscheidung nur das Wohl der Gemeinschaft und das Wohl seiner Mitbrüder im Auge haben darf.«

»Ist er Prior auf Lebenszeit?«, hakte Pia nach.

»Nein. Er wird vom Kapitel, der Versammlung aller Mönche mit ewiger Profess, gewählt.«

»Was ist die ›ewige Profess‹?«

»Nach dem Noviziat und drei Jahren der zeitlichen Profess kann die ewige Profess abgelegt werden. Damit wird man voll und ganz Mitglied einer Ordensgemeinschaft. Wir Cyprianer binden uns bis zum Tod an das Haus und die Gemeinschaft.«

»Bis zum Tod, das ist sehr lange. Entstehen da nicht auch Machtkämpfe? Es gibt doch überall Freundschaften, Feindschaften, Interessenkonflikte, vielleicht sogar Intrigen? Wie gehen Sie damit um?«

»Wenn es mal Konflikte gibt, versuchen wir stets, sie mit Offenheit, Ehrlichkeit und der Hilfe Gottes zu lösen.«

»Könnten Sie das Kloster wechseln, wenn es Ihnen hier nicht mehr gefällt?«

»Das ist nicht vorgesehen. Eine Klostergemeinschaft wählt man sich auf Lebenszeit. Es sei denn …«

»Ja?«

»Es kommt leider vor, dass ein Kloster schließen muss. Sei es, weil nicht genug Nachwuchs da ist, sei es, weil andere gravierende Probleme auftreten. Dann müssen die Mönche in ein anderes Kloster wechseln. Vor etwa fünfzehn Jahren ist das Cyprianer-Kloster Leurathshausen säkularisiert worden. Einige Mönche sind damals von dort hierhergewechselt. Ich weiß das allerdings nur aus Erzählungen.

Aber es war wohl anfangs schwierig, die neuen Mönche in die bestehende Gemeinschaft zu integrieren. Auch, weil das Kloster Leurathshausen bekannter war und einige bedeutende Reliquien besessen hat. Doch daraus durfte natürlich niemand von dort Sonderrechte für sich ableiten. Inzwischen sind die Mönche, die aus Leurathshausen kamen, hier sehr gut integriert.«

»Was hatte es genau mit den Reliquien auf sich?«

»Sie haben vielleicht schon vom Leurathshausener Reliquienkreuz gehört. Es verschwand unter rätselhaften Umständen. Hinter vorgehaltener Hand hieß es, dass das mit ein Grund für die Schließung gewesen sein soll.«

»Welche Mönche sind von dort hierhergekommen?«

»Das waren Prior Philip, der damals aber noch nicht Prior war, Bruder Thomas, Bruder Reginald, Bruder Lambert und Bruder Zacharias – möge er in Frieden ruhen!«

»Fünf Mönche also.«

»Die anderen Mönche von dort sind in verschiedene Klöster gegangen. Eine Cyprianer-Abtei in Österreich war auch dabei.«

»Sie wissen gut Bescheid.«

»Als Novize verbringt man seine Zeit hauptsächlich mit Lernen.«

Er trank einen Schluck Kaffee, sah sie dann grübelnd an.

»Warum sind Sie wirklich hergekommen?«, fragte er sie unvermittelt.

Sie musterte ihn unauffällig. Wusste er womöglich, wer sie war und dass sie Rickert bei seinen Ermittlungen helfen sollte? Dass sie hier Leute ausfragte, die nicht ahnten, dass sie Polizistin war? Doch er schien weder empört noch auf der Hut zu sein. Sie sah nichts als freundliches Interesse in seinem Blick.

»Ich bin hier, weil ich kürzlich ein traumatisches Erlebnis hatte, von dem ich mich erholen möchte«, antwortete sie vorsichtig.

»Darf ich offen sein? Es scheint nicht die Nähe zu Gott zu sein, die Sie hier suchen.«

»Nein, wohl nicht.« Pia runzelte die Stirn. »Ich habe eher den geschützten Raum gesucht. Eine vollkommen neue Umgebung, die mich nicht an mein Erlebnis erinnert. Ich wollte Ruhe und Stille, in der ich in mich hineinhören und herausfinden kann, was ich jetzt wirklich brauche … Etwas in der Art«, schloss sie verlegen.

»Sie *wollten* Ruhe und Stille. Ist das jetzt nicht mehr so?«

Pia seufzte. »Ruhe und Stille sind anscheinend gar nicht so gut für mich. Dann kommen die Erinnerungen hoch. Einfach so. Mal werden sie aber auch durch etwas ausgelöst. Dann wieder überfallen sie mich, wenn eigentlich gar nichts los ist. Wenn mein Kopf vollkommen leer zu sein scheint.«

»Was sind das für Erinnerungen?«

»Das wollen Sie bestimmt gar nicht wissen«, wich sie der Frage aus. Ihr Herz klopfte.

»Wieso nicht? Deswegen haben wir uns doch heute getroffen.« Er sah sie ruhig an.

Pia gab sich einen Ruck. »Es ist … Ich bin entführt worden. Vielleicht denken Sie jetzt, ich bin verrückt. Dass ich mir das ausdenke …«

»Nein. Ich glaube Ihnen.« Der Novize blickte sie nachdenklich an.

»Es darf niemand hier wissen, und ich darf Ihnen auch keine Details nennen.« Dass der Prior in Grundzügen in ihre falsche Identität eingeweiht war, verschwieg sie dem Novizen. »Alles, was ich sage, muss unter uns bleiben.«

Sie forschte in seinem Gesicht nach einem Zeichen, dass sie ihm vertrauen konnte. Pia war an einem Punkt, an dem sie sich jemandem anvertrauen wollte. Vielleicht musste sie es tun, um bei geistiger Gesundheit zu bleiben. Noah schien ihr der Richtige zu sein. Oder war es zu gefährlich? Nicht nur ihr Gefühl für das richtige Maß an Sicherheit, auch ihr Urteilsvermögen schien gelitten zu haben.

»Nichts, was Sie mir erzählen, wird diesen Raum verlassen«, versicherte ihr der Novize.

»Also gut. Ich fange von vorn an. Ich wurde auf offener Straße gekidnappt. Ein verletztes Reh war der Köder. Ich war ahnungslos, dass so etwas passieren würde, deshalb hatte ich im Grunde überhaupt keine Chance. Ich wachte gefesselt in einer Art Zelle auf. Ohne Fenster. Ich wusste nicht, wo ich war oder ob Tag oder Nacht war. Es war kalt, ich hatte wenig zu essen und zu trinken. Ich wurde … wurde die ganze Zeit durch eine Kamera beobachtet.« Bei der Erinnerung begann sie zu zittern.

»Hier, trinken Sie noch etwas Warmes.«

Pia umschloss den Kaffeebecher mit beiden Händen. Doch sie trank nicht. Sie erzählte, was in den Tagen ihrer Entführung passiert war. Was sie alles versucht hatte, um zu entkommen, und wie sie gescheitert war. Wie sie ihrem schlimmsten Feind ausgeliefert gewesen und wie sie befreit worden war. Je länger sie redete, desto einfacher wurde es. Sie vergaß beinahe, dass der Novize ihr gegenübersaß.

»Ich bin entkommen. Ich habe es ohne körperlichen Schaden überlebt. Meinem Sohn, meiner Familie geht es gut. Aber allein die Tatsache, dass ich tagelang vollkommen ...«, sie atmete schluchzend ein, »... vollkommen hilflos war ... Dass ich nichts machen konnte und nicht wusste ...« Sie rieb sich über das Gesicht. »Ich wusste nicht, was mein Entführer mit mir vorhat und ob ich lebend dort wieder rauskomme. Was mit meinem Sohn passieren wird. Ob er in Sicherheit ist ...«

»Wie alt ist Ihr Sohn?«, fragte der Novize.

Und Pia erzählte ihm von Felix. Als sie einmal begonnen hatte, konnte sie nicht mehr aufhören. Er drängte sie nicht, nickte nur, stellte selten eine Frage. Die meiste Zeit saß der Novize nur da. Sie berichtete von den letzten Jahren, von Lars und seinem Tod, von Marten ... Von ihren Sorgen und Freuden. Sie ließ die Gedanken kommen, fasste sie in Worte, ließ sie gehen. Er hörte ihr einfach nur zu. Einzig, was sie beruflich machte, ließ Pia aus. »Wann werde ich diese Angst wieder los? Wann kann ich normal weiterleben?«

»Das kann ich Ihnen nicht sagen. Es hängt vermutlich davon ab, wie Sie damit umgehen und welche Hilfe Sie annehmen. Sie werden lernen, damit zu leben. Doch es braucht Zeit.«

»Aber wie soll das gehen? Zurzeit gerate ich bei jedem Schatten in Panik und will zuschlagen oder fliehen oder beides. Das funktioniert so nicht! Kann ich die Heilung nicht beschleunigen?«

»Gibt es Phasen, in denen es Ihnen besser geht als in anderen?«

»Ja, schon«, gestand sie. »Arbeit hilft. Deshalb wollte ich auch gleich wieder arbeiten. Doch das war wohl keine so gute Idee. Und dass ich gern mit Bruder Menowin im Wald bin und Holz hacke, wissen Sie ja schon.« Pia blickte nach draußen. Es dämmerte. Die Backsteinwände der Kirche und der anderen Klostergebäude leuchteten warm im Licht der Scheinwerfer. Alles andere versank in Dunkelheit. »Es ist schon halb fünf«, sagte sie nach einem Blick auf die Uhr. »Ich glaube, für heute ist es genug.«

»Danke, dass Sie mir das alles erzählt haben, Frau Cordes«, antwortete der Novize.

»Ich danke Ihnen. Ist es nicht eine ungeheure Last? Sich immer wieder die Probleme anderer Leute anhören zu müssen?«

»Nein. Eigentlich nicht. Ich kann beim nächsten Gebet alles, was mich belastet, einfach Gott anvertrauen, und er nimmt es mir ab.«

»Oh. Das ist mir zu … mystisch.«

»Niemand verlangt von Ihnen, an Gott zu glauben, nur weil Sie in einem Kloster sind. Es ist nichts, zu dem man sich zwingen kann oder muss. Man kann die Liebe zu Gott erfahren oder eben auch nicht.«

»Sie werfen mich also nicht hinaus?«

»Nein.« Seine Augen funkelten schelmisch. »Der Winter scheint kalt zu werden. Wir brauchen eine Menge Brennholz.«

24. Kapitel

Pia erzählte den anderen Gästen, sie würde den Abend auf ihrem Zimmer verbringen und früh schlafen gehen. Sie hasste es zu lügen, aber sie konnte auf Alexas Frage hin schlecht sagen, dass sie noch eine Verabredung mit Kriminalhauptkommissar Rickert hatte.

Bevor sie aufbrach, telefonierte sie mit Felix. Er erzählte ihr von seinem Tag. Felix war mit Hinnerk, Mascha und Rieke am Strand gewesen. Hinterher hatten sie einen heißen Kakao in einem Café getrunken. Es versetzte Pia einen Stich, das zu hören, obwohl sie froh war, dass Hinnerk und seine Frau sich so gut um Felix kümmerten. Sie hingegen konnte ihrem Sohn nicht viel von sich erzählen, da sie ihren Aufenthaltsort ja nicht verraten sollte.

»Wann kommst du nach Hause, Mama?«, fragte Felix.

»Nur noch ein paar Tage, es dauert nicht mehr lange«, versicherte Pia ihrem Sohn.

»Dann ist es ja gut. Bei Papa und Mascha ist es auch schön. Aber Rieke ist manchmal so nervig! Ich vermisse dich!«

»Ich vermisse dich auch sehr, Felix!«

Nachdem das Gespräch beendet war, stand Pia schnell auf, um nicht ins Grübeln zu geraten. Sie zog sich ihre Stiefel und die dicke Jacke an und prüfte, ob der Flur des Gästehauses verlassen war.

Auf dem Weg zum Pförtnerhaus hielt Pia sich im Schatten der Bäume. Sie sah über ihre Schulter, bevor sie zur Seitentür des Torhauses ging und klopfte.

Rickert ließ sie hinein. »Oh, windig draußen?«

Pia strich sich das zerzauste Haar zurück. »Uns steht wahrscheinlich der erste Novembersturm bevor.«

»Komm erst mal rein. Wir sind allein. Meine Leute mussten schon weg. Ich konnte ihnen natürlich nicht sagen, dass ich die Ermittlungen noch mit dir bespreche.«

»Und ich musste den anderen Gästen erzählen, dass ich früh schlafen gehe«, erwiderte Pia. »Blöde Geheimniskrämerei.«

»Mir gefällt das auch nicht«, meinte Rickert. »Aber du bist mir mit deiner Position als Gast hier eine große Hilfe. Das Kloster und die Mönche – das ist eine komplett andere Welt.«

»Ich habe ein bisschen was erfahren.« Pia zog die Jacke aus und warf sie über einen Stuhl. Sie nahm auf einem der Schreibtische Platz, der nah an einer Heizung stand. »Ich konnte zumindest Julia Meyer, Alexa Steinhagen, Christine Fichte und Jürgen Pfeffer unauffällig in ein Gespräch verwickeln. Und ich habe mit Noah, dem Novizen, gesprochen.« Aber im Grunde beinahe nur über mich, setzte sie in Gedanken hinzu. »Außerdem bin ich zufällig noch mit dem Ehemann von Bernadette Rademann ins Gespräch gekommen.«

»Ach, der. Den hatten wir uns auch schon vorgenommen. Ein seltsamer Typ. Aber er ist wohl außen vor.«

»Wieso das?«

»Wir kennen die Zeitspanne für den Mord an Bruder Zacharias. Wir können auch in etwa abschätzen, wann Ingmar Harse ermordet worden ist. Als Täter kommen ja nur diejenigen infrage, die zu dieser Zeit im Kloster gewesen sein können. Und damit meine ich das abgeschlossene Gelände innerhalb des Grabens und des Tores.«

»Der Graben ist zwar breit, aber nicht unüberwindlich«, wandte Pia ein.

»Wir haben uns erkundigt: Er ist so tief, dass man durchschwimmen müsste. Die Böschungen sind steil und rutschig. Es gibt kein Boot und keine Furt. Durchwaten ist nicht möglich. Und wenn jemand den Graben durchschwommen hätte, hätte er danach ausgesehen wie eine nasse Katze. Das hätte wohl Aufmerksamkeit erregt. Ich halte es für unwahrscheinlich. Zumindest, soweit es den Mord an Bruder Zacharias betrifft. Was Ingmar Harse angeht … Nachts sieht das schon wieder anders aus.«

»Und was ist mit dem Tor?«, fragte Pia.

»Wir haben Bernadette Rademanns Aussage, wer wann hindurchgefahren und -gegangen ist. Wenn sie Dienstschluss hat, passt der Sicherheitsdienst auf. Dank deiner Anwesenheit hier im Kloster war das Tor seit deiner Ankunft ständig verschlossen. Ich habe hier eine Liste der Personen, die zu beiden Tatzeiten auf dem Gelände gewesen sind.«

Pia las die Namen, die ihr allesamt bekannt waren. »Schwer vorstellbar, dass es einer von denen war«, sagte sie.

»Der Schlüssel dazu sind die Opfer«, erläuterte Rickert. »Wenn all diese Menschen theoretisch die Gelegenheit und die Möglichkeiten hatten, finden wir den Täter am ehesten über sein Motiv.«

»Die Laborbefunde haben nichts ergeben, was euch weiterhilft?«

»Alle Spuren stammen von einem öffentlich zugänglichen Ort beziehungsweise wurden von dem Inhalt eines Staubsaugerbeutels kontaminiert. Auf Bruder Zacharias' Kutte und in der Kirchenbank wurden Fasern, Hautschuppen und Haare aller möglichen Personen gesichert. Sie leben hier eng zusammen, beim Beten, beim Essen und beim

Arbeiten. Die Kleidung der Mönche besteht bei allen auch noch aus dem gleichen Material. Die gesamte Wäsche geht durch die Wäscherei … Das hilft uns alles nicht weiter. Und jeder könnte sich in der Sakristei so eine Kutte für den Mord an Bruder Zacharias übergeworfen haben.«

»Verstehe. Und Ingmar Harse?«

»Seine Leiche lag zu lange im Klostergraben, um Fremdspuren sicherzustellen.«

Pia nickte. Ein Heizungsrohr knackte. »Um diese beiden Morde durchzuführen, benötigte der Täter eine Menge Kenntnisse über das Kloster. Wer kennt den Keller des alten Hospitals und weiß, dass es dort ein großes Fenster gibt, das zum Graben hinausgeht? Stand das Gebäude eigentlich offen? Und wer hatte, ganz profan gefragt, Zugang zu den Staubsaugerbeuteln?«

»Eigentlich kann sich jeder hier die erforderlichen Ortskenntnisse angeeignet haben. Normalerweise werden regelmäßig Führungen für Touristen veranstaltet, die auch das alte Hospital einschließen. Die Besucher dürfen sich, bis auf den Bereich der Mönchsklausur, frei bewegen. Man kann sich auch im Internet auf der Website einiges anschauen und Fotos und sogar Lagepläne des Klosters herunterladen. Das Hospitalgebäude steht meistens offen, weil das Erdgeschoss ein beliebtes Zwischenlager für alte Möbel und Gartengeräte ist. Und die Staubsaugerbeutel werden für gewöhnlich in die Hausmüllcontainer geworfen, die sich hinter dem Pförtnerhaus bei den Garagen befinden. Daran konnte sich also auch jeder bedienen.«

Pia schaute wieder auf das Whiteboard. »Was habt ihr über die Opfer herausgefunden? Ich habe gehört, dass Bruder Zacharias ursprünglich in einem anderen Kloster war.«

»Ja, das stimmt. Ein Cyprianer-Kloster in Leurathshausen wurde vor fünfzehn Jahren säkularisiert. Er und vier weitere Mönche kamen danach hierher.«

»Kennst du die Geschichte von dem wertvollen Reliquienkreuz, das verschwunden ist?«

»Ja. Der Prior hat uns davon erzählt.« Rickert schilderte Pia, was er darüber erfahren hatte.

»Was wisst ihr noch über Bruder Zacharias?«

»Er war angeblich bei allen beliebt. Als Cellerar, also quasi als Finanzvorstand und Wirtschaftsverwalter des Klosters, hatte er eine Schlüsselposition inne. Wenn man hier fragt, wer die Macht über das Geld hatte, dann ist Bruder Zacharias derjenige, welcher.«

»Er allein?«

»Nein, in Absprache mit dem Prior. Und bei größeren Entscheidungen gemeinsam mit den Mönchen mit ewiger Profess.«

»Gab es mal Unregelmäßigkeiten? Geheime Konten, verschwundene Beträge?«, wollte Pia wissen.

»So wie bei dem Abt eines Klosters in Süddeutschland, nach dessen Tod man ein Konto mit ein paar Millionen gefunden hat, von denen niemand etwas wissen wollte?«, fragte Rickert leicht amüsiert.

Pia zuckte mit den Schultern. »Das ging ja vor ein paar Jahren mal durch die Presse.«

»Unsere Leute haben bisher nichts in der Richtung gefunden. Alles sieht sauber und unauffällig aus.«

»Sind noch alle Kunstschätze und Reliquien an Ort und Stelle?«

»Hier gibt es keine besonderen Schätze. Aber ansonsten … Der Prior und Bruder Reginald sagen, ja. Ebenso Bruder Lambert.«

»Seltsam, dass alle Mönche, die aus dem anderen Kloster gekommen sind, heute Schlüsselpositionen im Kloster Naumar einnehmen«, bemerkte Pia nachdenklich. »Macht den Eindruck einer freundlichen Übernahme.«

»Ich finde das gar nicht so seltsam. Die Mönche, die damals in Naumar waren, waren zum Teil schon recht alt und sind in der Zwischenzeit gestorben. Außerdem unterstützen sich die fünf Mönche vielleicht gegenseitig.«

»Und einer, nämlich Bruder Zacharias, ist aus der Reihe getanzt und musste sterben?«

Rickert schüttelte den Kopf. »Ehrlich gesagt durchblicken wir das ganze Gefüge noch nicht.«

»Was habt ihr über das zweite Opfer herausgefunden, Ingmar Harse?«

»Wir haben seinen Lebenslauf in groben Zügen in Erfahrung gebracht. Er ist in einem Dorf in Nordrhein-Westfalen nahe der holländischen Grenze aufgewachsen. Bei seiner Mutter, sie war Witwe. Sein Vater ist früh verstorben. Sie arbeitete als Verkäuferin in einer Schlachterei. Er hat einen Realschulabschluss gemacht, dann eine Lehre als Maler und Lackierer absolviert, aber nie in dem Bereich gearbeitet. Es heißt, aus gesundheitlichen Gründen. Er hat dann auf Bürokaufmann umgeschult und in verschiedenen mittelständischen Unternehmen gearbeitet. Später ist er nach Hildesheim gezogen, wo er bis zu seinem Tod lebte. Er war nie verheiratet, hat keine Kinder, von denen wir wissen, keine Lebenspartner, überhaupt keine Verwandtschaft mehr. Wir haben versucht, über seine letzte Firma mehr über ihn herauszufinden, doch auch seine Arbeitskollegen wissen wenig über ihn.«

»War er katholisch?«, fragte Pia.

»Ja, das schon. Aber er war nicht in seiner Kirchengemeinde aktiv.«

»Ich habe gehört, dass er öfter ›Urlaub im Kloster‹ gemacht hat. Was hat der Mönch, der Ingmar Harse geistlich begleitet hat, denn über ihn gesagt?«

»Das konnten wir ihn leider nicht fragen. Es war Bruder Zacharias.«

»Oh, das ist ungünstig – aber auch interessant«, setzte Pia hinzu. »Gibt es Gesprächsaufzeichnungen?«

»Angeblich nicht. Wir haben nichts gefunden.«

»Was hielten die anderen Gäste von Ingmar Harse? Weißt du darüber inzwischen Genaueres?«

Pia berichtete, was sie durch ihre Gespräche mit den Klostergästen in Erfahrung gebracht hatte. Sie erwähnte auch Alexas nächtlichen Ausflug und ihre Aussage, dass Jürgen Pfeffer ihr nicht seine Zimmertür geöffnet hatte. Rickert zog die Augenbrauen zusammen und notierte es sich. Dann kamen sie wieder auf Ingmar Harse zu sprechen. »Wie gesagt, ich habe den Eindruck, dass er allgemein nicht sonderlich beliebt war. Er soll sich gern über andere beschwert und den Finger in die Wunde gelegt haben. Julia wollte ihn näher kennenlernen. Sie ist wohl auf Partnersuche. Ingmar Harse hat sie angeblich recht unfreundlich auflaufen lassen. Das hat sie mir selbst erzählt. Ähnlich hat sich auch ihre Freundin Christine Fichte ausgedrückt. Sie scheint sich für ihre Freundin verantwortlich zu fühlen.«

»Ein Mordmotiv?«, hakte Rickert nach.

Pia seufzte. »Schwer vorstellbar. Und wie passte dann der Mord an Bruder Zacharias dazu?«

»Es ist möglich, dass wir nur für eines der Opfer ein Motiv finden, und der jeweils andere musste sterben, weil er etwas gesehen hat oder zu viel wusste und dem Mörder gefährlich werden konnte.«

»Ja, doch um wen von den beiden ging es wirklich?«

Sie saßen einen Moment schweigend da.

Pia stand auf und schenkte sich ein Glas Wasser ein. »Könnt ihr feststellen, wer in den letzten Monaten an Klosterführungen teilgenommen hat oder wer die Internetseite besucht hat?«

»Nein. Die Daten werden nicht gespeichert. In einem der vergangenen Sommer war das Kloster auch mal für Besucher gesperrt.«

»Warum?«

»Unter anderem hatten sie angeblich ein Rattenproblem in der Kirche.«

»Was hat das mit den Ermittlungen zu tun?«

»Ich weiß es nicht. Wenn man nichts Relevantes findet, erscheint plötzlich alles wichtig: Ratten in der Kirche und in der Sakristei, die die Hostien fressen ... Nicht gerade ein Besucher-Hit. Helmut Weber, der Hausmeister, hat mir erzählt, dass er deswegen einen Kammerjäger beauftragt hatte. Doch einer der Mönche hat ihn unverrichteter Dinge wieder fortgeschickt.«

»Wer war das?«

»Das wusste der Kammerjäger nicht. Für ihn sehen die Mönche angeblich alle gleich aus. Der Hausmeister hat extra bei ihm nachgefragt, weil er ärgerlich war, dass seine Anweisungen einfach so rückgängig gemacht worden waren. Und von den Mönchen wusste auch keiner etwas darüber.«

»Vielleicht hat der Kammerjäger sich das mit dem Wegschicken ausgedacht, weil er den Termin nicht einhalten konnte oder weil er ihn vergessen hatte?«

»Auch eine Möglichkeit.«

»Und was passierte dann?«

»Die Ratten verschwanden so plötzlich, wie sie aufgetaucht waren. Der Hausmeister vermutet, dass sie ursprünglich aus der Krypta kamen. Man ließ deswegen die Tür abdichten. Er sagte mir, dass er froh war, als das Thema damit erledigt war. Ihn würden keine zehn Pferde dort hinunterbringen.«

»Wart ihr wenigstens dort unten?«

»Arnd Busche war in der Krypta, als wir Ingmar Harse gesucht haben. Wenn du mehr dazu wissen willst, müsstest du ihn morgen selbst fragen.«

Pia lächelte. »Da ich das schlecht machen kann, gehe ich selbst hinunter.«

25. Kapitel

»Du bist tatsächlich genau so, wie alle sagen, Pia.« Rickert nahm seine Jacke vom Haken und zog sie über. Er wickelte sich einen Wollschal um den Hals. Pia hatte ihn tatsächlich überreden können, der Spur in der Krypta sofort nachzugehen. Er hatte die Geschichte mit dem Kammerjäger für nicht so wichtig erachtet, doch die Kollegin aus Lübeck beharrte starrsinnig darauf, dass alles wichtig sein könnte.

»Bist du bereit?« Pia fragte absichtlich nicht nach, was genau »alle« über sie sagten. Sie wollte sich unbedingt gleich in der Krypta umsehen und war schon seit einer Minute abmarschbereit.

»Moment. Ich nehme eine Taschenlampe mit.«

Pia tastete unter ihrer Jacke nach ihrer Dienstwaffe im Holster und nickte. »Na, dann los.«

»Brauchen wir nicht einen Schlüssel?«

»Ich habe den Zugangscode für den Klausurbereich. In die Kirche werden wir demnach hineinkommen. Was die Krypta angeht, schauen wir dann mal.«

»Was ist mit den Mönchen?«

»Um einundzwanzig Uhr war die Komplet, die letzte gemeinsame Gebetsstunde für heute. Nach der Komplet beginnt das nächtliche Silentium. Ich glaube nicht, dass wir jetzt noch jemandem begegnen werden. Und selbst wenn …«

»Was ist mit dem toten Mönch? Halten sie für ihn eine Totenwache?«

»Das weiß ich nicht. Wir werden sehen …«

Rickert folgte Pia. Mithilfe ihres Zahlencodes gelangten sie in den Kreuzgang und kamen zur Kirchentür. Sie ließ sich mit einem leisen Knarren öffnen.

Pia lächelte zufrieden. »Nachts kommt einem so etwas besonders laut vor«, sagte sie und ging hinein. Es hielt sich niemand in der Kirche auf. Nicht einmal ein toter Mönch in seinem Sarg.

»Stimmt es, dass es Mönche gibt, die in ihren Särgen schlafen?«, fragte Rickert leise. Seine Gedanken waren offenbar in eine ähnliche Richtung gegangen.

»Das wurde den Trappisten nachgesagt. Ich habe gehört, sie sollten nur in ihren Kutten beerdigt werden – ohne Sarg. Und in denen schliefen sie ja angeblich auch. Also kommt das Gerücht wahrscheinlich daher. Wir sind hier aber nicht bei Trappisten, sondern bei Cyprianer-Mönchen.«

»Das beruhigt mich jetzt ungemein«, murmelte Rickert.

Sie gingen den Mittelgang hinunter bis zum Altar. Dort, wo man Bruder Zacharias tot in der Bank gefunden hatte, war das Absperrband inzwischen entfernt worden. Auf dem Platz lag jetzt eine welke Rose.

Rickert leuchtete mit der Taschenlampe im Chorraum umher. »Wo geht es denn nun in die Krypta?«

»Hier irgendwo muss eine kleine Tür sein. Nein, durch die da gelangt man in die Sakristei. Es ist bestimmt diese dort …«

Die Tür war halb hinter einem Vorhang verborgen und abgeschlossen, doch der Schlüssel steckte. Pia schloss sie auf und blickte eine Steintreppe hinunter. »Na, das macht doch mal Spaß hier«, sagte sie.

»Wir haben wohl unterschiedliche Vorstellungen von Spaß.«

»Gib mir bitte mal die Lampe«, forderte Pia und streckte Rickert die aufgehaltene Hand hin, da er keine Anstalten machte hinunterzugehen. Er reichte sie ihr. Pia stieg vorsichtig, um nicht mit dem Kopf anzustoßen, die in einem Bogen verlaufende Treppe in die Tiefe.

»Das nimmt ja überhaupt kein Ende«, klagte Rickert hinter ihr. »Und ich sehe so ja gar nichts.«

»Aktiviere deine Handy-Lampe«, schlug Pia vor. »Ich bin jetzt übrigens unten angelangt. Keine Ratten!«

Rickert folgte ihr, und nebeneinanderstehend sahen sie sich im Lichtschein der Taschenlampe und Rickerts LED-Leuchte in der Krypta um.

»Warum sind wir noch mal hier?«, brummte er.

»Weil es die Krypta gibt.«

»Oh, es gibt hier so einiges, was ich mir nicht allein nachts anschauen muss.«

Pia leuchtete nacheinander die zugemauerten Schiebegräber an und entzifferte einige der Steintafeln. »Die liegen hier aber alle schon ziemlich lange begraben. Irgendwann haben sie aufgehört, ihre Toten hier unten zu bestatten.«

»Kein Wunder. Erstens ist alles voll. Zweitens frage ich mich, wie sie die Toten die Treppe hinunterbekommen haben.«

Pia leuchtete zur Decke. »Irgendwo da oben müsste eine rechteckige Öffnung mit Falltür sein, durch die sie hinabgelassen wurden.«

Rickert schnaubte leise. »Das ist ja alles recht interessant. Doch ich werde jetzt wieder nach oben gehen. Das ist mir zu morbide. Und was es mit unseren Morden zu tun haben soll, weiß ich auch nicht.«

»Aber man fragt sich doch, warum hier mal Ratten waren. In dieser Krypta ist nichts, was sie fressen könnten.

Einen direkten Zugang zum Graben oder zur Kanalisation gibt es auch nicht. Und warum hat einer der Mönche den Kammerjäger wohl fortgeschickt? Er muss die Ratten dann selbst bekämpft haben. Nicht gerade eine Arbeit, um die man sich reißt, möchte ich meinen.«

»Lass uns raufgehen. Ich hab genug gesehen.« Rickert wandte sich in Richtung Treppe.

»Warte mal. Was ist denn mit der Grabnische dort hinten?«

»Was soll damit sein?«

»Die sieht etwas anders aus.«

»Wie anders?«

Pia ging darauf zu und kniete sich vor die zugemauerte Öffnung. Ihre Finger fuhren über die Fugen zwischen den Mauersteinen. Sie wiederholte es bei dem Grab daneben. »Das ist völlig unterschiedlicher Mörtel. Einer ist heller und deutlich glatter. Es sieht so aus, als wäre das eine Grab zu einem viel späteren Zeitpunkt zugemauert worden als die anderen.«

Rickert hockte sich neben sie und leuchtete die Mauer ab. »Da könntest du recht haben.«

»Es ist unverkennbar.«

»Aber was bedeutet das?«

»Es bedeutet, dass du einen richterlichen Beschluss brauchst, um die Mauer wieder zu öffnen.«

»Entschuldige bitte, dass ich mich erst jetzt melde«, sagte Marten. »Ich war bis eben unterwegs.«

»Macht nichts. Ich auch.« Pia ließ sich mit ihrem Smartphone auf ihr schmales Bett fallen. »Bist du in Nizza?«

»Nein, in Cannes.«

»Ist es warm dort?«, fragte sie sehnsüchtig.

Er lachte auf. Ein dunkler, angenehmer Klang, der ihr einen kleinen Schauder die Oberarme hinunterjagte.

»Es war heute recht sonnig und bis zu siebzehn Grad warm.«

»Das ist gemein!«, rief sie scherzhaft.

»Ich habe kaum Zeit, die Sonne zu genießen. Aber wo zum Teufel warst *du* bis eben unterwegs, Pia? Ich dachte, du seiest sicher hinter meterdicken Klostermauern versteckt.«

Sie erzählte ihm, was Thorsten Rickert und sie in der Krypta entdeckt hatten.

»Das kann ich mir bildhaft vorstellen. Es gefällt mir nicht, dass du da schon wieder in Polizeiarbeit verstrickt bist. Andererseits …«

»Was?«

»Du klingst schon viel besser. Geht es dir auch besser?«

Pia bejahte das, selbst etwas verblüfft. »Nichts hilft gegen die eigenen Probleme so gut wie die Lösung der Probleme anderer.«

»Pass trotzdem auf dich auf. Du bist nicht offiziell im Einsatz. Und wer zwei Morde begangen hat, schreckt gewöhnlich nicht vor einem dritten zurück. Doch das weißt du ja besser als ich.«

»Und ich trage auch brav meine Dienstwaffe, falls es dich beruhigt. Ich hoffe, dass niemand es bemerkt. Es kommt mir wie ein Frevel vor in einem Kloster.«

»Besser frevelhaft als tot.«

»Was hast du über Lohse herausgefunden?«

»Er ist hier gewesen. Wir haben die wunderschöne Videoaufnahme aus einer Bank. Dass er es wirklich war, hat sich mittlerweile bestätigt. Wir kommen aber bisher nicht an die dazugehörigen Kontodaten heran. Datenschutz.

Unsere Leute in Kiel haben jedoch eine frühere Internatsfreundin von Lohse aufgetan, mit der und mit deren Eltern er mal zwei Wochen hier in Cannes war. Sie haben auf der Jacht ihrer Eltern gewohnt und sind ein bisschen rumgeschippert. Das soll ihn damals schwer beeindruckt haben. Das Boot existiert nicht mehr; die Eltern der Freundin leben mittlerweile in Florida. Amelie Dalinghaus, so heißt die Frau, hatte seit damals auch keinen Kontakt mehr zu Lohse, sagt sie.«

»Und wie lautet dein Plan?«

»Amelie Dalinghaus hat eine kleine Liste erstellt, wo sie damals überall waren. Menschen halten sich in unsicheren Zeiten tendenziell lieber an Orten auf, die ihnen wenigstens ein bisschen bekannt sind.«

»Ich glaube, du kannst Lohse da nicht mit normalen Menschen vergleichen.«

»Aber er war hier.«

»Na gut. Doch was will er da unten, vom netten Klima mal abgesehen?«

»Ich gehe davon aus, dass er nicht mehr viel Geld hat. Die neuen Ausweispapiere und das übrige Zeug, das er sich wahrscheinlich im Darknet bestellt hat, könnten seine Ersparnisse aufgefressen haben. Und wie kommt ein Typ wie er an Kohle?«

»Sag du es mir.«

»Der Tipp kam von dieser ehemaligen Freundin, dieser Amelie. Er wird sich höchstwahrscheinlich eine reiche Frau suchen und sie ausnehmen wie eine Weihnachtsgans.«

»Oh, ich wette, von dieser Sorte gibt es da unten reichlich.«

»Der Trick, um damit Erfolg zu haben, dürfte sein, keinesfalls arm auszusehen. Das würde die Aspirantinnen abschrecken. Er wird also, wenigstens kurzzeitig, in einem teuren Hotel absteigen müssen. Er wird sich vielleicht mal ein dickes Auto leihen. Und dann guckt er sich eine aus …«

»Selbst wenn ihm das gelingt: Er wird doch nicht nur in der Sonne liegen und einen Cosmopolitan nach dem anderen trinken wollen. Auch wenn er im Gefängnis wahrscheinlich mal davon geträumt hat.«

»Pia, ich muss dich deswegen noch was fragen.« Martens Stimme klang verändert.

»Worum geht's?«

»Es ist eine Postkarte mit der Adresse der Schule, aber mit Felix' Namen darauf dort eingegangen. Abgestempelt wurde sie in Hamburg.«

»Wie bitte?« Pia fuhr hoch.

»Vorn ist ein Foto von Hundewelpen drauf.«

»Was steht auf der Rückseite?«

Marten zögerte. »Der Text lautet: ›Hallo, Felix, ich hoffe, es geht Dir gut. Freust Du Dich schon auf Dein Geschwisterchen?‹«

Pia saß wie erstarrt auf dem Bett. Ihr Herz schlug heftig. Ihr wurde schwindelig.

»Bist du noch dran?«

»Ja klar«, antwortete sie mit trockenem Mund.

»Das Gute daran ist, dass Lohse anscheinend nicht weiß, wo Felix momentan wohnt. Deshalb hat er wohl an die Schule geschrieben. Die Grundschule liegt in deinem Wohnumfeld. Das konnte er leicht herausfinden.«

»Das ist ja *supergut*«, sagte Pia sarkastisch.

»Verstehst du das andere?«

»Du meinst seine Frage, ob Felix sich auf ein Geschwisterchen freut?«

»Verstehst du sie?«

»Ich kann jetzt nicht darüber sprechen. Nicht am Telefon. Lass uns in Ruhe darüber reden, wenn ich zurück bin«, bat Pia.

Am nächsten Morgen während des Frühstücks war die Stimmung angespannt und gereizt. Jürgen und Christine wollten unbedingt sofort abreisen. Alexa zuckte beim kleinsten Geräusch zusammen, und Julia sah so aus, als hätte sie die ganze Nacht kein Auge zugetan.

Jürgen lief unruhig hin und her und schaute immer wieder aus dem Fenster. »Da kommt ein Fahrzeug nach dem anderen aufs Gelände gefahren. Sie halten vor dem Zugang zur Kirche«, sagte er.

Die anderen standen ebenfalls auf, um hinauszuschauen. Nur Christine blieb am Tisch sitzen und schmierte Brötchen.

»Polizei und Handwerker«, stellte Alexa fest.

»Was wollen die hier?«, fragte Julia.

Pia vermutete natürlich, dass es mit dem Grab in der Krypta zu tun hatte. Sie konnte jedoch nichts sagen und nichts anderes tun, als abzuwarten.

Es hatte Broders einige Telefonate und viele Nerven gekostet, bis er organisiert hatte, dass er Felix in dessen Mittagspause in der Schule sprechen konnte. Er erwartete ihn im Zimmer der Rektorin, die während der Unterhaltung dabei sein wollte. Sie tat so, als hätte sie Wichtiges an ihrem Computer zu erledigen, doch Broders spürte, dass neunzig Prozent ihrer Aufmerksamkeit ihm galt. Es war ihm aber auch klar, dass Dornfeld ein paar Strippen gezogen haben musste, damit das anstehende Gespräch überhaupt so möglich war.

Felix kam in Begleitung einer jungen Lehrerin herein.

»Hallo, Felix.«

Der Junge kniff die Augen zusammen. »Du bist doch der Kollege von Mama. Aber warum bist du in meiner Schule? Geht es Mama gut?«

»Deiner Mutter geht es sogar sehr gut, Felix. Ich bin nur hier, um mich mit dir zu unterhalten.«

Felix sah die Lehrerin an. »Er ist in Ordnung«, erklärte er ihr ernsthaft. »Ich dachte nur, dass es Marten ist. Das ist der, der immer mit mir mit Sirene und Blaulicht herumfährt. Aber das ist ein anderer. Sie können trotzdem schon essen gehen, Frau Freitag. Können Sie mir dann was von dem Makkaroni-Auflauf aufbewahren? Ich mag nämlich keinen Blumenkohl.«

»Ich bewahre dir eine große Portion Makkaroni auf, Felix«, antwortete sie. »Und auch etwas von dem Wackelpudding, wenn du möchtest.«

Felix schüttelte den Kopf. »Nein, danke.«

Die Lehrerin musterte Broders neugierig, tauschte noch einen Blick mit der Rektorin und verließ den Raum.

»Das war Frau Freitag«, sagte Felix. »Die ist total nett.«

»Ja, das glaube ich. Was hast du denn bei ihr?«

»Mathe und Sport und Musik.«

»Okay. Also …« Broders hatte während der ganzen Fahrt darüber nachgedacht, wie er das Gespräch mit Pias Sohn am besten führen sollte. Er wollte ihn keinesfalls ängstigen. Dann hatte er beschlossen, sich von seiner Intuition leiten zu lassen, um jetzt festzustellen, dass sie ihn im Stich ließ. »Du bist doch ein guter Beobachter, Felix. Ich meine, du bemerkst oft Dinge …«, begann er vorsichtig.

»Ich weiß, was ein Beobachter ist. Der sieht Sachen.«

»Fein. Hast du in den letzten Tagen etwas Besonderes beobachtet? Ist dir was aufgefallen, was dir komisch vorkam? Vielleicht nur ein kleines bisschen komisch? Oder hast du jemanden gesehen oder hat dich jemand angesprochen …?«

»Nein. Und ich soll ja auch mit niemandem reden außer mit den Lehrerinnen und den anderen Kindern.«

»Es könnte ja trotzdem jemand versucht haben. Dann könntest du gar nichts dafür. Oder du hast ein Geschenk bekommen? Oder einen Anruf?«

»In der Schule dürfen wir kein Handy haben.« Felix sah ihn mit gerunzelter Stirn an. Der Ausdruck erinnerte Broders frappierend an Pia. »Mir fällt wirklich gar nichts ein.«

»Das macht überhaupt nichts. Dann ist ja alles gut.«

»Warum bist du denn hier? Machst du dir Sorgen um meine Mama?«

Oh, verdammt. Es war nur logisch, dass er Felix beunruhigte, egal, wie vorsichtig er fragte. »Nein, es ist alles in Ordnung. Ich möchte nur vorsichtig sein.«

»Warum?«

»Deine Mama ist meine Kollegin. Da kümmert man sich umeinander.«

»Magst du sie gern?«

»Ja, natürlich mag ich sie.«

»Ich meine, magst du sie richtig, richtig gern?«

Ein neonfarbenes Warnschild blitzte in Broders' Gedanken auf. Fangfrage! »Ja, also … Ich mag sie, wie man eine Kollegin nur mögen kann. Wir haben schon viel zusammen erlebt.«

Felix legte den Kopf schief. »Auch so mit Küsschengeben und so?«

»Äh, nein. So nicht.«

»Findest du, dass Mama hübsch ist?«

»Ich denke schon. Doch da bin ich nicht der Richtige, um das zu beurteilen.«

»Warum?«

»Weil … Ich bin nur ihr Kollege.«

»Aber Marten ist auch ihr Kollege, oder?«

»Ja … hm.«

»Und sie geben sich Küsschen.«

»Also, das ist was anderes.«

»Warum?«

Weil es so ist!, wollte Broders rufen. Doch er ahnte schon, dass Felix die Gunst der Stunde nutzte, um seinen Fragen auf den Grund zu gehen.

»Erwachsene, die sich mögen, geben sich manchmal Küsschen«, stellte Felix fest. »Also magst du sie nicht?«

»Nicht *so*.«

»Oder hast du schon eine Frau, der du Küsschen gibst?«

»Nein. Ich habe einen Mann, mit dem ich zusammenlebe.«

»Ach so.« Er nickte ernst. Dann hellte sich seine Miene auf. »Und habt ihr auch zusammen Kinder?«

»Nein.«

»Warum nicht?«

»Das ist nicht so einfach.«

»Aber wenn sich Männer und Frauen Küsschen geben, bekommen sie auch irgendwann Kinder.«

»Äh, ja, äh …« Broders merkte, dass er immer mehr in eine Ecke getrieben wurde, aus der er nicht mehr herauszukommen schien. Keine Frage, er hatte Pias Sohn vor sich.

»Also könnten du und dein Freund doch auch Kinder kriegen, wenn ihr euch genug Küsschen gebt.«

Broders vernahm ein Räuspern der Rektorin. »Wie gesagt, es ist nicht so einfach …«

Felix schien darüber nachzudenken. »Bist du traurig, weil du keine Kinder hast?«

»Manchmal«, sagte Broders, überrascht von sich selbst.

Felix kaute auf seiner Unterlippe. »Mama und Papa haben mich sehr lieb und ich sie auch. Wir machen ganz viele lustige und tolle Sachen zusammen.«

»Ja, das kann ich mir vorstellen.«

»Kannst du dann nie Kindergeburtstag feiern oder Spielsachen kaufen oder am Strand Matschburgen bauen?« Felix schaute ihn nachdenklich an.

»Das mit den Matschburgen ginge schon …«

»Auf einem Kindergeburtstag hat mein Freund Raffi mal zu viele Chips mit Schlagsahne gegessen. Mama musste Raffis Kotze von der ganzen Badezimmertür abwischen.«

»Das klingt jetzt nicht so toll.«

Felix nickte, sah aber immer noch bekümmert aus. Doch dann hoben sich seine Augenbrauen. »Weißt du was?«

»Nein …«

»Wenn du mal traurig bist, weil du kein Kind hast, darfst du mich ausleihen!«

Nach dem Mittagessen kam Kira Winter ins Gästehaus und sagte Pia, dass Rickert sie noch mal sprechen wolle.

»Geht das jetzt immer so weiter?«, erkundigte sich Christine, die das mitbekommen hatte, gereizt. »Wir sind doch alle schon mehrfach befragt worden.«

»Ich muss spätestens morgen abreisen«, warf Jürgen ein. »Das hier bringt doch nichts mehr.«

»Du würdest dich doch freuen, von dem netten Kriminalkommissar noch mal eingehend befragt zu werden«, sagte Alexa in Christines Richtung.

Pia bekam nicht mehr mit, was Christine Fichte darauf erwiderte. Sie folgte der uniformierten Kollegin hinaus.

»Ziehen Sie sich besser was Warmes an«, sagte die halblaut, nachdem sie die Tür zum Aufenthaltsraum hinter ihnen geschlossen hatte.

Kira Winter eskortierte Pia, sodass sie durch die eilig errichtete Absperrung bis in den Altarraum vorgelassen wurden. Bevor sie zu der Tür kam, die hinunter in die Krypta führte, musste Pia Tatortkleidung anlegen, und Kira Winter blieb zurück. Dicke Stromkabel lagen auf der Treppe, und ein paar der unteren Stufen waren hell erleuchtet.

Rickert stand mit einem Kriminaltechniker vom LKA in der Krypta zusammen. »Die Kollegin aus Lübeck hat es gefunden«, sagte er, als sie hinzutrat. Er stellte sie einander vor. »Sie ist allerdings aus privaten Gründen hier. Dass sie Polizistin ist, soll im Kloster möglichst niemand wissen.«

»Verstehe. Pia und ich kennen uns auch bereits«, sagte der Kollege von der Kriminaltechnik. Und zu ihr: »Du hattest recht. Das Grab ist nachträglich zugemauert worden. Es wurde anderer Mörtel verwendet, und einige Steine sind abgestoßen und kaputt, als wäre die Öffnung vorher schon einmal aufgebrochen worden.«

Pia nickte. Das wusste sie schon.

»Bisher kann man nur einen Blick hineinwerfen. Es wird dauern, bis wir den Leichnam bergen können. Das Brett, mit dem er hineingeschoben wurde, ist verrottet.«

»Wie lange liegt die Leiche schon da drin?«

Rickert hob die Schultern. »Schwer zu sagen. Das muss

die Rechtsmedizin feststellen. Der oder die Tote ist etwa einen Meter siebzig groß, schon sehr stark verwest, deshalb können wir noch nicht mehr sagen.« Er machte eine kleine Pause. »Das ist aber noch nicht alles. Es befinden sich außerdem noch viel ältere Knochenreste in der Kammer.«

»Es sind zwei Leichen darin?«, fragte Pia.

»So sieht es aus. Verdammt, was ist hier bloß passiert? Hier, sieh mal.« Rickert deutete auf eine Asservatentüte, die auf dem Deckel eines Koffers der Spurensicherung lag. »Das haben wir da drin sichergestellt.«

Pia beugte sich hinunter. Bei dem Asservat in der Plastiktüte handelte es sich um eine goldene Gliederkette mit einem Kreuz-Anhänger. Sie kniff die Augen zusammen. Auf dem Längsbalken war *7.4.2002* eingraviert. Auf dem Querbalken stand: *Leon*.

26. Kapitel

Rickert informierte seine Leute über die rechtsmedizinische Untersuchung ihres jüngsten Leichenfundes. Der Tote in der Krypta, der nachträglich in eines der Backofengräber gelegt worden war, war für ihn ein emotionaler Tiefpunkt dieser Ermittlung. Der Rechtsmediziner in Kiel hatte die ersten Ergebnisse an Rickerts Dienstelle gemailt, ihn danach aber auch noch mal mobil angerufen.

»Es handelte sich um einen Jugendlichen oder jungen Mann, der zum Zeitpunkt seines Todes vermutlich zwischen vierzehn und achtzehn Jahre alt gewesen ist«, berichtete Rickert den Kollegen, als sie alle in dem provisorischen Besprechungsraum im Pförtnerhaus versammelt waren. »Er war ungefähr eins zweiundsiebzig groß und hatte einen schmalen Körperbau. Keine sechzig Kilo, schätzt der Rechtsmediziner. Der Tote hatte kurze, wellige dunkelbraune Haare und ein vollständiges Gebiss, das aber in einem mittelmäßigen bis schlechten Zustand gewesen ist. Es weist viele einfache Füllungen sowie einen abgestoßenen Schneidezahn auf.«

»Wie sieht es mit Kleidungsstücken aus?«, fragte Kira Winter. »War der Tote angekleidet?« Rickert sah zu ihr hinüber. Sie saß ganz an der Seite, hielt einen Notizblock auf den Knien und schrieb mit.

»Er war bekleidet, doch davon ist kaum noch was vorhanden. Wir haben allerdings eine Goldkette, 333er Gold, mit einem Kreuz mit Gravur sichergestellt.« Er reichte ein

Foto davon herum. Arnd Busche blickte kaum darauf, sondern gab es gleich weiter.

»Es ist möglicherweise ein Kommunionkreuz und hat wahrscheinlich der verstorbenen Person gehört. Ein Vorname und das Datum sind auch darauf.«

»7.4.2002?«, erkundigte sich Winter. »Das kann dann ja wohl nicht das Geburtsdatum sein.«

»Nein. Vermutlich nicht. Die Liegedauer des Toten in der Grabkammer wird auf zehn bis fünfzehn Jahre geschätzt. Vielleicht auch noch weniger. Das ist aber alles andere als gesichert. Der Tod ist wahrscheinlich kurz vorher eingetreten.«

»In welchem Alter geht man zur ersten Kommunion?«, wollte Kira Winter wissen.

»Mit acht oder neun Jahren. Die Kinder sind dann meist in der dritten Klasse. Dementsprechend wäre das Opfer um das Jahr 1993, '94 herum geboren worden.«

»Was ist mit der Todesursache?«, meldete sich Busche zu Wort.

»Die steht noch nicht fest. Dazu ist der Leichnam zu stark verwest und sogar weitestgehend skelettiert. Die toxikologischen Untersuchungsergebnisse stehen zwar noch aus, aber vermutlich werden wir es nie erfahren. Im hinteren Bereich der Grabkammer lagen zusammengeschobene, viel ältere Skelettteile, die ins achtzehnte oder frühe neunzehnte Jahrhundert datiert wurden. Wahrscheinlich gehören sie zu dem offiziell dort bestatteten früheren Abt des Klosters.«

»Ein Bett für zwei …«, kommentierte Busche.

Rickert warf ihm einen mahnenden Blick zu. Der Fall ging ihm zu sehr an die Nieren, als dass er zu Scherzen aufgelegt war. »Die Obduktion der jüngeren Leiche aus der

Krypta ist in Kiel allen anderen vorgezogen worden. Die Morde in diesem Kloster erregen reichlich Aufmerksamkeit. Daher unterstützt uns auch das LKA Kiel so weit wie möglich. Aber die Situation mit den Gästen wird langsam unhaltbar. Wie müssen zügig vorankommen. Alles klar so weit?«

Rickert verteilte die anstehenden Aufgaben. Den Plan dazu hatte er in der letzten Nacht noch ausgearbeitet. Es war wieder einer jener Tage gewesen, in denen er seine Kinder nicht zu Bett gebracht hatte und schon weit vor ihrem Frühstück wieder zur Arbeit gefahren war. Er wusste nicht, wie lange seine Frau, die ebenfalls voll berufstätig war, das noch tolerieren würde.

Er wollte noch seine Kollegin aus Lübeck über die neuen Erkenntnisse informieren, ohne dass seine Leute es mitbekamen. Immerhin hatte sie das zugemauerte Grab entdeckt. Was allein betrachtet noch kein Grund war, sie weiter einzubeziehen. Leichenfunde wurden oft von Unbeteiligten gemacht. Doch Pia Korittki war Polizistin. Und sie hatte etwas an sich, was ihn faszinierte. Einerseits benahm sie sich anders, als die Gerüchte über sie vermuten ließen. Sie war nahbarer und auch humorvoller. Er spürte aber auch ihren unbeugsamen Willen und ihre Energie. Sie würde für ihr Ziel Himmel und Hölle in Bewegung setzen. Daraus resultierte sicherlich zum Teil ihr Erfolg. Gleichzeitig resultierte daraus aber auch die Gefahr, in der sie augenblicklich schwebte.

Rickert traf Pia hinter dem Gemüsegarten an. Sie schichtete Holzscheite an einer Schuppenwand auf. Der Holzvorrat hatte Ausmaße, als wollte man sich in Kloster Naumar auf die nächste Eiszeit vorbereiten. Pia bemerkte ihn zunächst nicht. Sie nahm stets mehrere Scheite aus einer Schubkarre und ordnete sie geschickt aufeinander, so hoch, dass sie sich schon auf Zehenspitzen stellen musste. Sie trug eine derbe Jacke, unter der ein schwarzer Pullover hervorschaute, wenn sie sich reckte, staubige Jeans und Stiefel. Ihr zusammengebundenes Haar war zerzaust und von Holzspänen durchsetzt.

»Hallo, Pia!«

Sie legte noch zwei Scheite ab und drehte sich zu ihm um. »Hallo, Thorsten. Wie hast du mich gefunden? Gibt es Neuigkeiten?«

»Ja, die gibt es.«

Ein bärtiger Mönch tauchte hinter dem Schuppen auf und musterte ihn mit zusammengezogenen Brauen. Bruder Menowin, der Schweigsame, erinnerte er sich. »Ich würde nicht bei der Arbeit stören, wenn es nicht wichtig wäre«, sagte Rickert. Zugleich fragte er sich, wieso er sich rechtfertigte.

»Wichtig. Soso«, erwiderte der Mönch. »Ich finde das Holz wichtig. Aber schon gut. Sie hilft ja freiwillig mehr als alle anderen Gäste zusammen«, brummte er. »Den Rest schaffe ich auch allein.«

»Wir können ein Stück durch die Gärten gehen«, schlug Pia vor. »Im Gästehaus brennt die Luft. Die Gäste wollen nichts wie weg von hier. Lange werdet ihr sie nicht mehr hierbehalten können.«

»Ich weiß«, sagte er, während er zügig neben ihr ausschritt. »Spätestens morgen werden wir alle mit ein paar Auflagen gehen lassen.«

»Also: Was hast du Neues?«, fragte Pia.

Er gab den Bericht der Rechtsmedizin in allen wichtigen Einzelheiten wieder. »Die Leiche in der Krypta wurde höchstwahrscheinlich vor zehn bis fünfzehn Jahren dort unten versteckt. Vielleicht ist die Liegedauer auch noch etwas kürzer. Wenn die Verbrechen miteinander in Verbindung stehen, sind die Gäste vermutlich sowieso weitestgehend aus dem Schneider.«

»Und welche Mönche sind schon so lange hier?«

»Alle, bis auf den Novizen Noah und Bruder Benno. Drei der Mönche, die damals hier lebten, sind bereits verstorben. Ansonsten ist die Besetzung dieselbe geblieben.«

»Das nenne ich Kontinuität«, sagte Pia. »Sie müssen einander doch in- und auswendig kennen. Wie kann man in diesem Umfeld mehrere Schwerverbrechen begehen, ohne dass die anderen etwas merken?«

»Einer hat vielleicht doch etwas bemerkt.«

Pia nickte. »Bruder Zacharias.«

»Dann wäre der Mord an ihm eine Verdeckungstat.«

»Und was ist mit Ingmar Harse?«

»Er war ja in den letzten Jahren in verschiedenen Klöstern zu Gast. Vielleicht war er auf der Suche nach etwas, oder er war einem Verbrechen auf der Spur.«

»Dem verschwundenen Reliquienkreuz? Das würde zu jemandem wie ihm passen«, bemerkte Pia nachdenklich. »Oder er hat nach dem toten jungen Mann in der Krypta gesucht. Habt ihr schon gecheckt, ob es da möglicherweise eine Verbindung gibt?«

»Das steht noch aus.«

»Oder es ging ihm doch um eine Erpressung?«, spann Pia den Faden weiter. »Ingmar Harse hat bei anderen wohl gern den Finger in die Wunde gelegt. Vielleicht so sehr, dass jemand ihn zum Schweigen gebracht hat.«

»Ja, auch das ist möglich. Es ist noch wahnsinnig viel zu tun.« Sie waren am Ende des Gartens angekommen. Vor ihnen lag der Klostergraben. Eine Ente und zwei Erpel schwammen auf dem Wasser.

»Ingmar Harses Vergangenheit und seine Motivation herzukommen könnten der Schlüssel zu allem sein«, sagte Pia.

Rickert stapfte mit den Füßen auf der Stelle. »Ich habe zwei gute Leute darauf angesetzt.« Seine Zehen waren in den dünnen Lederschuhen vor Kälte taub geworden.

»Sobald man sich nicht mehr bewegt, wird es ungemütlich«, bemerkte Pia, obwohl sie vollkommen warm und entspannt aussah. »Ich gehe mal rein und inspiziere das Kuchenbuffet.« Sie lächelte, was ihr gut stand. »*Labora* bei Bruder Menowin macht hungrig.«

»Kuchen klingt gut«, sagte Rickert.

»Mal sehen. Es hängt davon ab, ob deine Leute das Küchenpersonal nicht noch weiter von der Arbeit abgehalten haben.«

Rickert blieb im Schatten einer hohen Hecke stehen, bis Pia die Allee erreicht hatte, die zum Gästehaus führte. Dann kehrte er mit hochgezogenen Schultern zurück zum Torhaus.

Als Rickert die provisorische Einsatzzentrale betrat, kam Busche mit gerötetem Gesicht und aufgeblasenen Wangen auf ihn zu. »Thorsten, wo bleibst du denn?«

»Hier bin ich. Was ist los?«

»Das Dorf, in dem Ingmar Harse aufgewachsen ist, liegt nicht weit von einem Kloster namens Leurathshausen entfernt.«

»Das ist doch das Cyprianer-Kloster, aus dem fünf Mönche hergekommen sind. Wie weit ist ›nicht weit‹?«

»Etwa drei Kilometer.«

»Demnach kannte er es sicher. Wie lange hat er in dem Ort gewohnt?«, fragte Rickert nach.

»Mit achtzehn hat er eine Ausbildung zum Maler und Lackierer begonnen und ist in eine zweihundert Kilometer weit entfernte Stadt gezogen. Das war 2001. Er soll nie wieder dorthin zurückgekommen sein, denn seine Mutter ist kurz danach gestorben. Aber das Beste ist ...« Er machte eine Kunstpause.

Spuck es aus, dachte Rickert ungeduldig, doch er musste Busche seinen Moment gönnen.

»Fünf der Mönche hier kommen aus dem Kloster Leurathshausen. Sie sind übergewechselt, als es geschlossen wurde. Demnach könnte einer von ihnen – oder sogar mehrere – Ingmar Harse gekannt haben. Oder umgekehrt: Sie waren *ihm* bekannt.«

Thorsten nickte. Das mit den Mönchen wusste er bereits von Pia. »Gute Arbeit«, lobte er trotzdem. Fünf Brüder von dort waren ins Kloster Naumar gewechselt und gehörten seitdem dieser Abtei an. Und Ingmar Harse war als Gast hergekommen? War das ein Zufall? Möglicherweise war er aufgrund seiner Kindheitserinnerungen dem Cyprianer-Orden besonders zugetan? »Wie alt war Ingmar Harse noch mal?«

»Sechsunddreißig. Und er ist vor achtzehn Jahren aus dem Dorf bei Leurathshausen weggezogen.«

»Verdammt lange Zeit, um jetzt auf einmal alte Kontakte zu pflegen«, überlegte Rickert laut.

»Er hat hier angeblich auch mit keinem Wort erwähnt, dass er einen der Mönche kennt.«

»Aber er war auch mehrfach in anderen Klöstern zu Gast, oder? Es könnte genauso gut ein Zufall sein, dass er auch hierhergekommen ist.«

»Ja. Das hat er den anderen Gästen angeblich gesagt. Er hat wohl immer verglichen, was wo besser oder schlechter war.«

»Wissen wir, in welchen Klöstern er noch war?«

»Nein. Ich fürchte, die anderen Gäste hat es nicht so interessiert, um genauer nachzufragen.«

»Mist. Es wäre ja wohl kaum noch als Zufall zu betrachten, wenn er ausgerechnet dort Urlaub gemacht hätte, wohin es einige der anderen Mönche aus Leurathshausen hin verschlagen hat. Versuch, das noch herauszufinden.«

»Bin schon dabei. Es ist allerdings schwierig, weil das Kloster in Leurathshausen ja aufgelöst wurde. Heute wird es von einem Museum unterhalten. Und niemand bei den Institutionen, bei denen ich bisher angefragt habe, kann oder will mir irgendwelche Einzelheiten über den Verbleib der Mönche nennen. Die berufen sich auf das Recht, ihren Wohnort frei wählen zu dürfen, und auf den …«

»Datenschutz! Frag einen unserer Mönche, ob er etwas weiß. Aber keinen, der unter Verdacht steht.«

Eine hochschwangere Frau stand breitbeinig, eine Hand auf den runden Bauch gelegt, von ihrem Tisch im Café auf. Sie redete in schnellem Französisch auf ihre Begleiterin ein und ging an Marten vorbei, ohne ihn zu beachten.

Er spürte einen Stich in der Brust. Was, wenn …? Hass und Rachegefühle loderten heiß in ihm auf. Konnte es wahr sein? Allein der Gedanke … Er musste Lohse finden und ihn zur Strecke bringen. In diesem Moment wollte er Pia nicht nur im übertragenen Sinne Lohses Kopf vor die Füße legen. Doch ohne einen guten Plan würde er den Mistkerl nie finden.

Die Palmen, das bunte Treiben im Straßencafé und der glitzernde Streifen Mittelmeer verschwammen vor seinen Augen. Er sah Pia wieder vor sich: ihren Gesichtsausdruck im Laderaum des Binnenschiffs, als er sie endlich gefunden hatte.

Jemand stieß ihn in die Seite. Sofort war Marten angespannt, bereit, sich zu verteidigen. Doch es war nur ein älterer Mann mit einer Zeitung und einer Zigarre in der Hand, der *»Excusez-moi«* murmelte und an der Tischreihe entlangging. Marten atmete bewusst aus.

An der Croisette, Cannes' Flaniermeile, hatten die Gastwirte an diesem Vormittag eilig die Tische und Stühle bereitgestellt. Es war ein sonniger Novembertag, windstill und achtzehn Grad warm. Wie schön wäre es, mit Pia hier zu sitzen und einen Eisbecher und einen Pastis zu genießen! Alle Sorgen einen Moment zu vergessen. Stattdessen …

Wo war Lohse? War er überhaupt noch in Cannes? In allen großen Hotels war das Rezeptionspersonal informiert und hielt Ausschau nach ihm. Ebenso die Polizei, Mitarbeiter in Bankfilialen, Kellner, Juweliere, der Hafenmeister des Jachtclubs, das Casinopersonal … Viel mehr fiel ihm nicht ein, was er anleiern konnte. Das Warten machte ihn noch verrückt. Während er in der Sonne saß und Kaffee trank, versteckte sich Pia in einem Kloster, in dem sich vermutlich auch ein Mörder aufhielt.

Er ließ den Blick angestrengt über die vielen Menschen schweifen. Das Café hatte er ausgesucht, weil die Welt hier sozusagen an einem vorüberzog. Sein Telefon signalisierte einen Anruf von seinem Verbindungsbeamten. »Ja?«

»Eine Sichtung im Foyer des *Hôtel Maxime*«, sagte Eric Simon. »Die Polizei ist schon auf dem Weg.«

Marten sprang auf, sodass die Tasse auf dem Unterteller klapperte. »Sichtung«, das klang nach einer aussterbenden Tierart. »Jemand hat Lohse erkannt?«, fragte er. »Wo ist das Hotel? Die sollen ihn festhalten, bis ich da bin.« Er warf einen Zwanzig-Euro-Schein auf den Tisch, hoffte, dass das für einen Kaffee ausreichte, und lief, das Smartphone am Ohr, die Promenade hinunter.

»Boulevard de la Croisette …« Der Verbindungsbeamte nannte die Nummer. »Wir treffen uns dort!«

27. Kapitel

Nach wenigen Minuten, in denen er im Slalom um Spaziergänger, Kinderwagen und Eisstände gerannt und mehrmals angepöbelt worden war, tauchte die schneeweiße Fassade des Hotels vor ihm auf. Die französische Polizei war noch nicht eingetroffen oder aber schlau genug, nicht vor dem Haupteingang vorzufahren.

Marten verlangsamte seinen Lauf und zog das Telefon wieder hervor. Er hatte Eric Simon mit einem Tastendruck in der Leitung. »Wie sieht es aus?«

»Wir sind unterwegs. Wir stehen in einem Sch… Stau!«, hörte Marten ihn rufen. »Noch mindestens fünf Minuten.«

»Und die Polizei?«

»Müssten auch bald da sein.«

»Wo genau wurde Lohse gesehen?«

»In der Lobby. Die wissen Bescheid. Warte um Himmels willen auf uns.«

Marten drückte ihn weg, betrat die Hotellobby und sah sich sofort um. Lohse kannte ihn. Doch er war nicht da. Vor Marten erstreckte sich eine hohe, mit weißem Marmor ausgekleidete Hotelhalle. Üppige Blumenarrangements und Vitrinen mit Schmuck und Parfüms flankierten den Weg zur Rezeption. Ein älteres Ehepaar, sie in Zobel und mit platinblond gefärbten Haaren, er in einem Lodenmantel mit Hut, checkten anscheinend gerade ein oder aus. Ansonsten war die Halle leer.

Die Rezeptionistin, die noch frei war, blickte Marten erwartungsvoll an. Er zeigte ihr seinen deutschen Polizeiausweis. »Wo ist der Mann, nach dem wir fahnden?«, fragte er sie in gedämpftem Ton auf Englisch.

»Er ist in die Bar gegangen«, sagte sie und deutete mit dem Kopf nach links. »Verhalten Sie sich bitte diskret. Wir wollen die anderen Gäste nicht ängstigen.«

Marten sparte sich eine Antwort und ging in die Bar. Sein Herz schlug schnell, er fühlte sich hellwach und gleichzeitig wie in einem Film. Lohse war hier! Zum Greifen nah. Die anderen Hotelgäste kümmerten ihn nicht. Wahrscheinlich würden sie das Schauspiel einer Festnahme eher genießen, wenn sie es später in ihrem Club erzählen konnten.

Im Gegensatz zur Lobby war die Bar allerdings gut besucht. Konferenzteilnehmer in Anzügen und Kostümen gönnten sich ein gemeinsames Bier an der Bar. Mehrere junge Frauen waren anwesend. Zwei Ehepaare mit mindestens fünf kleinen Kindern saßen vor der Terrassentür an einem Tisch.

Marten ging direkt an den Tresen und stellte sich hinter einen der massiven Pfeiler. Da sah er ihn. Obwohl Lohse ihm den Rücken zugewandt hatte, erkannte Marten ihn allein an seiner Größe und seiner raubtierhaften Körperhaltung wieder. Als Lohse kurz den Kopf zur Seite drehte, um mit dem Barkeeper zu sprechen, erhaschte Marten auch einen Blick auf sein Gesicht. Der Bart war abrasiert, der Schädel jetzt mit millimeterkurzen blonden Haaren bedeckt. Er war leicht gebräunt und hatte den Arm um eine Frau mit schwarzen langen Haaren gelegt.

War Lohse bewaffnet? Konnte er es riskieren, einen skrupellosen Straftäter, der nichts zu verlieren hatte, inmitten einer Menschenmenge festzunehmen? Verdammt, da waren kleine Kinder in der Bar!

Wo blieb Simon? Wo blieben die versprochenen Polizeibeamten? Ein mobiles Einsatzkommando?

Die Frage beantwortete sich, als draußen Sirenen erklangen und schnell lauter wurden. Jenseits der Hotelterrasse fuhren mehrere Polizeiwagen vor dem Haupteingang vor.

Lohse reagierte sofort. Er ging schnell, jedoch ohne Aufsehen zu erregen, durch die Menschenmenge zur Terrassentür, umrundete dabei einen Kinderbuggy mit einem schlafenden Kleinkind und war draußen.

Marten setzte ihm sofort nach, doch er hatte zu weit entfernt gestanden, um nicht Lohses Argwohn zu erregen. Das Menschengewühl war so dicht, dass er wertvolle Sekunden verlor, bevor er die Terrasse erreichte. Hektisch sah er sich um. »Wo ist er hin?«, fuhr er die Leute an. *»Où est-il allé?«*

Einige deuteten in Richtung Straße, andere starrten ihn verwirrt an. Die frisch eingetroffenen Polizisten stürmten rechts von ihm durch den Haupteingang ins Hotel. Marten glaubte, Lohses hellen Kopf auf der anderen Straßenseite in einer Menschentraube auszumachen, und rannte los.

Er lief zwischen Tischen und Sonnenschirmen hindurch, sprang über die Hecke und kreuzte den Fußweg und eine dreispurige Fahrbahn. Dabei rannte er einem gelben Ferrari vor die Motorhaube, der gerade noch abbremsen konnte. Er querte den begrünten Mittelstreifen, umrundete etliche Motorroller, die dahinter parkten, kreuzte einen weiteren Fahrstreifen und erreichte die Promenade. Vor ihm lagen der Strand und das Meer. Von Lohse war nichts mehr zu sehen.

Nachdem sie eine halbe Stunde lang vergeblich versucht hatte, zu meditieren und die Stille auszuhalten, stand Pia entschlossen auf. Meditieren lag ihr nicht. Das musste sie wohl akzeptieren. Lieber lief sie stundenlang am Strand entlang oder hackte Holz, als dem leisen Summen in ihrem Kopf zuzuhören – und sich den unschönen Bildern zu stellen, die sich immer wieder in den Vordergrund drängten.

Bruder Menowin bot nachmittags leider keine Arbeitsbeteiligung an. Sie warf einen Blick durch das unregelmäßige Glas des alten bleigefassten Fensters des Andachtsraumes. Die Kerzenflammen spiegelten sich in dem Glas. Es dämmerte bereits, und in einer halben Stunde würde es wieder dunkel sein. Nicht mehr der richtige Zeitpunkt, um allein draußen herumzulaufen.

Auf die Gesellschaft der anderen Gäste im Kaminzimmer hatte sie im Moment keine Lust, und auf ihrem Zimmerchen hocken wollte sie auch nicht. Pia ging durch den Kreuzgang und nahm die Treppe hinauf zur Bibliothek.

»Bruder Lambert?«

»Ja, ich bin hier«, erschallte es von schräg über ihr. Der Mönch stand auf einer Bibliotheksleiter in luftigen Höhen und zog einen Folianten aus dem Regal. Staubflocken rieselten auf Pia herab.

»Kann ich Ihnen helfen?«, fragte sie.

»Sehr freundlich, meine Liebe. Aber nein. Ich komme zu Ihnen runter.« Das schwere Buch unter den Arm geklemmt, stieg er langsam die Leiter hinab.

»Ich möchte mich gern ein wenig umsehen.«

»Tun Sie das. Kann ich Ihnen behilflich sein? Was suchen Sie denn?«

Pia überlegte. »Etwas über die Geschichte dieses Klosters? Vielleicht auch Baupläne und so?«

»Interessiert Sie die Kirche mit der Krypta?«

»Ertappt«, sagte Pia mit einem entschuldigenden Lächeln.

»Ja, der Fund in der Krypta hat uns alle vollkommen entsetzt.« Er schüttelte traurig den Kopf. »Dass ich so etwas hier erleben muss! In unserer Kirche! Diese Abtei erschien mir immer so friedlich und … unschuldig.«

»Unschuldig?«

»Setzen Sie sich, wenn Sie mögen.« Er deutete auf einen schweren Holzstuhl neben seinem Leseplatz. »Ich bin ja noch nicht so lange hier.« Bruder Lambert nahm auch Platz und schüttelte gedankenverloren den Kopf. »Ich komme ursprünglich aus einem anderen Kloster, wo es nicht ganz so … provinziell und beschaulich zuging.«

»Kloster Leurathshausen«, antwortete Pia.

»Sie wissen das? Das war eine wundervolle Abtei! Sie lag groß und imposant auf einem Hügel und überblickte das ganze Tal. Baugeschichtlich war sie auch noch interessanter als Naumar. Außerdem hatten wir einige bedeutende Reliquien dort.«

»Weshalb sind Sie dann ausgerechnet hierhergekommen?«

»Eines Tages kamen der Abt unserer Mutterabtei und der Abbé de Moreau, der Abt der französischen Cyprianer-Abtei, zu uns nach Leurathshausen zu einer offiziellen Visitation. Eigentlich verlief der Besuch sehr gut. Aber direkt danach beschloss man, das Kloster Leurathshausen und ein paar andere unserer Abteien zu schließen.«

»Warum das?«

»Um die Anzahl der Klöster zu reduzieren. Der Nachwuchs fehlt, schon seit Jahrzehnten. Ein Kloster benötigt eigentlich mindestens zwölf Mönche, damit es gut funktioniert. Es wurde daher festgelegt, die Anzahl von vierundzwanzig auf insgesamt vierzehn Klöster zu reduzieren. Leurathshausen war also nicht als einziges Kloster von diesen Maßnahmen betroffen. Wir hatten aber nicht damit gerechnet. Wir waren noch fünfzehn Mönche, davon die Hälfte unter sechzig Jahren. Doch der Gebäudekomplex war auch für fünfzehn Brüder viel zu groß. Früher lebten dort meistens bis zu vierzig Mönche. Ein paar für uns unbezahlbare Sanierungsmaßnahmen standen an.«

»Das war sicher hart. Novize Noah sagte mir, dass die Entscheidung für eine Abtei und Gemeinschaft normalerweise eine fürs Leben ist.«

»Das ist richtig. Unsere Gemeinschaft in Leurathshausen zerbrach. Unser Abt ging in ein Cyprianer-Kloster in Tschechien. Wir anderen wurden mehr oder weniger in alle Winde verstreut. In Naumar wurden fünf Brüder aufgenommen. Dieses Kloster stand aufgrund von Nachwuchsmangel und Überalterung ebenfalls kurz vor dem Aus. Wir haben es so vor der Säkularisierung gerettet.«

»Wieso sagten Sie, diese Abtei sei Ihnen unschuldig vorgekommen?«, fragte Pia.

Er sah sie abwägend an. »Weil Leurathshausen ein paar schlimme Schicksalsschläge erlitten hatte.«

»Was für Schicksalsschläge?«

Bruder Lambert nahm die Brille ab und rieb sich mit zwei Fingern über die Druckstellen seitlich des Nasenrückens. »Es gab ein bedeutendes Reliquienkreuz aus dem zwölften Jahrhundert, das zum Kirchenschatz der Abtei gehörte. Die Pilger kamen seit Jahrhunderten von weit her, um es zu sehen. Ihm wurden heilbringende Fähigkeiten zugeschrieben. Der Wohlstand und das Ansehen des Klosters waren zu einem guten Teil der Reliquie des heiligen Cyprianus geschuldet. Doch eines Tages war es verschwunden, gestohlen aus einem gesicherten Schaukasten. Ich glaube, von da an ging es mit dem Kloster bergab.«

»Ich habe schon davon gehört und auch gelesen«, sagte Pia nachdenklich.

»Es ging damals auch durch alle Zeitungen. Wir hätten sogar Lösegeld für die Wiederbeschaffung gezahlt, denn der religiöse Wert ist noch weit höher einzuschätzen als der materielle, und auch der ist schon enorm. Mittelsmänner versuchten ihr Glück. Doch das Kreuz ist trotzdem nie wieder aufgetaucht. Irgendwie war *das* der Anfang vom Ende von Kloster Leurathshausen. Nicht die Gerüchte ...«

»Welche Gerüchte?«

Er starrte in die Dunkelheit der Bibliothek. Dann setzte er die Brille wieder auf und sagte: »Ich habe ein sehr gutes Buch über die Geschichte dieser Abtei, das ich Ihnen geben kann. Sie müssten es aber in der Bibliothek lesen. Soll ich es Ihnen holen?«

An dem tieftraurigen Blick seiner grauen Augen sah sie, dass Bruder Lambert das Thema nicht weiter vertiefen würde. »Ja, da würde ich gern hineinschauen«, antwortete Pia.

Er erhob sich und ging einen Gang zwischen hohen Bücherregalen hinunter, bis er in seinem schwarzen Gewand nicht mehr zu sehen war.

Nachdem er ihr das Buch gebracht und sie eine Weile darin gelesen hatte, fragte sie: »Werden Reparaturarbeiten in einem Kloster eigentlich eher in Eigenregie durchgeführt, oder beauftragt man Handwerker?«

»Alles, was möglich ist, machen wir selbst. Einige Brüder sind gute Handwerker.«

»Auch für Maurer- und Steinmetzarbeiten?«

»Bruder Menowin kann beinahe alles richten«, behauptete Bruder Lambert.

»Auch eine Rattenplage?«

»Ich nehme es an.« Er wandte sich von ihr ab. »Es tut mir leid. Ich muss die Bibliothek jetzt schließen und mich auf die Vesper und Eucharistiefeier vorbereiten.«

»Ich will mit der Frau reden«, sagte Marten zu seinem Kollegen Simon. »Sie ist ja wohl Amerikanerin, da dürfte es sprachlich keine Probleme geben.«

»Die französischen Kollegen sind ziemlich sauer auf dich«, entgegnete der Verbindungsbeamte. »Warum bist du allein reingegangen? Wir waren doch fünf Minuten später allesamt da.«

»Ja, mit Sirenen und Blaulicht«, antwortete Marten. »Lohse ist nicht meinetwegen geflohen. Er hatte mich nicht bemerkt, und ich hätte ihn beinahe gehabt, wenn die Kollegen nur ein wenig unauffälliger vorgefahren wären.«

»Das kannst du ihnen selbst sagen«, gab Eric Simon genervt zurück. Auf seiner Position zwischen allen Stühlen fühlte er sich offensichtlich nicht wohl.

»Mein Französisch ist leider in der zehnten Klasse auf der Strecke geblieben. Aber ich *muss* mit der Frau reden!«

Eric Simon seufzte tief und ging zu dem französischen Polizisten, der die Operation leitete. Einige Zeit später winkte er Marten gnädig heran. »Sie gehört dir.«

Aubrey Shoemaker war Ende vierzig, etwa eins siebzig groß und schlank. Ihr Haar glänzte lakritzschwarz; es fiel ihr in großen Locken über die Schultern. Ihre Lippen sahen so schmollend und ihre Nase so klein aus, dass jemand nachgeholfen haben musste. Mehrmals. Sie fummelte am Verschluss ihrer Handtasche herum, als Marten zu ihr trat.

»Mrs Shoemaker, ich bin Marten Unruh vom deutschen LKA. Ich habe noch ein paar Fragen«, sprach er sie auf Englisch an.

Sie musterte ihn. »Ja, fragen Sie ruhig, *Sweetheart*«, forderte sie ihn gedehnt auf.

»Wer war der Mann, mit dem Sie hier gesessen haben?«

»Das habe ich den Polizisten doch schon erklärt. Er hat sich mir als Mark Olsen vorgestellt. Aus Schweden. Die Stadt, wo er herkam, hatte einen so lustigen Namen, den konnte ich mir nicht merken.«

»Seit wann kennen Sie ihn?«

»Seit gestern Nachmittag.«

»Und wie haben Sie ihn kennengelernt?«

Sie seufzte. »Auf der Croisette, gleich vor dem Hotel. Normalerweise lasse ich mich nicht einfach so ansprechen. Aber ich hatte mir den Absatz abgebrochen. Mark Olsen hat mir geholfen, hierher zurückzuhumpeln. Daraufhin habe ich ihn auf einen Kaffee an die Bar eingeladen. Heute haben wir uns dann hier getroffen.«

»Waren Sie verabredet?«

»Nein, er sagte, er sei ganz zufällig auf einen Drink vorbeigekommen.« Sie lachte klirrend. »Er dachte vielleicht, ich sei allein hier, und hat sich Hoffnungen gemacht«, erwiderte sie ganz offen.

»Was passierte dann?«

»Als die Polizei aufkreuzte, lief er weg.«

»Und sind Sie allein in diesem Hotel?«

»Mein Mann kommt erst in einer Woche nach. Business.«

»Wusste … Olsen, dass Sie verheiratet sind?« Marten dachte nicht, dass es Lohse von irgendetwas abgehalten hätte. Eher im Gegenteil. Erpressung oder auch Diebstahl von Schmuck oder Ähnlichem schienen ihm für Lohse die bequemste Möglichkeit zu sein, in Cannes zu Geld zu kommen.

»Sie hielt ihm die auffällig beringte Hand unter die Nase. »Sieht man das nicht?«

»Alles klar. Wie hätte Ihr Mann auf diesen Mark Olsen reagiert?«

»Ich hätte ihm keinen Anlass zu einer Reaktion gegeben. Ich habe lediglich ein bisschen geflirtet.«

Aus dem Augenwinkel sah Marten, dass Simon auf seine Armbanduhr tippte. »Hat Olsen Ihnen eine Adresse oder seine Mobilnummer genannt? Gesagt, wo er in Cannes wohnt?«

»Nein.« Ihr Blick schweifte ab.

»Hat er ein Auto?«

»Keine Ahnung.«

»Hat er sonst irgendetwas über sich erwähnt, was uns helfen kann, ihn zu finden?«

Sie lächelte bedauernd. »Nein, nichts. Es hat mich auch nicht interessiert. Er sah nur gut aus … auf eine gefährliche Art und Weise.«

Marten blickte ihr in die Augen. »Er *ist* gefährlich. Seien Sie froh, dass Sie ihn los sind.«

»Okay«, sagte sie gedehnt. Dann zwinkerte sie ihm zu. »Ich rufe Sie an, wenn mir noch etwas einfällt.«

28. Kapitel

Die abendliche Besprechung zwischen Rickert und Pia entwickelte sich beinahe schon zu einer Art Ritual. Die anderen Polizisten waren nach Hause oder zurück in die Dienststelle gefahren. Die Mönche und einige der Gäste würden gleich um einundzwanzig Uhr zur Komplet in der Kirche zusammenkommen. Sofern sie sich nach Einbruch der Dunkelheit noch aus dem Gästehaus oder aus ihren Zimmern trauten.

Im Pförtnerhaus bullerte die Heizung auf vollen Touren, kam aber trotzdem kaum gegen die feuchte Kälte an. Ein kräftiger Nord-West-Wind blies schon den ganzen Tag auf die Steinwände, das nicht gedämmte Dach und die alten, einfach verglasten Holzfenster.

Pia kam Bruder Lamberts Ausspruch in den Sinn. *Ein paar für uns unbezahlbare Sanierungsmaßnahmen standen an*. Sie trug einen dicken Rollkragenpullover und hatte sich Leggings unter die Jeans gezogen. Auch hier drinnen trug sie Stiefel.

Rickert hatte sich den Schal um den Hals gewickelt und versuchte, mit einer Flasche Rotwein, die ihm der Prior geschenkt hatte, die gefühlte Temperatur erträglich zu halten. Sie tranken jeder ein Glas. Rickert musste noch fahren, und Pia fürchtete, dass Alkohol die bösen Erinnerungen, die sie nachts heimsuchten, verstärken könnte.

Sie berichtete Thorsten Rickert, was sie von Bruder Lambert erfahren hatte. »Außerdem hat er mir ein interessantes Buch zu lesen gegeben«, sagte sie. »Es enthält unter anderem alte Baupläne von Kloster Naumar. In dem Gebäude, das Hospital und Kirche verbindet, befindet sich auch ein Treppenabgang, der in der Nähe des Raumes endet, wo Ingmar Harse aus dem Fenster gestürzt wurde. Vielleicht wurde er vor seinem Tod sogar noch eine Weile dort gefangen gehalten?«

»Ja, daran habe ich auch schon gedacht. Das würde die zeitliche Diskrepanz der beiden Morde erklären. Dass zwischen dem Hospital und der Kirche eine Verbindung besteht, wussten wir schon. Es leuchtet ein, dass man es den kranken Mönchen und den pflegenden Brüdern einfacher machen wollte, zu den Stundengebeten schnell die Kirche zu erreichen. Ansonsten hätten sie ganz außen herum gehen müssen … Aber wo befindet sich diese Treppe?«

»Laut den Zeichnungen liegt sie im Hospital, und zwar direkt hinter dem Durchgang zu dem Verbindungsgebäude.«

»Ich werde das nachprüfen«, sagte Rickert und betrachtete mit schmalen Augen den Rest Wein in seinem Glas.

»He, Thorsten. Wenn es diese Treppe noch gibt, stellt sie einen räumlichen Bezug zwischen dem Mord an Bruder Zacharias und dem an Ingmar Harse her. Einer von ihnen war das beabsichtigte Opfer, der andere hatte wahrscheinlich nur zu viel gesehen.«

»Wir haben es inzwischen mit einem dritten Mord zu tun.«

»Ich weiß. Und wie weit seid ihr damit?«

»Wir haben das Opfer bereits identifiziert …«

»Wer war es?«

»Es war höchstwahrscheinlich ein Jugendlicher namens Leon Krock. Geboren 1994 in Neumünster. Er lebte zuletzt in einer Wohngruppe des Jugendamtes. Vorher war er in mehreren Pflegefamilien gewesen, hatte es aber nirgends lange ausgehalten. Beide Eltern sind tot. Sie sind gestorben, als er neun Jahre alt war. Keine sonstige Familie. Leon Krock hatte im Sommer 2010 eine Lehre als Dachdecker begonnen. Dort hatte er sich jedoch anscheinend weder mit den Gesellen noch mit dem Meister verstanden. Im Oktober ist er dann weggelaufen. Er wurde am 29.10.2010 als vermisst gemeldet, ist aber nie gefunden worden. Damals war er sechzehn Jahre alt.«

»Das ist eine deprimierende Geschichte. War Leon katholisch?«

»Ja. Die Mutter war Polin, der Vater Deutscher. Die Kette, die wir gefunden haben, wird sogar in der Vermisstenanzeige erwähnt. Anscheinend hat er sie nie abgenommen. Sie stammte noch von seinen Eltern, die sie ihm zur Erstkommunion geschenkt haben. Bald darauf sind sie bei einem Autounfall ums Leben gekommen.«

»Der arme Junge. Und wie mag er hergekommen sein?«

»Das wissen wir noch nicht. Die Mönche behaupten, ihn nicht zu kennen. Aber ich nehme trotzdem an, dass er vor seinem Tod hier aufgekreuzt ist. Er könnte nach einer Unterkunft oder nach Arbeit gesucht haben. Ein Kloster muss ihm als sicherer Ort erschienen sein. Er wird hier irgendjemandem begegnet sein.«

»Zumindest seinem Mörder.« Pia schaute in die Ferne. »Jemand hier hat ihn ermordet und dann seinen Leichnam in einem der alten Backofengräber in der Krypta verborgen. Dazu öffnete er das zugemauerte alte Grab, schob den Leichnam hinein und mauerte das Ganze dann ordentlich wieder zu. Und all das, ohne dass es jemand mitbekam.«

»Eigentlich war das Versteck genial. So, wie es sich anhört, betreten die Mönche die Krypta nur sehr selten. Da unten ist ja auch nichts. Eine ungesunde Umgebung.«

»Habt ihr eigentlich schon den Kammerjäger gefunden, der angeblich wieder weggeschickt wurde?«

Rickert nickte. »Ja, haben wir. So viele Kammerjäger gibt es in dieser Gegend nicht. Die Sache liegt aber schon etwas länger zurück. Der Mann wurde vom Hausmeister des Klosters angerufen, weil in der Kirche und Sakristei plötzlich Ratten waren. Ein paar gibt es wohl immer irgendwo. Doch der Hausmeister sagte mir, wenn die Ratten nicht mehr weglaufen, sondern einfach sitzen bleiben, wenn man sich ihnen nähert, dann sind es zu viele. Er musste dringend etwas unternehmen. Es ist auch nicht gerade toll, wenn die Tiere in die Sakristei kommen, wo die Hostien und Messgewänder aufbewahrt werden. Die Versuche des Hausmeisters, die Viecher mit Fallen oder Gift zu vertreiben, waren aber allesamt fehlgeschlagen.

Der Kammerjäger kam also hier an und ließ sich vom Hausmeister in die Kirche führen. Der zeigte ihm alles und zog sich dann zurück. Als der Kammerjäger gerade anfing, seine Arbeit zu verrichten, erschien seinen Angaben zufolge einer der Mönche in der Kirche. Er trat angeblich herrisch auf und befahl ihm, die Kirche sofort zu verlassen. So ginge das nicht! Dies sei ein Gott geweihter Raum. Da dürfe er keine Giftköder auslegen oder Fallen aufstellen. Die Mönche müssten das selbst und auf ihre Weise erledigen.«

»Und welcher Mönch war das?«

»Der Kammerjäger weiß es nicht. Es war ein Mann in einer schwarzen Kutte, sagt er.«

»Ging es nicht genauer?«, fragte Pia. »War er groß, klein, dick, dünn, mit Bart, mit Haaren oder ohne? Trug er eine Brille?«

»Jetzt wird es ein bisschen seltsam: Der Mönch hatte angeblich die Kapuze übergezogen und stand im Schatten einer Säule. Der Kammerjäger hat sich nicht getraut, ihn direkt anzusehen. Für ihn war es irgendein ›Mönch‹, und das Ganze war ihm unangenehm und auch ein wenig unheimlich.«

Pia schnaubte. »Eine seltsame Geschichte. Ihr wisst also nicht, welcher Bruder es war.«

»Nein. Aber der Kammerjäger hat noch etwas Interessantes gesagt: Er ist der Meinung, dass die Ratten aus der Krypta hochkamen. Die Unterseite der Tür, die sich vor der Treppe befindet, war angenagt. Außerdem hatte er gesehen, dass an einem der Gräber ein Stückchen Mauer eingebrochen war. Und es roch dort auch nicht gut.«

Noah sah auf die Uhr. Schon bald Mitternacht. Nach der Komplet hatte er sich wie gewöhnlich in seine Zelle zurückgezogen und gelesen. Doch heute hatte ihn der Text nicht fesseln können. Das Schweigen nach der Komplet hatte ihn auch nicht beruhigt, wie sonst meistens. Eher im Gegenteil. Es hatte ihn aufgewühlt, sich nicht austauschen zu können. Beim Lesen waren seine Gedanken fortwährend abgeschweift. Er musste immer wieder an diese furchtbaren Morde denken. So war Stunde um Stunde vergangen.

Die Morde führten das Gott geweihte, friedliche Klosterleben ad absurdum. Es fiel Noah mit jedem Tag schwerer, sich auf das Wesentliche zu konzentrieren: Gott zu suchen und ihm zu dienen. Wie konnte er ungerührt damit fortfahren, als wäre nichts geschehen, wenn solche Abscheulichkeiten in seiner nächsten Umgebung passierten? Er konnte es sich endlich eingestehen: Die jüngsten Ereignisse ließen Zweifel an dem Sinn von alldem aufkommen.

Er war jetzt im zweiten Jahr seines Noviziats. Bisher war er sich sicher gewesen, im Mai die zeitliche Profess, das nächste Ordensgelübde, abzulegen. Er hatte sich darauf gefreut, diesen Tag sogar herbeigesehnt. Und nun zweifelte er?

Bruder Thomas hatte ihm mehrmals gesagt, dass Zweifel in der Zeit des Noviziats normal und zu erwarten waren. Ansonsten wäre es ja einfach. Im Gegenteil: Zweifel zeigten, dass man sich mit dem Glauben und dem Leben als Mönch auseinandersetzte. Doch so, wie er jetzt an allem zweifelte, konnte er den Weg, der vor ihm lag, nicht mehr sehen.

Noah verstand Pia Cordes nur zu gut, die nach einem schrecklichen Erlebnis Schutz und Sicherheit suchte. Er wollte jetzt auch am liebsten davonlaufen, sich hinter dicken Mauern verstecken, an einem geschützten Ort, bis das alles vorbei war. Bis … ja, bis die Polizei den Schuldigen gefunden und festgenommen hatte. Doch würde das je geschehen? Würde er, Noah, sich hier jemals wieder sicher fühlen?

Es war wie die Vertreibung aus dem Paradies. Sein Paradies war das Kloster Naumar gewesen, das ihn vor der Härte und Hässlichkeit der Welt da draußen schützte. Eine Gemeinschaft, der er viel opfern musste, die ihm aber umso mehr zurückgab: Sicherheit, Schutz, Liebe, eine Aufgabe und einen Lebenssinn.

Und nun war ein Mörder unter ihnen? Nein. Es konnte keiner der Mönche gewesen sein. Das glaubte Noah nicht. Er kannte sie doch alle.

Dies war nur eine Prüfung.

Der Novize stand auf und kniete, etwas ungelenk nach dem langen Sitzen, auf der Gebetsbank seiner Zelle nieder. Er senkte den Kopf, faltete die Hände. Er wollte für seinen verstorbenen Bruder Zacharias und die beiden anderen Toten beten. Er wollte Gott danken für diese Prüfung. Als könnte er sich damit beweisen, wie unerschütterlich sein Glaube war. »Gott steht uns bei in den Prüfungen und lässt uns nicht allein. So rufen wir zu ihm: Vater unser im Himmel …«

Nach dem Gebet erhob er sich. Er richtete sein Skapulier, knotete den Gürtel fester, zog die Kapuze über den Kopf und verließ seine Zelle.

Der Kreuzgang war erleuchtet mit je einer kleinen Lampe an jeder Seite und ansonsten erfüllt von den tiefen Schatten der Säulen und Nischen. Novize Noah ging bewusst langsam, um nicht zu hetzen oder sich furchtsam über die Schulter umzuschauen. Er würde eh nur in den Stoff der Kapuze blicken. Wenig später betrat er die Kirche. Wo, wenn nicht hier, sollte er Gott um Hilfe bitten in seiner verzweifelten Lage?

Er machte kein künstliches Licht. Neben dem Hochaltar mit dem Tabernakel, in dem das eucharistische Brot aufbewahrt wurde, brannte das ewige Licht. Durch das rote Glas, in dem das Öllicht stand, schien es zu glühen.

Er war noch nie nachts allein hier gewesen. Da war die Bank, in der er Bruder Zacharias tot aufgefunden hatte. Noah sah wieder sein Gesicht mit dem offen stehenden Mund und den starren Augen vor sich und bekreuzigte sich.

Herzukommen war vielleicht doch nicht so eine gute Idee gewesen. Doch nun musste er da durch. Noah wollte schon vor dem Altar auf die Knie sinken, als er das Kreuz sah. Es lag in der aufgeschlagenen Bibel. Ein mattgoldenes Kreuz, etwa dreißig Zentimeter lang und zwanzig Zentimeter breit, mit Edelsteinen besetzt, die selbst im Dämmerlicht schimmerten.

Als er und die anderen nach der Komplet die Kirche verlassen hatten, war das Kreuz noch nicht hier gewesen. Da war Noah sich vollkommen sicher. Danach musste noch mal jemand den Altarraum betreten und es hier abgelegt haben. Wann war das passiert? War derjenige vielleicht noch hier? Hatte er ihn überrascht?

Noahs Augen konnten die Dunkelheit in den Seitenschiffen und auf den Emporen nicht durchdringen. Zwischen den Kirchenbänken, ja sogar hinter dem Altar konnte sich jemand vor ihm verbergen. Als er arglos hereingekommen war, war er weithin zu hören und zu sehen gewesen.

Er lauschte, doch er vernahm nichts als seinen eigenen, viel zu schnellen Atem. Selbst das leise Knirschen und Scharren seiner Sohlen, wenn er sich bewegte, war verstummt, seit er den roten Teppich vor dem Altar betreten hatte.

Was war das für ein Kreuz? Warum lag es dort? In der Mitte des Kreuzes befand sich ein Glasröhrchen mit etwas Dunklem, Länglichem darin, das wie ein Stück Vanilleschote aussah.

War das … Noahs Herz fing an, wie verrückt zu schlagen. War das etwa das Leurathshausener Reliquienkreuz?

29. Kapitel

»Sie wollen mit mir reden, Bruder Thomas?« Pia stand in der Tür zum Besprechungsraum des Gästehauses. Annamaria hatte ihr gesagt, dass der Mönch sie sehen wolle. Sie war gespannt, um was es ging.

Beim Frühstück im Gästehaus war das Kreuz auf dem Altar das Gesprächsthema Nummer eins gewesen. Die anderen Gäste kannten allerdings nicht die Vorgeschichte dazu. Pia fragte sich, ob es sich tatsächlich um das verschwundene Reliquienkreuz aus dem Kloster Leurathshausen handelte. Noch hatten sie nichts Konkretes darüber erfahren.

Bruder Thomas saß am Tisch unter dem Fenster, einen Aktenordner und diverse Papiere vor sich. »Oh, da sind Sie ja schon, Frau Cordes. Haben Sie einen Moment Zeit, sich zu mir zu setzen?«

»Natürlich. Worum geht es?« Pia nahm Platz.

»Es tut mir leid. Wir werden den Gästebereich des Klosters morgen schließen. Bis dahin sollten die Gäste noch hierbleiben, wegen der polizeilichen Ermittlungen. Neue Gäste werden wir erst mal nicht aufnehmen, bis sich das alles aufgeklärt hat.«

»Ich verstehe. Das ist kein Problem für mich.«

»Es tut mir auch leid, dass Ihr Aufenthalt so … getrübt wurde. Sie hatten Ruhe und geistliche Erbauung gesucht, und jetzt ist alles ganz anders gekommen.«

»Das ist nun mal nicht zu ändern«, antwortete Pia. »Viel

schlimmer ist doch, dass drei Menschen getötet worden sind. Die Aufklärung der Verbrechen geht auf jeden Fall vor. Und Sie haben nun sicher anderes zu tun, als sich um Gäste zu kümmern.«

»Das ist wahr. Aber ich bedaure, dass wir so wenig miteinander gesprochen haben.«

»Ich habe im Augenblick etwas Zeit …«, bot Pia an. Sie wollte jede Gelegenheit wahrnehmen, die sich ihr bot, mit den Mönchen zu reden. Vielleicht erfuhr sie doch noch etwas, was bei den Ermittlungen weiterhalf.

Bruder Thomas blickte auf seine Armbanduhr. »Ja, einen Moment kann ich erübrigen. Sehr gern. Ich hoffe doch, dass Sie mit der geistlichen Begleitung des Novizen zufrieden waren?«

»Ja, das war ich.« Sie zögerte kurz, um sich das Gespräch wieder in Erinnerung zu rufen. »Ich bin mir viel klarer darüber geworden, weshalb ich eigentlich hergekommen bin, was ich mir von dem Aufenthalt versprochen habe und inwieweit es eingetroffen ist.«

»Was ist denn eingetroffen?«, wollte Bruder Thomas wissen. »Welche Erwartungen konnten wir erfüllen und welche nicht?«

»Ich dachte anfangs, ich suche Ruhe und ungestörte Zeit zum Nachdenken. Ein in sich abgeschlossenes Kloster, das klang so verlockend. Aber die Abgeschiedenheit und Stille waren nicht die Lösung. Im Gegenteil: Ruhe und Nichtstun haben mich eher an allem zweifeln lassen, während die Arbeitseinsätze im Klosterforst und die neue Umgebung mir weitergeholfen haben.«

»Deswegen heißt es ›*Ora et labora et lege*‹.«

»Was bedeutet das letzte Wort?«

»Lesen.«

»Die Bibliothek des Klosters ist bemerkenswert. Und Bruder Lambert hilft einem wirklich weiter, wenn man etwas sucht.«

»Was haben Sie denn gesucht?«

»Baugeschichtliches über das Kloster. Ehrlich gesagt wollte ich gern etwas über die Krypta erfahren.«

»Ich verstehe.« Bruder Thomas sah sie offen an. »Sie können mich alles fragen, wenn es Ihnen hilft.«

Pia hatte sogar sehr viele Fragen. Doch sie war hier nicht befugt, wie ein Ermittler zu agieren. Sie musste aufpassen, dass sie sich nicht verriet. »Hat die Polizei inzwischen herausgefunden, was es mit dem Toten in der Krypta auf sich hat?«, erkundigte sie sich. Offiziell wusste sie es ja noch nicht.

»Ja, das haben sie wohl. Es soll ein junger Mann gewesen sein, ein Ausreißer, heißt es. Aber ich habe hier nie jemanden gesehen, auf den diese Beschreibung passt. Es ist mir ein Rätsel. Wir liegen ja so ab von allem … Er war wohl damals in Neumünster als vermisst gemeldet worden, doch man hat ihn nie gefunden. Bis jetzt.«

»Das klingt nach einer furchtbaren Tragödie. Aber wie kann ein Jugendlicher oder junger Mann ins Kloster gekommen sein, ohne dass ihn jemand gesehen hat? Irgendjemand muss ihn getroffen haben. Wer hat ihn getötet, und wer hat seine Leiche versteckt?«

»Das frage ich mich auch die ganze Zeit. Und ich bete zu Gott, dem Herrn, dass keiner meiner Brüder etwas damit zu tun hat. Das ist einfach unvorstellbar. Die Polizei wird diese Fragen hoffentlich schnell klären. Ich kann es nicht.«

»Und was ist das für ein Kreuz, das auf dem Altar gelegen hat? Ist es das Reliquienkreuz aus dem anderen Kloster?«

Bruder Thomas faltete die Hände auf dem Tisch und

sah sie lächelnd an. »Tja, es wurde uns wohl auf göttlichem Wege zurückgegeben.«

»Das Kreuz stammt aus dem Kloster Leurathshausen?«

Er nickte. »Ja, das stimmt. Aber was wissen Sie darüber?«

»Bruder Lambert hat mir die Geschichte gestern erzählt.« Dass auch Noah darüber gesprochen hatte, verschwieg sie ihm.

»Was für ein Zufall. Na ja, er liebt es, Geschichten zu erzählen. Doch es stand damals auch alles in den Zeitungen. Es ist kein Geheimnis.«

»Sie waren doch quasi dabei. Was passierte damals?«

Er lehnte sich zurück und blickte aus dem Fenster. »Das Reliquienkreuz gehörte seit Jahrhunderten dem Leurathshausener Kloster. Es war zuletzt in der Kirche der Abtei in einem Glaskasten ausgestellt. Das Kreuz enthält eine Reliquie des heiligen Cyprianus. Pilger kamen aus der ganzen Welt, um es anzuschauen. Es sicherte für Jahrhunderte den Wohlstand der Abtei.

Die Sicherheitsvorkehrungen waren entsprechend ausgefeilt. Unser Abt hatte dafür extra eine Sicherheitsfirma beauftragt. Doch ihm wurde sowohl der Code als auch der Schlüssel dafür aus seinem Arbeitszimmer entwendet. Ein kurzer Moment der Unachtsamkeit, und der Diebstahl war dann wohl ein Kinderspiel.«

»Wer es war, wurde nie aufgeklärt?«

»Nein. Die Polizei rechnete mit Hinweisen oder sogar einer Lösegeldforderung. So ein Stück verkauft man ja nicht einfach so auf dem Schwarzmarkt. Aber nichts … Es war der Anfang vom Ende.«

»Der Anfang vom Ende des Klosters? Bruder Lambert hat angedeutet, dass es noch mehr Schwierigkeiten gab.«

»Was hat er gesagt?«

»Er wurde da nicht konkreter. Ist das ein Geheimnis?«

Bruder Thomas sah sie milde erstaunt an. »Warum interessiert es Sie so sehr?«

»Ich möchte nur verstehen, was passiert ist.«

Er legte die Hände mit der Innenseite nach oben auf den Tisch. »Das Böse muss man nicht verstehen. Es ist einfach da.«

»Ich denke, dass wir das Böse bekämpfen müssen.«

Bruder Thomas sah sie nachdenklich an. »Sie sind eine ungewöhnliche Frau. Wenn Sie ein wenig nachforschen, werden Sie es sowieso herausbekommen. Es war nicht nur das Kreuz. Es gab noch einen Vorfall. Im nahegelegenen Wald hatte sich ein junger Mann erhängt. Er war Jahre zuvor mal Messdiener bei uns gewesen. Aber das traf ungefähr auf die Hälfte aller Jungen aus den umliegenden Dörfern zu. Leider passte es den Presseleuten wohl nur zu gut ins Konzept. Normalerweise schreiben sie nicht über Suizide. Doch dieses Mal hieß es, dass das verschwundene Kreuz dem Kloster Unglück bringe …«

Er blickte sie freimütig an. »Ich bin gläubig, nicht abergläubisch. Dieser Selbstmord hatte höchstwahrscheinlich nichts mit dem gestohlenen Kreuz zu tun. Es war einfach ein schrecklicher Zufall, dass es so bald danach geschah. Kurz darauf hörten wir von der Entscheidung, dass ausgerechnet unser Kloster mit aufgelöst werden sollte. Das war für viele Brüder ein Schock. Die Abtei war für uns mehr als nur eine Ordensgemeinschaft. Es war eine Heimat. Ich denke ungern an diese Zeit zurück.«

»Warum sind Sie in dieses Kloster gewechselt?«

»Ich wollte mit ein paar Brüdern von dort gemeinsam wechseln. Gerade Bruder Zacharias war ein guter Freund …«

»Kannten Sie Bruder Zacharias besser als die anderen?«

»Wir sollen alle unsere Brüder gleich achten und lieben. Aber ich glaube, ich kannte ihn schon sehr gut. Wenn es Probleme gab, habe ich sie als Erstes mit ihm besprochen.«

»Warum könnte ihn jemand ermordet haben?«

»Dazu gab es überhaupt keinen Grund! Er war der Beste von uns. Hochanständig, von tadellosem Charakter, absolut loyal. Bruder Zacharias war bei allen sehr beliebt …«

»Bei wirklich allen?«, hakte Pia nach.

»Bis auf einen vielleicht«, räumte der Mönch zögernd ein.

»Wen meinen Sie?«

Er seufzte bekümmert. »Bruder Zacharias hatte eine besondere Gabe, mit Menschen umzugehen. So etwas ist ein Gottesgeschenk. Bruder Reginald hat als Subprior fest damit gerechnet, der nächste Prior zu werden. Doch es sah mehr und mehr so aus, als würde Bruder Zacharias gewählt werden. Aber bitte … das wäre niemals ein Motiv, ihn zu ermorden.«

Pia ließ das unkommentiert. »Wissen Sie, wer seinerzeit den Kammerjäger weggeschickt hat, der die Ratten aus der Kirche und der Sakristei vertreiben sollte?«

»Das ist doch auch schon ewig her. Warum fragen Sie?«

»War das Bruder Reginald?«

»Interessant, dass Sie das sagen.« Bruder Thomas sah sinnend in die Ferne. »Wir hatten damals einen Helfer, der Helmut Weber, dem Hausmeister, zur Hand gehen sollte. Kein ausgebildeter Handwerker, sondern ein Hilfsarbeiter. Ohne arrogant sein zu wollen, würde ich sagen, dass er ein einfacher Mann war. Er weigerte sich einmal, einen einfachen Arbeitsauftrag zu beenden. Angeblich sei ihm dabei eine Ratte über den Fuß gelaufen. Ich stellte ihn zur Rede.

Er erklärte mir, wenn Bruder Reginald der Kammerjäger zu teuer sei, müsse er sehen, wer die Arbeit mache. Er jedenfalls nicht. Damals ergab das keinen Sinn für mich. Aber heute ...«

»Bruder Reginald hatte den Kammerjäger fortgeschickt?«

»Zumindest, wenn man dem Hilfsarbeiter glauben kann. Wie gesagt, er hatte ein schlichtes Gemüt. Doch es ist möglich, dass es die Wahrheit war, genauso wie es möglich ist, dass er gelogen hat. Bruder Reginald war zu der Zeit mit für die Finanzen des Klosters verantwortlich und sehr auf ... Sparsamkeit bedacht. Das ist natürlich seine Pflicht. Aber er hat sich damit nicht nur beliebt gemacht.«

»Demnach hätte Bruder Reginald den Kammerjäger unverrichteter Dinge fortgeschickt, um Geld zu sparen.«

»Warum sonst?«

»Und was wurde aus dem Helfer?«

»Er blieb nicht lange bei uns. Später hörte ich, dass er gestorben ist. Er war erst Mitte fünfzig. Doch er soll dem Alkohol zu sehr zugetan gewesen sein.«

Eine hohe Sterblichkeit rund um dieses Kloster, dachte Pia. »Was passiert jetzt wohl mit dem Reliquienkreuz?«, fragte sie unvermittelt.

»Es gehört letztlich der Gemeinschaft der Cyprianer. Vielleicht kann sich Kloster Naumar bald glücklich schätzen?«

Die Aussicht auf blauen Himmel und zwei zerrupfte Palmen half ihm nicht unbedingt weiter. Polizeigebäude sahen von innen doch überall auf der Welt gleich deprimierend aus. Marten warf zwei Aspirin in seinen Kaffee. Das Warten bereitete ihm Kopfschmerzen. Noch wurden die Ausfallstraßen von Cannes, Bahnhöfe, Busbahnhöfe und der Flughafen Cannes-Mandelieu kontrolliert. Doch lange würde die französische Polizei das nicht mehr aufrechterhalten können. Es handelte sich für sie schließlich nur um einen entflohenen deutschen Häftling, der sich hier noch nichts zuschulden hatte kommen lassen.

Der Anruf eines unbekannten Teilnehmers ließ Marten aufmerken. »Hallo?« Er hörte Musik, Stimmen, Atemgeräusche. »Wer ist dort?«

»Ich bin's, Aubrey«, sagte eine Frau mit einem gedehnten amerikanischen Akzent in gedämpftem Ton.

Er fuhr auf. »Hi, Aubrey.«

»Sind Sie es, Marten?« Sie sprach es »Morton« aus, sodass er sich im ersten Moment nicht angesprochen fühlte.

»Ja, wie kann ich Ihnen helfen?«

»Er ist hier«, flüsterte sie. »Der Mann, den Sie suchen.«

»Wo sind Sie? Hat er Sie gesehen?«

»Nein, ich denke nicht. Ich bin auf einem Schiff. Um uns herum ist nur Wasser.«

Na super. »Wie heißt das Schiff?«

»Ich weiß nicht. Eine große weiße Jacht. Hier sind so viele Leute ...«

»Wem gehört die Jacht?«

»Ich weiß nicht. Lizzy und Joe haben mich mitgenommen. Lizzy und Joe Montgomery aus Austin, Freunde meines Mannes. Hier steigt eine Party. Jemand namens Gerard hat Geburtstag.«

»Aubrey. Hören Sie mir genau zu: Er darf Sie auf keinen Fall sehen. Können Sie sich vor ihm verstecken und in Sicherheit bringen, bis wir dort sind?«

»Ich weiß nicht.« Er hörte ihren schnellen Atem. Im Hintergrund waren laute Rufe und Gelächter zu hören.

»Ich könnte mich in einem der Badezimmer einschließen«, sagte sie zögernd. »Aber muss das wirklich sein?«

»Tun Sie es bitte. Sofort. Und dann rufen Sie mich wieder an. Er darf Sie auf keinem Fall sehen!«

»Okay, ich …« Das Gespräch brach ab.

»Ich bekomme gleich noch einen Anruf«, rief Marten dem Kollegen Simon quer durch den Raum zu. »Wir müssen die Position eines Handys orten lassen! Lohse befindet sich auf einem Schiff.«

»Ein Kammerjäger?« Bruder Reginald hörte sich so an, als hätte Rickert ihn nach einem Callboy gefragt.

»Es ist schon fünf Jahre her. Wir haben erfahren, dass Sie zu der Zeit in der Sakristei und der Kirche ein Problem mit Ratten hatten. Der Hausmeister kam nicht dagegen an, also wurde ein Kammerjäger bestellt.«

»Ach wirklich?«

Rickert riss sich zusammen, um nicht laut zu werden. Bisher waren die Vernehmungen der Mönche immer freundlich und konstruktiv verlaufen. Doch Bruder Reginald gab ihm das Gefühl, ein dummer Junge zu sein, der Erwachsene von ihren wichtigen Geschäften abhielt. »Ja, so war es. Wenn ich es recht verstehe, sind Sie als Subprior mit für die Finanzen des Klosters zuständig. Sicher müssen Ausgaben für Handwerker kontrolliert werden, damit es nicht ausufert.«

»Ganz richtig. Doch was getan werden muss, wird getan. Ich kann mich leider nicht an diesen Vorfall erinnern. Wie lange, sagten Sie, liegt er zurück?«

»Ungefähr fünf Jahre.«

Der Mönch machte eine Geste, die als »Na, sehen Sie« zu deuten war.

»Haben Sie den Kammerjäger wieder fortgeschickt oder nicht? Oder ...« Oder leiden Sie an Demenz?, fügte er in Gedanken hinzu und warf ihm nun seinerseits einen entsprechenden Blick zu.

»Es kann schon sein, dass ich mal einen Auftrag zurückgezogen habe, doch ich erinnere mich nicht daran.«

»Wir haben einen Zeugen, der das behauptet.« Pia sei Dank!, dachte er. Sie hatte ihn nach ihrem Gespräch mit Bruder Thomas sofort informiert. Bedauerlich war, dass der Zeuge bereits das Zeitliche gesegnet hatte.

»Wenn ich es recht überlege: Da war tatsächlich mal etwas mit einem Kammerjäger. Aber wenn ich etwas Derartiges getan habe, dann nur, weil mir jemand gesagt hat, dass wir den Mann nicht mehr brauchen.«

»Und wer hat Ihnen das gesagt?«

Bruder Reginald schnaubte. »Das weiß ich doch nicht mehr. Wieso ist das überhaupt wichtig? Wissen Sie, ich habe anderes zu tun. Das Leurathshausener Reliquienkreuz wurde uns zurückgegeben. Das ist eine göttliche Fügung. Wir müssen eine Dankesmesse halten.«

»Ich glaube, das Kreuz hat ein Mensch dort auf Ihren Altar gelegt. Und womöglich war es der Dieb selbst. Er ist demnach hier im Kloster. Und er hatte einen Grund, das Kreuz zurückzulegen.«

»Sein schlechtes Gewissen«, vermutete Bruder Reginald. »Es war Gottes Wille. Vielleicht hat Gott den Dieb dahingehend beeinflusst. Oder er hat über ihn gerichtet. Die Wege des Herrn sind unergründlich.«

»Gerichtet? Deuten Sie an, dass einer der Ermordeten der Dieb gewesen sein könnte?«

»Immerhin war Bruder Zacharias zugegen, als das Reliquienkreuz gestohlen wurde, und ebenso, als es zurückkam.«

»Nein, da war er schon tot.«

»Er liegt noch aufgebahrt in der Kapelle. Wir wissen es nicht.«

Rickert stöhnte innerlich auf und warf Busche einen verzweifelten Blick zu. Sein Kollege schrieb unerschütterlich mit.

»Ich weiß nur, dass ein lebendiger Mensch das Kreuz nachts auf dem Altar abgelegt hat. Nicht der Geist eines Toten. Wir haben Fingerabdrücke darauf gefunden, die uns sicherlich weiterhelfen werden. Und es waren einige Mönche im Kloster Leurathshausen zugegen, als es gestohlen wurde, und auch hier, als es zurückgelegt wurde.«

»Ja. Prior Philip, Bruder Thomas, Bruder Lambert und ich. Prior Philip wird sehr besorgt sein. Er war es ganz gewiss nicht.« Bruder Reginald senkte die Stimme. »Die Aufregung und der Skandal sind weder gut für das Kloster noch gut für ihn.«

»Für ihn? In welcher Hinsicht?«

Bruder Reginald blickte auf seine Hände. Dann hob er den Blick wieder. Seine Augen glänzten. »Prior Philip ist auserwählt, unserem Gott in der ewigen Stadt zu dienen. Er will unserem allmächtigen Vater im Vatikan, nah beim Papst, zu Diensten sein.«

»Und der Fund des Kreuzes könnte ihn daran hindern?«

»Es kommt darauf an. Wenn es heißt, dass es Gottes Wille war, dass uns das Kreuz mit der Reliquie des heiligen Cyprianus zurückgegeben wurde, dann wird es Prior Philip auf seinem Weg nach Rom helfen.« Er starrte an Rickert vorbei an die Wand. »Wenn die Polizei allerdings herausfindet, dass einer von uns Mönchen das Kreuz gestohlen hat und es – Gott möge das verhüten – mit den Todesfällen in Verbindung steht, dann …« Er beendete den Satz nicht, sondern bekreuzigte sich.

»Reden Sie bitte weiter.«

»Dann stehen wir wohl nicht mehr in der Gunst Gottes. Wir sind dann wie verlorene Schafe, abgekommen vom rechten Pfad.«

»Und weiter?«

Sein Gesicht verzerrte sich. Es sollte wohl Mitleid ausdrücken, doch Rickert las darin auch etwas wie Schadenfreude. »Wenn es sich so verhält, wird Prior Philip niemals nach Rom gehen.«

30. Kapitel

Marten ließ sein Smartphone nicht aus den Augen.

»Immer noch nichts?«, fragte Eric Simon.

»Verdammt, nein! Schon sechs Minuten. Wie lange braucht diese Frau, um eine Toilette zu finden und die Tür abzuschließen?«

»Vielleicht sind alle Badezimmer besetzt? Findet da nicht eine Party an Bord statt?«

»Ich werde noch wahnsinnig. Ist das Hafenamt informiert? Welche großen Jachten sind heute ausgelaufen?«

»Zwei größere heute Morgen. Eine hat sich in aller Herrgottsfrühe nach La Spezia in Italien auf den Weg gemacht. Die andere schippert nur ein bisschen herum und soll am Abend oder morgen früh zurückkommen. Es waren angeblich recht viele Leute an Bord. Die wird es sein.«

»Glaube nie das Offensichtliche«, murmelte Marten.

»Der Eigner ist US-Amerikaner.«

»Nun gut. Hoffen wir mal, dass wir mit diesem Schiff richtigliegen.« Marten ging auf und ab. »Warum meldet Aubrey Shoemaker sich nicht?«

»Egal, ob sie sich noch meldet oder nicht: Wir werden denen einen kleinen Besuch abstatten.«

»Wieder mit Blaulicht und Sirene?«

Simon rollte mit den Augen. »Das hätte überall passieren können. Aber nein, dieses Mal geht ein Patrouillenboot der französischen Küstenwache längsseits. Lohse kann ja nicht von dort weg.«

»Er könnte eine Geisel nehmen, sobald sich ein Patrouillenboot nähert.«

»Das glaubst du nicht wirklich?«

Marten zuckte mit den Schultern. »Wird der Kapitän vorab informiert?«

»Nein, erst mal nicht.«

»Seid ihr sicher?«

»Ja. Wir wollen unter keinen Umständen eine Panik an Bord auslösen.«

»Ich denke, es ist besser, den Kapitän ins Bild zu setzen. Er könnte Aubrey Shoemaker vor Lohse in Sicherheit bringen.«

Simon zog die Augenbrauen zusammen. »Es sind zu viele Menschen an Bord. Die gehen vor. Aber ich gebe das mal so weiter. Diese Aktion ist übrigens nicht die unsere. Sie liegt in den Händen der *Gendarmerie maritime*.«

»Was genau bedeutet das?«

»Wir bleiben hier und warten ab.«

»Was? Ich muss mit denen mitfahren! Wer soll Lohse sonst identifizieren? Und dich brauche ich zum Übersetzen.«

»Die Amerikanerin kann ihn identifizieren.«

»Ach, wirklich? Und wenn sie in Panik gerät? Oder er sie einschüchtert, sodass sie nichts sagt? Nein, ich muss auf jeden Fall mit dabei sein.«

»Ich kann nichts versprechen.«

»Du kannst das für uns arrangieren, das weiß ich.« Marten sah auf die Uhr. »Jetzt sind schon elf Minuten vergangen. Und Aubrey Shoemaker hat immer noch nicht angerufen.«

»Herr Prior, entschuldigen Sie bitte, dass ich einfach so hereinkomme. Ich weiß, Sie möchten nicht gestört werden. Die Polizei ist hier, und ich fürchte, die lassen sich nicht wieder wegschicken. Es ist dringend.«

»Moment!«, presste der Prior zwischen zusammengebissenen Zähnen hervor. Ein Schweißtropfen lief ihm ins Auge, sodass er Bruder Benno nur als verschwommenen schwarzen Schatten wahrnahm, mit einem helleren Fleck unten, wo sich vermutlich sein Gesicht befand. Das Bild stand auf dem Kopf.

Prior Philip stemmte die Hantelstange mit den Gewichten an der Seite mit aller Kraft nach oben. Noch drei Wiederholungen auf der Hantelbank beim Armdrücken. Danach müssten eigentlich noch drei Butterflys mit je zwanzig Wiederholungen folgen ... Wie sollte er je fit werden, wenn er ständig seine Übungen unterbrach?

Beim letzten Hochstemmen zitterten seine Bizepse wie Schilfrohr im Wind. Er stöhnte laut auf, legte die Stange ab und setzte sich langsam auf. Mit dem bereitliegenden schneeweißen Frotteehandtuch fuhr er sich über Gesicht und Nacken. Er wischte seine Brille trocken. Bruder Benno stand immer noch in der Tür.

»Ich werde in fünf Minuten zu ihnen gehen. Führe die Polizeibeamten bitte in mein Büro«, wies er den Bruder an.

Dieser nickte und trat rückwärts hinaus. Prior Philip sah ihm nach, bis sich die Tür hinter ihm wieder geschlossen hatte. Er unterdrückte seinen Neid auf Bruder Bennos relative Jugend und hochgewachsene Statur, der ihn immer anfiel, wenn er mit seinen eigenen körperlichen Schwächen konfrontiert war. Siebzig Jahre waren nun einmal siebzig gelebte Jahre. Er hatte doch noch viel vor. Sein Geist war eingesperrt in einen zu alten Körper.

Nein, das waren die falschen Gedanken! Gott hatte ihn zur rechten Zeit auf den rechten Platz gesetzt. Er war gesund und fit, er hatte Disziplin, er hatte Charisma, er hatte seinen Glauben. Seinem Weg nach Rom und in die Dienste des Papstes stand nichts im Weg.

Doch es gelang ihm nicht, den Groll ganz und gar zurückzudrängen. Da nahm er sich eine einzige Stunde am Tag für seine Gesundheit und seinen Körper, und nicht einmal die war ihm vergönnt. Er erhob sich von der Hantelbank und betrachtete sich in dem großen Spiegel, den er an der Zellenwand hatte anbringen lassen, um seine Bewegungsabläufe zu kontrollieren.

Er trug Trainingsleggings und ein enges T-Shirt mit kurzen Armen. Die körperbetonte Kleidung fühlte sich so anders an als der weite Habit. Er war sich so seines Körpers viel bewusster, spürte, wie eine nie zuvor gekannte Energie ihn durchflutete. Die Ernährungszusätze mit Proteinen und Mineralstoffen und das tägliche Training schlugen an. Er fühlte sich so fit wie seit Jahrzehnten nicht mehr. Und das, obwohl er hier im Kloster eine verantwortungsvolle und anspruchsvolle Aufgabe erledigte.

Prior Philip war nun bereit für große Veränderungen in seinem Leben. Jeder Schritt, den er tat, führte ihn weiter, seinem Ziel entgegen. Aber vorher musste er diese unheilvolle Klippe umschiffen. Mit Gottes Hilfe!

Er trat ans Waschbecken.

Es brachte nichts, es hinauszuzögern. Prior Philip wusch sich Gesicht und Hände und fuhr sich über das schüttere, kurz rasierte Haar. Dann zog er den dunkelblauen Bademantel aus Waffelpikee über und ging in sein Büro.

Der Polizist namens Rickert und sein Kollege Busche erhoben sich, als er eintrat. Er winkte ab. »Bleiben Sie sitzen. Entschuldigen Sie bitte meinen Aufzug. Aber die Gesundheit fordert allmählich ihren Tribut …«

»Haben Sie ein Fitnessstudio im Kloster?«, fragte der Stämmigere der Polizisten.

»Nein, ich habe mir eine einfache Hantelbank besorgt und in einer leer stehenden Zelle aufgestellt. Ein sehr bescheidenes Fitnessstudio. Doch mein Arzt sagte mir, ich müsse unbedingt etwas tun.«

»Kein Problem«, antwortete Rickert mit einer Spur Ungeduld in der Stimme. »Nun sind Sie ja hier.«

Prior Philip blickte auf die Trainingsuhr an seinem Handgelenk. »Wir haben zwanzig Minuten. Danach muss ich mich für das Mittagsgebet fertigmachen.«

»Dann komme ich am besten gleich zum Grund unseres Besuchs«, sagte Rickert. »Die Herkunft des gefundenen Kreuzes als das aus dem Kloster Leurathshausen hat sich inzwischen bestätigt. Haben Sie irgendeine Idee, wie es hier auf den Altar gekommen sein kann?«

»Nun, das frage ich mich auch schon die ganze Zeit. Ich kann mir nicht vorstellen, dass einer der Brüder dahintersteckt. Wir kennen uns seit vielen Jahren. Es ist mir nie in den Sinn gekommen, dass einer von ihnen ein Dieb sein könnte.«

»Was ist mit den vier Brüdern, die mit Ihnen gemeinsam aus dem anderen Kloster hierhergekommen sind?«

»Ich würde für alle diese Mitbrüder die Hand ins Feuer legen. Das Kreuz muss damals von einem Außenstehenden gestohlen worden sein. Das hat auch die Polizei so gesehen. Alles andere ergibt gar keinen Sinn.«

»Wieso nicht?«

»Wir Mönche besitzen kein persönliches Eigentum. Es ist so gar nicht vorgesehen. Alles gehört der Gemeinschaft.

Welchen Sinn sollte es dann haben, ein Reliquienkreuz zu stehlen, das einem sowieso schon gehört?«

»Um sich allein daran zu erfreuen?«, schlug Busche vor. »Oder um es zu verkaufen? Geld kann schließlich jeder gebrauchen.«

Prior Philip bedachte ihn mit einem, wie er hoffte, mitleidigen Blick. »Geld! Hier im Kloster ist es unwichtig, wie viel Geld man hat. Wissen Sie, wenn irgendwer im Kloster ein Kreuz haben möchte, kann er sich jederzeit vertrauensvoll an mich wenden. Ich habe so viele Kreuze aus Nachlässen, die dem Kloster überlassen worden sind.« Er hob die Hände. »Es gibt hier Kreuze im Überfluss!«

»Aber dieses war doch besonders wertvoll.«

»Ja. Und das in zweifacher Hinsicht: einmal aufgrund der seltenen und unschätzbar wertvollen Reliquie, die darin eingearbeitet ist. Doch die würde einem Dieb wohl kaum Segen bringen. Und zweitens ist da der hohe materielle Wert. Aber was soll der einem Mönch nützen, der das Gelübde der *conversatio morum suorum*, des klösterlichen Lebenswandels, freiwilliger Armut und eheloser Keuschheit abgelegt hat?«

»Es muss ein Interner gewesen sein. Heute Nacht war bis auf die Mönche und ein paar Gäste niemand im Kloster. Der Ein- und der Ausgang werden streng überwacht.«

»Sie sagen es. Genau das hat mich auch beschäftigt. Es gibt nur eine Lösung: Einer der Brüder hat unser Reliquienkreuz irgendwie zurückorganisieren können und hat es, um nicht vor den anderen herausgestellt zu werden, lieber heimlich auf den Altar gelegt.«

»Wie könnte er es ›zurückorganisiert‹ haben?«

»Nun, die Diebe hatten wahrscheinlich Probleme damit, das Kreuz zu verkaufen. Die Jahre sind vergangen. Vielleicht hatten sie eine unheimliche Pechsträhne, für die sie das gestohlene Kreuz verantwortlich gemacht haben. Irgendwann wollten sie es nur noch loswerden. Sie nahmen deswegen Kontakt zu einem Kloster auf. Vielleicht über einen oder mehrere Mittelsmänner? Dann könnte jemand aus unserer Mitte es entgegengenommen und dem Kloster zurückgegeben haben.«

Rickert machte ein ungläubiges Gesicht.

Prior Philip wurde in seinen durchgeschwitzten Trainingsklamotten allmählich kalt. Er blickte demonstrativ wieder auf die Uhr. »Nun ja. Sie haben mich nach meiner Meinung gefragt. All das ist ein Rätsel, wie die Todesfälle auch, und die eine Lösung klingt so unwahrscheinlich wie die andere.«

»An welchen Ihrer Brüder denken Sie da?«, hakte Rickert nach. »Wer hätte die Fähigkeiten und Möglichkeiten, die Rückgabe zu organisieren?«

»Ich weiß nicht, ob ich so offen sein soll …« Er sah sie nachdenklich an.

»Es sind drei Menschen ermordet worden.«

»Also gut. Der heilige Cyprianus sagt: ›Wer es auf sich nimmt, Menschen zu führen, muss sich bereithalten, Rechenschaft abzulegen.‹ Unser Bruder Lambert hatte immer ein besonderes Verhältnis zu Reliquien und ihrer Geschichte.«

»Sie denken, Bruder Lambert hat das Kreuz ›zurückorganisiert‹ und nachts heimlich auf den Altar gelegt, um nicht … vor den anderen herausgestellt zu werden?« Es gelang Rickert kaum, seinen Unglauben zu verbergen.

»Wissen Sie, Bruder Lambert hatte in Leurathshausen eine Vertrauensstellung beim Abt inne. Fragen Sie ihn ruhig danach. Er ist in einem Kloster in Tschechien zu erreichen.

Bruder Benno kann Ihnen die Nummer geben. Unser früherer Abt wird Ihnen das bestätigen. Durch seine damalige Stellung kennt Bruder Lambert immer noch viele Leute aus Kirchenkreisen. Aber …« Er sah ernst von einem zum anderen: »Bruder Lambert ist kein Mörder!«

Die gesuchte Jacht befand sich irgendwo auf dem Meer zwischen Nizza und dem Cap Ferrat. Das Patrouillenschiff der *Gendarmerie maritime* war auf dem Weg dorthin, und ein zweites sollte aus Nizza hinzukommen. Wenn Lohse sich auf diesem Schiff aufhielt, und Marten zweifelte eigentlich nicht daran, dann sollte er ihm dieses Mal nicht entkommen.

Er stand an Deck und ließ sich den Fahrtwind um die Nase wehen. An Land waren die Temperaturen noch recht angenehm, doch hier merkte man, dass November war und nicht Mai. Trotz des sonnigen Wetters. Das Mittelmeer erstreckte sich kristallblau bis zur Küstenlinie des Cap d'Antibes. Er war als Neunzehnjähriger mal mit Freunden dort im Urlaub gewesen. Interrail … Es hatte da eine Art Jugendherberge gegeben, erinnerte er sich, und man konnte von den Felsen aus im Meer baden.

Endlich, nachdem am Horizont erst Cagnes-sur-Mer und dann Nizza an ihnen vorbeigezogen waren, wurde in der Ferne die Jacht sichtbar.

Sie kamen immer näher, gingen schließlich längsseits und kündigten dem Kapitän an, mit ein paar Männern an Bord zu kommen. Das zweite Schiff der französischen Küstenwache aus Nizza näherte sich nun ebenfalls, hielt sich dann jedoch ein bisschen im Hintergrund.

Marten ging mit zwei Gendarmen und ihrem Vorgesetzten an Bord. Seine Aufgabe war es, Lohse zu identifizieren, nachdem der Kapitän ihnen die Erlaubnis erteilt hatte, die Passagiere zu befragen.

»Wir suchen auch nach einer Amerikanerin: Aubrey Shoemaker. Sie ist mit einem Paar aus Austin an Bord gekommen. Den Montgomerys«, erklärte Marten dem Kapitän auf Englisch.

»Wir haben hier fast achtzig Leute an Bord«, gab er zurück. »Jeder hat jemanden mitgebracht. Ich kenne nicht alle, und Gerald, der Eigner, auch nicht. Die meisten von ihnen sind inzwischen alkoholisiert und in bester Partylaune. Soll ich Ihre Mrs Shoemaker ausrufen lassen?«

»Auf gar keinen Fall! Wir gehen herum und halten nach ihr Ausschau.«

Ein Gendarm fand Aubrey Shoemaker in einer der Toilettenräume. Von außen war ein Schild angebracht, auf dem stand, dass die Toilette defekt sei. Er rief Marten sofort zu sich. Die Amerikanerin war zusammengeschnürt worden wie ein Paket, und ihre untere Gesichtshälfte zierten mehrere Streifen Fixierband. Sie befreiten sie und brachten sie in einen kleineren Salon, der vorher geräumt worden war.

Gerald, das Geburtstagskind, kam in den Salon gestürmt und orderte sogleich einen Drink, den man Aubrey Shoemaker reichte.

»Wer war das? War es der Deutsche, den wir suchen?«, fragte Marten die Amerikanerin, nachdem sie den ersten großen Schluck getrunken hatte.

»Oh, Morton!«, stöhnte sie. »Ich hatte Ihnen nicht geglaubt, dass er so gefährlich ist. Er ist brutal und rücksichtslos. Wäre ich ihm bloß nie begegnet!«

»Wann haben Sie ihn zuletzt gesehen?«

»Gleich, nachdem wir telefoniert haben. Er hat mich

wohl dabei gesehen und erkannt. Ich bin in einen Waschraum gelaufen, wie Sie mir geraten hatten, aber bevor ich die Toilettenkabine abschließen konnte, drückte er die Tür auf und kam rein.«

»Hatte er die Schnüre und das Klebeband bei sich?«

»*No!* Er hat mir zuerst eine Beule verpasst. Einen heftigen Schlag auf den Kopf. Ich war wohl eine Weile bewusstlos. Morton, ich habe bestimmt eine Gehirnerschütterung. Er hat mich gefesselt und geknebelt, und so habe ich stundenlang in einem Toilettenraum gelegen. *Asshole!*«

Albrecht Lohse hatte offensichtlich einen weiteren Fan gewonnen. »Wir lassen Sie jetzt in Ruhe, Mrs Shoemaker«, sagte Marten. »Gerald und seine Leute passen auf Sie auf, nicht wahr?«

Sie nickte und hielt dem Gastgeber ihr Glas erneut hin. Er schenkte Aubrey reichlich nach. »Ich hoffe, Sie finden ihn!«

Gerald zog ein Gesicht. »Äh, eine Sache noch ...«

»Als wir in der Bucht von Villefranche-sur-Mer geankert haben, wollte eine kleine Gruppe unbedingt mit einem Beiboot an Land gehen, um sich die Altstadt von Villefranche und die Zitadelle anzuschauen. Sie wollten auch die Dunkle Straße sehen. Das ist eine unterirdische Straße, die im dreizehnten Jahrhundert für Soldaten errichtet wurde.«

»Und wann war das?«

»Gegen Mittag. Es waren zehn Leute. Ich fand das nicht so toll. Aber argumentieren nützt ja nichts, wenn sich Betrunkene was in den Kopf gesetzt haben, nicht wahr? Ich habe nur gesagt, dass sie um halb zwei wieder hier sein müssen. Wir wollen ja noch weiter zum Cap Ferrat. Dort stehen einige der schönsten Paläste der Côte d'Azur. Die Villa von

Rothschild zum Beispiel. Man kann sie vom Wasser aus sehen. Sie kamen auch pünktlich zurück. Allerdings …«

»Was?« Marten ahnte, was nun folgte.

»Ein Gast, ein Mann aus Schweden, ist an Land geblieben. Angeblich hatte er irgendwelche Bekannten in einer Bar dort getroffen.«

Als Marten den Salon verließ, war die Jacht bereits durchsucht worden. Einige der Passagiere erinnerten sich an einen Mark Olsen, berichteten die Gendarmen. Eine Frau erkannte ihn auf einem Foto als denjenigen wieder, der in Villefranche-sur-Mer an Land geblieben war.

»Er ist uns zum zweiten Mal entkommen«, stieß Marten wütend hervor, als sie zurück an Bord des Patrouillenschiffes waren.

»Wer konnte das ahnen?«, fragte Simon, den Blick auf das Mittelmeer gerichtet.

»Lohse hat offensichtlich geahnt, dass wir kommen!«, fuhr Marten ihn an. »Er hat Aubrey Shoemaker an Bord gesehen, sie unschädlich gemacht und die nächste Chance zur Flucht ergriffen. Er kann jetzt schon sonst wo sein.«

»Mehrere Streifenwagen sind bereits nach Villefranche-sur-Mer und zum Cap Ferrat unterwegs.«

Marten stöhnte auf. »Glaubst du denn, die finden ihn? Er ist bestimmt nicht mehr dort!«

»Du solltest das nicht so persönlich nehmen«, antwortete Simon.

»Wieso nicht?«

»Es ist nur ein Job.«

31. Kapitel

Rickert betrat mit Busche im Schlepptau den Vernehmungsraum auf dem Polizeirevier. Bruder Lambert saß reglos und mit versteinerter Miene da. In dem Kommissar regte sich so etwas wie ein schlechtes Gewissen. War es richtig gewesen, den Mönch mit hierherzunehmen? In der Klosterbibliothek, wo sie ihn aufgesucht und aufgefordert hatten, sie zu begleiten, war der Mönch in seiner natürlichen Umgebung gewesen. Mit der schwarzen Kutte war er in der dunklen Bibliothek perfekt an seine Umgebung angepasst. Hier saß der Mönch auf einem blauen Konferenzstuhl vor einem hellgrauen Resopaltisch unter Neonlicht. Er wirkte verloren und ein wenig aus der Zeit gefallen.

Vor ihm stand ein Porzellanbecher mit einem Comic-Elefanten mit verknotetem Rüssel darauf. Wer hatte den für ihn ausgewählt? Es schien nicht so, als wollte der Mönch die grünliche Flüssigkeit trinken. Und Rickert konnte es ihm nicht verdenken.

Bruder Lambert hatte die Hände auf die Armlehnen gelegt und starrte Busche und ihn verwundert an, als wäre er gerade aus einem schlechten Traum erwacht. »Es wäre gut, wenn Sie mich schnellstmöglich wieder ins Kloster zurückbringen. Ich habe nämlich sehr viel zu tun.«

»Erst einmal reden wir.« Rickert setzte sich ihm gegenüber und legte die Akte auf den Tisch. »Es hat sich etwas Neues ergeben. Möchten Sie hier mit Bruder Lambert oder

Ihrem richtigen Namen, Peter Tennstedt, angesprochen werden?«

»Bruder Lambert ist mein richtiger Name seit über dreißig Jahren.«

»Also gut.« Rickert schaltete das Aufnahmegerät ein und las dem Mönch seine Rechte vor, sein Kollege nahm am Kopfende des Tisches Platz. Und wieder war da das Gefühl des Unwirklichen, eines Laientheaterstücks ... Er wünschte beinahe, Pia wäre hier. Sie hatte es geschafft, ihre normale Polizeiwelt und die Welt des Klosters irgendwie miteinander in Einklang zu bringen. Sie sprach mit den Mönchen, als wäre es für sie das Natürlichste der Welt. Er räusperte sich.

Als Erstes gingen sie noch einmal alles durch, was sie bereits wussten. Da war Bruder Lamberts nicht vorhandenes Alibi zum Zeitpunkt des Mordes an Bruder Zacharias. Dann redeten sie über die Beziehungen, die er zu den anderen Mönchen und auch zu den Gästen hatte.

Bruder Lambert sprach freimütig über Pia Cordes, die er für ihre Offenheit und ihr Interesse an der Historie lobte. Was die anderen Gäste anging, erinnerte er sich nur an Ingmar Harse gut. »Er kam zweimal zu mir in die Bibliothek. Das an sich war schon ein bisschen ungewöhnlich. Die meisten Klostergäste schauen sich die Räume einmal und nie wieder an. Doch der Mann lief herum, lauerte mir auf – zumindest war das mein Eindruck – und suchte das Gespräch mit mir. Ich weiß nicht, worauf das hinauslaufen sollte. Er sah mich zwar immer wieder prüfend an, doch er ist nicht mit der Sprache herausgerückt. Ich bin für klare Worte, wissen Sie?«

»Hat Ingmar Harse das Kloster Leurathshausen erwähnt?«

»Nein.«

»Haben Sie über das Reliquienkreuz gesprochen?«

»Nein.«

»Wollte er über die anderen Mönche mit Ihnen reden?«

»Auch das nicht.«

»Ging es um Glaubensfragen?«, mischte sich Arnd Busche vom Kopfende des Tisches aus ein.

»Nein, nicht direkt. Es ging, glaube ich, mehr um das alltägliche Leben im Kloster.«

Sie fragten weiter, doch Bruder Lambert gab nichts mehr preis.

Rickert beschloss, ihn zu konfrontieren: »Sie wissen ja, dass letzte Nacht ein wertvolles Kreuz aus Ihrem früheren Kloster auf dem Altar aufgetaucht ist.«

Bruder Lambert nickte. Seine Hände auf den Armlehnen zitterten leicht.

»Es war von dort gestohlen worden.«

»Das ist richtig.«

»Haben Sie es gestohlen?«

»Nein!«

»Dann erklären Sie uns, warum Ihre Fingerabdrücke auf dem Kreuz sind.«

»Sind Sie das?« Sein Erstaunen schien echt zu sein.

»Beantworten Sie bitte meine Frage.«

»Ich habe es des Öfteren angefasst. Damals, im Kloster Leurathshausen. Seitdem hatte ich es nicht mehr gesehen, bis es auf einmal auf dem Altar lag.«

»Von den anderen Mönchen sind aber keine Fingerabdrücke darauf.«

»Ich habe es früher in Leurathshausen ab und zu gesäubert und poliert und dann zurück in die Vitrine gelegt«, berichtete der Mönch. »Das gehörte zu meinen Aufgaben.«

»Also hatten Sie damals Zugang zu der Vitrine?«

»Ja. Aber nur, wenn der Abt mir zu diesem Zweck den Schlüssel und den Sicherheitscode gegeben hatte.«

»Seltsamerweise befinden sich noch weitere Abdrücke auf dem Kreuz.«

»Vom Abt?«

»Nein. Von Ingmar Harse.«

Bruder Lambert starrte ihn mit zusammengekniffenen Augen an. »Wie kann das sein?«

»Das versuchen wir gerade herauszufinden. Erzählen Sie uns bitte, wie es dazu gekommen ist.«

»Das kann ich nicht. Ich weiß nicht, was das zu bedeuten hat.«

»Das ist schwer zu glauben, Bruder Lambert. Ihrer beider Fingerabdrücke befinden sich auf dem Kreuz. Ihre und die eines der Mordopfer.«

Der Mönch schüttelte verwirrt den Kopf.

»Es muss eine Erklärung dafür geben, warum sich nur Ihre und Ingmar Harses Fingerabdrücke auf dem Reliquienkreuz befinden.«

»Die gibt es sicher. Doch ich kenne sie nicht. Ich habe dieses Kreuz zuletzt in meinem früheren Kloster angefasst. Und das gehörte wie gesagt zu meinen normalen Aufgaben dort.«

»Ganz schön praktisch, dass das Ihre Aufgabe war«, bemerkte Busche.

Der Mönch warf ihm einen mitleidigen Blick zu.

Rickert wusste, dass man das Alter der Abdrücke durch weitere Untersuchungen im Labor ungefähr würde bestimmen können. Er versuchte weiter, Bruder Lambert auf den Zahn zu fühlen, doch der Mönch sagte nichts Erhellendes mehr. Sie drehten sich im Kreis.

So zog Rickert schließlich das zweite Ass, wenn es denn eins war, aus dem Ärmel. »Wir haben mit Prior Philip gesprochen. Er erzählte uns, dass Sie und der Abt von Leurathshausen damals die Einzigen waren, die überhaupt Zugang zu dem Kreuz hatten. Sie hatten eine Vertrauensstellung inne.«

»Das ist richtig.«

»Die Versuchung, die auszunutzen und die kostbare Reliquie an sich zu bringen, muss sehr groß gewesen sein. Ich verstehe das. Ein einziger schwacher Moment …«, sagte Rickert leise.

»Was? Nein! Warum hätte ich das tun sollen? Was hätte mir das Kreuz gebracht? Es gehört in eine Kirche!«

»Vielleicht hatten Sie Angst, dass es nach der Schließung des Klosters in falsche Hände gerät? In ein Museum zum Beispiel oder in eine private Sammlung? Wie Sie eben schon sagten: Sie haben sehr feste Ansichten darüber, wo es hingehört und wo nicht.«

»Es gehört jedenfalls niemals in die Hände eines Diebes. Und als es gestohlen wurde, wusste ich auch noch gar nichts von einer drohenden Schließung des Klosters.«

»Aber ich bitte Sie. Sie, als Vertrauter des Abtes, wussten sicher vor den meisten anderen darüber Bescheid.«

»Nein, das wusste ich nicht.«

»Das Kreuz gehörte also nicht in die Hände eines Diebes. Da klingen Sie durchaus fest und entschlossen. Was hätten Sie denn getan, wenn Sie einen Dieb erwischt hätten?«

»Ich wäre zu meinem Abt oder Prior gegangen … oder zur Polizei.« Der zweite Satzteil kam widerstrebend. Sicher hegte Bruder Lambert gerade nicht die herzlichsten Gefühle für die Hüter des Gesetzes.

Rickert war der Ansicht gewesen, dass er die Vernehmung gut vorbereitet hatte. Doch nun geriet er ins Stocken. Hatte er tatsächlich gedacht, ein älterer Mönch sei leicht dazu zu bringen einzuknicken? Dass er nach der Konfrontation mit den Beweisen reuig den Diebstahl und vielleicht sogar die damit verbundenen Morde gestehen würde? Sollte er ihn jetzt schon nach dem Leichenfund in der Krypta fragen? Immerhin war Bruder Lambert als Fachmann für die Historie und den alten Klosterbau prädestiniert dafür, auf die Backofengräber als Versteck zu kommen.

»Es ist nun an der Zeit, mich zurückzubringen«, erklärte der Mönch.

Rickert hatte noch nicht genug, um ihn festzuhalten. Es widerstrebte ihm auch, einen Mönch eine Nacht in der Arrestzelle verbringen zu lassen. »Ein Kollege von mir fährt Sie jetzt zurück«, sagte er. »Aber wir sind noch nicht fertig. Wir machen morgen mit der Vernehmung weiter.«

Marten und Eric Simon ließen sich vom Patrouillenboot in Nizza absetzen und fuhren mit einem Polizeifahrzeug nach Villefranche-sur-Mer. Auf der Fahrt dorthin erfuhren sie von einem Autodiebstahl am Hafen des Ortes. Ein BMW X5 war eben als verschwunden gemeldet worden. Da kein Abschleppfahrzeug dort unterwegs gewesen war und der Besitzer beteuerte, das Fahrzeug am Morgen dort abgestellt zu haben, lag der Schluss nahe, dass das Auto gestohlen worden war. Die darauf folgende Annahme war, dass Lohse den Wagen dazu benutzt hatte, von dort wegzukommen.

Nach dem Telefonat fuhr Eric Simon jedoch unbeirrt weiter die kurvige Straße zwischen Mauern und Sträuchern hinunter zum Meer.

»Was willst du noch da unten im Ort?«, fragte Marten.

»Willst du dir anschauen, wo genau der Wagen gestohlen wurde?«

»Nein, das will ich nicht. Aber wir können jetzt nur abwarten, ob sie den BMW irgendwo sichten. Die gesamte Polizei in der Region ist informiert und hält nach dem gestohlenen Fahrzeug Ausschau. Sie finden es bestimmt.«

Am Hafen des Städtchens angekommen, hielt Simon am Straßenrand. Die Häuserfassaden schimmerten in warmen Rosa- und Ockertönen, die Fensterläden in Meeresfarben von Dunkelgrün bis Hellblau.

»Und was machen wir?« Marten war von rastloser Energie erfüllt. Er war Lohse ein zweites Mal so nah gewesen, doch nun war er ihnen wieder entwischt.

»Wir trinken einen Kaffee oder einen Pastis und warten.« Simon stieg aus. »Ein bisschen französische Lebensart kennenzulernen tut dir ganz gut.«

»Du hast Nerven ...« Doch da Marten keine bessere Idee hatte, stieg er ebenfalls aus und folgte dem Kollegen in das nächste Café. Danach würden sie wieder hinauf zur Hauptstraße fahren. Aber solange sie nicht wussten, in welche Himmelsrichtung Lohse unterwegs war, blieb ihnen tatsächlich nichts anderes übrig, als abzuwarten.

Am nächsten Morgen sollte ein Gedenkgottesdienst mit den Gästen für Bruder Zacharias, Ingmar Harse und Leon Krock, den Toten aus der Krypta, abgehalten werden. Danach würden die Gäste abreisen, sollten sich aber zu Hause für weitere Fragen der Polizei zur Verfügung halten.

Pia hatte, ihre Rückkehr betreffend, mit dem LKA und ihren Personenschützern alles Erforderliche besprochen und vorbereitet.

Nach Kaffee und Kuchen im Kaminzimmer erhob sie sich, um auf ihr Zimmer zu gehen und sich für einen letzten Spaziergang durch den Klosterforst an die Ostsee umzuziehen. Wenn sie noch länger wartete, würde es draußen dunkel sein. Es war windig und kühl und konnte jederzeit zu regnen anfangen. Außer ihr waren nur noch Christine und Julia im Raum. Die beiden Frauen standen ebenfalls auf.

»Frau Cordes, warten Sie bitte!«, sagte Christine.

»Was ist denn?«

»Sind Sie auch so beunruhigt wegen dieser ganzen Sache? Julia kann gar nicht mehr schlafen, so sehr nimmt es sie mit.«

Pia warf Julia einen prüfenden Blick zu. Sie sah blass aus, und ihr linkes Augenlid zuckte. »Sie sollten das nicht zu nah an sich heranlassen«, erwiderte Pia mit, wie sie hoffte, beruhigend klingender Stimme. »Es ist eine schlimme Sache. Aber wir können nichts weiter tun, als die Polizei bei ihrer Arbeit zu unterstützen.«

»Ja, genau darum geht es«, gab Christine zurück.

»Wir haben gesehen, dass Sie … einen ganz guten Draht zu dem leitenden Kriminalbeamten, diesem Rickert, haben«, ergänzte Julia.

»Wie kommen Sie darauf?«, fragte Pia perplex.

»Sie waren abends noch im Pförtnerhaus. Nur Sie beide.«

Pia runzelte die Stirn. »Ja, und?«

»Wir möchten nur nicht, dass die Polizei da etwas falsch versteht«, antwortete Julia.

»Was denn?« Pia sah von einer Frau zur anderen. Christine stupste ihre Freundin an.

»Nun, dass ich Ingmar Harse ganz nett fand, gebe ich

ja offen zu. Aber das hatte überhaupt nichts zu bedeuten«, erklärte Julia mit rotem Kopf.

»Du hast dich in ihn verguckt, doch er hat dich überhaupt nicht beachtet«, stellte Christine fest. »Eher im Gegenteil. Du weißt einfach nie, wer dir guttut und wer nicht.«

»Aber du hast doch gesagt …«, klagte Julia.

»Hören Sie bitte: Das geht mich nichts an«, erklärte Pia bestimmt. »Es ist ganz allein Ihre Sache.«

»Da ist ja noch etwas.« Christine klang beschwörend. Sie legte Pia eine Hand auf den Unterarm. »Ich rede manchmal etwas zu viel. Ich hätte das nicht tun sollen.«

»Worüber denn?«

»Ich weiß ja einiges über Jürgen Pfeffer, was ich nicht hätte weitergeben sollen. Es war nicht für die Öffentlichkeit bestimmt.«

»Sprechen Sie von seiner angeblichen Affäre mit einer Schülerin, von der Sie mir schon erzählt haben? Inzwischen läuft hier eine Mordermittlung. Sie müssen sich keine Gedanken mehr darüber machen, ob Sie zu viel ausgeplaudert haben.«

»Es war trotzdem nicht richtig von mir. Und zwar, weil ich es von einer sehr netten Kollegin erfahren hatte, die an Jürgen Pfeffers Schule arbeitet. Unter dem Siegel absoluter Verschwiegenheit!« Christine machte ein unbehagliches Gesicht. »Sie hatte die Sache von einem der Schulsozialarbeiter erfahren, mit dem sie … eng befreundet ist. Das alles war also streng vertraulich. Vor allem, dass die Schülerin, Vanessa, seinetwegen, also Jürgen Pfeffers wegen, eine Abtreibung hatte. Und sie wurde wegen eines Nervenzusammenbruchs in einer Klinik behandelt. So schlimm stand es um sie.«

»Alle diese Informationen gehören ausschließlich in die Hände der Polizei«, erklärte Pia bestimmt.

»Aber wir haben auch Ingmar Harse davon erzählt«, jammerte Julia.

»*Du* hast ihm davon erzählt«, korrigierte Christine sie.

Julia errötete erneut. »Meinetwegen auch das. Das Schlimme daran ist, dass Ingmar Jürgen Pfeffer nicht ausstehen konnte. Und wenn nun herauskommt, dass ich …«

»Bitte!« Pia sah die beiden Frauen ernst an. »Gehen Sie zu Kriminalhauptkommissar Rickert. Schütten Sie ihm Ihr Herz aus. Ich bin nicht die richtige Ansprechpartnerin.«

»Es ist viel leichter, es Ihnen zu beichten als der Polizei«, erwiderte Julia.

»Ich versichere Ihnen, dass er niemandem den Kopf abreißt.«

»Komm, Julia, es hat keinen Sinn.« Christine nickte Pia unverbindlich zu und zog ihre Freundin aus dem Raum.

»Viel Erfolg! Bis später.« Pia sah ihnen nach und ging dann auf ihr Zimmer. Sie musste sich noch für den Spaziergang umziehen, dann konnte sie sich auf den Weg machen.

Sie hatte gerade ihre Bluse aufgeknöpft und abgestreift, als es an der Zimmertür klopfte. »Ja. Wer ist da?«

»Ich bin's: Jürgen. Hast du einen Moment?«

Pia rollte mit den Augen. Jetzt, da es auf den Abschied vom Kloster zuging, schienen alle Sehnsucht nacheinander zu bekommen. Sie öffnete die Tür einen winzigen Spalt. »Ich will gleich rausgehen. Einen Moment …«

»Oh, Verzeihung. Ich wusste nicht …«

»Wie wäre es, wenn du einen Moment im Flur wartest? Ich komme gleich raus.«

»Bitte! Nicht auf dem Flur. Ich muss allein mit dir reden.«

»Einen Moment.« Pia drückte ihm die Tür vor der Nase zu. Rasch schlüpfte sie in ein T-Shirt und einen Pullover und legte das Schulterholster an. Sie steckte ihre Dienstwaffe ein und zog die Jacke darüber, um es zu verdecken. Dann öffnete sie Jürgen die Tür. »Also gut. Was gibt es denn?«

»Darf ich?«

Pia zuckte mit den Schultern und ließ ihn ein.

Er kam in die Mitte des Raumes und blickte sich um. »Sieht genauso aus wie mein Zimmer.«

Sie musterte ihn. »Was ist los?«

»Wie oft hat dich die Polizei schon befragt?«

»Einige Male. Wieso?«

»Ich habe das Gefühl, die schießen sich auf mich ein, weil sie keinen anderen Verdächtigen finden.«

»Das sind Profis. Die ›schießen‹ sich auf niemanden ›ein‹.«

»Du magst die wohl?«

Pia seufzte. »Wie kann ich dir helfen, Jürgen?«

»Ich frage mich ...«, er sah sie lächelnd an, doch sein Blick war lauernd, »was das neulich war, als du mit der Axt auf mich losgegangen bist.«

»Das bin ich nicht. Ich hatte die Axt nur zufällig noch in der Hand, als ich auf dich zugelaufen bin. Du hast mich im Wald heimlich beobachtet, und das hat mich erschreckt.«

»Du wirkst ansonsten aber gar nicht so schreckhaft.« Er trat näher. »Bist du auch von der Polizei?«

»Ich bin genauso zu Gast hier im Kloster wie du auch.«

»Na gut, ist mir im Grunde auch egal.« Er kam einen Schritt näher. »Ich mag dich nämlich. Eigentlich wollte ich dich nur noch mal sehen, bevor wir morgen früh alle fahren.«

»Nun hast du mich gesehen.«

Er kam näher. »Ach, komm schon, Pia. Das im Wald habe ich beinahe schon vergessen. Du hast bestimmt auch eine sanfte Seite.«

»Bleib besser, wo du bist, Jürgen. Sonst lernst du meine gar nicht so sanfte Seite kennen.«

Er stutzte. »Was ist denn los mit dir?«

»Nichts. Ich werde jetzt spazieren gehen. Allein.«

»Bist du dir sicher?«

»Absolut sicher.« Pia schob ihn beinahe aus dem Zimmer.

Alexa stand draußen im Flur. Sie hielt einen Becher mit Cappuccino aus der Kaffeeküche in der Hand. Da sie eben im Kaminzimmer schon reichlich Kaffee getrunken hatte, war sie entweder koffeinsüchtig oder neugierig ... »Soso«, sagte sie süffisant lächelnd, als sie Jürgen und Pia aus dem Zimmer kommen sah. »Wer hätte das gedacht?«

Jürgen warf Alexa einen triumphierenden Blick zu und lief die Treppe hinunter.

»Wirklich?«, fragte Alexa Pia.

»Was? Nein, bestimmt nicht!«, entgegnete sie. »Und was macht deine geplante Verführung?«

»Ach«, Alexa winkte ab. »Der Spruch hängt mir wohl ewig nach. Wie gesagt, Pia: Das war nur Spaß. So interessant sind die Mönche nun auch wieder nicht. Und der Einzige, der infrage käme ...«

»Ist tot?«, ergänzte Pia.

»Bruder Zacharias? Oh Gott, nein, den meinte ich nicht. Ich fand ja Bruder Benno ganz süß. Aber der hat wohl eine andere, wenn ich es richtig gesehen habe.«

Pia merkte auf. »Was hast du denn gesehen?«, hakte sie in gedämpftem Ton nach.

Alexa senkte ebenfalls die Stimme. »Wenn mich nicht alles täuscht, dann mögen er und unsere kleine Sekretärin im Pförtnerhaus sich sehr gern.«

»Bernadette Rademann? Hast du sie mit Bruder Benno zusammen beobachtet?«

»Es schien mir mehr als ein Gespräch zwischen Mönch und Angestellter zu sein. Ich kann mich auch täuschen – doch das passiert mir in dieser Hinsicht recht selten.«

Pia sah Alexa abwägend an. War Bruder Benno derjenige, den sie neulich Abend am Pavillon in inniger Umarmung mit einer Frau gesehen hatte? »Hast du deine Beobachtungen der Polizei gegenüber erwähnt?«

»Sehe ich aus wie eine Petze?«, gab Alexa zurück.

»Nein«, antwortete Pia. »Doch in diesem Fall wäre es das Richtige. Drei Menschen sind ermordet worden.«

32. Kapitel

»Der gestohlene BMW ist in Monaco«, sagte Simon, nachdem er das Telefonat beendet hatte.

»Sie haben ihn gefunden?«

»Erst mal nur den Wagen, noch nicht unseren gesuchten Mann.«

»Ich wette darauf, dass Lohse das Auto gestohlen hat. Und ich nehme alles zurück. Hervorragende Arbeit!« Marten hatte heute nicht mehr mit guten Neuigkeiten gerechnet.

»Ein bisschen Glück war wohl auch dabei«, räumte Eric Simon ein. »Das Auto steht in der Tiefgarage eines großen Appartementhauses. Normalerweise wäre es dort tagelang nicht aufgefallen, wenn nicht der Mieter der Parkbucht zufällig heute angereist wäre und sofort die Polizei gerufen hätte. Vom Fahrer des BMW fehlt allerdings jede Spur.«

»Dann nichts wie los.« Marten sprang auf.

Simon leerte seine Tasse und sah ihn von unten herauf an. »Du willst heute noch nach Monaco?«

»Was denn sonst?«

Simon schüttelte den Kopf. »Dann trennen sich unsere Wege. Ich kann dich noch dorthin fahren. Aber danach muss ich zurück. Das ist außerhalb meines Zuständigkeitsbereichs.«

»Wenn wir nicht dranbleiben, verlieren wir ihn.«

»Tut mir leid. Melde dich am besten gleich bei der Polizei in Monaco. Vielleicht verschwindet Lohse auch nach Italien. Es ist alles möglich …«

Auf ihrem Weg zum Klosterforst klopfte Pia an die Seitentür des Pförtnerhauses. Sie wollte kurz noch mit Thorsten Rickert reden, um ihre neuesten Informationen mit ihm zu teilen. An seiner Stelle öffnete Bernadette Rademann die Tür. »Die Polizei ist für heute schon weg«, sagte sie.

»Alles klar. Nicht so schlimm.«

»Gibt es was Neues?« Bernadette wirkte aufgewühlt. Ihre Haut war fleckig, ihre Nasenflügel sahen gerötet aus. Am rechten Auge war die Wimperntusche verlaufen.

»Alles in Ordnung mit Ihnen?«, fragte Pia.

»Ja, ja. Eigentlich schon. Es ist nur so, dass die gesamte Situation mich den letzten Nerv kostet.« Sie fuhr sich durchs Haar.

»Das ist mehr als verständlich«, sagte Pia. »Sie kennen die Mönche hier sicher schon sehr lange. Und dann wird einer von ihnen ermordet. Dazu noch ein Gast, und dann dieser Leichenfund in der Krypta ...«

Bernadette schniefte. »Ich sitze hier den ganzen Tag allein in meinem Büro, und die Gedanken kommen und gehen. Ich bekomme noch Angstzustände, wenn das so weitergeht.«

»Wann haben Sie denn Feierabend?«

»Heute um acht Uhr. Bruder Gideon löst mich ab.« Sie lächelte schief. »Er ist so kurzsichtig, da könnten wir auch einen Maulwurf ans Tor setzen. Aber Bruder Lambert, der mich eigentlich ablösen sollte, hat die Polizei mitgenommen. Stellen Sie sich das nur vor! Und die anderen Mönche sind auch alle unabkömmlich.«

»Bruder Lambert ist auf dem Polizeirevier?« Pia schüttelte den Kopf. Die Nachricht versetzte ihr einen Stich. Sie mochte Bruder Lambert und konnte sich nicht vorstellen, dass er in die Morde im Kloster verwickelt war. Aber auf

Sympathien durfte man während einer Ermittlung nicht unbedingt vertrauen. »Darf ich Ihnen einen Moment Gesellschaft leisten?«, bot Pia an.

»Das würden Sie tun?«

»Natürlich. Warum nicht? Ich wollte eigentlich ein Stück spazieren gehen, aber es fängt eh gleich an zu regnen.«

»Wenn es dunkel wird, sollten Sie auch besser nicht mehr allein durch den Wald laufen. Kommen Sie rein. Ich brühe uns einen schönen Tee auf, einverstanden?«

Pia folgte Bernadette Rademann in ihr Büro. Von hier aus konnten sie beim Teetrinken und Reden das Tor im Blick behalten.

Bernadette Rademann hantierte in der kleinen Teeküche und kam mit zwei Bechern mit dampfend heißem Wasser zurück. »Es gibt leider nur Teebeutel, suchen Sie sich was aus.«

Pia versenkte einen Beutel Pfefferminztee in ihrem Becher und gab Zucker dazu. »Ich habe neulich zufällig Ihren Mann getroffen«, sagte sie. »Das ist ein schönes, altes Haus, in dem Sie da wohnen.«

»Finden Sie? Ja, im Sommer ist es wunderschön. Im Winter kann es schon mal öde werden.« Bernadette Rademann wählte Earl Grey und süßte ihn mit reichlich Süßstoff. »Deshalb ist mir mein Job auch so wichtig. Raimund versteht es nicht.«

»Was denn?«

»Warum ich mich jeden Tag hierherbegebe, wenn doch finanziell nicht so viel dabei herumkommt. Er verdient mehr als genug für uns beide. Aber ich mag die Arbeit hier. Jedenfalls normalerweise …«

»Der Verdienst Ihres Mannes ist doch auch kein Grund, nicht zu arbeiten«, erwiderte Pia. »Es ist immer besser, sein eigenes Geld zu verdienen.«

»Ja, und es könnte mal entscheidend werden.« Bernadette presste die Lippen zusammen.

»Wie meinen Sie das?«, hakte Pia nach, obwohl sie den Grund dafür ahnte.

»Ach, unsere Ehe läuft nicht mehr gut. Genau genommen läuft sie sogar ziemlich miserabel. Er macht mich immer runter, wirft mir vor, ich könne nichts, mache alles falsch. Ich sei ja nicht einmal …«, sie schluchzte auf, »… nicht einmal mehr hübsch. Und dass er mich nur deswegen geheiratet hat.«

»Das ist allerdings ein Grund, die Ehe zu überdenken«, gab Pia zurück. »Hat er eine andere?« Sie nahm den Becher in beide Hände und trank einen Schluck.

»Ich glaube nicht. Er hatte mal eine Affäre, aber das ist vorbei. Im Moment lässt er wohl nur seinen Frust an mir aus. Er hat mich sogar neulich … hat mich …« Sie brach in Tränen aus.

Pia setzte den Becher ab. »Hat er Sie geschlagen?«

»Nicht richtig. Mehr so aus Versehen …«

»Wenn er Sie schlägt oder anders handgreiflich wird, sollten Sie ihn verlassen.«

»Ich wollte ja. Ich war sogar eine Nacht bei einer Freundin. Doch das ist ja auch kein Dauerzustand.«

»Sie sollten sofort etwas unternehmen, Frau Rademann. Wenn Sie Hilfe brauchen …«

»Ich bin einfach nicht mutig genug. Da hat er schon recht. Ich wage nicht, ihn zu verlassen. Ich traue mich nicht einmal, ihm Kontra zu geben, weil er dann immer gleich so böse und verletzend wird.«

»Das tut mir leid«, entgegnete Pia. Allmählich wurde das Bild klarer. »Und dann ist es passiert, oder?«

»Was denn?«

»Bruder Benno?«

»Sie wissen es?!«

»Sie haben sich in Bruder Benno verliebt«, sagte Pia.

»Ich wollte es nicht. Ich wollte es ganz bestimmt nicht! Es ist einfach so geschehen. Er war eine Zeit lang mein geistlicher Beistand. Ich hatte um einen gebeten, weil ich so … deprimiert war und keinen Sinn mehr in allem sah. Wir hatten dann gute Gespräche. Er hat mir echt geholfen. Es klingt jetzt so … abgeschmackt. Aber wir wollten es beide nicht.«

»Denken Sie, dass Ihr Mann etwas weiß?«

Sie schnaubte. »Keine Ahnung. Vermutlich nicht. Wir waren immer sehr vorsichtig. Raimund hat sich höchstens gewundert, dass ich wieder fröhlicher und selbstbewusster geworden bin. Dass ich ihm ab und zu mal widersprochen habe, wenn er allzu ausfallend wurde.«

»Hat er Sie darauf angesprochen?«

»Niemals direkt. Er hat immer nur Andeutungen gemacht. Er glaubte anscheinend, dass ich … dass ich Bruder Zacharias gut leiden konnte.« Nun weinte sie richtig.

»Er war eifersüchtig auf Bruder Zacharias?«

»Es war wohl mehr Wut und verletzte Eitelkeit. Aber ich kann mir nicht vorstellen, dass er … Oh Gott!«

»Es ist unwahrscheinlich, dass Ihr Mann in die Morde verwickelt ist, Frau Rademann. Er war in der entscheidenden Zeitspanne nicht im Kloster. Die Zahl der Verdächtigen ist begrenzt.«

Bernadette Rademanns Gesicht veränderte sich bei Pias Worten. Ihre Tränen versiegten, ihre Augen wurden größer, sie hielt sich eine Hand vor den Mund.

Pias Herz klopfte. »Oder war Ihr Mann doch zur Tatzeit im Kloster?«

Nach seiner Besprechung mit der monegassischen Polizei ging Marten zum Jachthafen. Simon hatte ihn vor einer guten Stunde an der hiesigen Polizeistation abgesetzt und war zurück nach Cannes gefahren. Vorher hatte er noch ein paar Verbindungen spielen lassen und Marten diesen Termin verschafft. Die Polizei war äußerst hilfsbereit gewesen. Die Streifenbeamten, aber auch die Angestellten der Restaurants, Hotels, Bars und des Casinos würden von nun an nach Lohse Ausschau halten.

Marten ging hinunter zum Jachthafen, um nachzudenken. Was wollte Lohse hier? Seine Fahrt nach Monaco war höchstwahrscheinlich nicht geplant gewesen. Aubrey Shoemakers unerwartete Anwesenheit auf der Jacht hatte seine Pläne durchkreuzt. Sicher hatte er auf dem Schiff wieder mit einer reichen Frau in Kontakt kommen wollen. Wer hatte ihn überhaupt erst mit zu der privaten Feier auf das Schiff genommen? Bei den Befragungen der Gäste hatte niemand ihn kennen wollen.

Hatte Lohse dort schon wieder eine Frau ins Visier genommen. Um sie zu bestehlen? Sie zu erpressen? Marten konnte nur raten. Und die eine Annahme war so gut wie die andere. Also, was war Lohses nächster Schritt?

Allen Klischees zufolge trafen sich die Reichen und Schönen – und wohl auch die Touristen – im Casino von Monte-Carlo. Das Casino erschien ihm vielversprechend, wenn man einen Mann suchte, der auf der Jagd nach einer reichen und gelangweilten Frau war. Also würde er sich dort heute am späteren Abend mal umschauen. Es war so ähnlich wie mit dem Annapurna: Man ging hinauf, weil er da war. Vielleicht kreuzte Lohse ja an einem der Roulettetische oder beim Blackjack auf.

Marten fühlte sich besser, als er den Entschluss gefasst

hatte. Er konnte nicht herumsitzen und warten, bis die monegassischen Kollegen sich bei ihm meldeten. In einer der Seitenstraßen checkte er in einem Hotel ein. Er zuckte, als er die gesalzenen Preise sah, die auch in der Nebensaison aufgerufen wurden, und fragte den Portier, wo er sich die passende Kleidung fürs Casino besorgen könnte. So war er wenigstens beschäftigt.

Nach dem Abendessen saß Pia in ihrem Zimmer, versuchte zu lesen. Sie wartete auf Rickerts Anruf. Nachdem sie ihn über ihr Gespräch mit Bernadette Rademann informiert hatte, war er gemeinsam mit seinem Kollegen Busche gekommen, um die Frau nochmals zu vernehmen. Allmählich sollten sie doch damit durch sein.

Doch Pias Telefon klingelte nicht. Stattdessen klopfte jemand mehrmals an ihre Zimmertür.

Rickert stand vor ihr. Er fuhr sich müde durchs Haar. »Es war gut, dass du mich gleich angerufen hast. Das war wichtig. Wir fahren Frau Rademann jetzt nach Hause. Wir müssen dringend mit ihrem Mann sprechen.«

»Was hat sie denn noch gesagt?«

Er sah auf die Uhr. »Ich habe nur fünf Minuten Zeit, bis wir losfahren. Darf ich reinkommen?«

Pia ließ ihn eintreten. Er sah sich kurz um und lehnte sich gegen den Schrank. Pia nahm auf der Ecke des Schreibtisches Platz.

»Bisher sind wir davon ausgegangen, dass nur diejenigen, die sich offiziell im Klosterbereich aufgehalten haben, die Gelegenheit hatten, den Mord an Bruder Zacharias zu begehen. Nun sagte uns Frau Rademann, dass ihr Ehemann an dem Morgen bei ihr am Tor war und sie sich nicht vollkommen sicher ist, ob er von dort aus weitergefahren oder womöglich ungesehen auf das Klostergelände gelangt ist.«

»Wie denn das?«

»Er war zu ihr an das Fenster gekommen. Sie hatten sich gestritten. Sie ist nach hinten gegangen. Als sie wiederkam, war er nicht mehr zu sehen. Dafür kam Bruder Menowin mit dem Geländewagen und dem Anhänger, um hinaus und in den Klosterforst zu fahren.«

»Ja, ich saß mit im Wagen.« Pia überlegte. »Ich habe allerdings nicht aus dem Auto geschaut, weil ich gerade eine Nachricht auf meinem Handy getippt habe.«

»Nachdem Frau Rademann euch geöffnet hatte, klingelte angeblich das Telefon im Büro nebenan. Sie sagt, dass das Tor während ihres Telefonats ein paar Minuten unbewacht offen gestanden hat. Da könnte ihr Mann ungesehen auf das Klostergelände gelangt sein. Sie will es zwar nicht offen zugeben, aber es macht den Anschein, als wäre Raimund Rademann ziemlich wütend auf Bruder Zacharias gewesen.«

»Weil er dachte, seine Frau sei in ihn verliebt, nicht in Bruder Benno. Und sie wollte es wohl nicht richtigstellen, um Bruder Benno nicht in Schwierigkeiten zu bringen. Das ändert alles«, sagte Pia. »Die Alibis.«

»Zumindest rückt Raimund Rademann damit mit auf die Liste der Verdächtigen. Motiv, Mittel, Gelegenheit ...«

»Und wie hätte er das Gelände nach dem Mord an Bruder Zacharias wieder verlassen?«

»Das wäre einfach gewesen. Nachdem der Tote entdeckt worden war und daraufhin die Rettungskräfte und die Polizei gekommen sind, stand das Tor eine lange Zeit unbewacht offen. Frau Rademann ist zur Kirche gelaufen. Alles war voller Menschen, alle waren aufgeregt. Da hätte er sich unbemerkt rausschleichen können. Selbst wenn ihn dann jemand gesehen hätte, hätte er immer sagen können, dass er eben erst gekommen war und hatte nachsehen wollen, was die Polizeiwagen und der Rettungswagen zu bedeuten hätten. Immerhin arbeitet seine Frau im Kloster.«

»Und Ingmar Harse? Warum hätte er ihn ermorden sollen?«

Rickert zuckte mit den Schultern. »Wir arbeiten noch daran. Harse könnte Rademann auf frischer Tat ertappt haben. Also hat er ihn niedergeschlagen, durch den Gang in den Keller des Hospitals geschleppt und ...«

»Er soll ihn auch noch ertränkt und mit dem Staub seine Spuren verwischt haben?«, fragte Pia zweifelnd.

»Ich weiß. Das sieht mehr nach einem Insider aus. Aber wir müssen dem auf alle Fälle nachgehen.«

»Ja, das müsst ihr«, sagte Pia. »Wer ist denn nun gleich am Tor?«

»Ein Mönch namens Gideon bleibt im Pförtnerhaus, bis um zehn Uhr zwei Leute von einem Wachdienst kommen.«

»Stimmt ja, das hatte Frau Rademann mir schon gesagt. Kann ich noch etwas tun?«

Er schüttelte den Kopf. »Sei vorsichtig. Im Moment kann man hier niemandem trauen.«

33. Kapitel

Nachdem Rickert gegangen war, lief Pia rastlos in dem kleinen Raum auf und ab. Die Lage spitzte sich zu, das spürte sie genau. Und sie sollte hier untätig herumsitzen und abwarten? Das war keine gute Idee. Natürlich würde sie vorsichtig sein. Aber einen alten Mönch allein an die Pforte zu setzen, um ein Kloster zu bewachen, in dem sich womöglich noch ein Mörder aufhielt, das konnte sie nicht zulassen. Bruder Gideon war angeblich mit seinen sechsundachtzig Jahren der Älteste hier. Sie legte das Schulterholster wieder an, überprüfte die Dienstpistole und steckte sie ein, zog eine Jacke über und verließ das Gästehaus.

Sie klopfte an die Seitentür des Pförtnerhauses, und wie sie es erwartet hatte, öffnete Bruder Gideon ihr bereitwillig und vollkommen arglos. »Ja, bitte?«

»Bruder Gideon. Ich bin als Gast hier im Kloster. Mein Name ist Pia Cordes. Wir haben uns bisher nur gesehen, aber noch nicht miteinander gesprochen …«

»Ich weiß, wer Sie sind. Kommen Sie herein.«

Die Polizei hatte ihn sicher angewiesen, niemanden hereinzulassen, doch das schien den hageren Mönch mit dem schneeweißen Haarflaum nicht zu kümmern. Sie folgte ihm nach vorn in das Büro, wo sie schon mit Bernadette Rademann gesessen hatte. Die leeren Teebecher standen noch auf dem Tisch.

»Müssen Sie die ganze Nacht hier ausharren?«, fragte sie, um ein Gespräch zu beginnen.

»Nein, mein Kind. Nur bis zweiundzwanzig Uhr. Dann werde ich von dem Schließdienst abgelöst. Eine unnötige Ausgabe, doch der Prior besteht darauf.«

»In der jetzigen Lage ist es vielleicht auch ratsam«, sagte Pia.

»Ich finde es übertrieben. Aber bitte, setzen Sie sich doch.«

Pia tat, wie ihr geheißen. »Wieso übertrieben?«

»Wir Mönche waren immer in der Lage, auf uns selbst aufzupassen. Unbekannte Menschen als Gäste bei uns aufzunehmen ist das eine. Das gebietet die Gastfreundschaft. Doch Fremde an unser Tor zu setzen …« Er schüttelte missbilligend den Kopf. Im Gegenlicht leuchtete sein Haarflaum auf. »Also, was haben Sie auf dem Herzen, mein Kind?«

»Ich wollte Sie fragen, ob ich etwas tun kann. Nur herumzusitzen fällt mir schwer. Wenn Sie um einundzwanzig Uhr an der Komplet teilnehmen wollen, könnte ich Sie vorher hier ablösen.«

»Das ist ein freundliches Angebot. Aber nein. Ich tue meine Pflicht und passe auf unser Kloster auf, wie ich es versprochen habe. Sie sollten jedoch an der Komplet teilnehmen. Es ist immerhin Ihr letzter Abend hier.«

»Das werde ich dann wohl auch tun.« Pia sah auf ihre Uhr. Es war zwanzig Minuten vor neun.

»Sie können unbesorgt sein. Sie werden das Stundengebet nicht mit einem Mörder teilen …«

»Wie meinen Sie das?«

»So, wie ich es sage. Er weilt nicht mehr unter uns.«

»Woher wissen Sie das?« Hatte er mitbekommen, dass die Polizei mit Bernadette Rademann zu deren Mann gefahren war?

»Ich bin zwar alt, meine Augen sind nicht mehr so gut, aber ich bekomme trotzdem noch sehr viel mit. Es ist sogar so, dass die Brüder in meiner Gegenwart offener reden, weil sie denken, ich würde sie weder richtig hören noch sehen können.«

Pia musste lächeln. »Egal, was Sie erfahren haben, Sie sollten es so schnell wie möglich der Polizei erzählen«, sagte sie dann ernst.

»Ach, Kindchen. Viele von denen hören einem alten Mönch wie mir doch gar nicht richtig zu. Sie sind da anders. Ich spüre Ihre Konzentration.«

»Was haben Sie denn erfahren? Woher wissen Sie, dass der Mörder nicht mehr hier ist?«

»Es fällt mir schwer, es zu erklären. Es gibt eine lange Vorgeschichte. Bruder Reginald will um jeden Preis der nächste Prior werden. Eine Zeit lang sah es so aus, als sollte ihm das auch gelingen. Als würden die Brüder mit ewiger Profess ihn mit der erforderlichen Zweidrittelmehrheit wählen, wenn es an der Zeit dazu ist. Doch dann wendete sich das Blatt, und die Gunst schwappte zu Bruder Zacharias über. Der Mensch ist ein wankelmütiges Wesen, wissen Sie? Auf nichts ist Verlass. Bruder Reginald hatte starke Gefühle des Neides und der Missgunst gegenüber Bruder Zacharias. Er hat versucht, dagegen anzukämpfen. Das hat er, weiß Gott! Er muss Qualen gelitten haben. Der Teufel hat ihn immer wieder versucht …«

»Sie denken, dass Bruder Reginald der Mörder ist?«

»Hören Sie gut zu, mein Kind: Inzwischen fügt sich alles. Bruder Reginald hat den Kammerjäger fortgeschickt, obwohl die Ratten in der Sakristei eine schlimme Plage waren. Sie kamen von unten, aus der Krypta, aber irgendwann waren sie überall. Doch plötzlich waren sie trotzdem wieder verschwunden. Ich weiß nicht, wer sich darum gekümmert hat und wie. Jedenfalls sind sie nun wieder da, und niemand will es wahrhaben. Als ich vor ein paar Tagen einen Gartenschuppen betrat, huschte mir eine Ratte über den Fuß. Und neulich Vormittag sah ich eine Bisamratte, groß wie ein Lamm, durch den Klostergraben schwimmen.«

»Bitte, Bruder Gideon. Sie wollten mir sagen, wer Ihrer Meinung nach der Täter ist.«

»Die Sache ist die: Als es um die Ratten ging, tat Bruder Reginald nur, was ein anderer ihm aufgetragen hatte. Ich hatte es zufällig mit angehört: Bruder Reginald sagte, einer der anderen Brüder habe angeboten, sich um die Rattenplage zu kümmern. Nur deswegen habe er den Kammerjäger wieder fortgeschickt. Dann könne sich das Kloster die Ausgabe dafür sparen.«

Pia hoffte, dass sie nicht ihre Zeit verschwendete. Bruder Gideons Aussagen schienen ihr ein wenig wirr zu sein. Und er kam nicht auf den Punkt. »Und welcher Bruder soll angeboten haben, sich um die Rattenplage zu kümmern?«

»Ich vermute, dass das Bruder Zacharias war.«

»Sie vermuten es? Aber Bruder Zacharias wurde doch selbst ermordet.«

»Sind Sie sicher, mein Kind? Der Gast, der im Graben ertrunken ist, wurde bestimmt ermordet. Aber ich vermute, dass Bruder Zacharias sich nach dieser Tat selbst gerichtet hat.«

»Warum hätte Bruder Zacharias den Gast ermorden sollen?«

»Ich nehme an, dass der Gast etwas über ihn wusste, über seine wahre Natur, und Bruder Zacharias ihn deshalb zum Schweigen gebracht hat.«

Nur, dass Bruder Zacharias laut Gerichtsmedizin etwa elf bis vierzehn Stunden vor Ingmar Harse gestorben war, überlegte Pia. »Was war denn seine wahre Natur?«

»Denken Sie an die Jungenleiche in der Krypta.« Bruder Gideon senkte den Blick. »Diesen Fluch hat einer meiner Brüder aus dem Kloster Leurathshausen mit hierhergebracht. Ich habe das leider schon länger befürchtet. Schon dort gab es Verbrechen wider die menschliche Natur. Es wurde nur vertuscht. Der dortige Abt wollte nicht so genau hinsehen. Als sie dann alle hier in Naumar waren, geschah es irgendwann auch hier. Ich denke, Bruder Zacharias hatte es letztlich nicht unter Kontrolle.«

»Das ist eine sehr ernste Anschuldigung«, sagte Pia. »Und Bruder Zacharias kann sich nicht mehr rechtfertigen.«

»Ich habe viel gesehen und viel erlebt. Ich kenne die menschliche Natur. Und ich bin ein guter Beobachter. Ich beobachte das alles schon sehr lange.«

»Warum haben Sie es nicht der Polizei erzählt?«

»Der Sünder hat sich doch selbst gerichtet. Alles Weitere würde dem Kloster nur schaden.«

»Nein, so geht das nicht.«

Er blickte auf die große analoge Uhr an der Wand über dem Fenster. »Wenn Sie jetzt losgehen, schaffen Sie es pünktlich in die Kirche zur Komplet.«

»Aber was Sie gerade gesagt haben …«, wandte Pia ein.

»Heute sage ich nichts mehr. Doch Sie können unbesorgt sein, genau wie ich es bin: Der Mörder ist tot. Hätte ich Sie sonst einfach so hier hereingelassen?«

Pia hastete im Nieselregen vom Pförtnerhaus hinüber zur Kirche. Durch die bunt verglasten Fensterscheiben fiel warmes Licht. Sie hatte noch am Pförtnerhaus versucht, Rickert zu erreichen, doch er ging nicht ans Telefon. Daraufhin hatte sie ihm eine Nachricht geschickt und ihn in Stichworten über Bruder Gideons Aussage unterrichtet. Bruder Zacharias konnte nicht der Mörder von Ingmar Harse sein, aber Rickert sollte von dem Missbrauchsverdacht erfahren.

Die Glocke läutete schon mehrere Minuten zum Gebet. Pia wollte die Gelegenheit, die Gäste und die Mönche noch einmal alle zusammen in der Kirche zu erleben, nicht verpassen. Während des Abendgebets konnte sie über das Gehörte nachdenken.

Marten war noch nie im Casino in Monte Carlo gewesen. Er kannte es nur von Bildern und aus Filmen, und allein die Größe der Spielbank überraschte ihn: Sie war riesig. Wenn Lohse hier auf die »Jagd« ging, hatte er reichlich Auswahl und würde nicht so leicht zu finden sein.

Marten ging durch die prunkvollen Hallen und Säle, versuchte dabei, wie ein ganz normaler Besucher auszusehen, während er konzentriert Ausschau nach Albrecht Lohse hielt.

Bei den Glücksspielautomaten würde er ihn sicher nicht antreffen. Wohl auch nicht beim Poker. Wahrscheinlich suchte Lohse sich sein nächstes Opfer beim Roulette, beim Blackjack oder Würfeln.

Marten stand an eine Säule gelehnt da, einen alkoholfreien Drink in der Hand, um nicht aufzufallen, und beobachtete das Treiben an den Roulettetischen. Er hoffte, die monegassischen Kollegen hatten tatsächlich vor Schichtbeginn dem gesamten Casino-Personal Lohses Foto gezeigt. Er war sich sicher, dass die Croupiers über eine hervorragende Beobachtungsgabe verfügten.

Die Gäste verhielten sich unterschiedlich. Die »Touristen«, die selten ein Casino betraten, schauten entweder nur zu oder blieben an einem Tisch, setzten beinahe immer selbst und »vergaßen«, den Croupiers ein anständiges Trinkgeld zu geben, wenn sie mal gewannen. Die routinierten Spieler setzten oft an mehreren Tischen gleichzeitig. Sie hatten Stapel von Jetons in den Händen, die sie in unorthodox wirkenden Türmen auf die Zahlen und Kombinationen setzten. Sobald sie gesetzt hatten, schlenderten sie weiter zum nächsten Tisch und wiederholten dort das Prozedere. Es sah so aus, als könnten sie es nicht aushalten, dem Rollen der Kugel zuzuschauen, bis sie schließlich liegen blieb, und müssten sich ablenken. Die Croupiers kannten sie sicher schon, sodass ihre möglichen Gewinne während einer kurzen Abwesenheit nicht verloren gingen.

Einige mit glitzerndem Schmuck behängte Frauen und Männer mit goldenen Uhren saßen vor Türmen von Jetons und legten sie stapelweise auf der Spielfläche ab. Weder beim Gewinnen noch beim Verlieren war eine Regung in ihrem Gesicht zu erkennen. Ebenso wenig in dem der Croupiers, die nach jeder Runde ungerührt Werte von Zigtausenden von Euro von der mit grünem Tuch bespannten Fläche kratzten, während die Spieler schon wieder neu setzten. Marten entdeckte auch ein paar Frauen, von denen er sicher war, dass es sich um Prostituierte handelte. Sie waren gut gekleidet, meistens jünger als der Durchschnitt und hübsch. Von ihnen würde Lohse sich auch fernhalten.

Die Leute schlenderten herum, verharrten eine Weile an irgendwelchen Tischen und gingen weiter, doch von Albrecht Lohse sah Marten keine Spur. Hatte er zu einfach gedacht? War Lohse nicht so dumm, es hier zu versuchen? Marten hatte gehofft, dass diese Masse von überdurchschnittlich reichen, gelangweilten und vielfach unvorsichtigen Menschen Lohse magnetisch anziehen würde.

Albrecht Lohse hatte kein Geld zum Verspielen. Er brauchte Geld. Der Ansatz, ihn hier zu suchen, war womöglich vollkommen falsch …

Marten ging in Richtung Bar, um sich ein neues Getränk zu holen. Zahlreiche Leute standen davor oder saßen auf den blauen Barhockern. Unterhalb des Tresens waren Ketten mit Kristallen aufgehängt, die bläulich funkelten. Zwei riesige Gemälde in goldfarbenen Rahmen mit »Schäfermotiven« hingen rechts und links des verspiegelten Flaschenregals. Marten bewunderte die Geschmacklosigkeit der Zusammenstellung, die in ihrer Gesamtwirkung schon wieder genial war.

Eine dralle Frau in einem dunkellila Kaftan mit roten hochgesteckten Haaren erregte seine Aufmerksamkeit. An ihren Ohren und um ihren Hals funkelten Edelsteine – höchstwahrscheinlich echte Diamanten –, die sie mit einer lässigen Gleichmut zur Schau trug. Sie war offensichtlich der Typ Frau, der sich keine Gedanken um Geld machen musste. Sie saß mit übereinandergeschlagenen Beinen auf einem Barhocker. Von dem Mann, der neben ihr stand und etwas beim Barkeeper orderte, waren nur der breite Rücken und blondes, sehr kurzes Haar zu sehen.

Marten trat ein paar Schritte zurück, um nicht aufzufallen. Als der Mann sich zu seiner Begleiterin umwandte, erblickte Marten Lohses ebenmäßiges, mitleidloses Gesicht.

Albrecht Lohse hatte offensichtlich schon sein nächstes Opfer im Visier. Bisher hatte er Marten anscheinend im Gewühl nicht gesehen, denn er widmete seine Aufmerksamkeit seiner Begleiterin. Er wickelte sich eine ihrer Haarsträhnen um den Finger und zog sie damit zu sich heran. Seine andere Hand wanderte dabei ihren Schenkel hinauf.

Marten verschwand um eine Ecke und rief die Nummer an, die ihm die Kollegen in Monaco für den Fall der Fälle gegeben hatten. Nachdem er sie alarmiert hatte, dass Lohse im Casino war und wo genau er sich aufhielt, ging er wieder zurück und … Verdammt, Lohse war verschwunden! Die Frau schaute verblüfft drein, Lohses Cocktail stand unangetastet auf dem Tresen neben ihr.

Verdammt! Verdammt!

»Wo ist er hin?«, blaffte Marten die Frau auf Englisch an. Sie starrte ihn nur an und schüttelte pikiert den Kopf. Marten blickte sich nach allen Seiten um. Er lief los, gab dabei telefonisch durch, dass Lohse wohl jeden Moment das Casino verlassen würde. Die Ausgänge mussten kurzfristig abgeriegelt werden, bis sie ihn aufgegriffen hatten.

Auf dem Weg durchs Gedränge stieß Marten Leute zur Seite, die teils überrascht, teils empört aufschrien. Ein uniformierter Casino-Angestellter rief ihm etwas auf Französisch zu und packte ihn am Arm, um ihn aufzuhalten. Marten riss sich los. Der Angestellte folgte ihm. Nun waren es zwei, dann drei, die hinter ihm herrannten. Sie kamen aus allen Richtungen.

Im Eingangsbereich sah Marten gerade noch, wie Lohse aus dem Casino auf den beleuchteten Vorplatz hastete. Er schrie die Ordnungskräfte an, den Mann zu stoppen, doch die blickten dem Fliehenden nur verblüfft nach. Als Marten sich durch die ankommenden Menschen gekämpft hatte, sah er bloß noch die Rücklichter eines gelben Ferrari, der mit quietschenden Reifen durch den Kreisverkehr davonfuhr.

Ein livrierter Page lag am Straßenrand und starrte dem Auto, das er wohl gerade für den Besitzer hatte einparken sollen, mit schmerzverzerrtem Gesicht nach.

34. Kapitel

Pia saß in einer der hinteren Reihen und verfolgte den Einzug der Mönche. Dieses Mal versuchte sie gar nicht erst, in eine meditative Stimmung zu kommen. Sie betrachtete die Männer, einen nach dem anderen, und resümierte, was sie über sie wusste.

Prior Philip hieß mit weltlichem Namen Dr. Eduard Struck, ein studierter Theologe und außerdem ein geweihter Priester. Er war einundsiebzig Jahre alt, von schlanker, beinahe athletischer Figur und strahlte eine ungeheure geistige Stärke und Entschlossenheit aus.

Die Polizei ging davon aus, dass der Täter nicht nur Bruder Zacharias erstickt, sondern auch Ingmar Harse ermordet hatte. Wenn der Täter ihn nicht dort hingelockt oder da überrascht hatte, musste er ihn zumindest in den Keller des Hospitals geschafft haben. Pia traute es dem Prior sowohl in körperlicher als auch in mentaler Hinsicht zu, das zu tun, wenn seine Motivation hoch genug war. Doch bei der Vorstellung, dass er einen sechzehnjährigen Jungen ermordet und in der Krypta eingemauert hatte, streikte ihr Vorstellungsvermögen.

Das Motiv des Priors allerdings wog schwer. Er wollte unbedingt nach Rom, hatte sie erfahren. Womöglich wollte er vom Papst zum Kardinal berufen werden? Doch all das ging wahrscheinlich nur in Erfüllung, wenn er in Naumar alles in bester Ordnung hinterließ. Ohne Skandale, ohne persönliches Versagen. Aber ging so ein hohes kirchliches

Ziel mit der Wahl solch verbrecherischer und brutaler Mittel konform? Pia konnte es sich kaum vorstellen.

Bruder Reginald saß neben Prior Philip. Er war beinahe so alt wie der Prior, achtundsechzig Jahre, wie Pia wusste, wirkte aber älter und behäbiger. Seine Augen mit dem stechenden Blick waren von schweren Lidern halb verdeckt. Er neigte dazu, seinen krummen Zeigefinger drohend zu erheben. Sein weltlicher Name war Friedrich Schenk. Es fiel Pia schwer, ihn unvoreingenommen zu betrachten. Sie mochte ihn nicht. Doch das machte ihn nicht zum Mörder. Würde er einen Konkurrenten und außerdem einen Gast ermorden, um das Amt des Priors zu erlangen? Oder lag das Motiv ganz woanders? Immerhin kam er auch aus dem Kloster Leurathshausen. Hatte Ingmar Harse, der in der nahen Umgebung des Klosters aufgewachsen war, den ehemaligen Messdiener, der sich umgebracht hatte, gekannt? Hatte er Bruder Reginald beschuldigt, etwas damit zu tun zu haben? Und was war mit Leon, dem toten Jungen in der Krypta? Bruder Gideon zufolge sollte Bruder Reginald den Kammerjäger weggeschickt haben. Doch angeblich hatte Bruder Zacharias Bruder Reginald zuvor versichert, dass er sich um die Ratten kümmern würde. Hatte einer der Mönche Angst gehabt vor dem, was der Kammerjäger bei seiner Arbeit in der Krypta hinter der zerbrochenen Mauer entdecken könnte?

Pia blickte zu Bruder Lambert, der inzwischen wieder im Kloster war und an dem Stundengebet teilnahm. Er hieß Peter Tennstedt, wusste Pia. Die Polizei hatte ihn also nicht vorläufig festgenommen. Es bestand wahrscheinlich ja auch keine Fluchtgefahr. Er war einer der Mönche aus Leurathshausen. Seine Liebe zu der Historie und seine guten Kenntnisse über den Klosterbau verschafften ihm die nötigen

Ortskenntnisse für die Taten. Doch was könnte sein Motiv sein?

Er schien eine große Affinität zu dem Reliquienkreuz zu haben, aber wäre es ihm Menschenleben wert gewesen? Schwer vorstellbar. Pia wusste zwar, welchen Stellenwert Reliquien in früheren Zeiten gehabt hatten, doch heutzutage? Sicher wurde ihr Urteil von ihrer Sympathie für Bruder Lambert getrübt.

Und auch Bruder Thomas war ihr nicht unsympathisch. Er war zweiundsechzig, wirkte jedoch jünger und hieß mit bürgerlichem Namen Frank Woters. Er schien weltoffen und trotzdem fest in seinem Glauben zu sein. Und er hatte ein Alibi, wenn man Bernadette und Noah denn glauben wollte. Und das tat Pia. Noah und Bruder Thomas hatten am Donnerstag morgens gemeinsam das Klostergelände verlassen, um im Jugendhaus zu arbeiten, und er war erst mit ihr und Bruder Menowin zusammen zurück durch das Tor gekommen, als die Totenglocke geläutet hatte.

Ja, genau. Da war auch noch Bruder Menowin. Er hieß eigentlich Michael Wagner und war siebenundfünfzig Jahre alt. Bei ihm konnte Pia sich keinerlei Motiv für einen Mord vorstellen. Er kam nicht aus dem aufgelösten Kloster Leurathshausen, war nicht verwickelt in die Geschichte um ein gestohlenes Kreuz und einen Jungen, der Selbstmord begangen hatte. Außerdem schien er so bodenständig, so eins mit der Arbeit und der Natur zu sein …

Stark genug, die Taten auszuführen, war er in jedem Fall. Pia hatte gesehen, wie er einen Baumstamm angehoben hatte, als wäre es eine Dachlatte. Bei Bruder Menowin konnte sie jedoch bezeugen, dass er ein Alibi hatte. Er hatte sich zu der Zeit, als Bruder Zacharias gestorben war, ebenfalls außerhalb des Klosterbereichs aufgehalten. Sie hatte ihn die ganze Zeit über gesehen oder zumindest gehört.

Blieb noch Bruder Benno, den Alexa Steinhagen als »niedlich« bezeichnet hatte. So weit wollte Pia nicht gehen, aber er war ein durchaus attraktiver Mann, wenn man das Jungenhafte, Unbekümmerte auch bei einem sechsundvierzigjährigen, beinahe eins neunzig großen Mann schätzte. Mit bürgerlichem Namen hieß er André Beck, hatte sie erfahren. Er war also der »geistliche Begleiter« von Bernadette Rademann gewesen, als sie gerade in einer Lebenskrise Rat und Unterstützung gesucht hatte. Es sprach nicht für seine professionelle Einstellung, dass er es hatte so weit kommen lassen, dass sie sich in ihn verliebt hatte. Und er sich in sie? Doch man konnte so etwas wohl nie ausschließen. Es war einfach das Leben …

Hatte sie wirklich Bruder Benno und Bernadette Rademann in inniger Umarmung im Pavillon gesehen? Vom Größenunterschied her kam es hin. Doch selbst wenn, ergab sich daraus ein Mordmotiv? Soweit Pia es erkennen konnte, war das nicht der Fall. Aus Leurathshausen kam Bruder Benno auch nicht, und er schien nicht besonders ehrgeizig zu sein. Interessant war, dass Raimund Rademann nicht ihn, sondern Bruder Zacharias für den Freund oder Liebhaber seiner Frau gehalten hatte. Vielleicht hatte dieser Irrtum Bruder Benno das Leben gerettet.

Außerdem war da noch Bruder Gideon, dessen hohe, einprägsame Stimme heute bei den Gesängen fehlte. Er wartete sicher noch im Pförtnerhaus auf den Wachdienst, der ihn ablösen sollte. Allein der körperliche Aspekt schloss den sechsundachtzigjährigen Bruder Gideon alias Gisbert Urban Pias Meinung nach als Täter aus. Auch ein Motiv sah Pia bei ihm nicht. Er schien ihr jedoch äußerst willensstark und sogar ein wenig durchtrieben zu sein. Novize Noah hatte ihr anvertraut, dass er sich ein bisschen vor Bruder Gideon fürchtete.

Novize Noah. Er gehörte zum Glück nicht zu der Gruppe der Verdächtigen. Er hatte ein Alibi, weil er zur Zeit des Mordes an Bruder Zacharias ebenfalls außerhalb des Klostergeländes gewesen war. Und er war auch nie in Leurathshausen gewesen. Mit der Jungenleiche in der Krypta konnte er ebenfalls nichts zu tun haben. Wo steckte er überhaupt?

Nach der Komplet sprach Pia Bruder Thomas auf Noahs Abwesenheit an. Die anderen Mönche hatten die Kirche bereits verlassen.

»Es geht ihm bedauerlicherweise heute Abend nicht so gut«, informierte Bruder Thomas sie. »Er leidet ab und zu unter Migräneanfällen. Deshalb hat er Bruder Reginald um Erlaubnis gebeten, der Komplet heute fernzubleiben.«

»Das tut mir leid«, sagte Pia. »Hoffentlich fühlt er sich bald wieder besser. Ich würde mich morgen gern noch von ihm verabschieden.«

»Das sollte kein Problem sein«, versicherte Bruder Thomas ihr. »Wann wollen Sie denn los?«

»Nach dem Frühstück irgendwann.«

»Ich werde es ihm ausrichten.«

»Danke!« Pia milderte ihre nächste, etwas neugierige Frage mit einem Lächeln ab. »Warum hat er wohl Bruder Reginald Bescheid gesagt und nicht dem Prior oder Ihnen?«

»Nach dem Abendessen war ich im Jugendhaus beschäftigt. Vielleicht hat er mich nicht gefunden.«

»Ich verstehe.« Pia wandte sich zum Gehen.

»Frau Cordes?«

»Ja?«

»Ich hoffe, Ihr Aufenthalt hat Ihnen geholfen. Es sind schlimme und traurige Dinge hier passiert. Aber ich würde es gerade bei Ihnen sehr schade finden, wenn Sie uns in schlechter Erinnerung behielten.«

»Er hat mir weitergeholfen«, sagte Pia, und es war ihr ernst damit.

Marten trat das Gaspedal des Peugeot so weit wie möglich durch, ohne von der kurvigen Straße abzukommen. Ich fahre gerade eine Formel-1-Strecke, schoss es ihm durch den Kopf. Aber hier ging es um mehr als um einen Platz auf dem Siegertreppchen. Es ging um Pia.

Ab und zu tauchten die vier roten Ringe, die Rückleuchten des Ferrari, vor ihm auf. Im Rückspiel sah Marten zwei Wagen mit Blaulicht, die ihm folgten. Auf gerader Strecke hätte Lohse sie alle schnell abgehängt, doch er fuhr schmale Straßen mit engen Kurven, durch Häuserschluchten hindurch, immer weiter den Berg hinauf.

Anscheinend suchte er den Weg in Richtung Autobahn. Mehrmals ging es um Hundertachtzig-Grad-Kehren, bis sie auf die D 6007 und dann die D 51 gelangten. Auf der breiteren Straße drohte der Ferrari ihn abzuhängen. Rechts unten glitzerten die Lichter von Monaco, dahinter lag das Mittelmeer. Linker Hand zogen sich Felswände und Mauern den Berg hinauf.

Als ein Abzweig nach links zur Autobahn auftauchte, war von dem Ferrari nichts mehr zu sehen. Von hinten näherten sich die Streifenwagen. Inzwischen waren es drei. Der vordere Wagen blinkte links. Sie würden sicher den Weg zur Autobahn nehmen, also hielt Marten sich rechts. Für einen Ferrari war eine Autobahn für eine Flucht optimal – vordergründig betrachtet. Aber sie war auch leicht zu kontrollieren. An der nächsten Abfahrt oder Mautstation säße man in der Falle.

Also fuhr Marten die D 2564 entlang, die wesentlich enger und unübersichtlicher war. In einer weiten Rechtskurve konnte er einmal in circa dreihundert Metern Entfernung vor sich wieder den Ferrari sehen. Er hatte also richtiggelegen mit seiner Vermutung. Doch nur ein Verrückter fuhr nachts auf dieser Straße mit einer derartigen Geschwindigkeit. Hinter der nächsten Kurve war der Ferrari bereits wieder verschwunden.

An einer winzigen Abzweigung, die schräg nach links den Berg hinauf verlief, legte Marten eine Vollbremsung hin. Da war auf einer Verkehrsinsel ein abgeknicktes, demoliertes Schild mit einem Pfeil darauf. Ebenso Bremsspuren, als die Reifen eines Fahrzeugs vor der Abbiegung blockiert hatten. Hier war jemand vor nicht allzu langer Zeit noch in letzter Sekunde abgebogen. War das Albrecht Lohse gewesen?

Eine Annahme war so gut wie die nächste. Er könnte auf dem Weg hoch in die Berge sein. Zu einem Dorf oder Gehöft? Vielleicht hatte er dort ein Versteck ausgekundschaftet. Marten riss das Lenkrad des Peugeot herum und setzte Lohse nach.

Die Straße, anfangs gut ausgebaut und neu asphaltiert, wurde immer schmaler und schlechter. Irgendwann war sie einspurig und so zugewachsen, dass Zweige an den Seiten des Autos kratzten. Marten suchte sich leise fluchend im Licht der Autoscheinwerfer seinen Weg durch einen dichten Kiefernwald. Jeder Fahrfehler konnte mit einer Kollision mit einem Baum oder dem Sturz den Hang hinunter enden.

Die Straße endete abrupt auf einem Platz vor einer kleinen Kapelle. Neben dem Kirchlein führte nur noch ein Fußweg steil den Hang hinauf. Marten stieg aus, rannte um das Gebäude herum, doch der gelbe Ferrari war nirgends zu sehen. Das Auto konnte sich nicht in Luft aufgelöst haben.

Hatte er auf dem Weg hierher eine Seitenstraße oder auch nur eine Grundstückszufahrt übersehen? Marten sprang wieder ins Auto, wendete und nahm den Weg zurück, den er gekommen war. Dieses Mal zwang er sich, etwas langsamer zu fahren. Es gab hier oben keine Straßenlaternen. Das machte es schwer bis unmöglich, seitlich des Weges etwas zu erkennen. Er war schon daran vorbei, als eine wichtige Information sein Gehirn erreichte. Er stoppte und setzte ein paar Meter zurück, hielt nah der Böschung.

Marten stieg aus und betrachtete den aufgewühlten Boden am Straßenrand. Jenseits der Straße ging es hier steil abwärts. Da waren niedergedrücktes Gras und ein alter, zerfetzter Drahtzaun. Mithilfe der LED-Leuchte seines Handys leuchtete Marten hinunter. Ein Stück weiter unten waren ganze Büsche niedergewalzt worden. Hier war vor Kurzem ein Auto den Hang hinabgestürzt. Marten schaute angestrengt hinunter. Weit unten sah er zwischen den Büschen einen hellen, strahlenförmigen Lichtschein. Es konnte die Laterne eines Hauses sein. Oder es waren Autoscheinwerfer, die in die Baumkronen leuchteten.

Marten gab den Kollegen telefonisch seine aktuelle Position und die Lage des möglicherweise verunglückten Fahrzeugs durch. Dann kletterte er den Hang hinab.

Die anderen Gäste hatten sich nach der Komplet im Kaminzimmer versammelt. Pia stand schon an der Tür, die Klinke in der Hand, um sich zu ihnen zu gesellen, doch sie zögerte. Es ließ ihr keine Ruhe. Sie musste schauen, wie es Noah ging. Ein Migräneanfall stellte an sich keine lebensbedrohliche Situation dar. Aber was war, wenn das gar nicht stimmte?

Es war nur Hörensagen um drei Ecken. Wollte sie sich darauf verlassen? Doch was sollte sie tun?

Sie wusste, dass nach der Komplet Silentium, also Schweigezeit, im Kloster herrschte. Die Mönche zogen sich auf ihre Zellen zurück, zum Lesen oder zur Meditation. Vielleicht schaute der eine oder andere Mönch ja auch eine Serie oder spielte ein Computerspiel. Die Vorstellung entlockte ihr ein Lächeln.

Pia trat vor die Tür des Gästehauses. Sie sah zu den alten Klostermauern hinüber. Mit dem Code, den sie bekommen hatte, käme sie wohl noch in den Stillen Bereich hinein. Sie wusste auch in etwa, wo das Dormitorium lag, wo die Mönche ihre Zellen hatten. Doch sie wusste nicht, wo sich Novize Noahs Zelle befand. Und sie vermutete, dass die Tür zu dem Flügel mit den Privaträumen der Mönche nicht jedem offen stand.

Ein Fahrzeug mit einem orangefarbenen Schriftzug bog auf den Hofplatz und hielt vor den Garagen des Pförtnerhauses. Der Wachdienst war da. Bruder Gideons Ablösung. Pia wusste nicht, inwieweit der eigenwillige alte Mann ihr helfen würde, doch einen Versuch war es allemal wert. Rasch ging sie zum Pförtnerhaus hinüber.

Bruder Gideon trat gerade mit übergezogener Kapuze und gesenktem Kopf aus der Seitentür hinaus. Als sie ihn ansprach, zuckte er zusammen. »Junge Frau, man erschreckt alte Menschen aber nicht derart!«

»Verzeihung, ich dachte, Sie hätten mich kommen sehen.«

»Na ja, unsichtbar sind Sie nicht gerade. Doch auf die Entfernung sind meine Augen nicht mehr so gut. Was ist los? Wie kann ich Ihnen helfen?«

»Novize Noah war nicht beim Stundengebet. Er soll einen schlimmen Migräneanfall haben.« Sie übertrieb bewusst ein wenig. »Ich möchte mich davon überzeugen, dass es ihm jetzt einigermaßen gut geht.«

»Migräne? Aber was haben Sie damit zu tun, wenn Sie mir diese Frage erlauben?«

»Bitte«, sagte Pia. »Ich bin nur besorgt. Sie dürfen gern mitkommen. Es dauert auch nicht lange.«

Er sah sie mit seinen hellen, kleinen Augen durchdringend an. Dann nickte er und ging ihr wieselflink voraus. Sie durchquerten den Kreuzgang und gelangten zur zweiflügeligen Tür, die in das Dormitorium der Mönche führte.

»Dass ich eine Frau mal hier hineinführen würde, ist schon an sich ein Verfall der Sitten und Gebräuche«, murmelte Bruder Gideon, während er aufschloss und sie eintreten ließ. »Mit vereinzelten zahlenden Gästen fing es an, und nun das … Aber schlimmer als das, was wir in den letzten Tagen hier gesehen haben, wird es wohl auch nicht sein.« Er bekreuzigte sich. »Herr, vergib mir!«

Sie gingen einen Gang entlang, eine schmale Treppe hinauf, einen zweiten Gang in die entgegengesetzte Richtung hinunter. Zweimal blieb Bruder Gideon vor einer Abzweigung stehen und lauschte. Als er nichts hörte, nickte er und wies Pia an, ihm weiter zu folgen. Vor einer Tür am Ende des Ganges blieb er stehen. »Hier ist es. Novize Noahs Zelle.«

Er klopfte an. Pia wartete. Bruder Gideon klopfte ein

zweites, dann ein drittes Mal. Zwischendurch lauschte er. »Das muss eine üble Migräne sein …«, vermutete der alte Mönch. »Tut mir leid für Sie, junge Frau. Aber sicher schläft der arme Junge jetzt. Morgen früh geht es ihm sicherlich schon wieder besser.«

Pia ersparte ihnen beiden weitere Diskussionen. Sie trat vor und drückte entschlossen die Klinke hinunter. Die Tür öffnete sich mit einem leisen, protestierenden Quietschen. Bruder Gideon und Pia blickten in eine schmale, einfach eingerichtete Zelle. Selbst in dem schwachen Lichtschein, der aus dem Gang hereinfiel, sah Pia es sofort: Novize Noah war nicht da.

35. Kapitel

Pia wollte Rickert als Ersten über die neue Lage informieren. Als er nicht ans Telefon ging, schickte sie ihm eine Textnachricht, dass er sich bei ihr melden solle. Bruder Gideon hatte sich in der Zwischenzeit aufgemacht, den Prior zu unterrichten. Er hatte verwirrt, ein wenig empört, aber nicht übermäßig besorgt gewirkt. Sie hoffte, dass der alte Mönch auch wirklich zum Prior gehen würde.

Nach wenigen Minuten rief Rickert Pia zurück. »Der Novize ist nicht in seinem Zimmer? Habt ihr ihn denn schon überall gesucht? Ich kann deswegen nicht gleich ein Sondereinsatzkommando schicken.«

Pia runzelte die Stirn. »Ich möchte jetzt ungern die Mönche oder die Gäste im Dunkeln das Klostergelände und die alten Gebäude absuchen lassen«, sagte Pia. »Außerdem habe ich keine Befugnis, das anzuordnen.«

»Hat der Novize kein Handy, auf dem man ihn erreichen kann?«

»Nein, hat er nicht.«

»Vielleicht macht er nur einen Spaziergang? Oder er besucht jemanden? Oder er ist was trinken gegangen? Er ist doch ein erwachsener, freier Mann.«

»Mit anderen Worten: Du willst nichts unternehmen?«, fragte Pia.

»Ich kann es nicht. Er ist noch nicht offiziell als vermisst gemeldet worden. Und selbst dann … Wie lange wurde der junge Mann nicht mehr gesehen? Zwei Stunden?«

»Ich weiß es nicht. Er war nicht beim Stundengebet; die Mönche haben anscheinend angenommen, dass er krank auf seinem Zimmer ist. Doch dort ist er nicht. Dir ist aber schon klar, dass er in Lebensgefahr oder tot sein könnte?«

»Pia.« Rickert senkte die Stimme. »Aller Voraussicht nach haben wir unseren Täter bereits.«

»Du meinst Raimund Rademann?«

Im Hintergrund klappte eine Tür. Wo auch immer er war: Rickert schien nicht allein zu sein. »Ich muss jetzt auflegen«, sagte er leise. »Wenn der Novize wieder auftaucht, schick mir eine Nachricht. Ansonsten rücken wir morgen früh bei euch an. Okay?«

Marten hielt sich an Ästen fest, prallte gegen Baumstämme, kletterte und rutschte die Böschung hinunter, immer dem Lichtfinger entgegen, der durch die Zweige in die Dunkelheit wies. Der Ferrari war gut achtzig Meter die Böschung hinabgestürzt. Er lag auf dem Dach und sah so aus, als hätte ihn eine Riesenfaust zusammengeknüllt.

War Lohse in dem Wrack? Falls ja, war er wahrscheinlich schwer verletzt. Trotzdem zog Marten beim Näherkommen die Waffe. Noch konnte er nicht erkennen, ob sich jemand in dem Autowrack befand. Er roch Benzin. Der Tank war beschädigt. Ein Funke würde ausreichen, und das Auto ginge in Flammen auf. Wurde er jetzt womöglich zum Lebensretter seines Erzfeindes?

Der Ferrari hing an einem Felsvorsprung fest. Marten leuchtete in das Innere des Wagens. Er war leer. Verdammt!

Marten fuhr sofort herum, in der Erwartung, dass Lohse hinter ihm stehen würde. Doch da war niemand. Das Licht fiel über einen mit Nadeln und Felsbrocken bedeckten, bewaldeten Hang. Weder Spuren noch etwas anderes deutete darauf hin, dass Lohse das Autowrack verlassen hatte. Was wiederum bedeutete, dass er sich gar nicht im Wagen befunden hatte, als der abgestürzt war.

Nochmals verdammt!

Albrecht Lohse hatte ihn hereingelegt. Irgendwie war es Lohse gelungen, den Ferrari ohne Insassen die Böschung hinunterstürzen zu lassen. Und er befand sich wahrscheinlich oben an der Straße und … Marten tastete nach dem Schlüssel des Peugeot. Er hatte ihn mitgenommen. Wenn Lohse damit weiterfahren wollte, musste er das Auto erst mal kurzschließen.

Marten informierte die monegassischen und französischen Kollegen darüber, was passiert war. Dann machte er sich an den Aufstieg den Abhang hinauf, zu seinem Wagen.

Pia überlegte, was sie unternehmen sollte. Einfach abzuwarten war jedenfalls keine Option. Wen könnte sie für eine Suche nach Noah mobilisieren? Alle, die des Mordes verdächtig waren, schloss sie aus. Da blieben eigentlich nur Bruder Menowin, Bruder Thomas und vielleicht noch Bruder Benno? Von den Gästen kamen nur Jürgen und vielleicht Alexa infrage. Die Wachleute mussten am Tor bleiben. Sollte sie überhaupt Alarm schlagen, oder hatte Rickert womöglich recht mit seiner Auffassung, dass Noahs Verschwinden nichts bedeuten musste?

Broders oder ihren Chef anzurufen und um Hilfe zu bitten war auch keine gute Idee. Das hier war nicht ihr Zuständigkeitsbereich.

Pia wollte jedoch mit jemandem sprechen, der etwas mehr Distanz zu den Ereignissen hatte. »Der nicht traumatisiert ist«, flüsterte eine Stimme in ihrem Kopf. Pia konnte ihrem Urteilsvermögen noch nicht hundertprozentig wieder trauen.

Sie wog das Telefon in der Hand, das das LKA ihr zur Verfügung gestellt hatte. Dann wählte sie Martens Nummer.

Pia wartete. Es dauerte lange, bis das Gespräch angenommen wurde. Sie wollte es schon beinahe wieder wegdrücken, da hörte sie ein Knacken und schweres Atmen in der Leitung. »Marten? Was ist los?«

Stille. Eine unerwartete, aber zugleich vertraute Stimme fragte flüsternd: »Pia, bist du das?«

Ihr stockte der Atem. Lohse! Sie würde seine Stimme unter Millionen erkennen. Seine leicht schleppende Sprechweise, der arrogante und süffisante Tonfall, der jede Faser ihres Körpers in Alarmbereitschaft versetzte. Albrecht Lohse an Martens Smartphone? Ihr erster Impuls war, das Telefon angewidert wegzuschleudern. Doch sie musste mehr erfahren. Mit wild pochendem Herzen presste sie das Handy ans Ohr. »Lohse?«, rief sie aufgebracht. »Wo, verdammt noch mal, sind Sie?«

»Ich werde deinen Freund erschießen, Pia. Er hat mir dazu großzügigerweise seine Waffe geliehen.«

»Das glauben Sie doch selbst nicht!« Pias Stimme klang rau. Ihre Hand verkrampfte sich um das Smartphone.

Er lachte leise, und sie hörte Schritte.

Marten sah Kiefernzweige, die in den grauen Nachthimmel ragten. Schleierwolken bewegten sich schnell vor den Mond. Marten lag auf dem Boden, halb auf Asphalt, halb auf etwas Weicherem. Sein Kopf tat entsetzlich weh. Er ertastete eine druckempfindliche Beule in der Größe eines halben Marshmallows an seinem Hinterkopf. Doch da war nichts Feuchtes, also wohl auch kein Blut.

Was war passiert? Er hatte das Autowrack gefunden, jedoch ohne einen Insassen. Daraufhin war er den Hang wieder hinaufgeklettert. Aber kurz bevor er die Straße erreicht hatte, war er von hinten angegriffen worden. Der allumfassende Schmerz, als ihn etwas am Hinterkopf getroffen hatte, war das Letzte, an das er sich erinnerte. Das Schwein hatte ihm in der Dunkelheit aufgelauert.

Marten griff beinahe automatisch nach seinem Telefon. Es war nicht da. Und, noch viel schlimmer, seine Waffe war ebenfalls verschwunden. Er wollte schon fluchen und sich hochstemmen, da hörte er in einiger Entfernung Lohses Stimme.

»Pia, bist du das?«

Er telefonierte mit Pia? Lohse musste das Telefon mit seinem Fingerabdruck entsperrt haben, als er kurz bewusstlos gewesen war. Pias Geheimnummer war zwar einprogrammiert, jedoch nicht unter ihrem Namen. Marten drehte den Kopf zur Seite, und der Schmerz meldete sich mit voller Intensität zurück.

Lohse stand an den Peugeot gelehnt da und hielt den Kopf geneigt, während er wohl Pias Stimme lauschte.

»Ich werde deinen Freund erschießen, Pia. Er hat mir dazu großzügigerweise seine Waffe geliehen.«

Diese Aussage setzte genügend Adrenalin in Marten frei, dass sein Kopf wieder klar wurde. Er rollte sich weg von der Straße, unter dem zerfetzten Zaun hindurch, und rutschte ein Stück hangabwärts. Er klammerte sich an einem dornigen Busch fest und kroch in dichtes Unterholz in Deckung.

Lohse näherte sich dem Straßenrand. Marten hörte seine Schritte auf dem Asphalt knirschen. Der Mann hatte sein Telefon und seine Waffe. Marten war vom Jäger zum Gejagten geworden.

»Wo bist du?«, fragte Lohse in die Dunkelheit. »Glaubst du, ich finde dich nicht? Deine Freundin ist hier am Telefon. Wollt ihr ein paar letzte Worte tauschen? Aber nein. Das ist mir zu langweilig.« Kleine Zweige knackten unter seinen Füßen, als Albrecht Lohse die Straße verließ und auf den Hang zusteuerte. Mit völlig veränderter Stimme sagte Lohse: »Wo, verdammt, steckst du?«

Marten tastete so vorsichtig wie möglich mit den Fingern über den mit Kiefernnadeln und Zweigen bedeckten Boden. Nur kein Geräusch machen! Der Schweiß brach ihm aus allen Poren. Endlich fand er einen genügend großen Stein. Als Lohse sich ein paar Schritte den Hang heruntergetastet hatte, warf Marten den Stein in die andere Richtung. Der Aufprall auf den mit Nadeln bedeckten Boden war nicht laut, doch Albrecht Lohse zuckte zusammen. Blitzschnell wandte er sich um und blickte in die entgegengesetzte Richtung. Es war der älteste Trick der Welt. Marten versuchte aufzuspringen, verfing sich in den Zweigen über ihm, hechtete vorwärts und bekam Lohses Bein zu fassen.

Albrecht Lohse strauchelte und fiel. Dabei löste sich ein Schuss.

Sie kämpften verbissen. Endlich gelang es Marten, die Oberhand zu gewinnen. Er entriss Lohse die Waffe und richtete sie auf ihn.

Sein Finger am Abzug zitterte. Tief ein- und ausatmen, befahl er sich. Er hatte es ihr versprochen.

Der Schuss zerriss ihr durch das Telefon beinahe das Trommelfell. Sie hörte lautes Rascheln und Knacken, ein Stöhnen … und dann war die Leitung tot. Pia stand wie erstarrt da.

Oh Gott, wer hatte geschossen? War jemand getroffen worden? Hoffentlich war Marten nichts passiert! Hatte Lohse ihn erwischt? Sie versuchte nochmals, Marten anzurufen. Es graute ihr zwar davor, wieder Lohses Stimme zu hören. Doch sie musste Gewissheit haben. Sie versuchte es mehrfach, aber es kam keine Verbindung mehr zustande.

Es ist ihm nichts passiert, sagte sie sich. Es geht ihm gut. Es darf ihm nichts passiert sein! Das war ihre einzige Chance, es auszuhalten und einfach weiterzumachen.

Eine Telefonnummer war noch auf ihrem Telefon einprogrammiert, die sie in dieser Situation anrufen konnte: die des Leiters des Dezernats im Kieler LKA, das nach Lohse fahndete und das ihren Personenschutz mit organisiert hatte. Martens momentaner Vorgesetzter. Also tat sie es.

Boris Dornfeld vom LKA versicherte Pia, dass er sofort versuchen werde, etwas in Erfahrung zu bringen. So lange sollte Pia auf keinen Fall etwas unternehmen, sondern abwarten.

Wenn Albrecht Lohse sich erwiesenermaßen in Südfrankreich aufhielt, konnte er zumindest jetzt nirgendwo in ihrer Nähe sein. Und auch nicht in Felix' Nähe … Das war das einzig Gute an dieser katastrophalen Situation. Doch was war mit Marten? Ging es ihm gut? Wie war Lohse an sein Telefon gekommen?

Pia lief in ihrem Zimmer auf und ab, raufte sich die Haare und biss auf ihrer Nagelhaut herum. Dann murmelte sie: »Ihr könnt mich mal!«, und zog sich an. Ablenkung war das Einzige, was ihre Angst um Marten einigermaßen in Schach halten konnte. Ansonsten drehte sie noch durch.

In Stiefeln, Jacke, Schal und dunkler Mütze ging sie durch den Seiteneingang des Gästehauses hinaus. Sie spürte den Druck der Pistole gegen ihre Rippen; sie hatte ihr Telefon und eine Taschenlampe dabei. Auf ihrem Weg nach draußen hatte sie zufällig Alexa getroffen und ihr eingetrichtert, niemandem etwas von ihrer Suchaktion zu sagen. Für den Fall, dass sie sich bis zwei Uhr nachts nicht bei ihr zurückmeldete, gab Pia ihr zwei Telefonnummern, die sie dann anrufen sollte.

»Oh, du scheinst ein aufregendes Leben zu haben«, bemerkte Alexa. Und mit einem wissenden Lächeln: »Verwaltungsangestellte, was?«

»Es ist mäßig spannend«, antwortete Pia.

»Ich kann dich begleiten«, sagte Alexa.

»Nein. Ich brauche hier jemanden, dem auffällt, wenn ich nicht zurückkomme.«

Alexa riss die Augen auf. »Es ist dir also ernst damit. Ich habe das eben für einen Scherz gehalten. Bis auf deine Montur, die sieht … ziemlich ernst aus.«

»Stell dir bitte einen Wecker.«

Alexa nickte. »Klar, mache ich.«

Pia wusste nicht, ob sie sich auf Alexa Steinhagen verlassen konnte. Doch im Grunde war es auch egal. Sie war ab sofort auf sich allein gestellt. Wenn das eingetreten war, was sie befürchtete, war sie außerdem gerade Noahs einzige Hoffnung. Natürlich war das, was sie vorhatte, in gewisser Weise auch blinder Aktionismus. Doch herumsitzen und abwarten, das konnte sie einfach nicht.

Auf dem Weg zum alten Hospital hielt Pia sich im Schatten, um nicht gesehen zu werden. In ihrem Zimmer brannte ein Licht, damit es so aussah, als wäre sie dort.

Erst hatte sie das alte Krankenhaus hintanstellen wollen, weil es schon das Versteck für Ingmar Harse gewesen war. Doch vielleicht dachte der Täter, dass man genau das vermuten würde. Das alte Hospital war für jeden, der es durchsuchte, der pure Albtraum. Pia wusste nicht einmal, wie viele Stockwerke es in den Keller hinabging.

Die Tür war nicht abgeschlossen. Entweder war sie immer unverschlossen, oder die Mönche hatten nach der offiziellen Durchsuchung der Polizei noch nicht wieder abgesperrt. Pia stand in der Eingangshalle und ließ das Licht der Taschenlampe über den alten Fliesenboden wandern. Rechts befand sich ein Treppenhaus, von dessen Wänden die Farbe blätterte. Durch die Rundbogenfenster fiel das Mondlicht auf die Stufen.

Sie beschloss, von unten nach oben zu suchen, weil die Wahrscheinlichkeit, dass man einen Menschen im Keller versteckte, ihrer Meinung nach am höchsten war. Pia nahm die Treppe nach unten. Um den möglichen Täter nicht vorzuwarnen, tastete sie sich leise vorwärts.

Unten erstreckte sich in beide Richtungen ein langer Gang, von dem etliche Türen abgingen. Manche standen offen, andere waren geschlossen, und einige fehlten gänzlich. Systematisch ging Pia den Gang erst in die eine, dann in die andere Richtung hinunter und sah in jeden Raum.

Die meisten waren vollkommen leer. Es gab zwei Gänge, die im rechten Winkel abzweigten. Pia stieß auf einen Kellerraum, dessen Tür immer noch polizeilich versiegelt war. Das Siegel war intakt und der Raum verschlossen. Sie nahm nicht an, dass der Täter erneut jemanden dort versteckt hatte.

Sie inspizierte einige Vorratsräume mit windschiefen Regalen und alten verbeulten Medizinschränken. Ein Kellerraum stand voller Bettgestelle aus Metall. Ein anderer schien eine ehemalige Leichenhalle zu sein. Sobald sie stehen blieb und lauschte, hörte Pia Wasser gegen das Gemäuer schwappen. Sie befand sich auf der dem Wassergraben zugewandten Seite des Gebäudes.

Kaum vorstellbar, dass in dieser Umgebung je ein Mensch gesund geworden war. Doch in dem Kellergeschoss war jetzt niemand mehr, und tiefer hinunter ging es anscheinend doch nicht. Was zum Teufel war mit Marten? Warum meldete er sich nicht bei ihr?

Pia stieg ein schmaleres Treppenhaus am Ende des Gebäudes wieder hinauf ins Erdgeschoss mit seinen hohen Decken und großen Sälen. Es gab einen langen Krankensaal, in dessen hinterer Ecke noch ein Stapel mit Metallbetten stand. Als das Licht der Taschenlampe auf Gestelle fiel, an denen wohl früher Vorhänge befestigt gewesen waren, die die Krankenbetten voneinander abtrennten, sahen die Schatten, die über den Fliesenboden wanderten, aus wie Galgen.

Doch keine Spur von Noah.

Pia fand einen Raum, der allem Anschein nach als Küche gedient hatte, und zwei kleinere Behandlungszimmer. Mit Schaudern entdeckte sie in einem der Zimmer einen alten OP-Tisch und eine dazugehörige Leuchte.

Wer hier wohl operiert worden war? Und weswegen?

In einem der hinteren Räume stand ein altmodischer Rollstuhl am Fenster. Pia leuchtete alles ab. Kein Platz, um einen Menschen zu verstecken.

Als Letztes stieg sie hinauf ins Obergeschoss. Bis auf ein paar Fledermäuse, die sie offensichtlich aufgescheucht hatte, traf sie auf nichts Lebendiges. Mit dem Gefühl, Zeit verschwendet zu haben, aber gleichzeitig auch erleichtert, ging sie wieder hinunter und verließ das Haus.

Die Durchsuchung hatte sie eine halbe Stunde gekostet. Pia stand wieder draußen, eng an die Wand des Gebäudes gelehnt, und überlegte, wie sie weiter vorgehen sollte. Wenn Noah nicht hier versteckt gehalten wurde, wo war er dann? Hoffentlich lebte er noch!

War er dem Täter gefährlich geworden, weil er etwas wusste, was ihn identifizieren würde? Dann war der Novize vielleicht längst tot. Ein Detail, an das sie sich nun erinnerte, machte Pia Hoffnung, dass noch etwas anderes hinter Noahs Verschwinden steckte. Etwas, was ihn wertvoll für den Täter machte. So wertvoll, dass er ihn nicht sofort umbringen wollte.

Der Novize war noch recht jung. Jünger als alle anderen im Kloster. Er war zwar erwachsen, aber er hatte etwas Jungenhaftes, Unbekümmertes an sich. Sie hatte ein Foto von Leon Krock, dem ersten Opfer, gesehen und lange betrachtet. Trotz des Altersunterschieds hatte der junge Mann eine ähnliche Ausstrahlung gehabt: den Schmelz der Jugend und eine schmale, feingliedrige Statur.

Pia ging dicht an der Hauswand entlang und gelangte zu dem alten Kräutergarten. Dort hinten hatten die Taucher vor wenigen Tagen Ingmar Harses Leiche aus dem Graben geborgen. Den Anblick des Toten würde Pia, wie schon so einige andere, nie mehr vergessen. Auch Harse war eher schmal gewesen und hatte einen feinen Knochenbau gehabt.

Einerseits hoffte Pia, dass sie sich täuschte. Dass sie nicht gerade eine Art »Beuteschema« entdeckt hatte. Sie stand an die Wand des alten Hospitals gepresst und blickte über den breiten Graben zum Wald hinüber. Das Mondlicht spiegelte sich im Wasser. Heute war Vollmond. Sein kaltes Licht drang durch die dünnen Wolkenschleier und erhellte die Landschaft in Blau- und Grautönen. Die Schatten der Mauern und eines Eisengitters zeichneten sich messerscharf vor dem sandigen Untergrund ab.

Als das Telefon in ihrer Tasche vibrierte, erschrak Pia so sehr, dass sie beinahe ins Wasser gerutscht wäre.

36. Kapitel

Die Nummer war Pia unbekannt. Sie nahm das Gespräch an, lauschte jedoch erst einmal nur. Der Schreck, Lohses Stimme so nah an ihrem Ohr zu vernehmen, saß ihr noch in den Gliedern.

»Pia? Hier ist Marten.«

»Gott sein Dank! Bist du okay?«

»Mir geht es gut. Dieser Bastard von Albrecht Lohse hatte mir mein Handy und meine Dienstwaffe abgenommen. Das Handy hat unseren Kampf nicht überlebt.«

»Wo ist Lohse? Ich hatte ihn am Apparat, als ich versucht habe, dich anzurufen.«

»Er ist auf dem Weg zur nächsten Polizeistation.«

»Nicht wirklich?!« Pia wurden vor Erleichterung die Knie weich.

»Doch. Der Albtraum ist vorbei, Pia.«

»Ich kann es noch nicht fassen«, flüsterte sie und spürte, wie ihr Tränen in die Augen stiegen. »Das ist großartig!«

»Du hast mir sehr geholfen.«

»Wie? Ich?«

»Dein Anruf. Mit dir zu sprechen hat ihn eine Weile von mir abgelenkt.«

»Was war denn los?«

»Ich erzähle dir später alles in Ruhe. Fürs Erste fahre ich Lohse hinterher und sorge dafür, dass die Polizisten hier wissen, mit wem sie es zu tun haben. Nicht, dass er uns noch einmal entkommt. Aber wie geht es dir, Pia?«

»So weit ganz gut. Wir, also die Gäste, reisen allerdings morgen alle ab. Ein Kloster, in dem ein Mönch, ein Gast und vor neun Jahren ein weiterer Junge ermordet worden sind, ist nicht unbedingt eine Wellness-Oase.«

»Haben sie den Täter immer noch nicht?«

»Das ist nicht so einfach. Ich habe ein wenig Einblick, weil ich ja den Leiter bei den Ermittlungen unterstützt habe …« Sie hörte eine Art Schnauben am anderen Ende der Leitung. Amüsierte sich Marten über sie? »Lach nicht! Es ist kompliziert. Wir können ein paar Leute ausschließen, doch es bleiben trotzdem noch mindestens vier Verdächtige übrig.«

»Das ist aber nicht dein Fall, Pia.«

»Ach nein? Und was machst du in Südfrankreich? Ich habe mich hier bisher weitestgehend rausgehalten. Doch jetzt ist auch noch der Novize Noah verschwunden. Der zuständige Kollege ist der Meinung, er habe seinen Täter bereits und der vermisste junge Mann sei nur ausgegangen. Also suche ich ihn.«

»Ist das eine gute Idee? Bist du allein?«

»Ich kann hier niemandem vertrauen.« Nach ihren Worten trat ein kurzes Schweigen ein. Pia überlegte, ob sie wirklich niemandem trauen konnte und alles allein erledigen musste. Alexa vertraute sie sehr bedingt. Aber ansonsten …

»Gut. Ich verlass mich darauf, dass du auf dich aufpasst«, sagte Marten. »So bescheuert, wie ich mich gerade angestellt habe, kann ich dir kaum Vorhaltungen machen.«

»Auf die Geschichte bin ich gespannt.«

»Nur so viel: Der Klang deiner süßen Stimme hat mir heute wohl das Leben gerettet. Wenn du nicht gewesen wärst, könnte Lohse jetzt in Südfrankreich, in Italien, der Schweiz oder sonst wo sein.«

»Wo bist du?«

»Ich glaube, es ist noch Monaco. Ich kann von hier das Mittelmeer sehen. Lohse ist alles zuzutrauen. Die Ratte wäre auch nach Afrika rübergeschwommen, um ihre Haut zu retten«, sagte Marten sarkastisch.

Zu Pias Füßen gluckste es im Wasser. Wie war das mit der sehr großen Bisamratte, die Bruder Gideon gesehen haben wollte? So groß wie ein Lamm? »Marten, ich muss jetzt auflegen. Ich melde mich wieder bei dir.«

»Hey, was ist los?«

»Ich muss etwas nachprüfen.«

Er stöhnte leise. »Okay. Pass gut auf dich auf, Pia!«

»Du auch. Bis später!« Es gab ihr ein ungutes Gefühl, das Telefonat so abrupt zu beenden. Aber Marten war zu ihrer grenzenlosen Erleichterung nichts passiert, und Albrecht Lohse befand sich endlich in polizeilicher Verwahrung. Und miteinander reden konnten Marten und sie morgen auch noch. Oder sogar heute. Es war schon bald Mitternacht. Die spontane Erinnerung an Bruder Gideons Bemerkung ließ sie die Lage mit einem Mal ganz anders beurteilen.

Sie fröstelte. Doch genau so könnte es gewesen sein.

Pia lief zurück zu dem Eingang in den »Stillen Bereich« des Klosters. Ihre Kombination für den Türcode war noch aktiviert, sodass sie in den Kreuzgang gelangte. Warum hatte sie Bruder Gideon nicht gefragt, wo sein Zimmer lag? Wie sollte sie ihn nun finden?

Sie stand vor der Tür zum Dormitorium, als sie Schritte dahinter vernahm. Vorsichtshalber verbarg sie sich hinter einer der Säulen. Es war schwierig zu erklären, was sie um Mitternacht hier wollte. Die Tür öffnete sich, und ein Mönch mit übergezogener Kapuze trat heraus. Er war klein und dünn. Pia konnte einen kurzen Blick auf sein Gesicht werfen. »Bruder Gideon!«, rief sie leise.

Der Mönch fuhr wieselflink herum. »Ich hätte einen Herzschlag erleiden können, junge Frau«, wies er sie zurecht. »Mich noch einmal derart zu erschrecken.« Und dann, nach kurzem Nachdenken: »Haben Sie den Novizen gefunden?«

»Nein, noch nicht.«

»Er ist auch noch nicht wieder in seiner Zelle.«

»Und die anderen?«

»Alle anderen scheinen da zu sein.«

»Erinnern Sie sich, wann und wo genau Sie die Bisamratte im Graben gesehen haben, Bruder Gideon?«

»Was ist denn das für eine Frage?«

»Bitte!«

»Ich stand am Fenster des Kapitelsaals im Erdgeschoss. Das war an dem Tag, an dem Bruder Zacharias gestorben ist. Die Tiere waren ein gutes Stück weiter links von mir im Wasser. Zwei fette Bisamratten, die hintereinanderher quer über den Graben in Richtung Wald geschwommen sind.«

»Es waren zwei?«, fragte Pia irritiert.

»Junge Frau, ich bin zwar kurzsichtig, aber nicht blind!«

»Und es war der Tag, an dem Bruder Zacharias ermordet wurde? Um wie viel Uhr waren sie da im Kapitelsaal?«

»Ich hatte dort etwas für die nächste Versammlung vorbereitet. Es muss morgens um kurz vor zehn gewesen sein.«

»Haben Sie die Tiere länger beobachtet? Bis sie auf der anderen Seite ankamen?« Oder war ein Mensch aus dem Wasser ans Ufer gestiegen?

»Denken Sie, ich habe Zeit zu vertrödeln?«, entgegnete

Bruder Gideon entrüstet. »Ich habe immer noch meine Arbeit zu erledigen.«

»Gewiss, Bruder Gidoen. Aber Sie sagten eben, dass Sie kurzsichtig sind. Hatten Sie Ihre Brille da auf?«

»Ich … Sie stört mich.« Er zog eine kleine Nickelbrille aus einer Falte seines Habits hervor. »Meistens habe ich sie griffbereit in der Tasche.«

»Bitte überlegen Sie: Könnten es nicht auch ein menschlicher Kopf und vielleicht ein Kleiderbündel gewesen sein, die Sie gesehen haben? Könnte zu dem Zeitpunkt jemand durch den Graben geschwommen sein?«

»Sie meinen … ich habe den Mörder gesehen?«, murmelte Bruder Gideon.

»Möglicherweise. Bitte sprechen Sie vorerst mit niemandem darüber! Gehen Sie in Ihr Zimmer, und schließen Sie es von innen ab, falls das möglich ist.«

Es war kein gutes Gefühl, Bruder Gideon, einen wichtigen Zeugen, in dieser Situation allein zu lassen. Doch die Suche nach Noah war im Augenblick dringender. Laut Bernadette Rademann war das Tor am Donnerstagmorgen gegen halb zehn einen Moment offen und unbewacht gewesen. Wenn sie diese Aussage mit Bruder Gideons Beobachtung, dass ein Mensch mit einem Kleiderbündel durch den Graben geschwommen sein könnte, kombinierte, dann ergab sich Folgendes: Raimund Rademanns Alibi-Situation hatte sich nicht gebessert. Doch Rademann saß eh schon in Untersuchungshaft, wie Pia annahm. Es hatten aber auch zwei bisher Unverdächtige kein Alibi mehr. Der eine war der Novize Noah, den Pia jedoch intuitiv ausschloss. Unter anderem, weil er zu jung für den Mord an Leon Krock und nicht im Kloster Leurathshausen gewesen war. Doch ein weiterer Mönch rückte in Pias Fokus: Bruder Thomas. Sein Alibi war geplatzt.

Er hatte am Tag des Mordes an Bruder Zacharias morgens mit dem Novizen Noah offiziell das Klostergelände verlassen. Sie waren ins Jugendhaus gegangen, um dort etwas vorzubereiten. Dann hatte Bruder Thomas Noah zum Strandhaus geschickt, um da etwas zu erledigen. Als Noah weggegangen war, hätte Bruder Thomas ungesehen zurück ins Kloster gelangen können. Es war allerdings nicht planbar gewesen, dass das Tor einen Moment unbeobachtet sein würde. Also war er vielleicht nur zufällig zurückgegangen, weil er noch etwas im Kloster zu tun hatte. Dabei hätte er auf Bruder Zacharias oder Ingmar Harse stoßen können. Den einen hätte er in der Kirchenbank ermorden, den anderen niedergeschlagen und gefesselt im Hospitalkeller zurücklassen können. Wenn ihm dann klar geworden wäre, dass er ein Alibi benötigte und dass bisher niemand wusste, dass er überhaupt auf dem Klostergelände war …

Pia sah es wie einen Film vor ihrem inneren Auge ablaufen: Er hätte sich ausziehen und mit seinen Kleidungsstücken, womöglich in einem Plastikbeutel, durch den Graben schwimmen können. Danach wäre es ein Leichtes gewesen, sich wieder anzuziehen und durch den Wald zurück zum Jugendhaus zu laufen. Es wäre riskant, aber möglich gewesen. Er hätte so noch rechtzeitig mit dem Läuten der Totenglocke offiziell wieder von außen am Tor erscheinen können. Sie selbst hatte ihn dort gesehen.

Doch ausgerechnet Bruder Thomas, der ihr sympathisch war? Ein nicht vorhandenes Alibi war natürlich kein Beweis dafür, dass er die Morde auch tatsächlich begangen hatte. Aber so ergab alles, auch Bruder Gideons Beobachtung, einen Sinn.

Sie musste Noah finden!

Die Wachen im Torhaus ließen Pia ohne Kontrolle passieren. Sie sahen kaum auf. Offenbar schauten sie sich gerade ein Fußballspiel auf einem Tablet an, und das Spiel schien weitaus spannender als ihre Arbeit zu sein.

Sie ging zuerst zum Jugendhaus. Alle Fenster waren dunkel, die Eingangstür wie erwartet verschlossen. Gut möglich, dass Noah hier war. Vielleicht versteckte er sich vor jemandem? Oder er war eingesperrt, möglicherweise auch gefesselt und geknebelt? Oder war er tot?

Pia ging um das Gebäude herum und fand ein Kellerfenster mit einer Kasematte davor. Das Fenster war nur einfach verglast. Pia hob das Gitter über der Kasematte an und stellte es beiseite. Dann zog sie sich den Ärmel über die Hand und schlug mit dem rückwärtigen Ende der Taschenlampe die Scheibe ein.

Es klirrte laut. Sie verharrte einen Moment, doch nichts passierte ... Kein Alarm schrillte los, niemand rief oder eilte herbei. Wenn es stimmte, was Bruder Gideon sagte, befanden sich alle Mönche im Kloster. Doch es war auch kein Kunststück, an den Wachen vorbei hinauszugelangen.

Pia griff durch die Öffnung in dem zerbrochenen Glas und öffnete das Fenster. Der Flügel schwang auf; sie zwängte sich hindurch und landete mit einem Satz auf dem Kellerboden. Pia lauschte einen Moment. Im Haus war alles ruhig.

Sie schaltete die Taschenlampe ein und sah sich um. Sie befand sich im Heizungskeller. Er war übersichtlich, kein Platz für irgendwelche Verstecke. Pia betrat den Kellerflur, blickte in jeden Raum. Niemand war da. Eine steile Treppe führte ins Erdgeschoss. Doch mit jedem Raum, in den Pia schaute, wuchs ihre Überzeugung, dass Noah nicht hier war. Das Einzige, was von Interesse war, war ein Paar Schuhe, die mit Zeitungspapier ausgestopft waren. Sie standen bei den Gartengeräten in einem Gelass neben dem Hinterausgang.

Für Gartenschuhe waren sie allerdings viel zu gut. Schwarze Schnürschuhe aus Leder in Größe 45, solide Schuhmacher-Arbeit, schon einmal neu besohlt, etwas abgetragen, aber gepflegt … und von innen noch leicht feucht. Es war die Art Schuhe, die ein Mönch unter seinem Habit tragen würde.

Wenn Bruder Thomas durch den Graben geschwommen war, seine in einem Plastikbeutel transportierten Sachen wieder angezogen hatte, wieso waren dann seine Schuhe so nass geworden, dass er sie hier zum Trocknen abgestellt hatte?

Hatte Bruder Thomas Habit und Skapulier abgelegt, seine Schuhe aber nicht, weil er es eilig gehabt hatte? Hatte er die beiden Kleidungsstücke in einem wasserdichten Beutel transportiert, am anderen Ufer wieder übergezogen und erst hier im Jugendhaus seine klatschnassen Halbschuhe gegen zufällig herumstehende Gartenschuhe getauscht? Und was wäre, wenn es Noah aufgefallen war? Oder wenn Thomas nur fürchtete, dass Noah eins und eins zusammengezählt hatte, so wie sie selbst gerade? Dann wäre das ein Motiv, neben einem geplanten Missbrauch, den Novizen aus dem Weg zu schaffen.

Nur, wohin? Im alten Hospital und im Jugendhaus war Noah offensichtlich nicht. Wo könnte er noch sein? »Denk nach, denk nach, Pia«, flüsterte sie. »Noahs Leben steht auf dem Spiel.«

37. Kapitel

Mit einer Plastiktüte aus einem der Räume, die sie sich über die Hand gezogen hatte, ergriff Pia die Schuhe. Es waren möglicherweise entscheidende Indizien. Sicher ließ sich das Wasser des Grabens an ihnen nachweisen. Sie wählte für das Schuhpaar das erste halbwegs sichere Versteck, an dem sie vorbeikam: ein ausrangierter Backofen in einer Ecke des Kellers.

Eilig verließ sie das Haus und lief zum Parkplatz, sprang in ihren Wagen und fuhr in Richtung Strand. Mit dem Auto musste sie zwar einen Umweg in Kauf nehmen, und sie würde auch nicht bis direkt zum Strandhaus fahren können, aber es war immer noch schneller, als wenn sie zu Fuß ging.

Pia erreichte die Straße, die parallel zu dem Dünengebiet verlief. Sie fuhr bis zu der Einfahrt eines Campingplatzes und stellte den Wagen verdeckt hinter Müllcontainern und Buschwerk ab. Sie griff nach der Taschenlampe, die sie auf dem Beifahrersitz abgelegt hatte, und stieg aus. Weit und breit war kein Mensch zu sehen. Am Ende der Straße lag linker Hand das Strandhaus, das zum Kloster gehörte.

Je näher Pia dem Haus kam, desto vorsichtiger tastete sie sich vorwärts. Bruder Gideon hatte zwar gesagt, alle Mönche seien im Kloster, aber inzwischen war einige Zeit vergangen.

Das Strandhaus sah so leer und verlassen aus wie neulich, als sie hier gewesen war. Die Holzläden vor den Fenstern waren geschlossen. Alles, was nicht fest mit dem Haus verbunden war, hatte man mit Ketten gegen Sturm und Diebstahl gesichert. Pia leuchtete den Sandweg ab. Es war nicht zu erkennen, ob erst kürzlich jemand hier entlanggelaufen war.

Sie umrundete das Haus, suchte eine Stelle, von wo aus sie hineinschauen konnte, doch es gab keine. Sie wagte nicht, nach Noah zu rufen. Falls ein möglicher Entführer in der Nähe war, wollte sie ihn nicht vorwarnen.

Die Vorder- und Seitentür waren verschlossen. Sie hatte kein Pick-Set dabei, und es würde eh zu lange dauern, das Schloss zu öffnen. Pia probierte, ob sie einen der Fensterläden öffnen konnte, doch die Läden waren ebenfalls gut gesichert. Ein Brecheisen wäre nützlich, würde aber zu viel Lärm machen. Diebe bevorzugten es manchmal, über das Dach einzusteigen, indem sie ein schlecht gesichertes Dachfenster aufbrachen oder schlicht und einfach Dachpfannen zur Seite schoben. Doch Dachfenster gab es in dem Strandhaus offenbar nicht, und auch keine Leiter oder eine andere Steighilfe hinauf.

Rickert konnte sie erst wieder anrufen, wenn sie einen konkreten Hinweis auf Noahs Verbleib hatte. Es war zum Verrücktwerden. Genauso musste Marten sich gefühlt haben, als er das Binnenschiff nach ihr durchsucht hatte. Bei der Erinnerung daran, Albrecht Lohse hilflos ausgeliefert gewesen zu sein, schnürte sich Pias Brustkorb erneut zusammen. Doch die Gefahr war vorüber. Marten hatte Lohse gerade festgenommen. Jetzt war es an ihr, einen Menschen zu retten, der sich aller Wahrscheinlichkeit nach in ähnlicher Gefahr befand wie sie vor nicht allzu langer Zeit. Die lebhaften Erinnerungen an Angst, Hilflosigkeit und Abscheu hatten sie einen Moment abgelenkt.

Von weit hinten sah sie einen Mann mit gesenktem Kopf durch die Dünen in Richtung Strandhaus näher kommen. Die Umgebung, der Sand und das Dünengras, waren so hell, dass er selbst im Mondlicht noch recht gut auszumachen war. Er war groß und breitschultrig und trug dunkle Kleidung und eine Mütze. Pia konnte noch nicht erkennen, um wen es sich handelte.

Sie verbarg sich hinter einem Strandkorb, der auf der Veranda an einen Balken gekettet dastand. Das Versteck war jämmerlich, aber so befand sie sich direkt neben der Eingangstür. Sie hoffte, dass derjenige, wer immer es war, der sich dort näherte, diese Tür ins Strandhaus wählen würde. Sie legte die Taschenlampe leise ab und zog die Waffe aus dem Holster.

Pia kauerte regungslos hinter dem Strandkorb und lauschte. Sie hasste es, sich zu verstecken. Jeder ihrer Muskeln schien sich augenblicklich zu verspannen. Ihre Nase juckte, als müsste sie gleich niesen. Da hörte sie schon das Knirschen von Schritten, die näher kamen. Dann ein Poltern, feste Tritte auf Holz, als der Mann auf die Veranda stieg. Er verharrte einen Moment. Sie vernahm seine ruhigen Atemzüge. Ein Schlüssel klimperte, wurde in ein Schloss gesteckt und gedreht.

Pia sprang auf. »Polizei! Hände hoch, wo wir sie sehen können. Ich richte eine Waffe auf Sie.«

Der Mann wandte sich ihr zu. Es war Bruder Thomas. Er sah in der dunklen Hose, dem Parka und mit der schwarzen Wollmütze vollkommen verändert aus. Im Zeitlupentempo hob er die Hände.

»Langsam umdrehen!«, wies Pia ihn an.

Er gehorchte. »Frau Cordes, was tun Sie denn hier? Was soll das?«, fragte er sie ruhig.

»Ich suche Noah, den Novizen. Wo ist er?«

»Und deswegen wollen Sie auf mich schießen? Wo haben Sie bloß die Pistole her?« Er schüttelte den Kopf, wie über ein Kind, das sich einem Erwachsenen gegenüber respektlos verhält.

»Ich bin Polizistin. Wir haben Grund zu der Annahme, dass Sie in die Morde im Kloster verwickelt sind.«

»Wir?« Er sah sich kurz über die Schulter um. »Wie es scheint, sind Sie hier ganz allein. Und Sie täuschen sich, täuschen sich leider gewaltig. Ich kann nichts damit zu tun haben, weil ich gar nicht auf dem Klostergelände gewesen bin, als Bruder Zacharias starb. Dafür gibt es Zeugen, und Sie sind einer davon. Schon vergessen?« Er schüttelte ratlos den Kopf. »Frau Cordes, anscheinend geht es Ihnen nicht so gut. Wir können Ihnen helfen. Gott wird Ihnen beistehen, wieder gesund zu werden. Ich stehe Ihnen bei …« Er trat langsam auf sie zu.

»Bleiben Sie, wo Sie sind!«, sagte Pia scharf.

»Alles gut.« Er sah sie mit schief gelegtem Kopf an. »Regen Sie sich nicht auf, mein Kind. Warum sind Sie wirklich hier? Ich meine, es ist mitten in der Nacht …«

»Wo ist Noah?«

»Ich bin sicher, dass es ihm wieder gut geht.« Bruder Thomas lächelte nachsichtig.

»Wo ist er?«

»Im Kloster, nehme ich an.«

»Da ist er nicht. Bringen Sie mich zu ihm.«

»Natürlich. Regen Sie sich nicht auf.« Er stieß die aufgeschlossene und noch angelehnte Tür hinter sich mit einem Fußtritt auf. »Kommen Sie, wir gehen hinein und reden miteinander, bis Sie sich beruhigt haben.«

»Warum sollte ich Sie in dieses Haus begleiten?«

»Was wollen Sie sonst hier? Ein Bad in der Ostsee nehmen?«

Bruder Thomas in das stockdunkle Strandhaus zu folgen war keine gute Idee. Doch Pia meinte, ganz schwach ein Stöhnen zu hören. Noah? Es konnte auch nur der Wind sein … oder reine Einbildung. Sie nahm wahr, was die Bilder in ihrem Kopf ihr vorgaben. Doch wenn es wahr war, wenn Noah sich in einer ähnlichen Lage befand wie sie neulich, musste sie sein Martyrium sofort beenden. Hilflos zu sein, gefesselt und eingesperrt, das war eine grausame Erfahrung. In der Gewalt eines anderen Menschen, eines skrupellosen, mitleidlosen Verbrechers …

»Gehen Sie langsam und mit erhobenen Händen hinein. Schalten Sie drinnen sofort das Licht an!«, forderte sie den Mönch auf.

»Tut mir leid. Es gibt hier keinen elektrischen Strom«, sagte er. »Die Jugendlichen finden das romantisch. Das ist ein Strandhaus aus dem Jahr 1896. Ein ehemaliges Bootshaus, aus einer Zeit, als die Mönche für die Fastenzeit noch Fische gefangen haben.«

»Halten Sie den Mund.« Pia unterbrach seinen Vortrag. »Sie gehen jetzt langsam hinter den Strandkorb und holen meine Taschenlampe«, wies sie ihn an.

Er zuckte mit den Schultern und tat, was sie gefordert hatte. Pia achtete darauf, dass sie stets außerhalb seiner Reichweite blieb und er vor der Mündung ihrer Pistole. Der Mönch wollte sich gerade zu der Lampe hinunterbeugen, doch damit hätte er eine Waffe. »Hände oben lassen! Stoßen Sie die Taschenlampe mit dem Fuß zu mir herüber.«

Nach ein paar vergeblichen Versuchen kullerte die Taschenlampe vor Pias Füße. Sie hob sie auf, ohne Bruder Thomas aus den Augen oder die Waffe sinken zu lassen.

»Meine Liebe. Sie brauchen dringend Hilfe«, sagte er liebenswürdig. »Hatten Sie kürzlich vielleicht ein traumatisches Erlebnis? Sind Sie deswegen zu uns gekommen?«

Die Worte erzeugten einen seltsamen, beunruhigenden Widerhall in Pia. Woher wusste er das? Und wenn er nun recht hatte? Rickert hatte eben sehr reserviert auf ihren Anruf reagiert. Mit ihrer Annahme, dass Noah entführt worden war und festgehalten wurde, stand sie auf ziemlich verlorenem Posten. »Sie wissen gar nichts«, erwiderte sie barsch.

»Liebe Frau Cordes, Sie haben offenbar die Orientierung im Leben verloren. Sie sehen Dinge, die gar nicht existieren. Sie fantasieren sich etwas zusammen.«

»Es ist real«, erwiderte Pia. »Noah ist in Gefahr.«

»Das bilden Sie sich alles nur ein, um Ihr eigenes Trauma auszuhalten. Es ist eine Schutzreaktion. Das ist nicht Ihre Schuld. Wir können Ihnen helfen. Lassen Sie sich von mir helfen.«

War es möglich, dass sie sich täuschte? Könnte es tatsächlich eine Folge ihres Traumas sein? »Sie helfen mir, indem Sie mir beweisen, dass es Noah gut geht.«

Seine Augen wurden schmal. »Sicherlich. Sie können mir vertrauen. Es ist nicht Ihre Schuld. Ich kann Ihnen in die Realität zurückhelfen.«

»Noch ein Wort in dieser Richtung, und ich schieße Ihnen ins Knie«, entfuhr es Pia. »Los, drehen Sie sich mit erhobenen Händen um, und gehen Sie ins Strandhaus.«

Er zuckte mit den Schultern und wandte sich um.

»Gehen Sie langsam hinein. Wir werden ja sehen, ob Noah im Haus ist oder nicht.«

Pia folgte ihm, den Lichtstrahl der Taschenlampe und die Pistole auf seinen breiten Rücken gerichtet. Der Lichtkegel der Lampe war auf diese Entfernung eher punktuell, sodass sie zu den Seiten hin nicht viel erkennen konnte. Vor dem Mönch schien sich ein schmaler Gang zu befinden, der in das Innere des Strandhauses führte. »Gehen Sie langsam«, wies sie ihn an.

»Was immer Sie wollen«, entgegnete er so freundlich, als spräche er mit einer Wahnsinnigen.

»Wo ist Noah? Sagen Sie es!«

»Das kann ich nicht.«

Pia war ihm ein paar Schritte in das Strandhaus gefolgt. Überall um sie herum standen Stapel von Möbeln und Kisten, die hier offensichtlich eingelagert waren. Sie konnte keine einzige freie Wand sehen. *»Wo … ist … Noah?«*, wiederholte sie drohend.

»Warten Sie. Ich zeige es Ihnen. Ich drehe mich jetzt um.« Bruder Thomas fuhr herum, warf sich nach rechts, gegen die Stapel, riss daran, und Kisten und Gegenstände stürzten auf Pia herab.

38. Kapitel

Pia schrie auf, riss schützend die Arme hoch. Eine schwere Kiste traf ihre rechte Schulter und schickte sie zu Boden. Pistole und Lampe fielen ihr aus den Händen. Sie hechtete nach der Waffe und landete schmerzhaft auf etwas, das sich wie ein Haufen Treibholz anfühlte, der unter ihr wegrollte.

Sie hörte noch mehr Poltern. Bruder Thomas schien Kisten und Gegenstände zur Seite zu werfen, in dem Versuch, zu ihr zu gelangen. Wo war die Pistole? Die Taschenlampe leuchtete nutzlos auf einige Holzgartenstühle, die ebenfalls zu Boden gerissen worden waren. Sie griff danach. Der schwere, zylindrische Metallkörper war immerhin besser als nichts. Sie hob die Lampe gerade noch rechtzeitig, um den Angriff des Mönchs abzuwehren. Es knackte leise, und er stöhnte wütend auf.

»Miststück!«, zischte er. Alle Milde und Jovialität waren aus seiner Stimme verschwunden. Pia rollte sich von ihm weg, unter einer Tischreihe hindurch, auf dem die Kisten und Stühle wohl aufgestapelt gewesen waren. Dahinter stand etwas Weiches, offenbar ein Sofa, über das sie hinwegkletterte.

Bruder Thomas kämpfte sich wie ein Berserker durch den Berg aus Sachen. Ihre Pistole war in diese Richtung gerutscht und musste irgendwo links unter ihr sein. Doch wenn sie sich hinunterbeugte, um sie zu suchen, könnte er ihr etwas auf den Kopf werfen oder schlagen.

Pia kletterte über die Armlehne des Sofas und drückte

sich zwischen der Wand und einem Regal entlang. Einen Moment tastete sie den Boden ab, erhob sich aber gleich wieder, als ihr Angreifer näher kam. Pia leuchtete ihm direkt ins Gesicht, und einen kurzen Augenblick war er geblendet. Doch er kannte sich in diesem Chaos von einem Winterlager anscheinend aus.

Um ihn aufzuhalten, riss Pia ein Kanu, einen Sonnenschirm und ein Surfboard um, die an der Wand lehnten. Sie kletterte über die Tische zurück zum Mittelgang. Die Pistole war für sie verloren. Sie musste sich schnellstmöglich vor diesem Mann in Sicherheit bringen.

Pia stieß gegen eine Wand aus rauen Holzbrettern, fuhr mit den Händen daran entlang, fand eine Türzarge, dann einen Griff und öffnete die Tür. Schnell drückte sie sich durch die Öffnung und schloss die Holztür leise hinter sich. Hektisch wanderte der Lichtschein ihrer Taschenlampe durch den Raum.

Es war ein einfacher Andachtsraum mit ein paar Stühlen, Standkerzenleuchtern und einem Altartisch. Auf dem weißen Tuch, das darübergeschlagen war, standen zwei hohe Kerzen und ein verwelkter Blumenstrauß. Schräg daneben befand sich ein Klavier mit einer Sitzbank und ein paar Notenständern.

Hier gab es nichts, was mobil und gleichzeitig schwer genug war, um die Tür damit zu sichern. Pia entdeckte auch keinen zweiten Ausgang. Die Fenster waren mit Holzläden verschlossen und lagen zu hoch, um schnell hinauszuklettern.

Pia lief zum Klavier, streifte die Jacke ab und legte sie so dahinter ab, dass man von der Tür aus noch ein Stück Stoff sah. Dann versteckte sie sich unter dem provisorischen Altar und schaltete die Lampe aus. Keinen Moment zu früh, denn die Tür zum Andachtsraum wurde gerade aufgestoßen.

»Wie schön, dass Sie hier sind! Am Ende finden wir doch alle zu Gott«, sagte Bruder Thomas.

Sie hatte gehofft, er würde sich sofort auf das Klavier stürzen, weil er sie dort vermutete. Dass er stehen blieb und die Lage sondierte, war nicht gut.

»Ich nehme an, Sie haben die Polizei bereits verständigt«, fuhr er fort. »Die werden sicherlich irgendwann hier aufkreuzen. Doch wenn ich verhaftet werden sollte oder mir irgendwas passiert, dann findet ihr Noah nie. Er wird elendig sterben, und das wollen wir doch nicht, oder?«

Seine Rede war ein reines Ablenkungsmanöver. Er bewegte sich leise durch den Raum. Pia hoffte inständig, dass das Tuch auf dem Altar sie vollständig verdeckte, dass er nicht als Erstes dort nachschaute. Dann hatte sie vielleicht noch eine Chance, hier herauszukommen.

Rickert schreckte beim ersten Signalton aus dem Schlaf. Seine Frau neben ihm gab einen unwilligen Laut von sich und zog sich die Bettdecke über den Kopf. Er tastete nach dem Smartphone auf seinem Nachttisch. »Hallo?«

»Herr Kommissar?«

»Wer ist da?«

»Bruder Lambert vom Kloster Naumar.«

»Ich weiß, welches Kloster. Was ist los, dass Sie mich mitten in der Nacht anrufen?«, stieß er noch im Halbschlaf hervor. Dass er den Zeugen seine Visitenkarte gab, bedeutete nicht, dass sie ihn zu jeder Tages- und Nachtzeit anrufen sollten.

»Bruder Gideon hat mich gerade geweckt. Er fürchtet,

dass die junge Frau, Pia Cordes, in Gefahr ist. Sie ist nicht auf ihrem Zimmer. Und der Novize und Bruder Thomas sind auch nirgends zu finden.«

Rickert schwang die Beine aus dem Bett und setzte sich auf. »Moment.« Er rieb sich übers Gesicht, um wach zu werden. Sein Wecker zeigte 0.52 Uhr an.

»Die Wachleute sagen, dass Frau Cordes das Gelände vor einer Stunde verlassen hat. Wir haben alle Brüder kontrolliert. Bruder Thomas ist auch nicht in seiner Zelle.«

Rickert verließ das Schlafzimmer und schaltete das Licht im Flur an. »Bruder Thomas ist nicht da?«, fragte er. »Ich verstehe das nicht. Ist der Novize auch noch nicht wieder aufgetaucht? Was wollen Sie um diese Uhrzeit von mir?« Allmählich kamen die Erinnerungen zurück. Diese verdammte, unübersichtliche Ermittlung!

»Bruder Gideon ist ziemlich aufgeregt. Er hat mir etwas von Bisamratten und dem Graben erzählt und dass er leider keine Brille getragen hat. Er ist sich sicher, dass Bruder Thomas Frau Cordes etwas antun wird.«

»Okay. Und wo sollen wir die beiden suchen?«

Er hörte jemanden im Hintergrund mit schriller Stimme etwas rufen. Dann ein Kratzen und Klopfen. Danach vernahm er die Stimme sehr deutlich: »Hallo? Hier ist Bruder Gideon. Sie müssen Frau Cordes im Jugendhaus suchen. Da kennt Bruder Thomas sich aus. Oder vielleicht besser noch im Strandhaus!«

»Und wo ist das Strandhaus?«

»Am Lenster Strand. Sie können es nicht verfehlen. Davor steht nämlich ein Schild vom Kloster!«

Na super. »Okay. Wir kommen. Warten Sie an der Klosterpforte auf uns.«

»Das wird aber auch Zeit!«

Bruder Thomas ging enervierend langsam durch den Raum. Die Holzdielen knarrten unter jedem Schritt. Pia fühlte sogar die Vibration. Er kam nicht näher. Mit etwas Glück war er auf den Trick mit der Jacke hinter dem Klavier hereingefallen. Doch das würde ihr nur wenige Sekunden Aufschub verschaffen. Auch wusste sie nicht einmal, ob er nicht vielleicht doch ihre Pistole gefunden und an sich genommen hatte.

Wenn er sie hinter dem Klavier nicht entdeckte, würde er als Nächstes herüberkommen, um unter den Altar zu schauen. Damit würde er ihr den Weg nach draußen abschneiden. Es lief auf einen Zweikampf hinaus. Pia schlug das Herz hart bis in den Hals. Ihr war übel.

»Wo sind Sie? Sie brauchen sich nicht vor mir zu verstecken«, sagte er in schmeichelndem Ton. »Ich bin ein Mann Gottes.«

Mit einem Satz war er am Altar und riss an dem Tuch. Die Sachen darauf flogen herunter. Pia rollte sich zur anderen Seite, unter dem Tisch hervor, und kam auf die Füße.

Sie wollte ihm mit der Taschenlampe eins auf den Kopf geben, doch Bruder Thomas war zu schnell. Sie verfehlte ihn, traf nur seine Schulter. Er schüttelte sich, ging langsam um den Altar herum, der sich ohne Decke und Schmuck als ein einfacher massiver Holztisch entpuppte.

Pia sah zu, dass sie sich stets auf der anderen Seite des Altars befand. Der Mönch folgte ihr und täuschte dabei an, die Richtung zu wechseln, wie ein Boxer im Ring. Es schien ihm Spaß zu machen. Sein Gesicht leuchtete vor Jagdfieber und Anspannung. Ein Blutfaden lief ihm die Wange hinunter.

Wenn er sich hinter dem Altar befand und sie davor, würde sie versuchen, zur Tür zu laufen. Bruder Thomas war kräftig und zu allem entschlossen, aber mit etwas Glück war sie schneller und wendiger als er. Er wechselte jedoch erneut die Richtung, gerade als sie sich der Tür näherte. Natürlich hatte er ihr Manöver durchschaut. Sie trat gegen eine der Vasen, ihre Füße verhedderten sich in dem Altartuch, und das brachte sie aus dem Gleichgewicht. Er grinste und kam schnell näher. Sie kickte die Vase unter dem Tisch hindurch in seine Richtung.

Es war ein seltsamer Tanz, den sie aufführten, doch ihre Chancen standen schlecht. Bruder Thomas ließ sie nicht in Richtung Tür gelangen, sondern drängte sie immer wieder hinter den Altar. Plötzlich fasste er die Tischkante mit beiden Händen und schob den Altartisch auf sie zu. Er wollte sie gegen die Wand drücken, um sie dort festzusetzen.

Die Tischplatte knallte schmerzhaft gegen Pias Oberschenkel. Etwas schlug hart gegen ihr Schulterblatt. Sie griff danach, riss daran und hieb das andere Ende des Gegenstandes Bruder Thomas in dem Moment auf den Kopf, als der sich über die Tischplatte hinweg auf sie stürzen wollte.

Ihr Angreifer sackte bäuchlings auf dem Altar zusammen. Pia stand erschrocken da und atmete heftig ein und aus. Sollte es wirklich … Er regte sich nicht mehr.

Während sie das Stück Holz weiterhin umklammerte, versuchte Pia, ihre Atmung unter Kontrolle zu bekommen. Der Gegenstand, mit dem sie zugeschlagen hatte, war das schlichte, aber massive Holzkreuz, das hinter dem Altar gehangen hatte. Sie blickte es fassungslos an.

»Der Herr hat's gerichtet«, murmelte sie verwundert.

39. Kapitel

Pia nahm die Kunststoffseile, mit denen das Kreuz an der Decke aufgehängt gewesen war und die sie mit heruntergerissen hatte, und fesselte den bewusstlosen Bruder Thomas an Hand- und Fußgelenken. Dann wählte sie den Notruf.

Während sie telefonierte, kam Bruder Thomas stöhnend und jammernd wieder zu Bewusstsein. Pia versicherte sich, dass er nicht verbluten oder an seinem Erbrochenen ersticken konnte, und verließ den Raum. Sie schloss die Tür des Andachtsraumes von außen und schob mehrere schwere Kisten davor. Dann suchte sie mithilfe der Taschenlampe unter den Möbeln nach ihrer Dienstwaffe. Als sie sie gefunden hatte, steckte sie sie zurück ins Holster und ging nach draußen.

Erschöpft setzte sie sich auf den Rand der Veranda. Soweit sie es auf die Schnelle gesehen hatte, befand Noah sich gar nicht im Strandhaus. War das Geräusch, das leise Stöhnen, das sie vorhin gehört hatte, bloß Einbildung gewesen? Wo steckte er nur?

Es war schon zwanzig Minuten nach eins. Der Wind strich über das Dünengras. Obwohl so nah, war von der Ostsee nur ein schwaches Rauschen zu hören. Wolken hatten sich vor den Mond geschoben. Einzig seine helle Aura schimmerte noch hin und wieder durch die dichte Wolkendecke.

Die Kollegen sollten bald hier sein. Doch Pia stemmte sich hoch, um weiter nach Noah zu suchen. Sie wusste, dass sich in Gefangenschaft Minuten zu Stunden dehnten. Obwohl ihre Knie noch zitterten und jeder Muskel in ihrem Körper schmerzte, umrundete sie noch einmal langsam das Strandhaus.

Wenn der Novize nicht drinnen war, dann vielleicht irgendwo hier draußen. Das Haus stand auf Pfählen. Der Abstand der Bodenplatte zum Erdboden betrug ungefähr fünfzig Zentimeter. Der Zwischenraum war von außen mit Brettern verschalt. Mit bloßen Händen ließ sich das Holz nicht lösen. Pia versuchte es an mehreren Stellen, doch vergeblich. Sie ging wieder nach vorn und kniete sich vor die Treppe, die zur Veranda hinaufführte. Seitlich der Stufen war keine Verschalung. Von hier aus konnte sie unter das Haus sehen. Der Lichtschein traf auf ein längliches dunkles Bündel. Ein Mensch?

»Noah?«, rief Pia mit rauer Stimme. War er tot? »Noah, hörst du mich?«, fragte sie mit heiserer Stimme.

Das Bündel bewegte sich. War das ein Stöhnen? Pia kroch seitlich der Treppe unter die Veranda, robbte sich auf den Ellenbogen durch den kalten Sand. Endlich war sie dort. Unter dem sandigen, feuchten Stoff war etwas Festes, noch leicht Warmes zu spüren. Ein menschlicher Körper. Sie drehte ihn vorsichtig ein Stück herum. Noah stöhnte nochmals auf. Der Novize war geknebelt und zusammengeschnürt, doch er lebte!

Sie rüttelte ihn leicht. »Hey, kannst du mich hören? Ich bin es … Pia. Du bist in Sicherheit.«

Er stöhnte nochmals, seine Lider flatterten. Dann blinzelte er in das gleißende Licht der Taschenlampe.

Pia leuchtete kurz auf sich. »Ich bin es. Ich versuche jetzt, deine Fesseln zu entfernen, und dann bringe ich dich hier raus.«

Sie löste mit eiskalten Fingern den Knebel, und Noah spuckte ihn aus.

»Ist er … ist er noch hier?«, flüsterte er mit weit aufgerissenen Augen.

»Bruder Thomas? Ich habe ihn oben gefesselt und eingesperrt. Und die Polizei ist unterwegs.

»Ich dachte schon … Ich hatte Angst, dass …« Seine Stimme versagte.

»Nicht sprechen. Jetzt wird alles gut. Wir müssen nur noch unter diesem Haus hervorkommen.«

Irgendwie schaffte Pia es, die restlichen Knoten der Fesseln, mit denen Bruder Thomas den Novizen fixiert hatte, so weit zu lösen, dass Noah sich fortbewegen konnte. Sie krochen nach vorn unter die Veranda. Bevor sie ins Freie gelangten, legte Pia Noah kurz die Hand auf die Schulter und gebot ihm, noch einen Moment zu warten.

Mit der Waffe in der Hand vergewisserte sie sich, dass Bruder Thomas nicht vielleicht doch irgendwo in der Nähe auf sie lauerte. Sie traute ihren Fesselungskünsten nicht vollkommen. Aber größere Aktionen wie das Wegschieben von Kästen vor einer Tür hätten sie unter dem Haus wahrscheinlich gehört.

Als Noah an einen Pfosten gelehnt auf der Veranda saß und sich die Handgelenke rieb, war bereits Blaulicht auf der Straße hinter dem Dünengürtel zu sehen.

»Sie kommen«, sagte Pia beinahe andächtig. »Meine Leute kommen.«

»Du bist Polizistin?«

Sie lächelte schwach. »Beurlaubte Polizistin.«

Als Pia ins Kloster zurückkehrte, waren im Hauptgebäude ein paar Fenster erleuchtet. Das Gästehaus lag bis auf eine brennende Lampe im Eingangsbereich vollkommen im Dunkeln. Die Gäste schliefen wohl friedlich und würden erst in einigen Stunden erfahren, was sich in der Nacht ereignet hatte.

Zuerst waren zwei Streifenwagen, dann Rickert mit seinen Leuten und schließlich auch ein Rettungswagen am Strandhaus eingetroffen. Noah ging es den Umständen entsprechend gut. Er war ausgekühlt, dehydriert und hatte ein paar leichtere Prellungen und Abschürfungen erlitten. Er hatte sofort ins Kloster zurückgefahren werden wollen, doch das Rettungsteam hatte auf einem kurzen Krankenhausaufenthalt bestanden, um ihn einmal durchchecken zu lassen.

Pia überlegte, was sie nun tun sollte. Sich schlafen zu legen stand für sie nicht zur Debatte. Sie war zwar erschöpft und fühlte sich ausgelaugt, andererseits befand sie sich in einer so seltsamen Hochstimmung wie schon seit Langem nicht mehr. Die Bedrohung war abgewendet. Sie konnte wieder frei durchatmen. Außerdem erwartete sie noch zwei Anrufe. Zum einen wollte sie wissen, wie es dem Novizen ging, und zum anderen, wie es um Bruder Thomas' Gesundheit bestellt war. Sie hoffte, dass der Schlag, den sie ihm versetzt hatte, keine größeren Schäden verursacht hatte. Ansonsten kümmerte sie sein Wohlergehen allerdings nur wenig.

Pia fuhr herum, als das Tor hinter ihr aufging und ein Auto mit knirschenden Reifen auf das Klostergelände fuhr. Rickert und Busche stiegen aus.

»Ich dachte, ihr wärt längst wieder zu Hause«, sagte sie.

»Wir haben gerade beide festgestellt, dass wir jetzt unmöglich heimfahren und uns schlafen legen können«, antwortete Rickert. »Dazu ist zu viel passiert.«

Pia grinste schief. »Geht mir ähnlich.«

»Ich glaube, dort drinnen erwarten uns zumindest noch der klostereigene Kräutertee und eine Kiste Zitronenlimonade.« Rickert sah sie fragend an.

»Und Chips!«, ergänzte Busche.

Pia war tatsächlich hungrig. Kaum zu fassen, um halb drei in der Nacht. »Ich bin dabei.«

»Außerdem gibt es noch einige offene Fragen«, ergänzte Rickert. »Wir sind einfach neugierig.«

»Klar, gern. Das Chaos ist durch meine Einmischung ja eh schon perfekt«, sagte Pia. Sie stellte sich vor, wie genervt Rist reagieren würde, wenn er von ihrem Einsatz heute Nacht erfuhr.

»Das hat dich vorhin, als du losmarschiert bist, doch auch nicht belastet«, erwiderte Rickert schwach lächelnd.

»Oh, das belastet mich die ganze Zeit«, erwiderte Pia. »Es hat mich nur nicht abgehalten.« Und zu Busche: »Chips, sagst du?«

Sie folgte den beiden Männern ins Pförtnerhaus.

»Wieso wart ihr dann doch so schnell am Strandhaus?«, fragte Pia, als sie Platz genommen und Chips und Getränke verteilt hatten. »Ich hatte nur eine Streife und den Rettungswagen erwartet.« Ja, warum hatte sie Rickerts Nummer kein zweites Mal gewählt? Sie war nach dem Zweikampf und Noahs Rettung wohl zu abgelenkt gewesen.

»Einer der Mönche hat mich mitten in der Nacht angerufen. Bruder Lambert. Ich hatte ihm nach seiner Vernehmung im Präsidium meine Visitenkarte gegeben.«

»Woher wusste er, was los war?«

»Er hatte es von dem anderen Mönch erfahren, Bruder

Gideon. Während des Telefonats rief der im Hintergrund die ganze Zeit etwas von ›Bisamratten‹ und ›Graben‹ und dass er keine Brille getragen habe.«

»Bruder Gideon? Der hatte mich mit seiner Geschichte von den zwei Bisamratten im Graben tatsächlich auf die richtige Spur gebracht«, erklärte Pia.

»Wann war das?«

»Gegen halb neun gestern Abend, also vor der Komplet, dem Abendgebet um neun Uhr«, ergänzte sie. »Ich war im Pförtnerhaus, wo Bruder Gideon Wache hielt, bis um zweiundzwanzig Uhr ein Wachdienst übernehmen sollte. Ich hatte ihm angeboten, ihn abzulösen, damit er an der Komplet teilnehmen kann. Doch Bruder Gideon lehnte ab. Stattdessen erzählte er mir seine Version des Verbrechens. Er hielt Bruder Zacharias für den Schuldigen.«

»Unser Opfer?«, fragte Busche. »Wieso ausgerechnet den?« Er riss eine Tüte Chips auf und hielt sie Pia hin.

Sie nahm sich eine Handvoll. »Das hatte mehrere Gründe«, sagte sie dann. »Erstens ist Bruder Gideon derselben Meinung wie wir, dass im Kloster Leurathshausen vermutlich Fälle von Missbrauch aufgetreten sind. Er sprach von ›Verbrechen wider die menschliche Natur‹. Und er vermutete ebenso, dass der Schuldige nach der Auflösung des Klosters nach Naumar gekommen ist. Von den Mönchen, die hierherwechselten, verdächtigte er Bruder Zacharias. Bruder Gideon nahm an, dass Bruder Zacharias erst den Gast, Ingmar Harsc, ermordet hat und dann sich selbst. Aus Reue und aufgrund seiner enormen Schuldgefühle, meinte er. Dass Bruder Zacharias plus/minus zwölf Stunden vor Harse starb, berücksichtigte er in dieser Theorie allerdings nicht. Und wie man sich selbst ersticken kann, weiß ich auch nicht.«

»Das ist schwer vorstellbar, ja.« Rickert griff ebenfalls in die Chipstüte. »Hatte Bruder Gideon sonst noch einen Grund dafür, ausgerechnet Bruder Zacharias zu verdächtigen?«

»Ja. Er hatte wohl ein Gespräch zwischen zwei weiteren Brüdern belauscht. Angeblich hatte ein anderer Mönch Bruder Reginald aufgefordert, den Kammerjäger in der Kirche unverrichteter Dinge wieder fortzuschicken.«

»Da geht es um die plötzlich aufgetretene Rattenplage in der Krypta, der Kirche und der Sakristei?«, hakte Busche nach. »Ich verstehe diese Kammerjäger-Geschichte immer noch nicht ganz.«

»Nachdem die Leiche des vermissten jungen Mannes, Leon Krock, vor neun Jahren in der Krypta versteckt wurde, ist wohl ungefähr einige Jahre später ein Stück der Mauer vor dem Grab eingestürzt. Der noch nicht vollständig verweste Leichnam hat möglicherweise Ratten angelockt. Der Mörder hatte natürlich kein Interesse daran, dass ein Außenstehender wie der Kammerjäger der Sache in der Krypta auf den Grund geht. Deswegen löste er das Problem selbst, ohne an die große Glocke zu hängen, dass er es war.«

»Verstehe.« Busche versuchte, leise zu kauen.

»Er wollte den Kammerjäger aus Sicherheitsgründen wohl nicht selbst wegschicken. Daher die Verwirrung darüber, wer es wem gesagt hat«, ergänzte Rickert.

»Ich nehme an, dass es Bruder Thomas war, der Bruder Reginald direkt oder indirekt aufgefordert hat, dem Kammerjäger abzusagen. Dann beseitigte er die Ratten auf seine Art. Aber er machte einen Fehler.«

»Welchen?«, wollte Busche mit vollem Mund wissen.

»Der Mörtel, mit dem er das Grab wieder zumauerte,

sah anders aus als der an den alten Backofengräbern. Es soll allerdings auch schwierig sein, einen bestimmten Farbton und die Konsistenz genau zu treffen, wenn man Zementmörtel neu anmischt.«

Rickert trank einen Schluck Tee und verzog das Gesicht. »Wie bist du ausgerechnet auf Bruder Thomas gekommen? Es kamen ja auch noch Bruder Reginald, Bruder Lambert und der Prior infrage.«

»Ich bin durch Bruder Gideons Beobachtung der Bisamratten darauf gekommen. Er sagte mir, dass zwei der Viecher am Donnerstagvormittag durch den Graben hinter dem Hospital geschwommen sind. Und sie sollen sehr groß gewesen sein. Zuerst habe ich es so hingenommen, doch dann dachte ich, dass da jemand durch den Klostergraben geschwommen sein könnte.«

Marten hatte sie mit seiner Vermutung darauf gebracht, Lohse, der »Ratte«, wäre zuzutrauen gewesen, notfalls über das Mittelmeer nach Afrika zu schwimmen. »Bruder Gideon hat vermutlich einen menschlichen Kopf mit dunklem Haar und vielleicht einen schwarzen Müllbeutel mit Kleidung darin gesehen, den der Schwimmer transportiert hat«, ergänzte sie.

»Bruder Lambert hat mittelgraue Locken, der Prior weißes, sehr spärliches Haar und Reginald eine Glatze«, resümierte Rickert. »Bruder Thomas hat dunkles Haar.«

»Stimmt.« Pia lächelte. »Aber das ist nur ein Aspekt. Bruder Thomas hatte als Einziger von ihnen ein Motiv, durch den Graben zu schwimmen. Er befand sich zur Tatzeit am Donnerstagmorgen offiziell außerhalb des Klosterbereichs. Das war sein Alibi.«

»Ist er herein- und wieder hinausgeschwommen?«, wollte Busche wissen.

»Nein, ich denke nicht. Ich nehme an, dass Bruder Thomas vor dem Mord aus einem anderen Grund ins Kloster zurückgekehrt ist. Er ging zufällig in dem Moment auf das Gelände, als das Tor unbeobachtet war, weil sich Bernadette Rademann kurz von der Pforte entfernt hatte.«

»Aber Bruder Thomas konnte sich doch nicht darauf verlassen, dass er wegen Frau Rademanns Unaufmerksamkeit ungesehen auf das Klostergelände gelangen würde«, wandte Rickert ein.

»Nein. Ich nehme an, dass er nur zufällig zurückgekehrt ist, um etwas aus der Kirche oder der Sakristei zu holen. In der Kirche muss er dann auf Ingmar Harse getroffen sein.«

»Und was ist da passiert? Was meinst du?«

»Ich vermute, dass Harse in seiner Jugend in der Nähe von Leurathshausen ein Missbrauchsopfer wurde, durch einen der Mönche dort. Das könnte der Grund für seine vielen Klosteraufenthalte in letzter Zeit gewesen sein.«

»Hätte er Klöster dann nicht eher gemieden?«, wandte Arnd Busche ein.

»Nicht, wenn er seinen Peiniger aus dem Kloster Leurathshausen gesucht hat«, sagte Rickert.

»Aber warum wusste er nicht, wer ihn missbraucht hat? Es war einige Jahre her, aber trotzdem ...«, fragte Busche.

»Ich nehme an, dass er seinen Peiniger damals nicht gesehen hat. Er war Messdiener in Leurathshausen«, antwortete Rickert. »Vermutlich wurde er von hinten oder im Dunkeln angegriffen. Daher wusste er nicht, wer der Täter war.«

»Er brauchte höchstwahrscheinlich Jahrzehnte, um es so weit zu verarbeiten, dass er etwas gegen den Mönch, der ihn missbraucht hatte, unternehmen wollte.« Pia atmete tief durch. »Vielleicht erinnerte Harse sich nur an ein Detail? An die Stimme des Mannes oder die Hände?«

»Bruder Thomas hat einen verkrümmten kleinen Finger an der linken Hand«, bemerkte Rickert.

Pia erinnerte sich. Sie nickte.

»Es ist mir vorhin aufgefallen, als ich seine Fesseln gelöst und ihm Handschellen angelegt habe.«

»Okay. Es ist möglich, dass Ingmar Harse ihn daran erkannt hat. Oder an etwas anderem, was ihm erst in der Situation in der Kirche aufgefallen ist. Harse hat ihn im Moment des Wiedererkennens vielleicht beschuldigt oder ihm auch nur durch eine Reaktion verraten, dass er seinen Peiniger erkannt hat.«

»Also war es ein spontaner Mord?«

»Wahrscheinlich eher ein spontanes Kidnapping. Bruder Thomas hatte das Gefühl, sofort handeln zu müssen, wenn er unentdeckt bleiben wollte. Er hat Harse wohl in der Kirche überwältigt und dann in den Raum im Hospitalkeller geschafft, um sich später um ihn zu kümmern. Er wollte bestimmt schnell wieder ins Jugendhaus zurück, um sich ein Alibi zu beschaffen. Der Plan muss ebenfalls spontan entstanden sein, als Bruder Thomas sich darüber klar wurde, dass er ja ungesehen auf das Klostergelände gelangt war.«

Pia trank einen Schluck, die Chips hatten sie durstig gemacht.

»Als Bruder Thomas aus dem Hospital zurück in die Kirche kam, ist er wohl Bruder Zacharias begegnet. Und der hat vermutlich bemerkt, dass etwas mit Bruder Thomas nicht stimmte. Nach seinem Zweikampf mit Harse war er bestimmt ziemlich derangiert und außer Atem. Außerdem war Bruder Thomas' Alibi durch die Begegnung mit Bruder Zacharias hinfällig. Es wurde gefährlich für ihn. Sein Spiel wäre vorbei gewesen, es sei denn, er hinderte Bruder Zacharias daran, etwas zu sagen.«

Rickert nickte nachdenklich. »Das klingt plausibel. Er erstickte ihn, um ihn am Reden zu hindern. Es war eine Verdeckungstat, um Harses Entführung und den geplanten Mord an ihm zu vertuschen.«

»Ja, und absolut grausam. Alle drei Morde. Es ist aber bisher nur meine Vermutung. Ihr wisst vermutlich mehr, wenn ihr Bruder Thomas dazu vernommen habt.«

»Und als Noah vermisst wurde, hast du gleich geahnt, dass Bruder Thomas der Schuldige ist?«, erkundigte sich Busche noch.

»Nein. Als Bruder Gideon mir das von den Bisamratten erzählt hat, die er am Donnerstagmorgen gesehen hatte, war ich zwar auf der Suche nach dem Novizen, doch ich wusste noch nicht, wer der Täter ist. Ich hatte Bruder Thomas nach der Komplet sogar noch nach Noah gefragt, und Bruder Thomas hatte mir die Lüge von dem Migräneanfall aufgetischt.«

»Es tut mir leid, dass ich gestern Abend nicht richtig auf deinen Anruf reagiert habe«, sagte Rickert.

»Du dachtest, du hättest deinen Täter schon«, antwortete Pia. »So was passiert.«

»Dieser Rademann, der Mann der Sekretärin, hat sich bei seiner Vernehmung so aufgeführt, als wäre er schuldig. Er war wahnsinnig arrogant und hat sehr verächtlich auf unsere Fragen reagiert. Und er wollte natürlich nur in Anwesenheit seines Anwalts mit uns reden. Genau so, wie man es von einem Schuldigen erwartet. Es sprach so viel für ihn. Vielleicht …«

Pia sah den Kollegen abwartend an.

»Vielleicht konnte ich auch nur einfach nicht glauben, dass es einer der Mönche gewesen ist. Ich bin katholisch erzogen, weißt du? So ein Ordensgewand, ein Gelübde, Gott zu dienen, das hat eine besondere Bedeutung für mich.« Er schüttelte ratlos den Kopf. »Rademann als der Schuldige schien mir die ideale Lösung des Falles zu sein.«

»Vorher dachtet ihr doch, es wäre Bruder Lambert gewesen.«

»Daran ist diese seltsame Geschichte mit dem Reliquienkreuz schuld. Dieses Detail passte von Anfang an nicht ins Bild.«

»Habt ihr inzwischen herausgefunden, was es damit auf sich hat?«

»Es befanden sich nur Bruder Lamberts und Ingmar Harses Fingerabdrücke darauf. Bruder Lambert sagte uns, dass er das Kreuz damals in Leurathshausen regelmäßig gereinigt und danach auch wieder angefasst hat. Die perfekte Erklärung. Das verleitete uns zu der Annahme, dass Ingmar Harse möglicherweise der Dieb war. Doch er hätte als Messdiener normalerweise keinen Zugriff auf den kostbaren Klosterschatz gehabt.«

»Ihr habt vermutet, dass Harse das Kreuz gestohlen hat?«

»Das lag ja nahe. Aber wir konnten uns nicht erklären, wie es nach seinem Tod auf den Altar gelangt sein sollte«, sagte Busche.

»Bruder Thomas hätte es ihm abnehmen können, wenn er davon wusste. Und er hätte es auch später auf den Altar legen können«, setzte Rickert hinzu.

Pia griff in die Chipstüte, doch bis auf ein paar Krümel war sie leer. »Dass Ingmar in so jungen Jahren der Dieb war, erscheint mir unwahrscheinlich. Und wenn, dann hätte er es doch nicht mit hierher nach Naumar gebracht. Ich könnte mir eher vorstellen, dass Bruder Thomas es gestohlen hat. Vielleicht hat er es genommen, um sich für später abzusichern? Eine allzu große Liebe zu Gott und seinem Orden nimmt man ihm ja nach seinen Taten ohnehin nicht mehr ab. Wieso also nicht auch einen Diebstahl?«

»Was hätte ihm das Reliquienkreuz als Mönch nützen sollen? Er darf keinen eigenen Besitz haben. Er könnte sich von dem Verkauf des Kreuzes auch schlecht ein teures Auto oder eine Ferienwohnung in der Schweiz kaufen.«

»Aber er könnte es hier versteckt haben. Ich tippe auf einen Ort im alten Hospital, wo er sich ja anscheinend gut auskannte. Es gibt dort tausend Verstecke …«

»Und das Motiv?«

»Absicherung, falls er den Orden mal verlassen will oder muss? Oder einfach die Tatsache, dass er die Möglichkeit hatte, es zu stehlen?«

»Harses Fingerabdrücke befanden sich doch auf dem Kreuz«, beharrte Busche.

»Bruder Thomas könnte nachts, als Ingmar Harse gefesselt und geknebelt in dem Kellerraum lag, das Reliquienkreuz aus dem Versteck geholt und Harses Finger draufgedrückt haben. Seine etwas unausgereifte Idee könnte gewesen sein, Ingmar Harse den Diebstahl des Kreuzes und den Mord an Bruder Zacharias irgendwie anzuhängen. Harses Tod sollte dann – so unwahrscheinlich es auch gewirkt hätte –nach einem Suizid aus Reue aussehen. Das hat nur nicht ganz geklappt.«

»Warum hat er das Kreuz dann erst am späteren Montagabend, irgendwann nach dem Stundengebet um einundzwanzig Uhr, auf den Altar gelegt, nachdem Harse längst tot war?«

Pia zuckte mit den Schultern. »Vielleicht hat er es vorher nicht geschafft? Oder er hat sich umentschieden und wollte stattdessen Bruder Lambert in Verdacht bringen?«

»Er konnte nicht sicher sein, dass Bruder Lamberts Fingerabdrücke auch darauf sind«, wandte Rickert ein.

»Vielleicht waren Harses Abdrücke doch aus seiner Zeit als Messdiener in Leurathshausen noch darauf, wer weiß?« Pia bedachte Rickert mit einem vielsagenden Blick. »Der Dieb könnte auch ein anderer Mönch sein, der es mit der Angst zu tun bekommen hat, als die Polizei nach dem Mord an Bruder Zacharias anfing, sich hier überall genauer umzusehen. Da hat er das Kreuz vielleicht lieber auf dem Altar deponiert.«

»Auch das ist eine Möglichkeit.« Rickert rieb sich den Nacken. »Die Mönche müssen sowieso alle noch einmal eingehend befragt werden. Willst du dabei sein?«

Pia zögerte, doch dann schüttelte sie den Kopf. »Es ist nicht mein Fall. Ich habe mich hier auch nicht gerade mit Ruhm bekleckert. Ehrlich gesagt hätte ich vor vierundzwanzig Stunden noch nicht geglaubt, dass ausgerechnet Bruder Thomas der Mörder ist.«

»Keiner von uns hat das vermutet.«

»Bruder Thomas war so … zugewandt und freundlich. Er schien in sich selbst zu ruhen. Mein Gott, ich habe mich auf ein Gespräch über *meine* Probleme mit ihm eingelassen!« Pia schüttelte ratlos den Kopf. »Und ich habe ihn dabei überhaupt nicht verdächtigt.«

»Na gut. Da sind wir wenigstens schon zu dritt«, antwortete Rickert mit einem reumütigen Lächeln. »Aber letztlich hast du den Fall richtig eingeschätzt. Du hast den Durchblick *und* die Nerven behalten. Sonst hätten wir womöglich noch einen Toten«

Pia zuckte mit den Schultern. »Ich wünschte, mein Chef würde das auch so sehen.«

40. Kapitel

Der Morgen kündigte sich als hellgrauer Streifen über den Klosterdächern an, auch wenn die Sonne es noch nicht über den Horizont geschafft hatte.

Ihr Kollege Busche war vor etwa einer Viertelstunde nach Hause gefahren, nachdem er vorher zweimal am Tisch beinahe eingenickt war. So saßen Rickert und Pia inzwischen nur noch zu zweit in dem provisorischen Besprechungsraum.

»Danke, dass du dir gleich die Zeit genommen hast, uns das alles zu erzählen. So bin ich wenigstens schon mal im Bilde, wenn es nachher ernst wird.«

»Keine Ursache. Ich hätte eh nicht schlafen können.«

»Du wirst sicher noch mal offiziell als Zeugin vernommen werden«, sagte Rickert.

»Ja, das weiß ich.« Pia stand auf und streckte sich. Es war eine lange Nacht geworden, und sie wollte wenigstens noch ein oder zwei Stunden schlafen.

»Bin ich froh, dich zu sehen!«, rief Alexa, als sie Pia im Frühstücksraum erblickte.

»Wir reden später darüber, okay?« Pia warf ihr einen warnenden Blick zu.

»Was habe ich verpasst?« Jürgen köpfte gerade sein Frühstücksei.

»Nichts!«, riefen beide Frauen gleichzeitig.

»Phhh …«

»Du musst mir unbedingt noch deine Mobilnummer geben«, sagte Alexa in gedämpftem Tonfall zu Pia. »Bist du auch bei Facebook und Instagram?«

»Nein, bin ich nicht«, antwortete Pia. »Und das mit der Mobilnummer klappt leider auch nicht.« Sie milderte die Absage mit einem kleinen Lächeln.

»Es gibt doch noch so was wie ausgleichende Gerechtigkeit«, bemerkte Jürgen grinsend. »Alexa, du hast gerade einen Korb von Pia bekommen. Nein, eher einen Strandkorb.«

»Pia ist einfach nur eine furchtbare Geheimniskrämerin«, erwiderte Alexa. »Ich würde zu gern wissen, was genau vergangene Nacht passiert ist.«

»Was soll denn passiert sein?«, wehrte Pia ab.

»Sie war die ganze Nacht nicht auf ihrem Zimmer«, bemerkte Jürgen augenzwinkernd.

»Ach, und woher weißt du das?«, fragte Alexa.

Pia widmete sich ihrem Kaffee. Bisher hatten die anderen noch nichts von den Ereignissen der Nacht gehört. Vielleicht würden sie vor ihrer Abfahrt gar nicht mehr mitbekommen, dass sich Bruder Thomas in Polizeigewahrsam und Novize Noah im Krankenhaus befand.

Pia wollte gar nicht so genau wissen, was Jürgen Alexa auf diese Frage antwortete. Sie blickte sich im Raum um. Julia sah niedergeschlagen aus, während Christine gleichmütig und selbstzufrieden wie immer wirkte.

»Geht es Ihnen gut, Julia?«, erkundigte Pia sich.

»Nein, ehrlich gesagt nicht besonders.«

»Wir werden alle ein bisschen Zeit brauchen, bis wir unsere Erlebnisse hier verarbeitet haben.«

»Aber ich komme mir so schlecht vor!«, klagte Julia.

»Ich dachte, ich würde Ingmar gern mögen. Ich bin extra seinetwegen mit zu den Schafen gegangen.« Sie schnaubte verächtlich. »Dabei mag ich Tiere nicht sonderlich. Ich fürchte mich manchmal sogar vor ihnen.«

»Und wo ist das Problem?«

»Ich habe es seinetwegen getan. Doch so wenig ... so wenig, wie Ingmars Tod mich jetzt traurig macht, habe ich mir wohl mal wieder nur etwas vorgemacht.«

Pia sah sie erstaunt an. »Es bedrückt Sie, dass Sie nicht trauriger sind?«

»Es bedrückt mich, dass ich mir so leicht etwas einreden lasse und mir dann schnell irgendwelche Gefühle für jemanden einbilde.« Sie warf einen Seitenblick auf Christine, die die restlichen Brötchen aus dem Brotkorb aufschnitt und belegte, wohl als Verpflegung für die Rückfahrt.

»Sie können sich auch über diese Erkenntnis über sich selbst freuen«, schlug Pia vor. »Und das nächste Mal sehen Sie die Situation dann vielleicht von Anfang an klarer.«

»Ich habe mir zumindest fest vorgenommen, mich nicht mehr so leicht beeinflussen zu lassen«, sagte Julia. Und zu ihrer Freundin gewandt: »Lass das doch mit den Brötchen, Christine. Das ist peinlich. Oder denkst du, wir essen während der drei Stunden Rückfahrt acht Brötchen auf?«

»Man weiß ja nie. Manchmal bekommst du aus heiterem Himmel Appetit. Und die werfen die hier doch eh alle weg.« Christine sah nicht von ihrer Arbeit auf.

»Ich würde ja eins von den Schinkenbrötchen mitnehmen«, bot Jürgen an. Er streckte Christine die Hand hin. »Frieden?«

Sie presste die Lippen zusammen. Dann nickte sie zu Pias Erstaunen.

Pia stand auf. Sie mochte keine Abschiedsszenen und

wollte sich mit einem letzten allgemeinen Gruß an alle davonmachen.

Doch Alexa kam sofort hinter ihr her. »Stimmt das, was Jürgen sagt?«, fragte sie mit gedämpfter Stimme.

»Falls du wissen willst, ob ich mit irgendjemandem hier die Nacht verbracht habe: Nein, das habe ich nicht.« Na ja, mit einem Mörder, einem Entführungsopfer und der Polizei …

»Als du nachts um zwei noch nicht zurück auf deinem Zimmer warst, hab ich die Nummern angerufen, die du mir gegeben hattest.«

»Danke! Das war gut.«

»Wirklich?« Alexa musterte sie mit schief gelegtem Kopf. »Ich wurde nur ganz knapp informiert, man würde sich darum kümmern.«

»Ich kann es dir leider nicht erklären«, sagte Pia mit einem tiefen Seufzer.

»Schon gut. Wir haben alle unsere Geheimnisse.« Alexa lächelte zerknirscht.

»Das ist wahr.«

»Es ist alles ein wenig anders gelaufen, als wir es uns vorgestellt haben, oder?«, sagte Alexa, die neben Pia die Treppe hochstieg. »Mit meinem Mönch hat es ja auch nicht geklappt.« Sie lachte leise. »Doch weißt du, ich habe großen Respekt vor der Entscheidung, sein Leben auf ein einziges Ziel auszurichten und konsequent dabei zu bleiben. Aber wie das Schicksal so spielt … Ich habe heute Morgen von Annamaria gehört, dass einer der Mönche das Kloster verlassen wird.«

»Oh, wirklich? Wer denn?«

»Bruder Benno«, antwortete sie. »Und Bruder Thomas ist seltsamerweise auch nicht da. Na ja. Bei dem attraktiven Benno hätte ich wohl sowieso keine Chance gehabt …«

»Das war sicher auch besser so.« Pia dachte an Bernadette Rademann. War sie der Grund für Bruder Bennos Entscheidung, das Kloster zu verlassen? Oder lag es an den schrecklichen Vorkommnissen? »Dass ich meine Mobilnummer nicht herausgebe, ist übrigens nicht persönlich gemeint«, sagte Pia, als sie sich vor ihrer Zimmertür endgültig verabschiedeten.

»Alles gut.« Alexa lächelte breit. »Zum Ausgleich hat mir Jürgen seine gegeben.«

»Ist das eine gute Idee?«

»Er ist ein Angeber und Berufsjugendlicher«, gab Alexa zu. »Aber im Grunde ist er kein schlechter Kerl, glaube ich.«

Nun blieb Pia nur noch, sich von einigen der Brüder und vom Prior zu verabschieden und ihm für die Gastfreundschaft unter den erschwerten Bedingungen zu danken.

Bruder Lambert war froh, dass er mit seinem Anruf bei der Polizei in der letzten Nacht hatte helfen können. Bruder Gideon murrte und wollte nicht mit ihr reden. Offensichtlich gefiel ihm nicht, dass er die wichtigsten Ereignisse der Nacht dann doch verschlafen hatte.

Pia suchte auch noch Bruder Menowin auf. Sie traf ihn wie erwartet im Holzlager an, wo er Scheite stapelte. Er machte nicht viele Worte, brummte nur etwas und drückte ihr ein Stück Holz in die Hand. Dann wandte er sich um und arbeitete weiter.

Sie betrachtete das Holzstück. »Was ist das?«

»Rüster Wurzelmaser«, nuschelte er.

»Und was war das für ein Baum?«

»Friedensulme, hier vom Klostergelände«, sagte er mehr zu den Scheiten, die er einsortierte, als zu Pia.

Sie besah sich das polierte, fein gemaserte Wurzelholz näher und strich mit dem Finger darüber. »Danke!«, sagte sie erfreut, doch Bruder Menowin beachtete sie schon nicht mehr.

Schließlich ging Pia noch zum Prior. Er war schon über alles informiert, was in der Nacht zuvor passiert war. Auch über die Rolle, die Pia bei der Aufdeckung der Verbrechen und der Überführung des Täters gespielt hatte.

»Ich kann nicht sagen, dass ich unglücklich bin, dass Sie uns wieder verlassen«, erklärte Prior Philip überraschend offen. »Obwohl ich natürlich weiß, dass Sie keine Schuld an den Ereignissen haben. Dies ist eine sehr dunkle Zeit für unser Kloster. Aber wir werden auch das überstehen.«

»Davon bin ich überzeugt. Danke, dass Sie mich aufgenommen haben, mit meiner falschen Identität und dem Wachdienst rund um die Uhr.«

»Ist der Mann, der Sie bedroht, inzwischen gefasst worden?«

»Ja. Sie haben ihn in Südfrankreich geschnappt.«

»Dann sind Sie erleichtert?«

»Sehr. Und das in mehrfacher Hinsicht.« Die angsterfüllten Minuten am Strandhaus hatten ihr etwas klargemacht. Bruder Thomas hatte geschickt versucht, sie zu verunsichern. Wie hatte er der Wahrheit über ihre derzeitige Gemütslage nur so nahekommen können? Sah man ihr die schweren letzten Wochen so deutlich an? Oder hatte er durch Noahs Gesprächsnotizen von ihrem Trauma erfahren?

Das hielt sie für unwahrscheinlich. Wenn die Mönche hier in etwas geübt waren, dann darin, den Seelenzustand ihres

Gegenübers zu erkennen. Um ein Haar hätte Bruder Thomas sie eingewickelt. Beinahe hätte sie sich auf der Veranda des Strandhauses umgedreht und wäre zum Kloster zurückgegangen. Fast hätte sie Bruder Thomas geglaubt, dass sie in einer Stresssituation überreagierte. Dass unter dem traumatischen Erlebnis ihr gesunder Menschenverstand gelitten hatte. Aber letztlich hatte ihr kriminalistischer Instinkt gesiegt. Sie war sehr wohl zurechnungsfähig, sie hatte kein Burn-out- oder ein gravierendes posttraumatisches Stresssyndrom. Sie war wieder voll da. All diese Gedanken schossen Pia im Arbeitszimmer des Priors durch den Kopf.

»Ich wünsche Ihnen auf Ihrem Weg Gottes Hilfe und Gottes Segen«, sagte der Prior Philip.

»Danke sehr. Ich wünsche Ihnen alles Gute auf Ihrem Weg nach Rom«, antwortete Pia.

Er schenkte ihr ein vieldeutiges Lächeln.

Als Pia in ihren Wagen stieg und losfuhr, war da immer noch dieses leichte, klare Gefühl der Erkenntnis in ihr.

Als Letztes hatte Pia sich von Bernadette Rademann verabschiedet.

»Ich möchte mich noch bei Ihnen bedanken, Frau Cordes«, sagte die Sekretärin daraufhin.

»Wofür denn?«

»Sie haben nicht lockergelassen und dadurch den wahren Mörder überführt. Und Sie haben außerdem noch den Novizen gerettet. Nicht auszudenken, wenn Noah auch noch ermordet worden wäre …« Sie brach ab und sah aus dem Fenster in Richtung Kirche.

»Letztlich war es einer Beobachtung Bruder Gideons zu verdanken, dass das alles ans Licht gekommen ist.«

»Es war wohl mit meine Schuld«, stieß sie leise hervor.

»Wieso das denn?«, fragte Pia.

»Weil ich mich so habe ablenken lassen, als Raimund – mein Mann – hier plötzlich aufgetaucht ist. Ich habe das Tor aus den Augen gelassen. So ist Bruder Thomas überhaupt erst ungesehen hier hereingekommen. Das hat Bruder Zacharias und den Gast vielleicht das Leben gekostet.«

Inzwischen hatten die Details sich also schon herumgesprochen. Pia trat auf Bernadette Rademann zu und sah sie ernst an. »So dürfen Sie nicht denken«, sagte sie. »Es ist überhaupt nicht Ihre Schuld. Bruder Thomas ist für das verantwortlich, was er getan hat. Er ganz allein. Wenn Sie ihn hätten hineingehen sehen, wäre vielleicht auch Ihr Leben in Gefahr gewesen.«

»Oh Gott, glauben Sie das wirklich?«

»Wenn jemand drei Morde begangen hat, schreckt er meistens nicht vor einem weiteren zurück, wenn dadurch eine Chance besteht, ungeschoren davonzukommen.«

»Ja, das leuchtet mir ein.«

»Und Sie? Was werden Sie nun tun?«, erkundigte sich Pia.

Bernadette Rademann seufzte leise. »Wir werden uns trennen, mein Mann und ich.«

»Ich habe gehört, dass Bruder Benno das Kloster verlassen wird.«

»Ja, aber nicht unbedingt meinetwegen. Das hat verschiedene Gründe. Wir werden sehen …«

»Das ist *Ihr* Neuanfang. Sie machen es sicher sehr gut, Frau Rademann.«

»Danke. Ihnen auch alles Gute!«

Die Fahrt nach Lübeck verlief ereignislos. Wenn sie gut durchkäme, könnte sie Felix ohne Probleme direkt von der Schule abholen, fiel ihr unterwegs ein. Ihr Herz klopfte freudig bei der Vorstellung. Sie wählte über die Freisprechanlage Hinnerk an, um es mit ihm abzustimmen. Er war einverstanden mit ihrem Vorhaben. Das war also geklärt.

Sie war früh genug dran, um erst nach Hause zu fahren, das Auto dort abzustellen und dann zu Fuß zu Felix' Schule zu gehen. Als sie vor dem Schultor stand, ertappte sie sich dabei, sich wieder unauffällig umzusehen. Sie straffte die Schultern. Nein, das war jetzt vorbei!

Das Schultor öffnete sich, und die Kinder strömten nach draußen. Endlich kam auch Felix. Als er sie erblickte, leuchtete sein Gesicht vor Freude auf. Er lief zwischen den vielen Kindern hindurch auf sie zu, seine offene Jacke wehte.

Pia ging in die Hocke und breitete die Arme aus. Ihr Sohn flog hinein. Sie erhob sich und wirbelte ihn im Kreis herum. Endlich!

Felix erzählte und erzählte den ganzen Rückweg über, was in der Zwischenzeit alles passiert war. Pia hielt seine kleine Hand fest in ihrer und war einfach nur froh, dass sie wieder zusammen waren.

Es würde komisch sein, in die Wohnung zu kommen, die einige Zeit leer gestanden hatte. Pia war nicht in Bestform gewesen, als sie sie Hals über Kopf verlassen hatte. Hoffentlich hielt sich das Chaos in Grenzen! Der Kühlschrank war natürlich leer. Ausnahmsweise könnten sie Pizza bestellen.

Pia öffnete den Briefkasten. Ein paar Kuverts flogen ihr entgegen, nichts Wichtiges, Kontoauszüge und einige Werbesendungen. Die meiste Post hatte ihre Nachbarin, die einen Satz Schlüssel hatte, wohl oben in ihrer Wohnung deponiert.

Felix ließ Ranzen, Schuhe und Jacke fallen und lief als Erstes in sein Zimmer. Pia legte die Briefe zu dem Stapel Post auf ihrer Kommode. Dann stutzte sie und hob einen Umschlag hoch, um den Absender zu lesen. Der Brief stammte aus dem Labor, wo sie die DNA-Analyse in Auftrag gegeben hatte. Sofort schnürte es ihr den Magen zusammen. Diese offene Frage hatte sie in den letzten Tagen erfolgreich verdrängt. Nun war alles wieder da: die Ungewissheit und die Zweifel. Die drängende Frage, was passieren sollte, wenn sich herausstellte, dass Marten Felix' Vater war. Wie enttäuscht er vielleicht reagieren würde, wenn das nicht der Fall war … Eine gute Lösung gab es Pias Erachtens nach nicht. Doch wissen musste sie es.

Sie schob einen Bleistift zwischen Umschlag und Lasche, um ihn zu öffnen. Da klingelte es an der Haustür.

41. Kapitel

Marten kam die Treppe heraufgelaufen. Er hatte eine lange Schramme auf der Stirn und mehrere kleine auf den Handrücken. Pia und er setzten gleichzeitig zum Sprechen an, brachen ab, fielen sich in die Arme.

»Pia, ich bin so froh, dich zu sehen!«, murmelte er nah an ihrem Ohr.

»Und ich erst, dass du wieder da bist!«

»Marten!« Felix kam aus seinem Zimmer gestürmt.

Marten gab Pia frei und hob den Jungen hoch. »Hey, wie geht es dir?«

»Jetzt wieder gut.«

»Vorher nicht?«

»Doooch. Aber nun ist Mama wieder da.« Er betrachtete Martens Gesicht. »Bist du hingefallen?«

»Ich bin einen Berg hinuntergerutscht. Daher die ganzen Schrammen. Aber ansonsten ist mir nichts passiert.«

»Wo warst du denn in den Bergen?«

»Ich war in Südfrankreich.«

»Hast du Urlaub ohne uns gemacht?« Felix klang empört.

Marten sah kurz zu Pia hinüber. »Nein, das war nur was Berufliches. Aber jetzt bin ich zurück und stehe zu eurer vollen Verfügung.«

»Yippie!«, jubelte Felix.

»Hast du Hunger?«, fragte Pia. »Ich wollte uns gerade Pizza bestellen.«

»Da bin ich dabei.«

»Yippie«, rief Felix noch einmal. Er zog Marten mit in sein Zimmer.

Pia schaute zu dem geöffneten Brief auf der Kommode. Sie streckte die Hand danach aus, zog sie wieder zurück.

Jetzt, zwischen Tür und Angel, wollte sie nicht nachschauen. Sie erkundigte sich stattdessen, wer welche Pizza wollte, und bestellte sie. Dann sortierte sie in Windeseile die Sachen aus ihrem Rollkoffer und stellte ihn zurück in die Abseite.

Pia ging ins Bad, wusch sich die Hände und bürstete sich das Haar. Sicher, sie freute sich, dass Marten gekommen war. Aber wie bitte sollte sie das mit dem Vaterschaftstest handhaben? Sie konnten den Brief schlecht lesen und über das Ergebnis reden, solange Felix in Hörweite war. Doch sich bis heute Abend zu gedulden war auch hart. Ein Schritt nach dem anderen, sagte sie sich.

Sie aßen die frisch gelieferte Pizza in der Küche, anschließend räumte Marten Geschirr und Pizzakartons weg, während Pia sich zu Felix ins Kinderzimmer setzte und sich zeigen ließ, was sie während ihrer Abwesenheit in der Schule durchgenommen hatten.

Felix war gut im Rechnen, aber das Schreiben fiel ihm deutlich schwerer. An seinem Deutsch-Hefter klebte ein angelutschtes Bonbon, was wohl sinnbildlich für Felix' Begeisterung für ordentliche und saubere Heftführung stand.

Nachdem Pia sich alles angeschaut hatte, krabbelte Felix auf ihren Schoß und kuschelte sich an sie. »Mama, musst du wieder weg, oder bleibst du jetzt immer da?«

»Ich bleibe da. Ich fand es auch total blöd ohne dich. Aber es ging leider nicht anders. Das soll nicht noch mal vorkommen.«

»Das ist gut.« Und nach einer kurzen Pause: »Du bist auch wirklich wieder ganz gesund?«

»Ja, das bin ich. Und ich war auch gar nicht krank«, erwiderte Pia erstaunt.

»Mascha hat gesagt, dass es dauern kann, bis du wieder ganz gesund bist.« Felix schaute sie besorgt an, wie auf der Suche nach Zeichen dafür, dass sie noch nicht ganz genesen war.

»Da hat Mascha sich geirrt«, erklärte Pia bestimmt. Sie unterdrückte ihren aufwallenden Ärger über Hinnerks Frau, so gut es ging. »Ich war nicht krank. Ich musste nur eine Weile aus Lübeck wegfahren.« Sie drückte ihn noch mal. »Doch nun bin ich wieder da. Alles ist gut.«

Erst am Ende des Tages, als Felix im Bett war und schlief, dachte Pia wieder an das Ergebnis der DNA-Analyse. Aber als sie aus dem Zimmer ihres Sohnes kam, lag der Umschlag nicht mehr auf der Kommode. Sie ging ins Wohnzimmer und wollte gerade nach dem Schreiben fragen, als sie den Briefumschlag mitten auf dem Hocker vor ihrem Sofa entdeckte.

»Ich habe noch nicht reingesehen«, sagte Marten, der Pias Blick gefolgt war.

»Ich auch nicht«, antwortete sie. »Ich wollte es nicht tun, solange Felix wach war.«

»Lass uns jetzt reinschauen«, bat er sie.

Pias Telefon vibrierte. Sie blickte auf das Display. »Es ist der Kollege, der den Kloster-Fall geleitet hat. Thorsten Rickert. Ich rufe ihn später zurück.«

»Nein, bitte sprich gleich mit ihm. Vorher haben wir eh keine Ruhe.«

Sie nickte. »Hallo, Thorsten!«

»Pia? Ich hoffe, ich störe nicht?«, fragte er. »Ich sehe gerade, wie spät es schon ist …«

»Was gibt es Neues?«

»Ich wollte dir nur kurz Bescheid geben, dass der Novize aus dem Krankenhaus entlassen wurde. Es geht ihm so weit gut. Das sollte ich dir unbedingt ausrichten.«

»Das freut mich. Wo ist er jetzt? Im Kloster?«

»Er ist bei Freunden, hat er mir gesagt. Er muss über vieles nachdenken …«

»Das kann ich mir vorstellen.«

»Bruder Thomas alias Frank Woters ist auch nicht ernsthaft verletzt worden. Interessiert dich, was bei den Vernehmungen herausgekommen ist?«

»Natürlich«, antwortete Pia.

»Es hat sich weitestgehend so zugetragen, wie wir es vermutet haben. Ingmar Harse war auf der Suche nach dem Mönch, der ihn im Kloster Leurathshausen missbraucht hatte. Er wollte seinen Peiniger nach all den Jahren mit seinen Taten konfrontieren. Doch er wusste weder seinen Namen noch wo er sich nach der Auflösung des anderen Klosters aufhielt. Ingmar Harse hat Bruder Thomas offenbar erst als den Gesuchten erkannt, als sie sich zufällig allein in der Kirche getroffen haben. Bruder Thomas war wohl vollkommen überrascht von Harses Anschuldigung, aber er hat sofort entschieden, dass er handeln muss, wenn er ungestraft davonkommen will. Er hat Harse niedergeschlagen und ihn gefesselt und geknebelt im alten Hospital eingesperrt. Damit wollte er sich die Zeit verschaffen, zu überlegen, was er tun soll. Doch als er durch den Verbindungsgang zurück in die Kirche kam, stieß er mit Bruder Zacharias zusammen. Der hat ihm zu viele Fragen gestellt, wurde misstrauisch und hat sein Alibi zunichtegemacht. Deswegen hat Bruder Thomas seinen Mitbruder ermordet.« Rickert machte eine Pause.

»Er hat ihn erstickt und in der Kirchenbank zurückgelassen, sodass es auf den ersten Blick so aussah, als würde er beten«, sagte Pia mit rauer Stimme.

»Danach hat Bruder Thomas das Gelände verlassen, indem er durch den Klostergraben geschwommen ist. So verschaffte er sich sein Alibi. Doch Bruder Gideon hat ihn gesehen ...«

»Er hat ihn mit Ratten verwechselt«, ergänzte Pia. »Was ja durchaus passend war.«

»Bruder Thomas rechtfertigt seine Taten, indem er sagt, dass er für seine Neigungen nichts könne. Und er habe sich seit Leons Tod auch nichts mehr zuschulden kommen lassen, sondern sein Leben ganz dem Kloster gewidmet. Dass ausgerechnet Ingmar Harse aus seiner Vergangenheit auftauchte und ihn vernichten wollte, war seiner Ansicht nach nicht fair ... Er hatte seiner Meinung nach schon für seine Taten gebüßt. Mit den Morden habe er nur auf die Umstände reagiert.«

»Null Schuldbewusstsein«, bemerkte Pia bitter. »Was hatte es mit dem Reliquienkreuz auf sich?«

»Bruder Thomas hatte es tatsächlich gestohlen, um sich für eine Zukunft außerhalb des Klosters abzusichern. Nach den Morden an Bruder Zacharias und Ingmar Harse konnte er das Kreuz nicht in dem Versteck im alten Hospital belassen. Er musste davon ausgehen, dass man das gesamte Gelände auf den Kopf stellen würde. Erst wollte er das Kreuz im Wald vergraben, doch dann kam ihm der Gedanke, dass er den Mord an Bruder Zacharias Ingmar Harse anhängen könnte und Harses Tod vielleicht als Suizid durchgehen würde. Mit Steinen um den Hals ertrinken – wie der Märtyrertod mit dem Mühlstein –, das war der Plan dahinter. Indem er mit dem Staub seine Spuren vernichtete und auch das Fenstergitter wieder einsetzte, damit man die Leiche nicht zu früh entdeckte, machte Bruder Thomas eine Menge Fehler.«

»Zumindest hat das Kreuz, das er auf den Altar gelegt hat, für Verwirrung gesorgt«, sagte Pia trocken.

»Vielleicht war es ein Anflug von Reue, der ihn dazu bewogen hat? Vielleicht wollte er vor Gott ein Opfer bringen, um doch noch ungeschoren davonzukommen?«

Pia seufzte. »So genau will ich das, glaube ich, gar nicht wissen. Es ist gut, dass er vor Gericht gestellt wird.«

»Ja, da hast du recht. Vorher ist noch viel zu tun. Wir werden sicher noch mal deine Aussagen benötigen.«

»Natürlich. Kein Problem.«

Eine Pause entstand. Rickert räusperte sich. »Dann lass ich dich mal deinen Feierabend genießen, Pia.«

Sie verabschiedeten sich.

Martens und Pias Blicke kreuzten sich. Er sah so angespannt aus, wie sie sich fühlte. Sie atmete tief durch, griff nach dem Umschlag und zog das Schreiben heraus. Sie war so nervös, dass die Schrift vor ihren Augen verschwamm.

»Brauchst du meine Lesebrille?«, fragte Marten.

»Nein. Das geht noch so.« Sie blinzelte. Konnte es wahr sein? Sie ließ das Blatt sinken.

»Sag mir, was los ist«, bat Marten sie mit rauer Stimme.

»Du bist es.« Der Zettel fiel ihr aus den Händen und segelte auf den Hocker. Pia presste die Kuppen ihrer Finger aufeinander, um sie am Zittern zu hindern. Sie sah Marten in die Augen. »Da steht, zu 99,99 Prozent bist du Felix' Vater.«

Er nahm das Blatt Papier auf, setzte die Lesebrille auf.

»Ich wusste es«, flüsterte er. Ein Lächeln, eine Mischung aus Stolz und Rührung, flog über sein Gesicht.

»Das kann Felix' Welt komplett auf den Kopf stellen«, bemerkte Pia leise.

»Wir haben Zeit. Das können wir alles regeln.« Marten nahm Pias Hände sanft in die seinen. »Sag mir nur eins: Freust du dich, dass ich Felix' Vater bin, oder nicht?«

»Ja, ich freue mich.« Sie erwiderte seinen Händedruck.

»Felix soll nicht mehr erfahren, als er jeweils gut verkraften kann. Immer eins nach dem anderen. Wir finden eine gute Lösung.«

Pia nickte. »Ich verstehe es nicht so ganz«, gestand sie dann. »Warum hat Hinnerk mir damals gesagt, dass er es hat testen lassen und dass er Felix' Vater ist? Ich habe es ihm einfach geglaubt. Ich hatte damals keinen Grund, an seinen Worten zu zweifeln. Ich werde darüber mit Hinnerk reden müssen.«

»Vielleicht wollte er dich nicht aufgeben? Vielleicht dachte er, Felix würde euch beide wieder zusammenbringen?«

Sie stöhnte leise auf. »Das hat er mir aber nie so gezeigt …«

»Hättest du das denn gewollt?«

Sie zuckte hilflos mit den Schultern. »Nein. Es war vorbei. Doch Hinnerk war mir in all den Jahren eine große Hilfe. Felix hält ihn für seinen Vater. Was machen wir denn nur?«

»Komm erst mal her.« Marten nahm Pia in die Arme. Sie atmete tief durch.

»Ich habe dich noch gar nicht gefragt, wie es dir mit dieser neuen Situation geht«, stellte sie nach ein paar Sekunden fest. »Sich etwas zu wünschen und es zu bekommen sind ja zweierlei Dinge.«

Er schnaubte leicht, sodass sie die ausgestoßene warme

Luft am Hals kitzelte. »Ich freue mich wahnsinnig«, antwortete Marten. »Aber in diesem Moment ist mir flau, meine Knie zittern, und ich frage mich, ob ich es überhaupt schaffe, Felix ein guter Vater zu sein.«

»Na ja, zu Recht: Das war jetzt ja quasi eine Sturzgeburt. Und herzlichen Glückwunsch: Es ist ein Erstklässler!«

Entschlossen, aber auch ein wenig nervös stieß Pia die Tür zu Rists Büro auf. »Da bin ich wieder.«

Ihr Vorgesetzter sah mit hochgezogenen Augenbrauen auf. »Na, so etwas. Ich hatte erst am Montag wieder mit dir gerechnet. Aber wenn man vom Teufel spricht …«

»Was meinst du denn damit?«

»Unser Kollege Rickert hat mich gestern angerufen. Er war voll des Lobes darüber, wie du denen bei den Ermittlungen in dem Kloster geholfen hast.«

»Ich konnte ganz zufällig ein paar Informationen zu der Ermittlung beisteuern«, sagte Pia.

»Du hast den Täter in einem Strandhaus zur Strecke gebracht und einem Novizen dabei das Leben gerettet, hat Rickert mir berichtet.« Rist blickte sie nachdenklich an. »Das war nicht ganz die Erholung, die uns für dich vorschwebte, oder?«

»Vielleicht nicht die, die dir vorschwebte«, entgegnete Pia. »Aber ich habe dabei sogar noch eine Erkenntnis gewonnen«, setzte sie zuversichtlich fort. Rist hatte am Montag mit ihr gerechnet, hatte er gerade gesagt. Das war ein gutes Zeichen.

Er rückte vom Schreibtisch ab und verschränkte die Arme hinter dem Kopf. »Du erzählst mir bestimmt gleich, welche.«

»Ich bin wieder okay«, erklärte Pia. »Mein Urteilsvermögen, meine Nerven: alles in Ordnung. Ich kann wieder arbeiten.«

»Und der Termin beim Psychologen?«

»Das geht klar. Doch ich werde mir selbst jemanden suchen.«

Er nickte langsam. »Was ist mit der Bedrohungslage? Gibt es was Neues über Albrecht Lohse?«

Er wusste es also noch nicht. »Lohse ist in Südfrankreich gefasst worden. Er wird nach Deutschland ausgeliefert werden.«

»Das ist gut.« Rist sah sie abwägend an. »Weißt du da Näheres?«

»Ein ehemaliger Kollege von uns war daran beteiligt. Er ist ihm über Cannes bis nach Monaco gefolgt, wo er Lohse nach einer weiteren Flucht vor der Polizei stellen und festnehmen konnte.«

»Marten Unruh?«

»Ja, genau.«

»Verstehe.«

»Dann bin ich am Montagmorgen wieder im Dienst, okay?« Pia erhob sich.

Er nickte, den Blick schon wieder auf den Bildschirm gerichtet.

Sie begrüßte auch die anderen Kollegen ihrer Abteilung. Zuletzt ging sie in ihr eigenes Büro, wo sie ihren Teamkollegen Broders bei der Arbeit antraf. Pia erzählte, wie es Marten gelungen war, Lohse zu fassen.

Er revanchierte sich mit der Schilderung, wie Felix auf seinen Besuch nach Lohses Postkarte reagiert hatte. »Er ist ein aufgeweckter Junge«, sagte Broders. »Und bestimmt happy, dass du wieder da bist.«

»Wo ist diese Postkarte eigentlich?«, fragte Pia.

»Ich nehme an, die liegt nun in Kiel.« Broders sah sie etwas unsicher an. »Verstehst du, was das sollte?«

»Nein.« Pia sah unbehaglich aus dem Fenster. So weit, darüber mit einem Kollegen zu reden, war sie noch nicht. Selbst wenn dieser Kollege Broders war. »Außer, mich zu terrorisieren natürlich«, fügte sie hinzu.

Broders hakte nicht weiter nach. Stattdessen verkündete er: »Weißt du was? Im Grunde bin froh, dass du wieder da bist.«

»Schön, das zu hören. Rist war ein bisschen ... zurückhaltend, was seine Gefühle diesbezüglich angeht.« Sie grinste.

»Im Ernst: Es war richtig öde ohne dich. Kein Milchkaffee, den du mir aus der Teeküche mitbringst, und keine Kekse oder belegte Brötchen ...«

»Okay.« Pia erhob sich. »Ich bringe am Montag einen Berg Franzbrötchen mit ins Büro.«

»Ist Marten schon wieder aus Frankreich zurück?«, wollte Broders wie beiläufig wissen.

»Er ist wieder da.«

»Das ist gut. Siehst du ihn bald?«

»Gleich, bei mir zu Hause. Er passt im Augenblick auf Felix auf. Wahrscheinlich machen sie gerade wieder ein Fahrsicherheitstraining ...«

Nachdem der erste Termin des Tages erfolgreich verlaufen war, nutzte Pia den Schwung aus, um auch gleich noch mit Hinnerk zu reden. Sie wollte das nicht bei ihm zu Hause tun, wenn sich Mascha möglicherweise in der Nähe aufhielt. Hinnerk arbeitete im Krankenhaus, wo er eine Assistenzarztstelle innehatte.

Sie hatten sich im Park vor der Klinik verabredet. Pia musste nicht lange auf ihn warten. Hinnerk hatte sich nur schnell eine Jacke über seine Klinikkleidung gezogen und trug zwei Becher Kaffee in den Händen. Einen davon reichte er Pia.

Sie redeten zunächst ganz allgemein, und er brachte sie auf den neuesten Stand, was Felix anging. Pia fand es schwierig, Hinnerk die entscheidende Frage zu stellen. Aber sie musste es einfach wissen.

Sie sagte ihm, was sie herausgefunden hatte.

Er wurde blass. »Oh Gott. Jetzt ist es also tatsächlich amtlich. Davor hatte ich immer Angst«, bekannte er.

»Ich verstehe es nicht«, erwiderte Pia. »Du hattest mir gesagt, du hättest es testen lassen. Ich habe dir geglaubt, dass du definitiv Felix' Vater bist.«

»Ich dachte, es würde niemals herauskommen.«

»Was?«

»Dass ich gar keinen Test gemacht habe. Ich habe es nur behauptet.«

»Warum hast du das getan?«

»Ach, Pia, so ganz verstehe ich es selbst nicht. Mein Arzt hat mir mal gesagt, dass es unwahrscheinlich ist, dass ich Kinder zeugen kann. Ich hatte als Jugendlicher einen fiesen Fahrradunfall. Ich wusste zwar, dass Felix wahrscheinlich nicht von mir ist. Aber der biologische Vater war nicht in Sicht. Ich dachte, es sei die ideale Lösung: Das Kind hat einen Vater, der sich um es kümmert. Du bekommst die Unterstützung, die du brauchst. Und ich habe … einen Sohn.«

»Ach, Hinnerk«, sagte Pia. »Was machen wir denn

jetzt?« Sie sah ihn zweifelnd an. »Und was ist mit Rieke? Ist sie deine Tochter?«

»Ja, das ist sie«, antwortete er stolz. »Der Arzt, der meine Zeugungsfähigkeit infrage gestellt hatte, meinte dazu, dass es wohl ein einmaliger Glückstreffer war.«

»Ich verstehe.«

Sie standen nebeneinander, die Kaffeebecher in der Hand, und sahen einem Jungen und einem Mädchen zu, die in etwa in Felix' und Riekes Alter waren und auf der Wiese Fangen spielten.

»Wirst du es Felix erzählen?«, fragte Hinnerk nach einer Weile.

»Sicher, aber nicht gleich. Du und Rieke und Mascha«, den letzten Namen zu nennen fiel Pia schwer, »ihr seid doch ein Teil seines Lebens. Das kann ich ihm nicht einfach so nehmen.«

Hinnerk schaute nachdenklich ins Leere. »Weiß der richtige Vater es schon?«

»Ja. Er weiß es.«

»Und?«

»Er sieht das so wie ich. Wir werden nichts überstürzen.«

42. Kapitel

Am Strand von Grömitz war an diesem Samstagnachmittag wenig Betrieb. Selbst die Seebrücke hatten Pia und Marten für sich allein. Der Himmel war grau, es wehte ein frischer Wind aus Nordost, doch immerhin regnete es nicht. Sie waren zu zweit unterwegs. Felix war bei Hinnerk und Mascha, weil er dort Riekes Geburtstag mit vorbereiten und feiern wollte.

»Hast du schon mit Hinnerk gesprochen?«, fragte Marten, als sie am Ende der Seebrücke stehen blieben, um auf die Ostsee hinauszuschauen.

»Ja, ich habe mich gestern Vormittag mit ihm an der Klinik getroffen.«

»Und? Wie hat er es aufgenommen?«

»Relativ gefasst. Vielleicht hat er kommen sehen, dass ich es irgendwann herausfinde.«

»Er wusste also die ganze Zeit, dass er nicht Felix' Vater ist?«

»Ja. Hinnerk hat mir gesagt, dass er damals gar keinen Vaterschaftstest gemacht hat. Es war wohl höchst unwahrscheinlich, dass er Felix' Vater ist. Er hat es mir gegenüber nur behauptet, weil er gern wollte, dass es so ist. Ein bisschen kann ich ihn sogar verstehen.« Pia erzählte Marten, was Hinnerk ihr alles anvertraut hatte.

»Irgendwie tut er mir fast ein bisschen leid.«

»Ja, doch ich weiß trotzdem nicht, ob ich ihm das verzeihen kann.«

»Und ich kann die verlorene Zeit niemals nachholen.«

»Felix liebt dich. Du bist sein Held. Ist das nicht schon ein großes Glück?«

»Ja, ist es. Aber: Ich will mehr. Ich will mit euch beiden richtig zusammen sein. Ich …« Er drehte sich zu ihr und sah ihr in die Augen. »Ich liebe dich, Pia.«

Ihr Hals fühlte sich an wie zugeschnürt. Pia musste an Lars denken. Sie fühlte sich schlecht, dass sie überhaupt über eine neue Liebe nachdachte. Was würde er dazu sagen? Würde er wollen, dass sie einen Neuanfang wagte? Sie konnte sich eine Zukunft mit Marten vorstellen. Doch gleichzeitig machte es ihr eine Heidenangst. »Marten, mir kommt es so vor, als würde ich vor einem Abgrund stehen. Ein Schritt weiter, und ich stürze ab.«

»Pia, ich meine es ernst. Es ist in der Vergangenheit einiges schiefgelaufen zwischen uns. Aber du kannst mir vertrauen.« Er drehte sie zu sich. »Möchtest du einen Ring?« Ein neckendes Lächeln leuchtete kurz auf und verschwand wieder. »Ein Ring mit einem Diamanten, so groß, dass es dir peinlich ist, ihn zu tragen.«

»Nein, das ist nicht das, was ich will«, sagte sie. »Und im Übrigen ist mir nichts so schnell peinlich«, setzte sie lächelnd hinzu.

»Ja, ist mir auch schon aufgefallen.«

»Im Ernst, Marten. Früher, da hatte ich Gott weiß was für Pläne, aber das Schicksal hat mir einen dicken Strich durch die Rechnung gemacht. All diese Pläne, die man gemeinsam schmiedet, und die Hoffnung. Am Ende kommt es doch immer ganz anders. Ich fürchte mich davor, dass so etwas wieder passiert. Dagegen würde nicht einmal der Hope-Diamant helfen.«

»Der war ja auch verflucht.«

»Ich meine nur: Wir können nicht von einem auf den anderen Tag einen auf glückliche Familie machen.«

»Warum nicht? Ich möchte mit euch zusammenziehen. Mit euch zusammenleben.«

»Du arbeitest in Kiel, ich in Lübeck.«

»Na und?«

»Felix. Man kann ihn nicht so einfach aus allem rausreißen.«

»Das sehe ich auch so.«

Pia nickte und schaute aufs Meer hinaus. »Fahren wir am nächsten Wochenende zusammen weg?«

»Das wäre ein Anfang.«

Sie gingen zurück in Richtung Strand.

»Was machst du nächste Woche?«, fragte Marten.

»Ab Montag gehe ich auch wieder ins Büro.«

»Bist du schon bereit, wieder zu arbeiten, Pia?«

Sie hob das Kinn. »Wenn es nicht so wäre, würde ich es nicht tun. Und ich musste die Frage heute schon mit meinem Chef ausdiskutieren.«

»Ich will nur, dass wir offen über alles sprechen können.«

»Okay.« Sie sah ihn herausfordernd an.

»Etwas ist da nämlich noch.« Martens Adamsapfel hüpfte auf und nieder, als er schluckte. »Die Postkarte, die Lohse Felix geschickt hat … Weshalb fragt er Felix, ob er sich auf ein Geschwisterchen freut?«

»Um uns zu verunsichern und zu terrorisieren. Er ist ein kranker Mistkerl.«

»Der zu extrem außergewöhnlichen Methoden greift.«

Der Wind heulte auf. Erste Regentropfen schlugen auf die Holzbohlen der Brücke. Pia blickte zur Promenade hinüber. »Lass uns nach oben in das kleine Café gehen«, schlug sie vor.

Sie betraten das schummrig beleuchtete Lokal und suchten sich einen Platz am Fenster. Außer ihnen waren nur zwei weitere Gäste da, die am anderen Ende des Raumes Platz genommen hatten. Marten ließ sich Pia gegenüber nieder. Sie bestellten Kaffee, fragten nach dem Kuchen.

»Wir haben heute Apfelkuchen und Käsekuchen mit Blaubeeren, außerdem Schoko-Muffins«, sagte die Kellnerin.

Pia wählte Apfelkuchen, Marten nahm ein Stück Quiche, das er auf der Tafel an der Wand entdeckt hatte.

»Bitte bringen Sie mir auch noch einen Grappa«, bat Pia. Auf Martens erstaunten Blick hin fragte sie: »Willst du auch einen?«

»Nein, danke. Ich bleibe bei Kaffee. So schlimm?«

Pia sah ihn nur an.

Die Zeit, bis ihre Getränke und das Essen serviert wurden, vertrieben sie sich mit Geplauder über das Lokal und den Betrieb an der Ostsee im November im Allgemeinen.

Als sie gegessen hatten und Pia den Grappa getrunken hatte, beugte sie sich zu Marten vor. »Ich nehme an, diese Postkarte sollte mich an etwas erinnern. Nämlich daran, dass Lohse mich nicht entführt hatte, um mich einfach nur umzubringen. Dafür hätte er genug Zeit gehabt. Wenn es so gewesen wäre, dann hättest du mich sicher nicht mehr lebend gefunden.«

»Ja, das hätte er wohl einfacher haben können. Das war meine große Sorge, als du verschwunden warst: dass ich zu spät komme.«

»Albrecht Lohse hatte einen vollkommen abstrusen, widerlichen Plan.« Sie blickte mit gerunzelter Stirn nach draußen.

»Pia, was wollte er?«

»Es ist nichts, was er sofort hätte haben können. Deswegen auch die aufwendig gebaute Zelle in dem Container auf dem Binnenschiff.«

»Ja, die Zelle war auf einen längeren Zeitraum hin ausgelegt«, bestätigte Marten. Er zögerte, und sie sah, dass er seinen Mut zusammennahm, als er ihr die nächste Frage stellte. »Pia, hat er dich vergewaltigt?«

»Nein.« Sie schüttelte abwehrend den Kopf. »Du bist gerade noch rechtzeitig gekommen.«

Marten nickte, den Blick auf die nasse Fensterscheibe gerichtet. »Aber er hatte es vor?«, fragte er endlich.

»Ja.« Pia bedeutete der Kellnerin, ihr noch einen Grappa zu bringen. Nachdem sie das Glas in einem Zug geleert hatte, sagte sie leise: »Lohse denkt, ich sei die einzige Frau, die ihm je halbwegs das Wasser reichen konnte. Seine Gene und meine Gene ... etwas Irres in dieser Art. Er wollte, dass ich von ihm schwanger werde und sein Kind bekomme.« Sie umschlang mit den Armen ihren Oberkörper, weil ihr nun sogar in dem gut geheizten Café eiskalt war.

Marten war blass geworden. »Was für eine ... monströse, ungeheuerliche Idee! Aber das erklärt einiges. Warum hast du mir das nicht gleich gesagt, Pia?«

»Das ist nicht so einfach ...«

»Okay. Ich verstehe. Aber ich bin froh, dass du es mir jetzt erzählt hast.«

»Es muss auf jeden Fall unter uns bleiben, Marten. Ich will nicht, dass die gesamte Polizei Schleswig-Holsteins darüber diskutiert.«

»Von mir wird es niemand erfahren. Versprochen.«

Sie atmete schwer ein und aus.

»Eine Frage habe ich noch: Warum erzählst du es mir jetzt? Was ist heute anders als vor zwei Wochen?«

»Noah«, sagte Pia.

»Was?!«

»Der Novize Noah im Kloster, der von dem Mönch verschleppt wurde. Bruder Thomas wollte ihn missbrauchen, nachdem Noah ihn wohl durchschaut hatte. Das hatte Bruder Thomas mit mindestens drei anderen Jungen auch schon gemacht. Ich konnte Noah gerade noch retten. Mir ist dabei klar geworden, dass es nicht mein Fehler war, die Sache mit Lohse. Und dass ich weiß Gott nicht die Einzige bin, der so etwas widerfährt.«

»Natürlich war das nicht deine Schuld, Pia. Wie konntest du so etwas auch nur eine Sekunde lang denken? Du als Polizistin …«

»Das versteht wohl keiner, der nicht selbst Opfer war. Nach meiner Rettung … Die Vernunft sagt einem etwas anderes. Doch die Gefühle hinken hinterher. Alles war ein einziges Chaos. Erst im Kloster, als der junge Mann verschwunden war, konnte ich das, was mir passiert ist, mit etwas mehr Abstand sehen.«

»Mein Gott, Pia! Das habe ich alles nicht gewusst«, erwiderte Marten hilflos.

»Wie solltest du auch?«

Er griff über den Tisch hinweg nach ihrer Hand. »Ich war ein Idiot.«

»Nein, du bist wunderbar.« Sie lächelte ihn an. »Und du hast Lohse gefasst.« Pia betrachtete seinen zerschundenen Handrücken. »Wenn du ihn nicht aus dem Verkehr gezogen hättest, müsste ich immer noch Angst haben.«

»Du hast mir dabei geholfen.«

»Wieso das?«

»Du hast ihn so lange am Telefon gehalten und von mir abgelenkt, bis ich ihn überwältigen konnte. Ansonsten wäre ich wohl tot und Lohse über alle Berge.«

»Das war Zufall.« Pia wollte nicht daran denken.

»Wohl kaum. Er muss ...« Martens Gesicht verdüsterte sich.

»Wovon redest du?«

»Lohse muss vollkommen fixiert auf dich sein, Pia.«

Sie nickte mit zusammengezogenen Brauen. »Aber nun ist es ein für alle Mal vorbei.«

»Die lassen ihn nie wieder raus.« Marten ergriff Pias Hand. »Ich würde unheimlich gern mit dir und Felix wegfahren«, sagte er. »Sobald Schulferien sind.«

Ein warmes Gefühl breitete sich in Pia aus. »Unter einer Bedingung«, erwiderte sie lächelnd.

Marten sah sie fragend an.

»Keine Schiffsreise und kein Kloster!«

»Okay, das schränkt es aber sehr ein.« In Martens Augen blitzte eine Spur Schadenfreude auf. »Was hältst du eigentlich davon, endlich Skifahren zu lernen?«

Nachwort

Für alle, die nachgerechnet und sich vielleicht gewundert haben: *Ostseekreuz* spielt im Jahr 2019. Zum einen schließt sich die Handlung beinahe unmittelbar an die des vorherigen Bandes *Ostseefalle* an, der ebenfalls im Herbst 2019 spielt. Zum anderen habe ich mich dazu entschieden, die Coronapandemie in dem Krimi außen vor zu lassen.

Den Orden der Cyprianer gibt es nicht. Ich habe ihn erfunden, um bestehenden Orden und Klöstern nicht zu nahe zu treten. Trotzdem habe ich versucht, meine Beschreibungen möglichst realistisch zu halten, und mir andere Orden und Klöster, die zum Beispiel auch Gäste aufnehmen, dafür zum Vorbild genommen.

Rein äußerlich stand mir das wunderschöne Kloster Cismar an der Ostsee vor Augen. Es ist heute ein Museum und auf jeden Fall einen Ausflug wert. Ich habe dort an einem Aktzeichenkurs teilgenommen, der mir viel Freude bereitet hat. Gleichzeitig konnte ich so etwas mehr Zeit auf dem Klostergelände verbringen und dort recherchieren.

Wie immer schulde ich den Menschen großen Dank, die mir bei der Entstehung von *Ostseekreuz* geholfen haben. Meine wunderbaren Lektorinnen Karin Schmidt und Dorothee Cabras haben mir wieder einmal, auch als es schwierig wurde, hilfreich zur Seite gestanden. Ohne sie würde es diese Krimireihe und besonders dieses Buch so nicht geben. Das gesamte Team von Bastei Lübbe setzt sich unermüdlich und mit tollen Ideen für Marketing und Vertrieb für mich und die Pia-Korittki-Reihe ein. Ich freue mich auch über die schöne Karte des von mir erdachten Klosters in diesem Buch, denn ich mag Landkarten oder Lagepläne in Büchern sehr.

Ich danke meinen lieben Freunden und tollen Kollegen, die das Autorenleben erst lebenswert machen, und meiner Familie, die mich stets unterstützt und an mich glaubt.

Vor allem aber danke ich Matthias! Er hat *Ostseekreuz* von Anfang an mit seinen Ideen bereichert, kontinuierlich mitgelesen und mir stets mit Rat und Tat zur Seite gestanden.

Freuen Sie sich auf die neue Reihe der SPIEGEL-Bestseller-Autorin

Mörderjagd an der Nordsee – Eva Almstädts neues Ermittlerduo

Auch als Hörbuch und E-Book erhältlich

Weitere Infos unter luebbe.de/akte-nordsee